Marion Perko

Der Wind in meinen Händen

Band 1

Insel Verlag

Ich weiß noch, wie ich mich aufs Dach schlich, jeden Abend vor dem Schlafengehen und manchmal lange danach. Dort saß ich dann und sah dem Wetter zu. Meine Augen folgten den Wolken, während sie über den Himmel zogen, betrachteten den Regen, wenn er heftig und schwer am Horizont herabstürzte. Ich stellte mich in den Sturm, ohne Angst, voller Zutrauen – denn ich kannte ihn. Ich kannte den Sturm, so wie ich den Schnee kannte und den Nebel und die Wolkensäulen, die hoch in den Himmel stiegen und als Gewitter niedergingen. Sie alle kannte ich, als wären sie meine Geschwister.

Ich wusste immer, wie das Wetter werden würde. Lange bevor ich die Zeichen deuten konnte – die Formen und Farben der Wolken, die Wärme und Stärke des Windes –, spürte ich, ob es Regen geben oder die Sonne scheinen würde. Ich fühlte es in meinen Knochen, tief in meinem Bauch, bis in die Spitzen meiner Finger. Nur den Sturm, der die Welt verändern würde, den sah ich nicht kommen.

1

Mir rinnt eine Schweißperle über die Schläfe und ich wische sie am kurzen Ärmel meiner Bluse ab. Nicht einmal die Klimaanlage des Busses richtet etwas gegen die brütende Hitze aus, die draußen herrscht. Ich fächle mir Luft zu und Esper lächelt mich flüchtig an. Wir sind gleich da, soll das heißen, gleich kommen wir hier raus. Er streckt die Hand aus und schiebt mir eine Strähne hinters Ohr. Ich kann seinen Blick, diese Sorge darin, gerade nicht gebrauchen, also blicke ich an ihm vorbei zum Fenster und lasse die Wohnblocks und verdorrten Rasenflächen an mir vorüberziehen, ohne viel davon wahrzunehmen.

Fast unmerklich wird es grüner. Hohe Bäume mit ausladenden Kronen werfen Schatten, hier und da wachsen ein paar Lavendelsträucher und spärliche Oleanderbüsche. Hecken ziehen sich an der Straße entlang und durch die Lüftung des Busses weht ein Hauch von Rosmarin herein. Diesmal ist Espers Lächeln amüsiert, als ich mich aufrechter hinsetze, aber ich gehe nicht darauf ein. Ich bin zu sehr damit beschäftigt, das Grün in den Gärten aufzusaugen und für die Tage zu verwahren, an denen uns kein Auftrag aus der Stadt hinausführt. Pflanzen wachsen schlecht in der Stadt. Menschen auch.

Zehn Minuten später sind wir die letzten Passagiere. Der Bus spuckt uns an der Endstation aus – weiter hinaus aufs

Land fährt er nicht. Wohin auch? Es gibt jenseits der Stadt nichts mehr, keine Siedlungen, keine Menschen. Wer zur Wartung der riesigen Landmaschinen auf die Äcker muss, hat sein eigenes EUV.

Esper wirft einen Blick in die Navi-App auf seinem Unice.

»Da lang«, sagt er, schultert den Koffer mit den beiden Drohnen und stapft los.

Ich rücke meine Brille zurecht, wechsle die Tasche mit dem Ordner voller Blankopapier, dem Tablet, der Thermoskanne und der Schokolade auf die andere Schulter und folge ihm. Ordner mit Papier, echt. Als würde heute noch irgendwer mit Papier arbeiten. Doch Esper besteht darauf, er meint, es vervollständigt meine Verkleidung. Und es würde die Leute, die vor der Krise geboren wurden, von unserer Seriosität überzeugen.

Seriös, das ist das Stichwort. Deswegen schleiche ich hier auch mit dieser spießigen Bluse und einer Brille mit Fensterglas herum. Deswegen halte ich mich immer im Hintergrund und versuche, so überzeugend wie möglich Espers Assistentin zu spielen. Ha.

Aber eine Assistentin darf jung sein. Eine Operative nicht.

Auf der Suche nach dem Eingang der Kleingartensiedlung, für die wir heute gebucht sind, laufen wir an einer Baumschule vorbei. In Reih und Glied ragen Ginkgos und Silberlinden in den blauen Himmel. Dass es so was noch gibt! Aber klar, die Stadtverwaltung startet jedes Jahr wieder einen Versuch, die Plätze im Zentrum zu begrünen. Irgendwo müssen die jungen Bäume ja wachsen.

»Wie geht's dir?«, fragt Esper und betrachtet mich forschend. Eine blonde Strähne fällt ihm in die Stirn und lässt ihn jünger wirken. Ich sage nichts dazu, denn ich mag diese weiche Seite an ihm, doch heute Abend muss ich ihm bestimmt die Haare schneiden. Unsere Kunden sollen gar nicht erst auf die Idee kommen zu fragen, ob er schon volljährig ist.

Ich zucke mit den Schultern. »Alles gut. Die Luft fühlt sich feuchter an.«

Das war nicht, was er gefragt hat, doch es entscheidet darüber, wie ich den Tag überstehe. Wir mussten den Termin heute um vierundzwanzig Stunden verschieben, weil ich mich vorgestern zu sehr verausgabt habe. Esper sagt immer, ich muss lernen, mit meiner Energie zu haushalten, aber er hat ja auch keine Ahnung, wie es ist, wenn du genau fühlst, dass das Wasser antwortet. Dass es sich sammelt und formt und aufsteigt und tut, was du von ihm willst. Da kannst du zwischendrin nicht einfach aufhören. Und am Ende ist mir ja auch nichts passiert.

Mein Blick fällt auf einen Transporter, der am Straßenrand parkt, direkt vor dem Eingang zur Baumschule und gleich neben dem Tor der Gartenanlage. Stöhnend bleibe ich stehen.

Esper dreht sich zu mir um und runzelt die Stirn. »Alles in Ordnung?«

Ich schüttle den Kopf und deute auf den Transporter. »Willem.«

Er grinst. »Super, da kann ich ihm ja endlich mal Hallo sagen.«

Ich remple ihn an. Das ist überhaupt nicht komisch. Ich hatte erst letzte Woche einen Zusammenstoß mit Willem, auf eine Wiederholung bin ich wirklich nicht scharf. Irgendwie schafft Esper es, dem Typ aus dem Weg zu gehen, aber auf mich hat er es aus unerklärlichen Gründen abgesehen.

Doch wir können es uns nicht leisten, den Auftrag sausen zu

lassen. Und abgesehen davon ist Willem garantiert der Letzte, vor dem ich wegrenne.

Esper legt den Arm um meine Schultern und drückt mir einen Kuss auf die Schläfe. »Dann lass uns loslegen. Vielleicht merkt er gar nicht, dass wir hier sind. Und wenn doch, kann ich dich heute ja beschützen.« Er zwinkert mir zu.

Ich schnaube, aber bevor ich antworten kann, öffnet sich knarrend das Tor, das zur Gartenanlage führt. Wir bringen etwas Abstand zwischen uns. Eine Frau und zwei Männer treten auf die Straße.

»Esper Lund?«, fragt die Frau. Sie ist vielleicht fünfzig, ein gutes Stück kleiner als ich und ziemlich füllig, doch das Auffälligste an ihr sind die rabenschwarzen, glänzenden Haare, die sie zu einem Zopf geflochten hat.

Esper setzt sein bestes Kundenlächeln auf. Mit ausgestreckter Hand geht er auf die Frau zu. »Genau der. Freut mich sehr, Sie kennenzulernen. Frau Wintorf, nehme ich an?«

Die Frau nickt. »Alma.« Sie schüttelt Espers Hand, dann deutet sie auf die beiden Männer, der eine etwa in ihrem Alter, der andere sicher zwanzig Jahre älter. »Das sind Yegor und Albert.«

Esper winkt mich an seine Seite. »Meine Assistentin Vega.«

Wir nicken und lächeln uns freundlich zu, dann bittet uns Alma in die Anlage. Sie erzählt Esper alles Mögliche zur Geschichte der Gärten, zu Größe und Anzahl der Parzellen und anderes unnützes Zeug, aber damit muss er sich jetzt rumschlagen. Ich falle ein Stück zurück und fühle. Es ist ein glücklicher Ort, dafür braucht es keine Hellseherei, da reicht es, einzuatmen und hinzuhören. Ein paar Gärten weiter spielen Kinder, fröhliches Kreischen und Lachen unterbricht immer wieder die Stille, die über der Anlage liegt. Ein zarter Duft erfüllt die Luft, süß und gleichzeitig ein wenig zitronig, und erst kann ich ihn nicht zuordnen, aber dann begreife ich, dass er von einer Kletterrose stammt, die an der Wand eines blau gestrichenen Gartenhäuschens hinaufrankt und Dutzende strahlend gelber Blüten trägt. Ein ganzer Bienenschwarm summt um sie herum.

Rosen. Es muss sechs Jahre her sein, dass ich zuletzt welche gesehen habe, vielleicht sieben. Rosen kann man nicht essen und sie spenden keinen Schatten, deswegen gibt es sie in der Stadt nicht mehr. Doch jetzt, wo ich mich dabei ertappe, dass ich stehen geblieben bin und tief einatme, so als könnte ich den Duft in mir festhalten, ihn speichern wie Wärme in einer Mauer, frage ich mich, ob Überleben genug ist. Ob wir dem Leben überhaupt noch Raum lassen.

Neben dem blauen Häuschen kniet eine Frau an einem Gemüsebeet. Sie ist auf mich aufmerksam geworden. Mit einer Hand beschattet sie die Augen gegen die grelle Sonne, dann hellt sich ihr Gesicht auf und sie winkt mir zu. Von ihren Handschuhen bröckelt Erde.

Ich lächle. Normalerweise würde ich weitergehen, aber irgendetwas bringt mich dazu, auf die Ranken um die weißen Fensterrahmen zu deuten. »Die Rosen sind wunderschön.«

Verlegen wende ich mich ab, doch da ist sie schon aufgestanden und klopft sich Staub von den Knien.

»Warte«, sagt sie mit einer Stimme, der man anhört, dass sie gern lacht, und mir geht auf, dass sie jünger ist, als ich dachte. Sie zieht eine kleine Schere aus einem Holster an ihrem Gürtel, tritt unter den Rosenbusch, wählt eine Blüte aus und schneidet sie ab. Sie lächelt, als sie auf mich zukommt und mir die Rose über den Zaun entgegenhält. Die Fältchen um ihre Augen haben nichts mit den Furchen zu tun, die sich in die Gesichter der Stadtleute graben. Ich frage mich, wie es ist, hier draußen zu wohnen. Die Gartenanlagen, in denen Esper und ich bisher zu tun hatten, waren kleine Äcker, da gab es keine spielenden Kinder, keine Liegestühle unter knorrigen Obstbäumen wie neben dem blauen Häuschen und ganz sicher keine Rosen.

»Danke«, sage ich, als ich die gelbe Blüte annehme. Ich kann nicht anders, ich rieche daran, und der Duft ist so intensiv, dass ich kurz die Augen schließen muss.

Als ich sie wieder öffne, mustert mich die Frau. »Wir haben alle zusammengelegt, weißt du«, sagt sie leise und deutet mit dem Kinn auf die kleine Gruppe um Esper und Alma. »Seit Februar hat es nur zweimal geregnet, und das bisschen, was wir auffangen konnten, ist so gut wie aufgebraucht. Ihr werdet Erfolg haben, nicht wahr?«

Ihr Blick wandert zu Esper. Ich erkenne Hoffnung in ihren Augen, als sie ihn betrachtet. Esper kann das. Er gibt den Leuten das Gefühl, dass sie ihm vertrauen können. Wir wären längst nicht so gut gebucht, wenn sie wüssten, dass ihre Hoffnungen auf mir liegen. Doch das darf niemand erfahren, niemals.

»Ja«, antworte ich, während wir zusehen, wie Esper auf einem wackligen Holztisch den Koffer aufklappt und die Chem-Patronen sortiert. Sie sind nur Attrappe, aber sie gehören eben zur Ausstattung. Selbst wenn sie mit Seifenblasenwasser gefüllt wären, würde es keinen Unterschied machen – genau wie die Drohnen sollen sie nur von mir ablenken. »Wir werden Erfolg haben«, verspreche ich mit einem letzten Lächeln und winke der Frau zu.

Mit ein paar Schritten schließe ich zu Esper, Alma und den beiden Männern auf. Esper wirft mir einen genervten Blick zu, weil ich getrödelt habe und er noch eine Weile länger Small Talk betreiben musste, doch ich verziehe keine Miene. In aller Seelenruhe stelle ich mein Gepäck am Fuß des Tisches ab, während Esper von Luftdruck und Luftfeuchtigkeit schwafelt, als hätte er Ahnung. Ich ziehe einen kleinen schwarzen Kasten aus der Tasche, klemme mir das Tablet unter den Arm und verdrücke mich auf einen schmalen Pfad, der vom Hauptweg abzweigt. Solange mich Alma und die beiden Männer sehen können, halte ich das schwarze Kästchen in die Luft, als würde ich Messungen vornehmen, dann spare ich mir den Zirkus und suche mir ein ruhiges Plätzchen.

Das stellt sich als gar nicht so einfach heraus, denn kaum bin ich ein paar Meter gelaufen, höre ich Stimmen.

»... dort drüben, sehen Sie? Der komplette Ulmenbestand von hier bis zur Grundstücksgrenze hat gelitten.«

»Das geschieht leider zu oft, dass es beim Einsatz von atmoaktiven Substanzen zu unerwünschten Nebenwirkungen kommt.«

Die Frau auf der anderen Seite der Hecke – die Inhaberin der Baumschule, vermute ich – schnaubt. »So kann man das sagen. Haben Sie eine Ahnung, was hier schiefgegangen sein könnte?«

»Die häufigsten Unfälle passieren mit falsch dosierten oder verunreinigten Chemikalien.«

Ich habe ja versucht, nicht zu lauschen, aber Willem macht es mir schwer. Was erzählt er denn da? Nach Werbung für die Wettermacher klingt das nicht.

»Und Sie sagen, Sie hätten bei der PAO Beschwerde eingereicht?«, fragt er jetzt. Sein Tonfall zwischen Schleimerei und Arroganz jagt mir einen Schauer über den Rücken.

»Sobald das ganze Ausmaß sichtbar wurde«, bestätigt die Frau. »Aber die meinten da nur, der Zusammenhang zwischen der Wettermodifikation und der eingetretenen Schädigung sei nicht nachweisbar.«

»Typischer Fall. Die PAO kriegt den Markt nicht in den Griff und das will sie natürlich nicht zugeben. Es sind zu viele unregistrierte Agenturen unterwegs. Sie erinnern sich nicht zufällig daran, wen Sie engagiert hatten?«

Ich kann sein anbiederndes Grinsen fast durch die Hecke blitzen sehen, doch die Frau ist genauso irritiert wie ich.

»Wozu wollen Sie das wissen?«, fragt sie misstrauisch.

Das würde mich auch interessieren.

»Sie könnten sich mit Ihrer Beschwerde an die Gewerkschaft der Wettermacher wenden. Wenn Sie mir den Namen des Kollegen ...«

»Sie haben eine Gewerkschaft? Davon habe ich ja noch nie gehört.«

Da geht es ihr ganz genau wie mir. Was redet Willem da? Wieso braucht er so dringend den Namen? Bestimmt hat er sich wieder mit jemandem angelegt und will ihm jetzt eins auswischen. Zuzutrauen ist Willem alles.

»Es ist eher so was wie ein Verbund, der Rücklagen für Fälle wie Ihren bildet«, schwadroniert er weiter. »Vielleicht haben Sie ja noch die entsprechenden Dokumente.«

»Hm, ja, vielleicht ...« Nach einer kleinen Pause fährt sie fort: »Wie wäre es, wenn ich einen Blick in meine Unterlagen werfe, und sobald Sie hier fertig sind, kommen Sie zu mir ins Büro, und wir trinken einen Kaffee?«

»Fünf Minuten, länger brauche ich nicht.« Willem klingt extrem zufrieden mit sich.

»Wunderbar«, zirpt die Frau, und ihre Schritte entfernen sich.

»Würg«, flüstere ich und lache in mich hinein, weil sich Willem verwirrt umblickt. Als er mich zwischen den Zweigen der Hecke entdeckt und sein Gesichtsausdruck schlagartig finster wird, sage ich: »Du bist dir echt für nichts zu schade, oder?«

Er biegt die Zweige etwas zur Seite, sodass ich in den vollen Genuss seines Anblicks komme. Er wirkt nicht im Geringsten verlegen, sondern selbstherrlich wie immer. »Lustig, dass das gerade von dir kommt. Die Sache neulich mit deinem angeblichen Kontakt ...«

»Wieso angeblich?«, stelle ich mich dumm, aber ich weiß natürlich, dass es keine Händlerin namens Rita gibt, die auf dem Schwarzmarkt Silberiodid anbietet, wie ich behauptet habe.

»Du hältst dich für ganz schlau, was?« Willem stellt sich näher an die Hecke und ist so empört, dass seine Spucke in Tröpfchen durch das Laub fliegt. »Deine Rita heißt Riva und ist Undercoveragentin der PAO. Fünf Stunden hat sie mich gegrillt!«

Ich verkneife mir ein Grinsen. Der Name war ausgedacht, ich hatte keine Ahnung, dass die Prüfstelle für atmosphärische Optimierung jetzt auch den Schwarzmarkt aufmischt. Normalerweise dürfen wir Wettermacher uns mit den Leuten von der PAO herumärgern. Doch die Geschichte erklärt, warum Willem heute besonders ätzend ist.

»Das tut mir echt leid für dich«, sage ich mit so viel falschem Mitleid in der Stimme, dass es Willem die Zornesröte ins Gesicht treibt, »aber ich muss dann auch mal.« Mit einem kleinen Winken drehe ich mich weg.

»Vega, eines Tages ...«, knurrt er hinter mir, doch das höre ich schon fast nicht mehr.

Auf der Suche nach einer ruhigen Ecke finde ich in einer Hecke eine schmale Lücke, durch die ich auf eine Streuobstwiese gelange. Es kommt mir vor, als würde ich aus der Wüste in eine Oase treten. Niedrige knorrige Bäume mit winzigen Äpfeln und Birnen an den Ästen beschatten Glockenblumen, Salbei und Minze. Durch die Zweige flirrt das Sonnenlicht und zaubert Goldflecken auf den Boden. Die Wiese wirkt wie aus einer anderen Zeit. Wie aus einem Märchen. Ich hätte nicht geglaubt, dass es so etwas noch gibt.

Mit einem Mal geben meine Knie nach. Einen Herzschlag lang bin ich nicht hier, am Stadtrand, unter einer unbarmherzigen Sonne, ich bin keine siebzehn, sondern fünf und renne mit den Schmetterlingen in unserem Garten um die Wette. Ich schummle ein bisschen, und sie wiegen sich in der leichten Brise, die ich rufe, damit sie nicht davonflattern. Stattdessen führen sie einen Tanz auf, rings um mich herum, und ich strecke die Arme in den Himmel und tanze mit ihnen.

Der Boden unter meinen Knien ist hart. Er ist so trocken, dass kein Moos wächst und das Gras nur spärlich. Um die Blüten von Thymian und Lavendel schwirren keine leuchtend bunten Schmetterlinge, sondern kleine braune Falter und dicke Hummeln, doch selbst sie sind so selten geworden, dass ihr Anblick das unwirkliche Gefühl verstärkt. Ich schüttle den Kopf und stemme mich mühsam auf die Füße. Für Erinnerungen ist keine Zeit, sie machen mich rührselig und das kann ich nicht gebrauchen. Ich muss meine Aufmerksamkeit auf das richten, was da ist, was real ist. Alles andere hat keine Bedeutung mehr.

Ich schließe die Augen und lausche, atme und fühle. Summen flutet meine Ohren, dahinter wieder das Kinderlachen und, viel, viel leiser, sodass ich eine Weile brauche, bis ich es zuordnen kann, das Rascheln winziger Beine im trockenen Gras. Staub und die scharfen ätherischen Öle der Kräuter liegen in der Luft, aber auch mehr Feuchtigkeit, als ich seit Wochen gespürt habe. Ein Windhauch, erzeugt von winzigen Flügeln, streift meine Haut.

Dann rufe ich. Wärme durchströmt mich, als sich mein Bewusstsein vorantastet, zu den Wäldern, wo es kühl und schattig ist und wo mehr, viel mehr Wasser gespeichert ist als in diesem Garten. Es dauert, bis das Wasser antwortet. Ich blende alles aus, was mich ablenken könnte, Stimmen, Geräusche, das Surren von Espers und Willems Drohnen. Mein Wille streckt sich, ich fühle die Energie fließen, aber dann halte ich inne. Es ist, als würden meine Sinne mit der Luft kollidieren. Ich versuche es erneut, mit ein bisschen mehr Nachdruck, und das Gefühl verschwindet.

Mit geschlossenen Augen stehe ich da und warte. Zeit vergeht mit jedem meiner Herzschläge. Meine Fingerspitzen kribbeln, genau wie meine Kopfhaut. Endlich spüre ich es. Wie eine Daunenfeder streicht die Luft über meine nackten Arme, hauchzart erst, dann deutlicher. Wind. Er hebt die Haare in meinem Nacken hoch, weht mir Strähnen ins Gesicht, aber noch immer schlage ich die Augen nicht auf. Ich warte, bis ich das Säuseln hören kann. Es wird lauter, wird zum Rauschen und jetzt zerrt der Wind an meinen Klamotten. Jedes andere Geräusch verstummt. Es ist, als seien die Insekten und Vögel erstaunt, dass sich die Luft bewegt, selbst von den spielenden Kindern ist nichts mehr zu hören.

Ich atme tief ein und öffne die Augen. Blinzelnd komme ich zurück ins Hier. Meine Arbeit ist getan, ich kann es fühlen. Nur noch ein bisschen Geduld und über der Gartenanlage wird es regnen, so ausgiebig wie seit Monaten nicht.

Meine Hände und Füße prickeln, und ich strecke den Arm aus, um mich an einem der niedrigen Stämme abzustützen. Jetzt bereue ich es, meine Tasche bei Esper und den Kunden gelassen zu haben, denn ein Schluck Tee und ein Stück Schokolade würden das wacklige Gefühl in meinen Beinen vertreiben. Oder besser eine ganze Tafel Schokolade.

Ich schüttle den Kopf, um die schwarzen Ränder um mein Blickfeld zu verscheuchen, und reibe mir über die Arme, um die Gänsehaut, so gut es geht, zu vertreiben. Mit staksigen Schritten bahne ich mir einen Weg durch die Hecke und zurück zu Esper, der unter Almas strenger Aufsicht mit der Fernbedienung der Drohne hantiert. Als er mich aus dem Augenwinkel wahrnimmt und mir einen schnellen Blick zuwirft, zupfe ich an meinem linken Ohrläppchen. Unser Geheimzeichen für »Ja«. Ich kann sehen, wie sich seine Schultern senken.

Möglichst unauffällig trete ich an die vier heran und angle nach meiner Tasche. Während ich etwas trinke und mich abwende, um mir den ersten Brocken Schokolade zwischen die Zähne zu schieben, setzt Esper zu einer vollmundigen Rede an, der ich nur mit halbem Ohr lausche. Wichtiger finde ich es, auf den Beinen zu bleiben.

Mit jedem Bissen geht es mir besser. Das Gefühl kehrt in meine Zehen und Finger zurück, und endlich dringt auch Espers Stimme in mein Bewusstsein vor: »... ein paar Minuten, dann sollten wir erste Ergebnisse sehen.«

Da täuscht er sich. Ich brauche mich nicht mal umzudrehen,

ich fühle, dass sich der Himmel in unserem Rücken verdunkelt. Als ich einen Blick über die Schulter werfe, schieben sich die ersten Quellwolken über die Gartenanlage. Alma und die beiden Männer verfolgen, wie Esper unsere Drohne weich im trockenen Gras aufsetzen lässt. Sie sind immer noch nicht auf den Wind aufmerksam geworden, aber jetzt sehen sie sich um. Staunend deutet der Mann, den Alma Albert genannt hat, nach Nordwesten.

»Das glaube ich ja nicht ... Geht das so schnell?«

Während die drei auf den Horizont starren, sucht Esper meinen Blick. Ich nicke.

»Ja, so schnell geht das«, antwortet er. Mit geübten Handgriffen fängt er an, die Drohne zusammenzuklappen. »Wenn wir dann die Bezahlung regeln könnten ... Wir müssen heute noch zu einem anderen Kunden.«

Der Wind fährt in Almas Flatterhose und bauscht sie. Sie dreht sich zu uns um und lächelt, als sie einen Umschlag aus der Innentasche ihrer Weste zieht. Im selben Moment platzt ein Tropfen auf ihrer Schulter. Fasziniert betrachtet sie den dunklen Fleck, der sich auf dem hellgrünen Stoff ausbreitet.

»Bitte sehr«, sagt sie und hält Esper den Umschlag hin, doch sie wirkt abwesend. Der Blick aus ihren blauen Augen rührt mich. Das, was zu mir gehört, seit ich denken kann, ist wie ein Wunder für sie. Und so muss es bleiben, denn was ich kann, darf nie bekannt werden. Ich habe meine Lektion gelernt.

Die Quellwolken haben sich verdichtet, über uns erstreckt sich jetzt eine grau brodelnde Wolkendecke und auf dem Boden und in unseren Haaren zerspringt Tropfen für Tropfen, immer mehr, bis aus dem Tröpfeln ein Klopfen und aus dem Klopfen ein Trommeln wird. Esper, Alma und die beiden Männer reden automatisch lauter, aber ich verliere die Geduld und klappe den Deckel des Koffers zu. Mein Kopf dröhnt. Ich will nach Hause. Ich brauche Ruhe.

Winkend verabschieden uns die Gartenbesitzer am Tor und scheinen zu genießen, dass ihnen der Regen mittlerweile von der Nase rinnt. Eine Minute oder zwei waren die Kinder still, jetzt tauchen ein paar von ihnen auf einem Pfad auf und biegen in den Hauptweg ein. Sie johlen und hüpfen durch den prasselnden Regen, und ich lache auf, als eins von ihnen, ein vielleicht sechsjähriger Junge, sich auf den Boden wirft und die Tropfen mit der Zunge auffängt. Seine Arme und Beine schlagen hin und her, so wie früher, als es noch richtige Winter gab und man im frisch gefallenen Schnee einen Engel zeichnen konnte.

Esper greift nach meinem Arm und will mich weiterziehen, doch etwas Bitteres sticht in meine Nase und lässt mein Lachen einfrieren. Der Druck auf meinen Kopf, den ich eben noch als Erschöpfung abgetan habe, wird zu einem Stechen. Obwohl mir die Tränen in die Augen schießen, ist mein Blick an dem Jungen wie festgeklebt, und ich spüre, wie sich Kälte über meinen Rücken frisst, die nichts damit zu tun hat, dass mir die dünne Bluse mittlerweile am Körper klebt. Ich setze die Brille mit den nassen Gläsern ab, reiße mich von Esper los und stürze durch das Tor zurück in die Gartenanlage.

»Vega!«

Ich ignoriere ihn.

Neben dem Jungen liegt jetzt ein kleines Mädchen und ihr Schreien klingt nicht mehr fröhlich. Genau wie der Junge kreischt sie, als würde ihr die Haut vom Leib gerissen.

Hinter mir fühle ich Espers Körperwärme. Auch er hat jetzt

begriffen, was hier passiert. Die drei Erwachsenen und das dritte Kind stehen mit offenem Mund da und können anscheinend nicht glauben, was sie sehen.

»Los!«, brülle ich. »Wir müssen sie ins Trockene bringen! Suchen Sie sich einen Unterstand! Gehen Sie aus dem Regen!«

Ich weiß nicht, wie viele Menschen meine Anweisungen hören, aber ich hoffe, dass der Rest selbst auf die Idee kommt. Spätestens wenn die Schmerzen beginnen.

Ich erreiche das kleine Mädchen, eine Sekunde bevor sich Esper neben den Jungen kniet, ihn in die Arme nimmt und hochhebt.

»Wohin?«, fragt er, und ich deute auf das blaue Häuschen.

Die junge Frau ist an den Zaun gekommen, öffnet die Pforte und greift nach dem anderen Jungen, der sich widerstandslos mitziehen lässt.

»Schhh«, mache ich, als das Mädchen sich in meinen Armen windet und nach mir schlägt, sodass ich Mühe habe, es durch den trommelnden Regen zu tragen.

»Mach, dass es aufhört! Mach, dass es aufhört!«, kreischt sie immer wieder.

In Alma und die beiden Männer kommt endlich Leben, Yegor und Albert stürzen auf mich zu, um mir das Mädchen abzunehmen. Ich überlasse sie ihnen, und auch wenn meine Haut anfängt zu brennen, die anderen längst in dem blauen Häuschen verschwunden sind und Esper meinen Namen ruft, bleibe ich im Regen stehen und tue, was das Mädchen von mir verlangt hat: Ich lasse es aufhören.

Kaum habe ich damit begonnen, fange ich an zu zittern – ich habe mich von vorhin noch nicht erholt und jeder Regentropfen ist wie ein Wespenstich, giftig und quälend. Doch wenn das hier nicht zur Katastrophe werden soll, muss ich es beenden.

Aus dem Augenwinkel meine ich, eine Bewegung in einer Laube wahrzunehmen, einen Schatten, der erst auf mich zugleitet, aber dann zuckend wieder in den Schutz der Überdachung verschwindet. Ich habe keine Aufmerksamkeit für ihn übrig, ich halte mich gerade noch auf den Beinen, während um mich herum der Wind tost und den Regen in wilden Wirbeln gegen meine Beine und meinen Rücken, gegen die Hecken und Zäune presst. Der Druck in meinem Kopf lässt meine Ohren klingeln. Ich beiße die Zähne zusammen, als sich die Säure mein Rückgrat hinabfrisst, ich muss den Schmerz wegdrücken.

Dumpf pocht er vor sich hin, während ich den Sturm entfessle. Meine Arme krampfen unter der Wucht, mit der die Luft auf mich trifft, das Heulen in meinen Ohren übertönt jedes andere Geräusch, selbst Espers panische Rufe, aber ich stelle mich aufrechter in den Wind und schicke den vergifteten Regen hinaus aufs Land, weg von diesen Gärten, weg von der Stadt, dorthin, wo er nicht noch mehr Menschen verletzen kann.

Wenigstens hat der Sturm die Leute in die Häuser getrieben, also bin ich die Einzige, die ein paar Minuten später mitbekommt, dass vor dem Tor zu der Gartenanlage zwei Einsatzfahrzeuge der PAO halten. Ich und der Schatten in der Laube.

Die Türen lassen sich im Sturm fast nicht öffnen, doch schließlich stemmen sich Beamte in Schutzanzügen gegen den Wind und steigen aus.

Und ich falle um.

2

Ich wache auf, als mir jemand mit einem feuchten Tuch den Rücken abtupft. Es brennt, aber beinahe sofort lassen die Schmerzen nach. Langsam atme ich aus und lasse den Kopf wieder auf die Pritsche fallen.

»Gleich wird es besser«, sagt eine weibliche Stimme, und ich will ihr recht geben, doch dann lenkt mich die Kälte ab. Ich muss die Zähne zusammenbeißen, damit sie nicht klappern, und meine Fingerspitzen schimmern blau. Als ich mich hochstemmen will, legt sich eine Hand auf meine Schulter und drückt mich sanft zurück auf meine Unterlage.

»Noch nicht«, höre ich die Frau wieder.

Sie breitet eine Decke über mich und ich stöhne beinahe auf vor Erleichterung. Nach ein paar Sekunden ist die Kälte nicht mehr ganz so durchdringend und mein Schlottern geht in ein zahmeres Beben über. Mein Rücken und mein Bauch entkrampfen sich.

Wer ist die Frau? Ich drehe den Kopf, aber sie ist verschwunden. Stattdessen konzentriere ich mich auf meine Umgebung und versuche, mich zu orientieren.

Ich liege auf dem Bauch auf einer Pritsche und bin unter der Decke so gut wie nackt. Nach dem toxischen Regen war das wahrscheinlich nötig, es verstört mich trotzdem, dass ich nicht mitbekommen habe, wie mich die Frau ausgezogen hat. War es überhaupt die Frau? Wer ist sie? Sie klang anders als die Rosenfrau. Und wo ist Esper?

Mit einem kleinen Schock fallen mir die PAO-Leute wieder ein. Der harte Kunststoff der Pritsche, der scharfe Geruch nach Desinfektionsmittel ... Ein Verdacht keimt in mir und mein Herz beginnt zu rasen. Mühsam drehe ich den Kopf noch ein Stück weiter und erkenne nicht nur den orangen Kittel einer Sanitäterin, sondern auch alle möglichen medizinischen Apparate, Monitore, einen Defibrillator. Strahler an der niedrigen Decke werfen kaltes Licht auf weiße Schränke, unter dem beißenden Geruch des Antiseptikums liegen die dumpfen Ausdünstungen von Gummi. Mein Blick bleibt an einer Packung Einweghandschuhen hängen, die neben einem Beatmungsgerät an der nahen Wand befestigt ist.

Verdammt.

Ein Gesicht taucht neben meinem auf, ein breiter Mund, eine Stupsnase mit Sommersprossen und riesengroße braune Augen. »Hast du noch Schmerzen?«

Ich höre in meinen Körper hinein. Richtig warm ist mir noch immer nicht, aber das Brennen auf meinem Rücken ist beinahe verschwunden. Die Haut spannt, doch auch das wird vorübergehen. Langsam schüttle ich den Kopf.

»Dann auf mit dir«, sagt die stupsnasige Sanitäterin und hält mir die Hand hin.

Irgendwie rapple ich mich so weit hoch, dass sie mich in eine sitzende Position ziehen kann. Die Decke gleitet über meinen Rücken, als ich sie mir vor die Brust zerre, und ich verziehe das Gesicht. Anscheinend ist die Haut dort noch empfindlicher, als ich dachte.

»Du hattest Glück. Du hast richtig was von dem toxischen

Regen abbekommen, aber das wird wieder. In ein paar Tagen merkst du nichts mehr davon.«

Ich nicke. Sie hat recht. Von den Reizungen wird nichts bleiben. Bei mir zumindest ...

Ich räuspere mich. »Wie geht es den Kindern?«

Die Sanitäterin dreht sich zu mir um und hält mir ein Bündel frische Klamotten hin. Einen Moment betrachtet sie mich schweigend. »Das darf ich dir nicht sagen.« Ihr Gesichtsausdruck verheißt nichts Gutes für die beiden, und mein Magen krampft sich zusammen, doch als sie sieht, wie ich die Augen aufreiße, entspannt sich ihre Stirn. »Sie sind auf dem Weg ins Krankenhaus. Sie kommen durch.«

So schlimm ist es? Tränen schießen mir in die Augen und ich beiße mir fest auf die Unterlippe.

»Haben sie Willem verhaftet?«, krächze ich. Das ist die einzige Erklärung, die ich für den Unfall finde: Willem hat sich bei der Dosierung seiner Chems verschätzt.

Der Ausdruck der Sanitäterin wird wieder düster. Sie macht eine ungeduldige Geste mit der Hand, die mir die Kleidung hinhält, und ich nehme die Hose und den Hoodie entgegen. »Dein Freund ist verschwunden.«

»Willem ist nicht mein Freund«, höre ich mich sagen, während mir im selben Moment aufgeht, was hier los ist. Warum Esper nicht bei mir ist. »Willem Ulbricht ist ein Wettermacher«, fange ich an zu erklären. »Er hat den toxischen Regen verursacht. Er hatte drüben in der Baumschule einen Einsatz ... Jemand muss ihn verhaften!«

Ich bin laut geworden und jetzt ist der Blick der Sanitäterin richtig streng. Sie glaubt mir nicht. »Das kannst du der PAO erklären. Los, zieh dich an, sie warten schon auf dich.«

Sie kümmert sich wieder um ihren Bürokratiekram, und während ich mir so langsam wie möglich den kratzigen, viel zu warmen Hoodie überstreife und in die Hose steige, wandern meine Augen hektisch hin und her.

Denk nach, beschwöre ich mich, denk nach. Ist Esper wirklich weggerannt? Hat er die Ausrüstung mitgenommen? Und wenn nicht, wie erklären sie sich, dass die Chem-Patronen leer sind? Glaubt die PAO, dass ich den toxischen Regen verursacht habe? Wie hätte ich das tun sollen ohne Chems? Aber diese Frage kann ich ihnen schlecht stellen, sie würde so viele Gegenfragen nach sich ziehen, dass ich an Weihnachten noch nicht wieder aus der PAO-Zentrale raus wäre. Und was ist mit Willem? Haben sie ihn befragt oder hat er sich vorher abgesetzt?

Die Sanitäterin wird ungeduldig, drängt sich an mir vorbei und hält mir die Tür auf. Suchend sehe ich mich nach meinen eigenen Klamotten und meiner Tasche um.

Sie deutet meinen Blick richtig. »Deine Kleidung musste ich aufschneiden, das sind nur noch Fetzen. Alles andere hat die PAO.«

Einen Moment zögere ich noch, dann flüstere ich: »Danke«, und klettere aus dem Rettungswagen. Immerhin war sie freundlicher, als ihr Job es vorschreibt.

Kaum stehe ich auf der Straße, schlägt mir Gebrüll entgegen. Eine Gruppe von zwanzig, vielleicht dreißig Gaffern hinter einer Absperrung aus Flatterband starrt erbost zu mir herüber.

»Sie pfeifen auf Naturgesetze«, skandieren die Leute, »Wettermacher sind das Letzte!«

Ein paar zücken ihre Unices, sodass ich mir schnell die Kapuze des Hoodies über den Kopf ziehe. Auf Videos von mir im Netz kann ich gut verzichten.

Der Spruch ergibt zwar keinen Sinn, trotzdem weiß ich jetzt, was los ist. Und richtig, hinter den Protestierenden erkenne ich zwei Banner, eins mit der Aufschrift »Schluss mit gefährlichen Wetterexperimenten«, das andere mit einem grünen Frosch auf gelbem Grund. Das Logo von EcoQuest.

Eine Hand schließt sich um meinen Arm und ich fahre herum. Beinahe bin ich erleichtert, dass es ein PAO-Beamter ist und nicht einer dieser durchgeknallten Ökoaktivisten, die jede Gelegenheit nutzen, die Wettermacher in den Dreck zu ziehen. Er lässt mir kaum Zeit, mich zu wundern, wie EcoQuest so schnell von dem Unfall hier Wind bekommen hat, sondern führt mich zwischen mittlerweile einem halben Dutzend Einsatzfahrzeugen hindurch zu einem Bus, dessen Schiebetür offen steht. Normalerweise würde ich mich losreißen, doch ich glaube kaum, dass eine Provokation gerade gut ankäme, und außerdem bin ich ein klitzekleines bisschen froh, dass er mich aufrecht hält. In meinem Kopf dreht sich alles, der Stoff des Hoodies kratzt auf meinem Rücken und das Zittern ist wieder stärker geworden. Eine Hühnersuppe und zwölf Stunden Schlaf, das bräuchte ich jetzt. Doch es ist eher unwahrscheinlich, dass mich in dem PAO-Bus so viel Luxus erwartet.

Wortlos schiebt mich der Beamte durch die Bustür und schließt sie hinter mir, bevor ich mich noch einmal umdrehen und mich vergewissern kann, dass ich mir den Schatten am Zaun nur eingebildet habe. Was ist heute nur mit meinen Augen? Es ist immer noch früh am Nachmittag, die Sonne steht hoch, der Himmel ist wieder strahlend blau. Warum habe ich ständig den Eindruck, ich würde in dunklen Ecken etwas erkennen?

»Setzen Sie sich«, sagt eine angenehm dunkle Stimme.

Ich rutsche gegenüber der Frau auf eine Bank. Langsam gewöhnen sich meine Augen an das Zwielicht im Bus, und ich merke, dass hinter ihr ein zweiter Beamter vor einem Monitor sitzt. Er nickt mir zu, ich nicke zurück. Vage kommt er mir bekannt vor mit seinen raspelkurzen blonden Haaren und dem markanten Vollbart. Vielleicht habe ich ihn mal bei einer PAO-Kontrolle gesehen.

Die Frau vor mir kenne ich nicht. Sie hätte ich mir gemerkt, denn sie sieht kaum älter aus als ich, allerhöchstens Anfang zwanzig. Sie trägt einen mädchenhaften Pferdeschwanz aus glänzenden schwarzen Wellen und ihre dunklen Augen werden von langen dichten Wimpern umrahmt. Genau wie ihr Kollege hat sie eine Hose und das passende Shirt in diesem hässlichen PAO-Lila an.

Eine Weile wischt sie auf einem Tablet herum, ohne mich zu beachten. Sicher irgendeine Verhörtechnik, doch ich weigere mich, deswegen nervös zu werden. Im Gegenteil, je länger sie mich nachdenken lässt, desto größer ist die Chance, dass mir eine Geschichte einfällt, die glaubwürdig genug klingt, damit ich die Wahrheit verschweigen kann. Die Wahrheit würde sie mir sowieso nicht abkaufen.

Als mir der andere Beamte nach einem prüfenden Blick auf meine zitternden Hände auch noch einen Becher mit Tee vor die Nase stellt, bin ich beinahe zufrieden. Es ist keine Hühnersuppe, aber immerhin ist der Tee warm.

Mein Blick schweift durch den Bus, und in einem Regal mit Metallkörben entdecke ich, eingepackt in eine Plastiktüte und säuberlich beschriftet, meine Tasche. Das Tablet, der Ordner und mein Unice liegen hinter einer Glastür in einem Schränkchen daneben. Ich widerstehe dem Impuls, aufzuspringen und nachzusehen, ob Esper eine Nachricht gesandt hat. Er weiß bestimmt, dass ich in Gewahrsam der PAO bin, und wird sich hüten, ihnen in die Hände zu spielen. In einer halben Stunde bin ich hier sowieso raus, immerhin bin ich nur die Assistentin. Ich habe ja noch nicht mal eine Lizenz. Und abgesehen davon sollten sie sich ohnehin Willem vorknöpfen, statt mich hier schmoren zu lassen.

Während ich den Tee trinke – irgendeine widerliche Mischung aus Zitrone und Hagebutte –, denke ich darüber nach, was heute Vormittag passiert ist. Die Tasse hinterlässt feuchte Ringe auf der Tischplatte, die ich mit Teewasserlinien zu absurden chemischen Modellen verbinde. Welche Stoffe hat Willem wohl verwendet? Wo hat er sich verrechnet, und wie kann es sein, dass daraus ein so gewaltiger Störfall entstanden ist?

Vielleicht spürt die Beamtin, dass ihr Verhalten den gegenteiligen Effekt hat, dass ich mich immer mehr entspanne, vielleicht ist sie aber auch wirklich fertig mit ihrer Wischerei, jedenfalls versichert sie sich ein weiteres Mal, dass ich nicht auf das Tablet sehen kann, setzt sich aufrechter hin und mustert mich einen Moment.

»Mein Name ist Elif Tekin«, sagt sie dann. »Ich arbeite für die Prüfstelle für atmosphärische Optimierung.«

Ja, so viel war mir klar. Sie erwartet irgendeine Reaktion, deswegen nicke ich.

»Frau Sellin, wie ich sehe, geht es Ihnen besser. Ich werde Ihnen nun einige Fragen zu den Ereignissen von heute Vormittag stellen. Ich mache Sie darauf aufmerksam, dass alle Ihre Aussagen protokolliert werden und vor Gericht gegen Sie verwendet werden können. Sie haben das Recht, die Aussage zu verweigern, allerdings muss ich Sie dann in die Zentrale mitnehmen.«

Sie rattert den Rest meiner Rechte und Pflichten herunter, aber ich höre kaum hin. Ich warte nur darauf, dass sie zu reden aufhört und ich fragen kann: »Vor Gericht? Heißt das, ich bin tatverdächtig? Ich war das nicht!«

Sie nickt bedächtig, und wenn mich diese Geste bei einer älteren Frau vielleicht nicht gestört hätte, bei ihr bringt sie mich auf die Palme. Das Gute daran ist: Jedes Kälteempfinden ist verschwunden.

»Gehen wir erst einmal durch, was heute Morgen geschehen ist.«

Weil es sowieso nichts bringt, mich mit ihr anzulegen, atme ich tief durch und erzähle ihr, wie der Einsatz in der Gartenanlage abgelaufen ist. Das heißt, ich erzähle ihr eine Version, die mit den Richtlinien der PAO vereinbar ist.

Leider lässt sie sich nicht so schnell einwickeln. »Das ist eine interessante Geschichte, Frau Sellin.« Sie deutet auf das Fach mit der Glastür. »Aber können Sie mir erklären, warum weder Ihr Tablet noch Ihr Universal Device eine Steuerungsapp aufweist?«

Einen Moment muss ich fast überlegen, was sie meint. Welcher Mensch sagt Universal Device?

Ich lehne mich ein wenig nach vorn. »Dafür gibt es einen einfachen Grund: Ich bin noch nicht achtzehn.«

Tekins Mundwinkel zucken. »Dass Sie selbst noch keine Lizenz haben, ist mir bewusst. Meine Frage zielte darauf ab, wie Sie und Ihr Partner die Eingriffe in das lokale Wetter zuwege gebracht haben wollen, wenn Ihre Ausrüstung doch, sagen wir, dürftig ist.«

»Wir …« Ich stocke, aber dann reiße ich mich zusammen und richte mich auf. »Wir nutzen ein neuartiges Verfahren, das den Einsatz von Chemikalien minimiert. Dadurch werden Nebenwirkungen reduziert.«

»Nebenwirkungen, wie sie heute aufgetreten sind?« Sie verzieht den Mund zu einem verächtlichen Lächeln, und ich fange an, sie wirklich zu hassen. »Ist das der Grund, warum Sie dieses neue Verfahren offensichtlich noch nicht von der PAO haben zertifizieren lassen?«

Ich halte ihrem Blick stand. »Worüber reden wir hier? Dass wir uns möglicherweise nicht ganz an die Regeln gehalten haben oder dass Willem Ulbricht heute einen Chem-Unfall verursacht hat?«

Die Beamtin beugt sich minimal vor. »Wir reden darüber, dass gerade zwei schwer verletzte Kinder ins Krankenhaus gefahren und dort notoperiert werden«, zischt sie. »Ich rate Ihnen dringend, mit uns zu kooperieren, statt mit dem Finger auf andere zu zeigen.«

Meine Kehle wird eng, doch bevor ich etwas sagen kann, kracht es draußen ohrenbetäubend, und wir fahren alle drei zusammen. Tekin ist schon halb aus der Bank, während ich noch versuche herauszufinden, aus welcher Richtung der Knall kam.

»Bleib hier«, weist sie ihren Kollegen an und schiebt die Tür des Busses auf. Dann ist sie weg.

Der Mann und ich tauschen einen Blick.

»Was war das?«, frage ich.

Er zuckt mit den Schultern. »Klang nach einer Explosion.«

Darauf sage ich nichts, denn zu dem Schluss bin ich auch schon gekommen. Aber was sollte in einer Gartenanlage bitte explodieren?

Ich richte meine Aufmerksamkeit nach draußen, von wo

schnelle Schritte und gebrüllte Befehle zu hören sind. Und dann, lauter und näher als zuvor, knallt es wieder und der ganze Bus vibriert unter der Wucht der Detonation.

Fluchend springt der Beamte auf. Mit einem flüchtigen Blick auf mich klemmt er sich seinen Laptop unter den Arm, schnappt sich das Tablet, das noch vor mir auf dem kleinen Tisch liegt, und springt ebenfalls aus dem Bus.

»Was ist los?«, höre ich ihn fragen, bevor er die Tür zuschiebt und sie ins Schloss klickt.

Egal, was dort draußen vor sich geht, ich habe keine Zeit zu verlieren. Diese PAO-Tante hat sich auf mich eingeschossen, so viel ist klar, und ich werde einen Teufel tun und hier darauf warten, dass sie mir den Unfall anhängt. Ich stehe auf, ziehe den Korb mit meiner Tasche aus dem Regal und hänge sie mir quer über die Schulter. Als ich das Tablet und mein Unice aus dem Fach nehmen will, fluche ich leise. Es ist abgeschlossen. Ich rüttle an der Tür, hole sogar mit dem Ellbogen aus, um das Glas einzuschlagen, aber außer einem stechenden Schmerz, der den ganzen Arm hinaufschießt, erreiche ich nichts.

Was jetzt? Wenn ich ohne das Unice abhaue, habe ich nichts mehr, keinen Zugriff auf mein Geld, keine ID und keine Möglichkeit, Esper zu kontaktieren. Einen Moment schließe ich die Augen, dann atme ich zischend ein. Darüber mache ich mir später Gedanken, vor allen Dingen muss ich hier raus.

Hektisch sehe ich mich um. Die Tür ist abgeschlossen, das Fenster auf der straßenzugewandten Seite des Busses gesichert. Bleibt der Fahrerraum. Ein Gitter trennt ihn vom hinteren Teil des Busses. Ich stecke die Finger hindurch und taste nach der Verriegelung, aber ich bin nicht kräftig genug, um sie zu öffnen. Wütend schlage ich gegen die Verstrebung und rüttle daran, werfe mich mit meinem vollen Gewicht dagegen, als die Fahrertür aufgeht. Ich erstarre.

Der Mann – eigentlich ist er fast noch ein Junge – trägt keine PAO-Uniform. Er wirft mir nur einen kurzen Blick zu, dann greift er nach der Verriegelung, drückt sie auf und schiebt die eine Hälfte des Gitters zur Seite. Dann hält er mir die Hand hin.

»Los.«

Ich beschließe, dass jetzt nicht die Zeit für Fragen ist, fasse nach seiner Hand, stoße mich ab und lasse mich in den Fahrerraum ziehen. Sein Griff ist sicher und seine Bewegungen mühelos, obwohl er nicht gerade einer von der muskulösen Sorte ist. Ungeschickt zwänge ich mich am Lenkrad vorbei, sodass ich meine Beine aus dem Bus strecken kann und auf dem Boden lande. Wir pressen uns an die Seitenwand und schauen uns um, aber es ist niemand zu sehen.

»Danke«, sage ich und suche seinen Blick – ein dunkles, samtiges Grau, ungewöhnlich –, dann drehe ich mich weg und schleiche am Bus entlang.

Als er wieder nach meiner Hand fasst, wende ich mich um.

»Wo willst du hin?«, flüstert er. »Mein Auto steht dahinten.« Er deutet die Straße hinunter, aber ich schüttle den Kopf.

»Wie gesagt, danke. Ab jetzt komme ich klar.«

»Hier sind überall PAO-Leute. Wir haben vielleicht zwei Minuten, dann sind sie zurück. Wenn sie sehen, dass du getürmt bist, riegeln sie sofort alles ab. Zu Fuß kommst du nicht weit.«

Wie um seine Worte zu bestätigen, nähern sich Schritte. Schritte von mehr als einer Person.

Mein Herz rast. Tausend Gedanken stürzen in meinem Kopf

übereinander – Wo ist Esper? Du musst ihn suchen! Wo willst du heute Nacht schlafen, was hat Willem gemacht, wer ist der Typ, was will er von dirworaufwartestdukommindiegänge! –, und endlich drängt sich der wichtigste nach vorn: Wir müssen hier weg! Ich blinzle, als ich merke, dass ich dem Typen in die Augen gestarrt habe, und nicke.

Er verstärkt den Griff um meine Hand und zieht mich in die andere Richtung, auf die grölende Menge zu. In die Anti-Wettermacher-Sprüche mischen sich mittlerweile auch handfeste Drohungen. Ich blende den Lärm aus, so gut es geht.

»Wie willst du denn an denen vorbeikommen?«, flüstere ich, während wir in der Deckung der Einsatzfahrzeuge weiterlaufen.

»Das klappt schon.«

Sein Optimismus in allen Ehren, doch wenn ich einem Wildfremden vertrauen soll, hätte ich gern ein paar mehr Einzelheiten. Am Heck eines Einsatzbusses bleibe ich deswegen stehen und halte ihn am Arm fest.

Der Typ dreht sich zu mir um, lässt mich aber gar nicht zu Wort kommen. »Wenn ich es sage, stellst du dich ohnmächtig, okay?«

»Was? Ich …«

»Bitte, keine Diskussion jetzt. Ich bringe uns hier raus.«

Weil ich leider nicht die geringste Idee habe, wie ich das allein schaffen könnte, nicke ich knapp, doch es fällt mir schwer. So ein Großkotz ist genau, was mir gefehlt hat.

Er übergeht mein mürrisches Gesicht, schiebt seinen rechten Arm in meine Kniekehlen und hebt mich mit einem Ruck hoch.

»Jetzt«, keucht er.

Er tritt um den Bus herum auf die Menge zu. Von einer Sekunde auf die andere schlägt mein Ärger in Panik um, sodass ich mitspiele und meinen Kopf schwer gegen seine Schulter rollen lasse. Jeder meiner Muskeln ist angespannt, also zwinge ich mich, meinen Körper lockerzulassen, damit man nicht auf den ersten Blick sieht, dass ich diese Ohnmacht nur vortäusche. Ich bringe es nicht über mich, meine Augen komplett zu schließen, deswegen versuche ich, möglichst viel unter meinen Lidern hervor mitzubekommen.

»Dahinten«, ruft mein Begleiter gegen den Protest an und deutet mit dem Kinn in Richtung der Gartenanlage, »da sind noch mehr Verletzte. Die brauchen Hilfe. Beeilung!«

Er klingt wie jemand, der es gewohnt ist, Befehle zu erteilen, und in die Leute kommt Bewegung. Die ersten bücken sich unter der PAO-Absperrung hindurch.

»Aus dem Weg, ich muss sie in Sicherheit bringen«, schiebt er noch hinterher. Ich bete, dass die PAO-Leute alle anderswo beschäftigt sind.

Jemand hält uns das Absperrband hoch, sodass mich der Kerl darunter hindurchtragen kann. Inzwischen atmet er heftiger, und ich höre, wie schnell sein Herz schlägt. Unauffällig spanne ich meinen Arm um seine Schultern an, damit er nicht mein ganzes Gewicht tragen muss. Sein linker Arm zieht mich näher an ihn.

Auf meinem Rücken bildet sich ein Schweißfilm, und ich würde eine Menge dafür geben, den Kopf heben und über seine Schulter spähen zu können, ob jemand Verdacht geschöpft hat und uns folgt. Stattdessen dringt ein anderer Gedanke durch meine Panik oder eher eine Empfindung. Es ist sein Geruch, der mich ablenkt, herb und holzig, so ganz anders als die zitronigen Duftnoten der handelsüblichen Seifen und trotzdem auf ferne Art vertraut. Ich durchkämme mein Gehirn nach der Erinnerung, mit der ich diesen Geruch verbinde, aber da biegen wir in eine Einfahrt, und er flüstert: »Vorsicht.«

Keine Sekunde später stehe ich wieder auf den Füßen. An unserer Koordination müssen wir definitiv noch arbeiten, denn als wir um die Ecke sehen wollen, ob uns jemand folgt, stoßen wir zusammen. Ich halte mich an seinen Armen fest und seine Hand gleitet in meinen Rücken, und obwohl die Situation peinlich sein könnte, grinsen wir beide. Nicht verlegen, sondern … verschworen irgendwie. Na ja, es haben mich ja auch noch nicht so viele Männer durch die Gegend geschleppt, so was schafft schon Nähe.

»Danke«, sage ich, als klar ist, dass sich niemand für uns interessiert, für den Moment jedenfalls nicht.

»Kein Thema.« Sein Grinsen bleibt, aber es wird weicher, als er mir die Hand hinhält. »Leo.«

»Vega«, antworte ich und schlage ein.

Er hat meine Hand noch nicht wieder losgelassen, als Leos Blick auf etwas hinter mir fällt. »Oh nein.«

Ich muss mich gar nicht umdrehen, ich höre die Fußtritte deutlich genug. Sie nähern sich schnell.

Leo linst um die Ecke, die Straße hinunter, zieht seinen Kopf aber hastig zurück. »Aus der Richtung kommen auch welche. Wir schaffen es nicht bis zum Auto.«

Dann bleibt ja nur noch eins. Ich deute auf die Steinmauer, die die Zufahrt einfasst. »Los, hilf mir rauf.«

Leo versteht sofort. Er hält mir seine verschränkten Hände hin, ich stelle meinen linken Fuß in die Räuberleiter und greife nach oben.

»Eins, zwei, drei«, zählt er und wirft mich mühelos auf die Mauer.

Einen kurzen Moment bleibe ich liegen und suche mein Gleichgewicht, dann ziehe ich die Beine an und drehe mich um. Er greift nach meiner ausgestreckten Hand, und ein paar Sekunden später habe ich es geschafft, ihn neben mich zu zerren.

Aus dem Augenwinkel sehe ich ein halbes Dutzend Leute, die in unsere Richtung laufen. Es sind keine PAO-Beamten.

»Da sind sie!«, brüllt einer der Männer. »Schnappt sie euch! Sie haben die Kinder auf dem Gewissen!«

Erst bin ich wie erstarrt, als das Bild des kleinen Mädchens in meiner Erinnerung aufblinkt, aber dann stürzen immer mehr Menschen in unsere Richtung, und ich weiß, dass ich meine Panik auf später verschieben muss.

Vor uns breitet sich das Gelände der Baumschule aus.

Ich lasse mich von der Mauer auf das Gras unter uns gleiten. Nur einen Moment später landet Leo neben mir. Wir wenden uns nach links und laufen los.

Hinter uns werden die Schreie der Meute lauter. »Wo sind sie hin? Habt ihr gesehen, wohin sie verschwunden sind?«

Wir sind noch keine fünfzig Meter weit gekommen, als hinter uns dumpfe Geräusche zu hören sind, so als würden Körper schwer auf dem Boden auftreffen. Neue Rufe feuern unsere Verfolger an und Leos und meine Schritte werden länger. So aggressiv, wie die Leute hinter uns klingen, möchte ich nicht wissen, was sie mit uns anstellen, wenn sie uns in die Finger bekommen. Aber ich darf jetzt nicht denken, ich muss rennen. Atmen, auf den Boden achten, die Füße abrollen, die Arme nah am Körper lassen. Mit Leo Schritt halten. Atmen.

Hinter uns wird es stiller, doch ich hege keine Hoffnung, dass sie die Verfolgung aufgegeben haben. Wahrscheinlich sparen sie sich nur ihren Atem, genau wie wir.

Lange kann ich das Tempo nicht mehr halten. Mittlerweile habe ich nicht nur Seitenstechen, je länger wir laufen, desto stärker scheuert auch der raue Stoff des Hoodies über meinen Rücken, und meine gereizte Haut brennt mit jedem Schritt mehr. Meine Füße sind bleischwer.

Wir rennen auf einen hohen Zaun zu, und obwohl wir keine Zeit zu verlieren haben, bin ich dankbar, dass wir davor stehen bleiben, weil ich nur noch pfeifend Luft holen kann.

»Auf der anderen Seite finden wir ein Versteck«, versichert Leo leise, und ich beiße die Zähne zusammen und schaue weg, weil es mich wütend macht, dass er mich in diesem Zustand sieht. Wer auf der Straße Schwäche zeigt, kann sich gleich eine Zielscheibe auf die Stirn malen, sagt Esper immer, und wer auch immer dieser Kerl ist, was auch immer hinter seiner Freundlichkeit steckt, ich will nicht sein Opfer werden.

Doch dieser Unmut ist ein Luxusproblem. Ich werde gleich jemand anders zum Opfer fallen, wenn ich Leo nicht schleunigst hinterherklettere. Drei unserer Verfolger, unauffällige Typen eigentlich, deren Gesichter vor Anstrengung und blankem Hass verzerrt sind, haben aufgeholt. Sie haben uns fast erreicht.

Mein Fuß rutscht ab, als ich ihn gegen die Bretter stemme, aber dann finde ich Halt und schaffe es, meine Finger oben um den Zaun zu schlingen. Auf der anderen Seite lässt sich Leo auf den Boden fallen und sieht mich durch die Latten an. Seine Augen werden groß, und er öffnet den Mund, doch was er mir zuruft, verstehe ich nicht, denn im selben Moment kracht etwas in den Zaun und lässt ihn erzittern. Wie durch ein Wunder schaffe ich es, mein rechtes Bein über den Zaun zu schwingen, aber gerade als ich meinen linken Fuß über den Rand schiebe und mich fallen lassen will, grapscht eine Hand nach mir.

Sie verfehlt meinen Arm, doch sie krallt sich in die Kapuze meines Hoodies. Es ist zu spät, um mich gegen den Griff zu wehren oder mein Gewicht nach hinten zu verlagern. Ich werfe mich vornüber, die Hand lässt nicht los, und obwohl eine Naht meines Hoodies ein schauerliches Ratschen von sich gibt, bleibe ich in der Luft hängen.

Der Kragen zieht sich um meinen Hals zusammen und ich strample panisch mit den Beinen, dann ist Leo bei mir.

»Lass sie los, Mann!«, brüllt er und greift nach meinen Füßen, bekommt sie aber nicht zu fassen, weil ich einfach nicht stillhalten kann. Meine Hände zerren an meinem Kragen, meine Fingernägel schlagen sich in die Hand, die mich festhält, doch ich merke, dass mein Blickfeld schwarz wird. Wie ein Fisch auf dem Trockenen schnappe ich nach Luft, genauso vergebens, ich höre ein Röcheln und immer wieder Leos Stimme, dann gibt die nächste Naht nach, und der Druck auf meinen Hals verschwindet. Ich falle mit den Händen und Knien auf den Boden, ich spüre es, doch ich sehe es nicht.

Zwei Hände ziehen mich auf die Füße, dann schlingt sich ein Arm um meine Schultern und ich stolpere blind vorwärts. Ich weiß nicht, wohin wir gehen, ich bin nur damit beschäftigt, Luft durch meine Kehle zu pressen.

Hinter uns höre ich Geschrei und Schritte, laute, hektische Schritte, aber auch wir halten nicht an, bis Leo mich in eine Nische schiebt, einen Spalt zwischen zwei Wänden.

»Ruhig jetzt«, raunt er, stellt sich vor mich und zieht meinen Kopf an seine Brust, und selbst wenn ich reden könnte, würde ich nichts sagen. Ich bin vollauf damit beschäftigt, auf den Beinen zu bleiben. Leos Geruch lässt mich zum ersten Mal seit dem Zaun daran glauben, dass ich vielleicht nicht sterben muss.

Die Schritte und Stimmen ziehen an unserem Versteck vorbei und irgendwann beruhigt sich sogar mein Herzschlag. Noch immer liegt Leos Hand an meinem Hinterkopf, die andere an meinem Rücken. Dann flüstert er: »Bleib hier«, lässt mich los und verschwindet.

Ich gehe in die Knie.

Wie lange ich da kauere, zwischen der Bretterwand und einem Holzstoß, versuche, den Schock abzuschütteln, meine Lungen wieder so weit mit Luft zu füllen, dass es zum Rennen reicht, und die Tränen niederkämpfe, weiß ich nicht. Mein Hals brennt wie Feuer, als ich nach Verletzungen taste, ziehe ich meine Finger zischend zurück.

Mühsam rapple ich mich auf und lehne mich mit dem Rücken gegen die Bretterwand. Wilde Bilder schießen mir durch den Kopf, Leos schreckgeweitete Augen, das blasse Gesicht des Mädchens, das ich aus dem Regen getragen habe, Esper, wie er einen Blick über seine Schulter wirft, und, so als würde ich mich von außen sehen, ich, zappelnd wie ein Fisch an der Leine, mit rotem Kopf und glasigen Augen –

»Ich komme nicht an mein Auto ran.« Leo lässt sich vor mir auf die Knie sinken und ich fahre zusammen. »Überall ist diese Meute unterwegs, aber ich habe einen Weg gefunden, wie wir hier rauskommen. Kannst du laufen?«

Darauf kann er wetten. Entweder laufe ich, oder ich falle diesen Verrückten in die Hände, die mich büßen sehen wollen.

Für etwas, was nicht ich verbrochen habe. Aber so weit ist es noch nicht.

Mit einem Ruck stemme ich mich hoch. Ich fange Leos Blick auf, er lächelt vorsichtig.

»Wo geht's lang?«, würge ich heraus, mit einer Stimme so rau wie Schmirgelpapier.

Er deutet zu einer Reihe hoher Douglasien am gegenüberliegenden Ende des Gartens. Sekunden später haben wir sie erreicht und verschwinden wie Schatten zwischen ihren Stämmen.

3

Die Sonne steht schon tief, als wir die nördlichen Vororte endlich hinter uns lassen und die Innenstadt erreichen. Besonders oft kann Leo noch nicht vor den Behörden weggerannt sein, ständig muss ich ihn zurückhalten, wenn er wieder drauf und dran ist, ins Blickfeld einer Überwachungskamera zu laufen. Wir reden kaum, seit er gemerkt hat, wie angeschlagen meine Stimme ist, und weil es offensichtlich ist, dass er zumindest diesen Teil der Stadt nicht kennt, habe ich die Führung übernommen. Ich steuere den einzigen Ort an, der mir im Moment sicher erscheint. Meine Wohnung scheidet aus – dort wartet wahrscheinlich schon eine PAO-Einheit auf uns – und auch Espers Bude halte ich für keine gute Idee. Ich kann mir nicht vorstellen, dass er dorthin zurück ist, er will sich bestimmt genauso dringend von der PAO fernhalten wie ich. Aber vielleicht taucht er im Versteck auf, und das Kopfkino, bei dem mir ein Horrorszenario nach dem anderen durchs Hirn schießt, was ihm passiert sein könnte, hat ein Ende.

Während um uns der Verkehr dichter wird, betrachte ich Leo aus dem Augenwinkel. Ich mag sein Profil, aber das ist nicht der Grund, warum ich ihn durch die halbe Stadt gelotst habe. Er hat mir heute zweimal den Hals gerettet und einmal davon nicht im übertragenen Sinn. Ohne ihn säße ich jetzt in einer PAO-Zelle oder – und der Gedanke lässt mich trotz der milden Abendluft schaudern – ich würde in einem der Kleingärten von einem Ast baumeln. Die Leute, die vorhin hinter uns her waren, haben keinen Spaß gemacht. Die wollten mich tot sehen. Bedeutet das, dass es die Kinder nicht geschafft haben?

Ich schiebe den Gedanken beiseite. Irgendwie finde ich das raus, und wenn ich jedes Krankenhaus in der Stadt abklappern muss. Aber nicht heute Abend.

»Hast du jemanden, zu dem du gehen kannst?«

Leo sieht mich an, dann schüttelt er den Kopf. »Nicht hier in der Stadt.«

Er scheint zu überlegen, ob er noch was sagen soll. Seine grauen Augen gleiten über mein Gesicht, aber er bleibt stumm. Mir geht auf, dass ich längst eine Entscheidung getroffen habe. Dass ich ihn heute Nacht nicht auf der Straße stehen lasse.

Wir biegen in eine Gasse ab, die so eng ist, dass das Abendlicht nicht mehr bis zum Boden reicht.

»Da runter.« Ich zeige nach rechts und wir schlittern eine steile Böschung zum Kanal hinunter. Der Pfad am Ufer ist mit Unkraut überwachsen, links neben uns ragen graffitibeschmierte Betonwände auf, die nur hin und wieder von Treppenaufgängen unterbrochen werden. An Hausecken oder unter Brückenbogen richten sich ein paar Leute schon für die Nacht ein.

Wir laufen Richtung Süden. Die Luft ist still, kein Hauch regt sich, es riecht nach verrottenden Pflanzen und warmem Asphalt. Je näher wir der Stadtmitte kommen, desto breiter wird der Kanal, die Häuser rücken auseinander. Hier ist es heller, die Abendsonne spiegelt sich auf dem Wasser und brennt sich in meine Netzhaut. Ich wende die Augen ab und behalte den Verkehr auf den Brücken im Auge. Was ich suche, worauf ich warte, weiß ich nicht – ich hoffe nur, dass wir es unbehelligt ins Versteck schaffen. Meine Fußsohlen brennen, meine Kehle ist rau und trocken und noch eine Verfolgungsjagd würde ich heute nicht durchstehen.

Aber da sind wir endlich. Leo stolpert fast in mich hinein, als ich an einer Ziegelmauer stehen bleibe. Wir sind jetzt im alten Zentrum der Stadt, hier sind die Häuser nicht aus Beton.

Ich winke ihn zu einer schmalen Pforte aus Holz rechts neben dem Gebäude. Wir warten ab, bis ein paar Hundert Meter weiter ein Paar mit drei kleinen Kindern hinter den Brückenpfeilern verschwunden ist, dann huschen wir drei Stufen hinauf und durch das Törchen.

»Hübsch«, kommentiert Leo, und das ist es wirklich.

Wir stehen in einem uralten Küchengarten. Zwischen trockenen Grasbüscheln sind noch Beeteinfassungen zu erahnen, Brombeeren wuchern an den Mauern entlang, die knorrigen Apfel- und Birnbäume tragen fast kein Obst mehr, aber irgendwie sind sie der Motorsäge entgangen. Selbst an besseren Tagen als diesem hätte der Garten heimelig gewirkt, golden im Abendlicht, mit sanft raschelndem Laub und winzigen glitzernden Mücken, die zwischen den Zweigen tanzen, doch ich habe keinen Blick mehr für diese Idylle. Ich will mich nur noch hinlegen.

»Ich muss da hoch«, krächze ich und deute auf eine Brettertür eineinhalb Meter über unseren Köpfen. Man sieht noch die Bohrlöcher in der Wand, wo einmal eine schmale Stiege befestigt war, aber nachdem der Garten nicht mehr zur Versorgung des ehemaligen Klosters genutzt wurde, hat man die wohl nicht mehr gebraucht.

Leo dreht sich zu mir um und macht ein Geräusch zwischen Seufzen und Ächzen. Trotz meiner Erschöpfung muss ich grinsen. Er lehnt sich gegen die Wand und hält mir wieder seine verschränkten Hände hin. Ich stelle meinen Fuß hinein, und während er mich nach oben stemmt, greife ich nach dem kleinen Mauervorsprung, an dem ich einigermaßen Halt finde. Mein rechter Fuß sucht nach einer Fuge, irgendetwas, um mein Gewicht besser zu verteilen, mit der linken Hand ruckle ich an dem rostigen Riegel an der Brettertür. Die Muskeln in meinem rechten Arm zittern, und unter mir steht Leo auch nicht mehr ganz stabil, aber endlich gibt der Riegel nach, ich kann die Tür aufklappen und mich nach oben ziehen. Nach einem schnellen Rundumblick lege ich mich auf den Bauch und strecke Leo die Hand hin.

Als er es heraufgeschafft hat, bleiben wir erst mal schwer atmend sitzen. Es riecht nach Staub und kaltem Fett, wie immer. Ansonsten ist gar nichts wie immer. Es ist nicht das erste Mal, dass ich mich hier vor der PAO verstecke, das bleibt nicht aus, wenn man als Wettermacherin noch nicht achtzehn ist und dementsprechend keine Lizenz hat. Aber immer war Esper bei mir, hat mich angegrinst mit seinem etwas zu breiten Mund und sich die Haare aus der Stirn gestrichen. Jedes Mal gab die PAO bald auf – wir waren nicht das einzige minderjährige Wettermacherteam und anders als bei anderen ging bei uns nie etwas schief.

Bis heute.

Und heute ist Esper nicht da.

Wut durchfährt mich, so plötzlich, so heftig, dass ich fast

erschrecke. Wo ist er? Warum ist er einfach verschwunden? Hat er nicht mitbekommen, dass ich ohnmächtig geworden bin?

Mein Ärger verpufft, so schnell er gekommen ist. Das spielt gerade alles keine Rolle, ich kann es ihn fragen, sobald ich ihn gefunden habe und weiß, dass er in Sicherheit ist. Es gibt ja genug andere Rätsel, die ich lösen muss, und eins davon sitzt direkt vor meiner Nase.

Möglichst unauffällig mustere ich Leo. Er sieht mitgenommen aus. In den rötlichen Sonnenstrahlen, die durch die Ritzen der Brettertür fallen, schimmern seine Augen, aber sie lassen auch den Bartschatten auf seinen Wangen dunkler erscheinen. Seine Jeans hat einen Riss und sein blaues Shirt war heute Mittag auch sauberer. Immerhin wirkt er noch fitter, als ich mich fühle.

Unsere Blicke treffen sich. Er wirkt nicht ertappt, trotzdem könnte ich schwören, dass er mich genauso abgecheckt hat wie ich ihn. Viel Bemerkenswertes gibt's bei mir ja nicht zu sehen – dunkler Bob, grüngraue Augen, ein zu spitzes Kinn –, und ich habe auch nicht den Eindruck, dass mein Gesicht der Grund für sein Stirnrunzeln ist.

Im nächsten Moment verschwindet es, er lächelt mir vorsichtig zu. Scheu irgendwie. »Wo sind wir hier?«, fragt er.

»In der Hainbuchschule.« Ich kneife einmal fest die Augen zusammen, dann stemme ich mich auf die Füße. »Nach Schulschluss kommt niemand her. Bis morgen früh haben wir Ruhe.«

Leo greift nach der Hand, die ich ihm hinhalte, und lässt sich hochziehen. »Wohnst du hier?« Ich muss ihn ziemlich entsetzt ansehen, denn er zuckt mit den Schultern. »Sorry, wollte dir nicht …«

»Nein, natürlich nicht«, falle ich ihm ins Wort und lasse seine Hand los, bevor ich mich umdrehe und den düsteren Flur hinunterlaufe. »Aber zu mir in die Wohnung kann ich ja wohl schlecht, oder?«

Er antwortet nicht, sondern folgt mir leise. Vielleicht hat er darüber wirklich noch nicht nachgedacht, doch ich habe das Gefühl, dass ihm langsam aufgeht, wie tief ich in der Kacke sitze.

An der Tür zum Treppenhaus bleibe ich stehen und lausche, dann ziehe ich sie vorsichtig auf. Nichts zu hören, niemand zu sehen. Auf Zehenspitzen steigen wir zwei Stockwerke auf Steinfliesen nach oben, dann nehmen wir die letzte Wendung auf die alte Holztreppe, die wahrscheinlich noch aus der Zeit stammt, als die Schule vor hundertfünfzig Jahren gegründet wurde. Die Stufen knarren unter unserem Gewicht, aber das lässt sich nicht vermeiden. Ich habe es zigmal versucht.

Die Treppe führt auf einen stickigen Dachboden, der nicht mehr benutzt wird, jedenfalls habe ich noch nie bemerkt, dass sich hier oben etwas verändern würde. Von der Decke hängen graue Spinnweben, zerfledderte Schulbücher stapeln sich in einer Ecke, aufgerollte Landkarten mit längst vergessenen Grenzen lehnen an der Wand daneben. Hinter ausrangierten Pulten und Stühlen lagern Fundsachen aus mehreren Jahrzehnten (nichts davon brauchbar), Tafellineale und sogar noch originalverpackte Kartons voller Kreide. Und über allem liegt der Geruch nach Gummi und Bohnerwachs. Es ist, als wäre schon vor der Krise jahrelang niemand mehr hier oben gewesen.

Erst jetzt merke ich, dass mein Herz auf den letzten Stufen schneller geschlagen hat, aber während ich den Blick durch das Halbdunkel schweifen lasse, beiße ich mir auf die Lippe. Ich habe gehofft, dass Esper hier auf mich warten würde, dass er sich die Haare aus dem Gesicht streichen und mich angrinsen würde und dass dann alles nicht mehr so schlimm wäre. Doch obwohl der Dachboden so vollgestopft ist, wirkt er auf einmal ganz leer.

Leo bekommt von meiner Enttäuschung nichts mit. Er atmet hörbar auf, als er die Tür hinter uns ins Schloss drückt, aber dann fahren wir beide zusammen. Über unseren Köpfen flattert etwas, im nächsten Augenblick drückt sich eine Taube mit einem Alarmlaut durch eine unverglaste Fensterluke. Wir lächeln schief, als wir die Schultern sinken lassen und uns ansehen.

»Da drüben sind alte Turnmatten. Darauf kann man's eine Nacht aushalten.« Mit langen Schritten durchquere ich den Raum, doch Leo bleibt mir auf den Fersen.

»Warte mal.« Er greift nach meinem Arm und dreht mich ins Licht, das in einem glitzernden Streifen durch die staubige Luft fällt. Sein Blick gleitet prüfend über mein Gesicht. Es ist das erste Mal, seit wir aus der Gartenanlage abgehauen sind, dass wir einen Moment Ruhe haben, und seine plötzliche Aufmerksamkeit macht mich nervös.

»Was ist?«, frage ich so schroff, wie ich kann.

Sein Blick schnellt zu meinen Augen, dann senkt er sich wieder. Er deutet auf meinen Hals. »Darf ich?«

Ich schlucke trocken und nicke.

Mit zwei Fingern zieht er den Kragen meines Hoodies ein Stück von meinem Hals weg und atmet scharf ein. Seine Fingerkuppen schweben ein paar Millimeter über meiner Haut, auf der sich wahrscheinlich ein knallroter Striemen abzeichnet, aber ich greife warnend nach seinem Handgelenk und drehe mich weg. Mir schießen Tränen in die Augen, vor Schwäche und vor Wut, weil dieser Typ etwas an sich hat, was mich weich werden lässt. Ein Gedanke blitzt durch meinen Kopf, das Bild, wie seine Fingerspitzen über mein Schlüsselbein gleiten, und gleißende Hitze fährt durch meinen Brustkorb, sodass ich nur knurren kann: »Das wird schon wieder.«

Er antwortet nicht. Erst als ich anfange, die beiden Matten, die an der Wand lehnen, auf den Boden zu legen, kommt er mir nach, um zu helfen. Auf einem der Schränke entdeckt er ein paar Decken, die mir noch nie aufgefallen sind, wahrscheinlich weil ich ein ganzes Stück kleiner bin als er. Er schüttelt sie so lange aus, bis wir von dem Staub husten müssen, dann legt er sie auf die Matten.

»Ruh dich aus. Ich bin gleich wieder da.«

Ich sitze schon und starre misstrauisch zu ihm hoch. »Wo willst du hin?«

Wieder wandern seine Augen zu meinem Hals. »Das muss versorgt werden. Ich suche Verbandszeug.«

Ich möchte ihm gern widersprechen, will ihm sagen, dass der Striemen von allein heilen wird, aber ich lasse es und presse die Lippen aufeinander. Der Gedanke, dass er verschwindet, wenn auch nur kurz, ist eine Erleichterung.

Kaum ist er weg, lege ich das Gesicht in die Hände und hole tief Luft. Scheiße. Scheiße, Scheiße, Scheiße. Was ist da heute passiert? *Wie* ist das passiert? War es klug, vor der PAO davonzurennen? Hätte sich alles geklärt, wenn ich geblieben wäre? Wo ist Esper? Haben sie ihn erwischt? Oder ist er auch untergetaucht? Wie lange müssen wir uns verstecken?

Mein Kopf schwirrt mit tausend Fragen, doch wenn ich

nachdenke, kann ich mich wenigstens davon ablenken, wie zerschunden ich mich fühle. Die Todesangst, die ich vorhin gespürt habe, als ich dachte, ich würde an meiner Kapuze ersticken, hat sich in den Winkeln meines Körpers festgefressen wie Schlamm nach einer Überschwemmung. Ich fühle etwas Warmes über meine Handflächen rinnen, und der Schock, dass ich weine, lässt mich laut aufschluchzen.

»Hey.« Eine Hand legt sich auf meine Schulter und ich mache einen Satz nach hinten. Leo hebt abwehrend die Hände. »Sorry, ich wollte dich nicht erschrecken. Ich dachte, du hast mich kommen hören.«

»Habe ich nicht«, sage ich scharf, aber er reagiert gar nicht, sondern hält nur seinen verdammten Verbandskasten hoch.

»Soll ich …?«, fängt er an.

Einen Moment zögere ich, dann nicke ich ergeben und rutsche wieder näher. Während ich den Kragen des Hoodies von meinem Hals weghalte, säubert Leo den Striemen mit irgendeiner Tinktur. Sie brennt wie die Hölle, aber er wird mich heute nicht noch einmal weinen sehen. Als ob das Geflenne etwas bringen würde.

Er lässt sich Zeit, oder vielleicht kommt mir das nur so vor, jedenfalls dauert es lang genug, dass mir sein Geruch wieder auffällt. Selbst jetzt, nach einem langen Tag, an dem wir geschwitzt und im Dreck gelegen, uns durch die Stadt gekämpft haben, ist er noch ganz deutlich wahrzunehmen. Ein Bild von Tannen und Moos geistert durch meinen Kopf, von einer klaren Quelle, die aus dem Felsen dringt.

Das ist es. Diese Erinnerung habe ich den ganzen Tag gesucht – Leo riecht nach einem schattigen Wald, nach Holz und Moos und frischer Luft. Ich weiß nicht, was ich mit der

Erkenntnis anfangen soll, wie ich die Bilder aus dem Kopf bekomme, weil sie wehtun, weil sie mich erinnern ... da schneidet ein scharfer Schmerz durch meine Verwirrung.

Ich sauge zischend die Luft ein, aber Leo murmelt nur: »Ist gleich vorbei.«

Er drückt Salbe aus einer Tube auf seine Fingerspitzen und fängt an, sie auf die Wunde zu tupfen. Ich erstarre. Das geht nicht, es ist viel zu intim, viel zu nah, und überhaupt, was ...

Mein Blick fällt auf ein Küchentuch, das neben Leo auf der Matte liegt, und was er darin eingewickelt hat, bringt die Gedanken in meinem Kopf kreischend zum Stillstand.

»Spinnst du?«

Er hat gerade die Salbe mit einer Mullkompresse abgedeckt und schaut auf. »Was?«

»Wo hast du das her?«

Er folgt meinem Blick zu den belegten Broten und dem Obst, die unter dem Geschirrtuch hervorspitzen. Daneben liegen zwei große Flaschen Wasser.

»Aus der Küche«, antwortet er ungerührt. »Wir müssen was essen.«

Ich rutsche von ihm weg. »Ja, wir müssen was essen, aber das kann bis morgen warten. Kapierst du es nicht? Ich brauche dieses Versteck. Wenn jemand mitkriegt, dass Essen wegkommt, wie lange, denkst du, dauert es, bis jemand auf dem Dachboden nachsieht?«

Der Typ hat echt keine Ahnung. Seine Augen, groß und grau, ruhen auf meinem Gesicht, und er scheint zu begreifen, was ich ihm erklären will, doch dann schüttelt er den Kopf. »Ich kann nicht bis morgen warten, bis ich was esse. Und du auch nicht.«

Im nächsten Moment knurrt mein Magen so laut, dass es ein Echo vom anderen Ende des Raums zurückwirft, und Leos Mundwinkel zucken. Er hat immerhin so viel Anstand wegzugucken, aber sein Grinsen wird trotzdem immer breiter. Ich schließe kurz die Augen, dann lache ich mit.

Kopfschüttelnd greife ich nach einer Wasserflasche. Die ersten Schlucke kratzen in meiner trockenen Kehle, doch als ich merke, wie durstig ich bin, trinke ich in langen Zügen. Leo zieht das Geschirrtuch zwischen uns.

»Ich hoffe, du hast es wenigstens unauffällig angestellt«, sage ich, während ich das erste Brot aus dem Fettpapier wickle.

»Nein, ich habe erst mal die Küche verwüstet.« Er zieht eine Augenbraue hoch. »Entspann dich. Ich hab nur was von den Sachen genommen, von denen genug da war.«

Weil ich den Mund schon voller Brotkrümel habe und die Linsenpaste das Beste ist, was ich seit Tagen zu essen hatte, antworte ich nicht darauf. Stattdessen wechsle ich nach den ersten Bissen das Thema. Es gibt noch so einiges, was ich gern wissen möchte.

»Wie hast du das vorhin eigentlich gemacht?« Fragend runzelt er die Stirn, also erkläre ich: »Diese Explosion. Das warst du, oder?«

Er dreht den Stiel aus seinem Apfel und wirft ihn auf den Haufen mit dem Fettpapier und den Gurkenresten. Schließlich erwidert er meinen Blick. »Ich brauchte was, was ordentlich Lärm macht. Das Zeug, das normalerweise in einem Gartenschuppen lagert … Jeder könnte damit eine Bombe bauen.«

»Eine Bombe?«

»Na ja, einen Böller.« Er zuckt mit den Schultern. »Was Explosives eben. Dünger und Öl sind da eine gute Grundlage.«

»Wurde jemand verletzt?« Bisher habe ich mich nicht getraut zu fragen, aber jetzt muss ich es wissen.

Wieder zuckt sein Mundwinkel, doch nun liegt kein Humor darin. »Nein. Es war niemand in der Nähe.«

Ich nicke. Wahrscheinlich haben sich alle noch untergestellt, weil sie Angst vor dem Regen hatten.

»Und warum?«, spreche ich den Elefanten an, der uns durch die halbe Stadt gefolgt ist.

Er versteht, was ich meine, aber diesmal macht er sich nicht mal die Mühe, sein Zögern zu überspielen. Schließlich atmet er tief ein. »Ich war euretwegen da. Ich … ich bin Meteorologe und schreibe an einer Forschungsarbeit über Wettermodifikation. Meine Doktormutter meinte, dein und Espers Ansatz sei vielversprechend, also dachte ich, ich sehe mir das mal aus der Nähe an.«

Ich blinzle nicht, aber ich spüre, dass meine Ohren heiß werden. Espers und mein Ansatz … Wenn er wüsste. Wenn er wüsste, dass es daran nichts zu erforschen gibt oder jedenfalls nichts, was sich in seinen kleinen Modellen abbilden ließe. Nichts, was ich ihm jemals freiwillig überlassen würde.

»Und bist du schon schlauer?« Meine Stimme klingt kühl, genau so, wie ich sie haben wollte, doch dann ist es, als würde etwas nach meinem Herzen greifen, etwas Kaltes, Bedrohliches. Die Frage scheint ihn zu treffen, wischt das Nachdenkliche, Geschäftsmäßige von seinem Gesicht und lässt nur ihn zurück, den Jungen von neunzehn oder zwanzig, der er wahrscheinlich ist.

Er zieht die Unterlippe über seine Zähne, dann verwandelt sich sein Mund in ein schmerzliches Lächeln. »Nein.«

»Heute Abend findest du auch nichts mehr raus«, sage ich

und lege mir eine der Wolldecken als Kissen zurecht. »Ich muss jetzt schlafen.«

Er packt die Reste unseres Abendessens in das Geschirrtuch, dann streckt er sich auf der zweiten Matte aus. Ich höre zu, wie er trotz der Wärme eine Decke über sich zieht und anscheinend Schwierigkeiten hat, zur Ruhe zu kommen, denn immer wieder dreht er sich von einer Seite auf die andere. Aber die ganze Zeit tue ich so, als wäre ich längst eingeschlafen.

4

Das Wasser tropft aus meinen Haaren, läuft über meine Schultern und brennt auf meinem Rücken. Aber es fühlt sich gut an, nach früher, nach einem leichteren, unbeschwerteren Leben. Als es sogar noch möglich war, den Rasensprenger aufzustellen und unter tausend kleinen Regenbogen zu tanzen. Mein Lachen von damals, das Lachen eines fünfjährigen Mädchens, echot in meinen Ohren.

Gurgelnd verschwinden das Wasser und das bisschen Schaum, das die billige Seife erzeugt, im Abfluss, und ich merke, dass der Duschstrahl versiegt ist. Ich drücke auf den Knopf und für weitere zwanzig Sekunden rieseln mir die Tropfen über den Kopf. Zwanzig Sekunden. Länger soll es nicht dauern, sich den Schweiß aus dem Sportunterricht abzuwaschen.

Aber mir sitzt keine strenge Sportlehrerin im Nacken, die überwachen muss, dass niemand mehr als seine Ration Wasser verbraucht. Wieder drücke ich auf den Knopf, wieder halte ich mein Gesicht unter den Duschstrahl und versuche, die Erinnerung an den gestrigen Tag abzuspülen. Die Panik, den Schrecken, die Anspannung. Nur langsam lockern sich meine Schultern.

Und trotzdem wandern meine Gedanken zu Esper. Natürlich. So wie seit dem Moment, als ich vorhin aufgewacht bin, mit der Sonne im Gesicht und ohne Erinnerung daran, wie ich neben diesem Jungen gelandet bin, dessen Lippen im Schlaf leicht offen stehen und der im Morgenlicht aussieht wie fünfzehn, Bartstoppeln hin oder her. Der Gedanke an Esper und in der nächsten Sekunde an alles andere, was sich gestern ereignet hatte, ließ mich hochfahren, und vielleicht lässt er mich jetzt auch länger hier in diesem Waschraum stehen, als angebracht ist.

In einem Waschraum habe ich Esper kennengelernt. Das war, bevor die Regierung öffentliche Duschen für Straßenkinder eingerichtet hat. Damals war ich gerade aus unserer Wohnung geflogen, weil meine Mutter seit Wochen nicht auffindbar war und die Miete nicht mehr gezahlt hatte. Nach ein paar Tagen konnte ich meinen eigenen Gestank nicht mehr aushalten und hatte ein paar Euro zusammengekratzt, um irgendwo für eine Dusche oder wenigstens eine Waschgelegenheit zu zahlen.

Dabei bin ich Esper in die Arme gelaufen. Erst war ich verlegen – ich war dreizehn, da wollte ich mit einem süßen blonden Jungen mit Sommersprossen nicht gerade meine körperliche Hygiene diskutieren –, aber dann fing es an zu regnen, und genau wie heute bedeutete das auch damals schon, dass Hektik ausbrach.

Esper, der gerade ein bisschen mit mir geflirtet hatte, sprang von seinem Hocker vor dem Eingang zu seinem Waschraum auf und breitete Planen aus, um den Nieselregen aufzufangen und in Kanister zu leiten. Ich packte mit an, doch als klar war, dass aus dem Nieseln nicht mehr werden würde, ließ ich die Planen Planen sein und stellte mich unter den freien Himmel. Was mich dazu brachte, Esper mein Geheimnis zu verraten – vielleicht sein Lächeln, vielleicht sein Versprechen, dass ich für meine Hilfe eine doppelte Ration Wasser bekommen würde –, spielt keine Rolle. Ich stellte mich unter den freien Himmel und ballte die grauen Wolken zu schwarzen Ungetümen. Immer höher reichten sie in den Himmel, bis sie sich entluden und der Regen auf uns einprasselte und wir in Sekunden bis auf die Haut nass waren.

Esper stand neben mir im Regen und starrte mich mit offenem Mund an. Seine Augen blitzten, und heute weiß ich, dass er unsere Zukunft plante, seine und meine, mit all den Annehmlichkeiten, für die weder er noch ich Geld hatte, aber damals dachte ich, er würde die Wolken, den Wind und den Regen genauso lieben wie ich. Denn das spürte ich in diesem Moment: All die Jahre, in denen ich meine Gabe nicht einsetzen durfte, hatten mich zu jemandem gemacht, der ich nicht sein wollte. Ich war misstrauisch und einsam, ich hatte niemanden, dem ich mich anvertrauen konnte, und da, wo Freude und Leichtigkeit sein sollten, war nichts als Leere. Esper hatte eine Tür in mir aufgestoßen und ich war hindurchgerannt.

Seitdem habe ich oft versucht, ihm zu erklären, welche Wunder sich vor seiner Nase abspielen, wenn die Wolken sich über uns entladen, doch jedes Mal steht er dann nur vor mir, mit diesem Lächeln, demselben Lächeln wie damals, und sagt mir, dass ich das einzige Wunder sei, das er brauche.

Wieder versiegt das Wasser, aber diesmal hole ich nur tief Luft und öffne die Augen. Ich wringe meine Haare aus und trockne mich ab, dann steige ich in meine Klamotten. Wir waren kaum mal einen Tag getrennt seit damals. Es wird Zeit, Esper zu finden.

»He.« Ich stupse Leo an. »Aufwachen. Wir müssen hier weg. In einer halben Stunde kommt die Hausmeisterin.«

Er atmet tief ein und räuspert sich, dann reibt er sich über die Augen. Einen Moment lang muss er sich orientieren, also drehe ich mich weg und lege meine Decke zusammen, dann lehne ich die Matte gegen die Wand.

Leo wuchtet sich hoch und hilft mir beim Aufräumen.

»Guten Morgen«, sagt er heiser, und das ist so wohlerzogen von ihm, dass ich grinsen muss.

»Morgen.«

»Was macht dein Hals?«, fragt er, während er die Decken zurück auf den Schrank legt. Er sieht mich nicht an dabei, deswegen fällt es mir leichter zu lügen.

»Alles in Ordnung«, sage ich. »Ich spüre schon kaum mehr was.«

Er brummt nur, dann fragt er nach dem Weg zum Klo.

»Ich zeige dir den Weg zu den Umkleiden, da kannst du dich waschen«, biete ich ihm an, und er nickt. Nach einem letzten Kontrollblick deute ich zur Tür. »Dann los.«

Fünfzehn Minuten später stehen wir wieder am Kanal, und kurz darauf haben wir den Aufgang zu der Brücke erreicht, wo sich zwei der Hauptstraßen der Stadt kreuzen. Die ganze Zeit haben wir kaum was gesagt, vielleicht weil wir beide wissen, dass sich unsere Wege gleich trennen werden.

Wir bleiben stehen und ich nicke Leo zu. »Dann ... danke.«

Er vergräbt die Hände in den Hosentaschen und nickt zurück. »Kein Thema.« Nach einer kleinen Pause fragt er: »Was hast du jetzt vor?«

Sein Blick ruht auf mir, ich weiß, wie er sich anfühlt, doch ich erwidere ihn nicht. Es liegt etwas darin, was mir weismachen will, dass alles gut wird, aber so weit ist es noch nicht. Ich rücke meine Kapuze zurecht.

»Erst suche ich Esper«, antworte ich und wage doch einen winzigen Blick in seine Augen. »Und dann muss ich herausfinden, was mit den Kindern ist. Damit ich weiß, was die PAO mir vorwirft.«

Wieder nickt Leo. »Denkst du, du kannst sie überzeugen, dass du nichts mit dem toxischen Regen zu tun hattest?«

Ich zucke mit den Schultern. »Mit Espers Aussage vielleicht.«

Leo wartet.

In der Mitte des Kanals, in dem Rinnsal, das jetzt im Juni noch übrig ist, schaukelt eine Stockente. Ich sehe ihr zu, bevor ich schließlich seine unausgesprochene Frage beantworte: »Und wenn sie mir nicht glauben, werde ich wohl aus der Stadt verschwinden. Ich lasse mir das nicht anhängen.«

Wir sagen beide nicht, was auf der Hand liegt: dass ich dafür erneut aus dem Gewahrsam der PAO entkommen müsste. Darüber mache ich mir Gedanken, wenn es so weit ist.

»Und ich kann dich nicht überreden, mit mir ... ins Institut zu kommen?«

Überrascht sehe ich Leo an. »Was soll ich da?«

Er fährt sich mit beiden Händen durch die Haare und holt tief Luft. »Vega, ich weiß nicht, *was* ihr tut, aber ihr macht etwas anders als die anderen Wettermacher ...« Ich will protestieren, doch er schüttelt den Kopf. »... und das ist gut! Ich finde es gut und ich will es verstehen. Vielleicht ... wenn du mir hilfst ... vielleicht können wir vermeiden, dass so etwas wie gestern noch einmal passiert.«

Sein Kiefer ist angespannt, aber in seinen Augen liegt eine Hoffnung oder eher eine Bedrängnis, die mir eigenartig vorkommt. Was er sagt – ich wünschte, ich könnte ihm darin vertrauen. Ich wünschte, ich könnte glauben, dass er recht hat.

Aber die Stimme hallt in meinem Kopf, jetzt genauso wie vor zehn Jahren … *sie dürfen es nicht wissen, Vega. Niemand darf es je erfahren* … und ich weiß, dass sie recht hat.

Langsam schüttle ich den Kopf. »Ich eigne mich nicht so für geschlossene Räume.«

Ein kleines Lächeln hellt sein Gesicht auf, doch es erreicht nicht ganz seine Augen. Ein paar Sekunden lang sieht er auf den Boden, so als müsse er sich sammeln, dann hebt er den Blick. »Okay. Alles Gute. Bei deiner Suche, bei der PAO … und auch sonst.«

»Ja. Dir auch.«

Wieder nickt er, bevor er über seine Schulter auf den Treppenaufgang an der Brücke deutet. »Ich muss da hoch. Du auch?«, fragt er, aber ich höre gar nicht richtig hin.

Was soll's, denke ich, du siehst ihn nie wieder. Und er hat dir verdammt noch mal den Hintern gerettet. Ich trete auf ihn zu und schlinge die Arme um ihn. Nach einem winzigen Zögern zieht er mich an sich.

Und da habe ich den Grund, warum das eine bescheuerte Idee war. Es fühlt sich nämlich gut an. Nicht nur gut. Richtig. Er hält mich mit genau dem richtigen Druck seiner Arme und sein Kinn liegt genau an der richtigen Stelle auf meinem Kopf. Meine Wange schmiegt sich so mühelos an seine Brust, dass ich über den Lärm der Stadt sein Herz klopfen höre, stark und gleichmäßig und vielleicht ein bisschen zu schnell.

Hastig mache ich einen Schritt zurück. Er lässt mich los, und bevor er noch etwas sagen kann, steuere ich die Treppe an. Mit etwas Abstand folgt er mir.

Ich habe das Ende der Treppe noch nicht erreicht, als ich wie angewachsen stehen bleibe. Leo schließt zu mir auf.

»Was …? Das kann …«, stammelt er, doch dann setzt mein Hirn wieder ein. Ich nehme seine Hand und ziehe ihn langsam die Stufen hinunter. Ich kann nur hoffen, dass uns keine der Kameras entdeckt hat.

»Komm einfach mit«, raune ich ihm zu, als ich nach links abbiege, unter der Brücke hindurchlaufe und den Uferpfad entlangschlendere, der hier breiter wird, nach und nach so breit wie eine zweispurige Straße. Leo stolpert wie benommen neben mir her.

»Wohin gehen wir?«

Wir heißt es jetzt also, schießt es mir durch den Kopf, aber was ich sage, ist: »Erst mal weg. Wenn sie nach uns suchen, müssen wir untertauchen.«

Und sie suchen uns, so viel ist sicher. Die PAO bestückt keine Videowände mit Fahndungsfotos, wenn es ihr nicht verdammt ernst ist. Trotz der warmen Morgensonne läuft mir ein Schauer über den Rücken. Mein Foto zehn Meter hoch an einer Hausfassade zu sehen, war ein größerer Schock, als ich für möglich gehalten hätte. Und auch wenn Leos Bild – die verwackelte Aufnahme einer Überwachungskamera – längst nicht so klar erkennbar war, ihm geht es nicht besser, das sehe ich an seiner blassen Nasenspitze.

So schnell es geht, ohne Aufmerksamkeit auf uns zu ziehen, folgen wir dem Uferpfad. Nach einer Weile führe ich Leo eine Rampe hinauf, dann eine schmale Gasse voller Müll und Unkraut entlang. An einem Maschendrahtzaun halte ich an.

»Wo sind wir hier?« Leo blickt sich um, und ich kann sein Stirnrunzeln verstehen – die Gegend sieht wirklich wenig einladend aus.

Während ich ein loses Stück Zaun zur Seite schiebe, damit er hindurchschlüpfen kann, erkläre ich: »Schon fast am alten Hafen. Wir verstecken uns hier. Ich muss nachdenken.« Als er mich mustert, so als wollte er fragen: *Und ich?*, zucke ich mit den Schultern. »Scheint so, als wären wir jetzt Komplizen.«

»Was ist mit meiner Wohnung?« Leo steht mit dem Rücken zu der fehlenden Wand des Lagerhauses und hat die Arme verschränkt. Wir sind im sechsten Stock, hinter ihm, schemenhaft unter der gleißenden Vormittagssonne, kann ich die Betonklötze der Mega-Chipfabrik im Stadtsüden ausmachen. »Das Foto, das sie von mir haben, ist so schlecht ... Vielleicht wissen sie noch gar nicht, wer ich bin.«

Ich kneife die Augen zusammen, weil mich das Licht blendet. Seit einer Stunde überlegen wir, wohin wir als Nächstes gehen, und Leos Naivität ist keine große Hilfe. »Wenn sie es bisher noch nicht herausgefunden haben, dann wissen sie es spätestens heute Abend. Sonst funktioniert in Deutschland ja nicht mehr viel, aber an der Gesichtserkennung haben sie nicht gespart.«

Leos Schultern heben und senken sich, als er tief durchatmet. Anscheinend wird ihm langsam bewusst, wie viel Ärger er sich eingebrockt hat.

»Du solltest dich stellen.« Ich stehe auf und klopfe mir den Staub vom Hintern. Er schwebt flirrend zwischen den Ziegelwänden davon. »Sie haben nichts in der Hand gegen dich. Du warst mit mir unterwegs, das ist alles. Dass es kein Zufall war, können sie nicht beweisen.«

Im Gegenlicht erahne ich Leos skeptischen Ausdruck nur. »Wenn sie für die Explosion in der Gartensiedlung sonst keine

Erklärung finden, werden sie mich ziemlich schnell damit in Verbindung bringen.«

Er lernt schneller, als ich dachte.

»Es war ja auch ein ziemlich radikales Mittel.« Wider Willen muss ich grinsen.

Leo macht eine wegwerfende Handbewegung. »Ach was. Viel Lärm und viel Rauch, ansonsten war nichts dahinter.«

»Trotzdem verstehe ich es nicht. Warum?« Als er nicht reagiert, werde ich deutlicher: »Warum bist du dieses Risiko eingegangen und hast mich befreit?«

Eine Weile antwortet er nicht. Er tritt von der Öffnung weg und geht ein paar Schritte in den Raum hinein. Abwartend lehne ich mich an die Wand hinter mir.

»Ich war die ganze Zeit da«, sagt er schließlich. »Schon zu Beginn eures Einsatzes. Ja, war nicht gerade cool, euch zu beobachten«, nimmt er meinen Tadel vorweg, »aber es war so offensichtlich, dass ihr keine normalen Wettermacher seid. Ich musste mehr wissen.«

Er stockt, vielleicht hofft er darauf, dass ich ihm die Erklärung gebe, die er sucht, doch ich kann nicht. Ich darf nicht.

»Und als dann der toxische Regen fiel«, spricht er nach ein paar Sekunden weiter, »und du ... ohne Rücksicht auf Verluste ... ich weiß nicht. Was *hast* du gemacht?« Wieder habe ich keine Antwort für ihn und seine Schultern senken sich. »Ich konnte jedes Wort verstehen, das die PAO-Leute gewechselt haben. Für sie war die Sache von Anfang an klar. Du warst schuld, Ende. Und das ...« Aus dem Halbdunkel auf der anderen Seite des Raums sucht er meinen Blick. »Das war nicht fair. Das wollte ich nicht geschehen lassen.«

Wir sehen uns an, und bitter durchfährt mich der Gedanke, dass Esper es geschehen lassen hätte, aber dann, weil etwas in Leos Blick an meinem Herzen zerrt, drehe ich alles ins Lächerliche. Weil ich fühlen kann, wie ich an den Kanten brüchig werde.

»Da hatte ich ja Glück, dass der weiße Ritter vorbeikam.«

Leo schnaubt und schaut weg, und als er mich wieder ansieht, grinst er. »Für das Pferd hat's leider nicht gereicht.«

Ich grinse zurück und dann hängen wir eine Weile unseren Gedanken nach. Ich zucke zusammen, als Leo zu mir herumfährt. In der Hand hält er sein Unice.

»Was mache ich damit?« Langsam lässt er es sinken. »Wir können nicht riskieren, es weiter zu benutzen, oder? Es nützt uns nichts mehr.«

Er hat recht. Sobald die PAO herausfindet, wer Leo ist, können sie sein Unice orten. Wir hatten Glück, dass das nicht schon letzte Nacht passiert ist.

Leos Daumen schwebt über dem Fingerabdruckscanner. Wenn er das Gerät jetzt ausschaltet, ist er all seine Privilegien los, Geld, Zugang zu medizinischer Behandlung, den Kontakt zu seiner Familie, seinen Freunden, seinem Institut. Und zwar so lange, wie er bei mir bleibt.

Wir brauchen Esper. Ich brauche Esper.

Einen Moment schließe ich die Augen, dann strecke ich die Hand aus. »Darf ich?«

Leo reicht mir das Unice. Noch funktioniert es. Ich schlucke und wähle Espers Nummer.

Es dauert nur zwei Sekunden, dann ertönt ein Fehlersignal. »Die Nummer, die Sie gewählt haben, ist nicht vergeben.«

Langsam gebe ich Leo das Unice zurück und nicke. Er legt

den Daumen auf das Scannerfeld und nach einem weiteren Tippen wird das Display schwarz.

Keine Mailbox mehr. Espers Nummer ist tot. Es fühlt sich endgültig an.

Aber das darf es nicht! Es muss einen anderen Weg geben, Esper zu erreichen! Ich vergrabe die Hände in den Haaren und gehe zwischen den Brocken aus Ziegeln und Putz hin und her.

»Könnte er dir irgendwo eine Nachricht hinterlassen haben?«, fragt Leo, der anscheinend genau weiß, was mich umtreibt. »An einem Ort, den nur ihr beide kennt?«

Seine Stimme klingt nicht so fest wie sonst. Kein Wunder, ohne sein Unice kommt er sich wahrscheinlich wie nackt vor.

Doch der Gedanke bleibt irgendwo stecken, denn mir fällt ein Abend vor ein paar Monaten ein. Nach einem anstrengenden Auftrag hatte ich den Tag verschlafen, aber als ich Esper wie vereinbart zum Essen abholen wollte, meinten seine Mitbewohner, er sei nicht da. Ans Unice ging er auch nicht, also beschloss ich, ein paar Minuten in seinem Zimmer zu warten.

Drinnen sah es aus wie immer: kahl. Esper hat ein paar Klamotten und unsere Fake-Ausrüstung, aber kaum persönliche Gegenstände. Auf dem Regal an seinem Bett entdeckte ich ein Buch, das ich ihm vor Ewigkeiten geliehen hatte, also fing ich an zu lesen.

Er tauchte nur ein paar Minuten später auf. Seine Augen blitzten, als er durch die Tür kam, und er zog mich von dem Sofa unter dem Hochbett und drehte mich ein paarmal im Kreis. In seinem Kuss konnte ich das Adrenalin schmecken, das durch seinen Körper rauschte.

Ohne auf meine Fragen, wo er gewesen war und was er getan hatte, zu antworten, nahm er eine Rolle Geldscheine aus seiner Tasche. Ich habe bis heute nicht herausgefunden, woher er das Geld hatte, aber ich erinnere mich, wie er mit verschwörerischer Miene einen Finger auf die Lippen legte, mich an der Hand nahm und zum Fußteil des Bettes führte. Die Wandleiste war locker, wenn man sie wegzog und unter den Bodenbelag griff, öffnete sich darunter ein kleiner Hohlraum, in dem ein dicker Umschlag lag. Esper nahm ihn heraus, rollte die Geldscheine auf und schob sie zu einer Menge anderer in den Umschlag, bevor er ihn wieder verstaute und die Fußleiste an die Wand drückte.

»Damit fahren wir ans Meer. Oder in die Berge. Oder wohin du willst«, sagte er. »Wir lassen den ganzen Dreck hinter uns und fangen irgendwo neu an.«

Der Gedanke war betörend, doch schon während wir Hand in Hand durch die Gassen schlenderten und uns ausmalten, wie unser Leben aussehen sollte, wusste ich, dass Esper die Stadt nie aufgeben würde. Sie war in ihm, genauso wie er Teil von ihr war. Wenn er ging, dann nur, weil er fliehen musste, und er würde immer zurückkehren.

Aber in dem Moment, an diesem milden Herbstabend, während uns die Gerüche der kleinen Straßenküchen in die Nase stiegen, Oregano und Knoblauch, Zimt und Curry, war es wundervoll, sich auszumalen, dass uns die ganze Welt offen stand.

Die Frage, woher er das viele Geld hatte, wenn ich mit meinen Ersparnissen gerade mal zwei oder drei Monate durchgekommen wäre, verdrängte ich, und auch jetzt schiebe ich sie beiseite. Stattdessen packe ich Leo am Arm und drehe mich zu dem Wanddurchbruch um, der zurück ins Treppenhaus führt.

»Ja. Ja, so einen Ort gibt es. Aber wir müssen uns beeilen.«

»Da rein?« Zweifelnd sieht Leo mich an.

Seufzend schiebe ich ihn zur Seite und lasse mich durch die Luke in den Keller gleiten. Während der letzten Stunde, in der wir das Haus beobachtet haben, haben wir zwar keine Spur von PAO-Leuten entdeckt, aber man kann nie vorsichtig genug sein. Über Nebenstraßen haben wir uns zu Espers Nachbarhaus geschlichen, in das wir jetzt einsteigen. Die PAO weiß ganz sicher nicht, dass die beiden Häuser über den Keller verbunden sind.

Leo folgt mir nicht gerade elegant, dann kämpfen wir uns zwischen Fahrradgerippen, modrig riechenden Kisten und allem möglichen anderen Gerümpel zur Verbindungstür und von dort durch eine ähnliche Menge Sperrmüll zum Treppenhaus vor. An der ersten Stufe bleiben wir stehen und lauschen. Nach ein paar Sekunden sehe ich Leo an und er nickt. Dann los.

Wir rennen nicht, sondern laufen in gemächlichem Tempo in die dritte Etage, so als wären wir hier jeden Tag unterwegs. Im ersten Stock öffnet eine ältere Frau, die ich vom Sehen kenne, die Tür, zwei getigerte Katzen jagen heraus und an uns vorbei die Treppe hinunter. Einen Moment lang erstarre ich, dann fühle ich Leos Hand in meinem Rücken und habe meine Sinne wieder beieinander. Freundlicher als je zuvor lächle ich ihr zu und nicke höflich. Sie sagt nichts, sondern nickt nur gleichgültig zurück.

Espers Wohnung liegt auf der linken Seite ganz hinten, und

während wir die letzten Schritte darauf zugehen, dröhnt mein Herzschlag in meinen Ohren. Klar, hinter der Tür könnte ein ganzer Trupp PAO-Leute lauern, doch es könnte auch sein, dass Esper die ganze Zeit hier auf mich gewartet hat. Kaum hat sich dieser Gedanke klar in meinem Hirn formuliert, könnte ich mir eine klatschen. Wie dämlich kann man sein?

Wir erreichen die Tür. Sie sieht ganz normal aus, keine Aufbruchspuren, kein PAO-Siegel. Ich klingle einmal, aber wie ich mir gedacht habe, öffnet niemand.

Am anderen Ende des Flurs geht eine Tür auf. Eine Frau stellt einen Karton auf den Gang, sieht uns und deutet auf Espers WG-Tür. »Da ist keiner da. Die arbeiten alle tagsüber.«

»Oh«, tue ich überrascht, obwohl ich genau darauf spekuliert habe. »Danke.«

Sie nickt, und kaum hat sie ihre Wohnungstür hinter sich ins Schloss geworfen, strecke ich mich und taste nach dem Schlüssel, den die Jungs auf dem Türrahmen rumliegen lassen. Als Esper von einem »Versteck« gesprochen hat, konnte ich nur laut lachen, jetzt bin ich heilfroh, dass sie so sorglos sind. Ich schiebe den Schlüssel ins Schloss, dann sind wir drin.

Auch hier ist alles wie sonst. Es riecht nach Knoblauch und Bier, in der Spüle auf der gegenüberliegenden Seite der Wohnküche stapelt sich schmutziges Geschirr, die Badtür steht offen, vor der Dusche liegen Sportklamotten auf einem Haufen. Ich gehe zu der Tür ganz rechts, schiebe sie auf und bleibe auf der Schwelle stehen. Mit einem Blick erfasse ich den Raum. Die Decke auf dem Bett ist wie immer wild zerwühlt, in einer Ecke liegt ein Paar Boots. Alles normal. In diesem Schuhkarton würde es mir bestimmt sofort auffallen, wenn die PAO ihn durchsucht hätte, doch es sieht aus wie immer. Ich trete ein. Hinter der Tür hängt eine Kleiderstange in einer Nische, und falls Esper in der Zwischenzeit hier war, Klamotten hat er nicht mitgenommen. Ich zerre mir den verschwitzten Hoodie über den Kopf, nehme eines von Espers verwaschenen Shirts vom Bügel, ziehe es an und atme tief ein.

Leo hat sich abgewandt, jetzt schiebt er sich an mir vorbei in das winzige Zimmer und sieht sich flüchtig um, dann dreht er sich zu mir. »Ich warte draußen, okay?«

Dankbar nicke ich. Er will nicht nur Wache stehen, er gibt mir auch ein paar Minuten Privatsphäre. Als er an mir vorbeigeht, streicht er mir sanft über den Arm und nickt mir zu. Ein warmes Gefühl schwappt über mich hinweg, Freundschaft, Dankbarkeit, Zuneigung, was weiß ich, und mir schießen Tränen in die Augen, also wende ich mich schnell ab. Er geht zurück in die Küche.

Okay, das Wichtigste zuerst.

Zielstrebig steuere ich das lockere Stück der Fußleiste an. Mit ein paar Handgriffen habe ich den kleinen Hohlraum im Boden freigelegt und greife hinein. Ich ertaste den Umschlag, dazu ein kleines Notizbuch, und ziehe beides heraus. Mein Herz schlägt zum Zerspringen, nicht weil der Umschlag noch dicker geworden ist, sondern weil Esper so gut wie nie Papier benutzt. Unsere Termine verwaltet er auf dem Unice und meine Vorliebe für gedruckte Bücher hat er nie verstanden.

Den Umschlag stecke ich mir hinten in den Hosenbund, aber das Notizbuch – ein Heft eher – blättere ich in aller Eile durch. Keine Nachricht. Enttäuscht beiße ich mir auf die Lippe. Es ist … ein Adressbuch? Ja. Je genauer ich mir die Einträge ansehe, desto klarer wird es mir. Fast muss ich lachen, so altmodisch ist das. Wofür braucht Esper so etwas? Die Hälfte der Leute, die er kennt, hat nicht mal einen festen Wohnsitz.

Aber dann kommt mir ein anderer Gedanke. Was, wenn das Heft für mich ist? Wenn er darin Leute notiert hat, an die ich mich wenden kann, wenn … wenn so etwas passiert wie jetzt? Wenn wir getrennt werden?

Wieder fühle ich, wie mir die Tränen kommen, ich muss mich ein paar Sekunden lang an der Wand abstützen. Esper hat für mich vorgesorgt. Das passt überhaupt nicht zu ihm, und gleichzeitig ist es so romantisch, dass ich mich auf sein Bett werfen und unter seiner Decke vergraben will, mit seinem Geruch in der Nase, und darauf warten will, dass er auftaucht und mich lachend aus dem Bett zerrt, hinaus in die Stadt, seine Stadt, die ihn immer und überall willkommen heißt.

»Vega.« Leos Stimme ist wie ein Anker im Jetzt. Er hat recht, wir müssen verschwinden, jede Minute vergrößert das Risiko, dass einer der anderen Jungs auftaucht. Ich bin nicht in der Stimmung, mich neugierigen Fragen zu stellen.

Ein letztes Mal lasse ich den Blick schweifen. Kurz zögere ich, dann schnappe ich mir den kleinen Rucksack, der innen an der Zimmertür hängt, und stopfe ein paar Klamotten, ein Handtuch, eine frische Zahnbürste und ein paar andere Dinge aus dem Schrank hinein. Mit einem tiefen Atemzug trete ich zu Leo in die Wohnküche, ziehe die Tür ins Schloss und lasse alle meine Gefühle dahinter zurück. Dafür ist keine Zeit.

»Hier.« Während wir über den Flur zum Treppenhaus laufen, halte ich Leo den Rucksack hin. Er sieht mich fragend an. »Ein paar Klamotten, Seife, Deo und so. Esper ist nicht viel kleiner als du.«

Er starrt mich an mit diesen grauen Augen, die hier in der gedämpften Beleuchtung fast schwarz wirken. Dann streckt er die Hand aus und nimmt den Rucksack. »Danke«, sagt er leise.

Ich nicke, und als er kurz meine Hand drückt, muss ich trotz allem lächeln. Ich straffe die Schultern, und wir verschwinden auf demselben Weg, über den wir gekommen sind.

5

Am frühen Abend sitzen wir am Tresen einer Straßenküche ein Stück südöstlich der Innenstadt. Hier gibt es nicht so viele Überwachungskameras, im Notfall können wir durch eine ganze Reihe unübersichtlicher Gässchen verschwinden, und überhaupt habe ich mittlerweile solchen Hunger, dass es mir beinahe egal wäre, wenn uns die PAO jetzt schnappen würde. Die Köchin stellt Holunderlimonade, Süßkartoffelpommes und Bohnenburger vor uns auf die Theke. Ich fange fast an zu weinen.

»Danke, Esper«, murmle ich, denn ohne sein Geld hätten wir uns später bei irgendwelchen Supermärkten matschiges Obst und altes Brot zusammencontainern müssen.

Leo brummt zustimmend, er hat schon den halben Burger im Mund. Eine Weile essen wir schweigend, ich genieße das ausgelassene Treiben um uns herum und die Luft, die langsam kühler wird. Hin und wieder streift mein Blick Leo. Allmählich weicht seine Anspannung, der angestrengte Zug um seine Augen verschwindet, die Falte zwischen seinen Brauen glättet sich.

Was will er von mir? Sagt er mir die Wahrheit? Es gibt so vieles, was ich nicht von ihm weiß, was mich misstrauisch machen müsste, und trotzdem … Er ist ungefähr so bedrohlich wie ein warmer Ofen, an dem man sich wie eine Katze schnurrend zusammenrollen will.

»Was?«, fragt er, und ertappt mache ich: »Hm?«

»Du schmunzelst so vor dich hin«, erklärt er. Ich kann das Lächeln noch auf meinem Gesicht fühlen. »Wie die Grinsekatze.«

Ich lehne mich mit dem Ellbogen auf den Tresen und klopfe mir auf den Bauch. »Das kommt vor, dass ich gute Laune kriege, wenn ich satt bin.«

»Dann isst du die also nicht mehr.« Leos Hand schießt vor, und er hat tatsächlich die Frechheit, drei Pommes aus meinem Körbchen zu klauen.

»Finger weg.« Der Kerl ist schnell, ich ziehe die restlichen Fritten gerade noch aus seiner Reichweite, bevor er sich die nächsten schnappen kann. Er hört erst auf, als ich anbiete, noch eine Portion zu bestellen. Vorhersehbar und bescheiden, wie er ist, lehnt er natürlich ab. Meine innere Grinsekatze tobt.

Ohne dass ich es gemerkt habe, hat sich das Publikum um uns herum geändert. Die Familien mit Kindern sind verschwunden, junge Leute, manche jünger als ich, sind jetzt auf der Straße unterwegs. Mein Blick fällt auf eine Gruppe, die unbeschwert lacht, sich gegenseitig anrempelt und immer wieder lautstark einen alten Song aus den Zwanzigern anstimmt. Die fünf studieren bestimmt, Esper und ich konnten es uns jedenfalls in den ersten Jahren nicht leisten, an normalen Wochentagen um die Häuser zu ziehen. Obwohl unsere Erfolgsrate hoch war und wir viel weniger Ausgaben hatten, weil wir keine Chems kaufen mussten, dauerte es lang, bis wir uns einen Kundenstamm aufgebaut hatten. Wer das Geld hatte, buchte eben doch lieber PAO-zertifizierte Wettermacher. Espers achtzehnter Geburtstag war in mehr als einer Hinsicht ein Feiertag:

Nur ein paar Wochen später hatte ich genug Geld gespart, um aus dem Wohnheim ausziehen und in mein eigenes Apartment ziehen zu können. Das Gefühl der Freiheit und Sicherheit, das mich beim ersten Mal überkam, als ich die Wohnungstür hinter mir zumachte, hat sich auch nach mehr als einem Jahr noch nicht abgenutzt.

Oder jetzt vielleicht doch. Mit einem Mal bin ich wieder in der Gegenwart angekommen. Wenn die PAO in meiner Wohnung war, dann wird sie nie wieder mein sicherer Ort sein können. Ich bücke mich nach meiner Tasche und ziehe Espers Adressbuch heraus. Vielleicht hilft es mir, einen neuen sicheren Ort zu finden.

»Warte.« An einer Kreuzung greift Leo nach meinem Ärmel und bleibt stehen. Mittlerweile ist es fast dunkel, aber im spärlichen Licht der Straßenlaternen sehe ich sein Gesicht auch unter der Kapuze von Espers Jacke. »Die Ecke hier kenne ich. Willst du in die Unterstadt?«

Sein Ton ist so entsetzt, dass ich grinse. »Entspann dich. Nicht alle Schauergeschichten über die Unterstadt sind wahr.«

»Und du bist sicher, dass Esper dich dorthin schickt?« Er klingt ungläubig, auch wenn er mir über die Kreuzung folgt und weiterhin den Kopf gesenkt hält. Nur aus dem Augenwinkel wirft er mir immer wieder unsichere Blicke zu.

Ich habe Espers Notizbuch viermal von vorn bis hinten gelesen. Er hat nicht gerade mit Neonstift »Für den Fall, dass ich verschwinde: Dort kriegst du Hilfe« geschrieben, aber der Name, den er hervorgehoben hat, war trotzdem klar genug.

»Esper kennt dort Leute«, sage ich langsam. »Wenn er ihnen vertraut, dann … tue ich das auch.«

Das grenzt verdammt nah an eine Lüge, aber Leo stört etwas anderes.

»Und warum kennt Esper Leute in der Unterstadt?«, fragt er.

Wut ballt sich in meinem Bauch zusammen, als ich ihn so reden höre. Diesen studierten Meteorologen, der wahrscheinlich noch nie außerhalb irgendeines Hochsicherheitsviertels voller Villen und Pools und Alarmanlagen gelebt hat. Einer Welt, die sich die meisten von uns nicht mal vorstellen können.

»Weil er dort aufgewachsen ist«, fauche ich. »Er ist aus Dänemark geflohen, als die Regierung dort zusammengebrochen ist, und hat dabei seine Eltern verloren, okay? Außerhalb der Unterstadt wollte ihn eben keiner.«

Ein paar Sekunden später murmelt Leo eine Entschuldigung, dann schweigen wir. Langsam ändert sich die Umgebung. Wir biegen in eine Seitenstraße ein, überqueren einen Grünstreifen und gelangen über eine Gasse und durch eine Bahnunterführung in das Labyrinth aus Straßen, das, solange ich denken kann, Unterstadt heißt. Bevor alles zum Teufel ging, soll es hier vor Touristen gewimmelt haben. Die Leute saßen bis in die Nacht draußen an kleinen Tischen und feierten, an den Straßenecken spielten Musiker, es wurde gegessen, getrunken und getanzt. Den Menschen ging es gut.

Aber das war vor meiner Zeit. Heute feiert hier keiner mehr, jedenfalls nicht unter freiem Himmel. Niemand treibt sich länger auf den Straßen rum als nötig, schon gar nicht nachts. Während wir uns durch die Bretterbuden und notdürftigen Zelte schlängeln, die überall entstanden sind, seit sich die Leute die Mieten nicht mehr leisten können, kann ich Blicke auf uns fühlen. Ganz offen, wie die der Straßenkinder, die mit verschmierten Gesichtern an den Bordsteinen sitzen und auf ein bisschen Geld hoffen. Und heimlich, aus den Winkeln und Ecken, wo sich die Gangs sammeln und ihre Chancen gegen uns ausrechnen. Als wir rechts abbiegen, sehe ich aus dem Augenwinkel, dass sich zumindest zwei von ihnen schon an unsere Fersen geheftet haben, ein vielleicht vierzehnjähriger Junge und ein Mädchen in meinem Alter.

Leo hat sie anscheinend auch entdeckt, denn fast unmerklich strafft er die Schultern und richtet sich höher auf. Ich bin mir nicht sicher, ob das die richtige Reaktion ist, aber mir gefällt die Einstellung dahinter. Bilde ich mir das ein oder dreht er seinen Körper ein bisschen zu mir? So, dass seine Schulter mich vor unseren beiden Verfolgern abschirmt? Auch das noch. Ein Gentleman.

Schnaubend packe ich seinen Ärmel.

»Still«, zische ich, als er überrascht nach Luft schnappt, und ziehe ihn hinter einem Verschlag aus Abdeckplanen und ein paar wackligen Paletten in einen Hauseingang. Er führt in einen Hinterhof, im Notfall können wir also abhauen.

Doch das wird nicht nötig sein. Das Mädchen und der Junge sind zu sehr damit beschäftigt, sich nicht gegenseitig ins Gehege zu kommen, dass sie nicht darauf achten, wohin wir laufen. Dass wir verschwunden sind, bemerken sie gar nicht, und das bleibt hoffentlich noch ein paar Minuten so.

Als auch der Junge um die nächste Ecke gebogen ist, deute ich auf einen Durchgang schräg gegenüber. »Los, da geht's lang.«

Dass Leo nicht lange diskutiert, halte ich ihm zugute – von Esper kenne ich das auch anders. Aber das hier ist mein Terrain. Was bleibt Leo übrig, als sich auf mich zu verlassen?

Ich werfe einen vorsichtigen Blick um die Zeltplane herum und checke die Fenster über uns, aber niemand scheint auf uns zu achten. Hinter den meisten Scheiben ist es dunkel, nur hier und da schimmert ein Lichtschein durch zerschlissene Vorhänge hindurch. Ich hebe meine Hand als Signal und gemeinsam huschen wir über die Straße. Mit ein paar lautlosen Schritten haben wir den Durchgang erreicht und laufen weiter in einen Innenhof. Auch hier stehen notdürftige Baracken, in einer Ecke stapelt sich Gerümpel, es riecht durchdringend nach Kohl und Ziege, aber zu sehen ist auf den ersten Blick niemand. Erst als sich meine Augen an die fast undurchdringliche Dunkelheit in den Ecken des Hofs gewöhnt haben, entdecke ich ein paar blasse Gesichter. Sie wenden sich uns zu, ansonsten tut sich nichts. Ich winke Leo weiter.

Unser Weg führt uns die Feuerleiter am gegenüberliegenden Ende des Hofes hinauf, über ein Flachdach und auf der anderen Seite hinunter auf ein Stück verdorrten Rasen, ein Rechteck zwischen vier Hauswänden, das einmal ein kleiner Garten gewesen sein muss.

Und dort beginnen die Probleme.

Rechts von uns sitzen zwei Mädchen in meinem Alter und ein Typ um die zwanzig auf dem Boden und springen auf, als sie uns oben auf der Leiter sehen. Beim letzten Mal, als ich mit Esper hier war, haben die hier noch nicht rumgelungert.

»Was wollt ihr?«, fragt eins der Mädchen. Sie ist klein und zierlich, aber selbst in dem spärlichen Licht, das durch ein Kellerfenster in den Innenhof fällt, verrät jede ihrer Bewegungen, wie durchtrainiert sie ist. Misstrauisch schießen ihre hellen Augen zwischen Leo und mir hin und her. Die anderen beiden wirken auch nicht gerade gastfreundlich.

Beschwichtigend hebe ich eine Hand. »Wir wollen nur mit Luc sprechen.«

»Vergiss es.« Keine Erklärung, keine Nachfrage, höchstens ein noch grimmigerer Gesichtsausdruck.

»Es ist wichtig.« Ich presse meinen Daumennagel in die Kuppe meines Zeigefingers, um höflich zu bleiben.

»Für dich vielleicht.« Das Mädchen macht eine kleine Geste Richtung Feuerleiter, ihre Freundin und der Typ treten einen Schritt vor. »Verschwindet.«

In mir brodelt es, aber ich atme tief aus. Dann eben anders. Leo zieht mich schon zur Leiter, und ich fühle die Blicke der drei in meinem Nacken, bis wir das Dach erreicht haben und auf der anderen Seite hinuntergeklettert sind.

»Charmant«, murmelt Leo.

Ich deute nach rechts. Wir nehmen besser einen anderen Weg zurück zur Straße. »Gewöhn dich lieber gleich dran.«

»Wer ist dieser Luc?« Leo sieht mich von der Seite an.

Wir haben uns über ein paar Dächer, baufällige Balkone und durch ein besetztes Haus zurück zu einem der größeren Plätze in der Unterstadt geschlagen. Von dort aus umrunden wir den Block. Es gibt noch eine andere Möglichkeit, zu Luc zu kommen, auch wenn ich die gern vermieden hätte.

Nach einem schnellen Rundumblick – dem wahrscheinlich dreihundertsten, seit wir wieder auf der Straße sind – ziehe ich mir die Kapuze tiefer in die Stirn und drehe mich ein bisschen zu Leo. Ich atme scharf ein, als der Stoff des Hoodies über meinen Rücken kratzt. Die Haut verheilt allmählich, aber sie ist immer noch empfindlich.

Leo runzelt die Stirn, doch ich mache eine wegwerfende

Handbewegung. »Luc ist so was wie der König der Unterstadt. Schwarzmarkt, Drogen, Dokumentenhandel – alles läuft über ihn. Er kriegt alles mit, was vor sich geht, und so gut wie jeder hier schuldet ihm was.«

»Du auch?«

Ich zögere einen Moment. »Noch nicht.«

Bevor Leo etwas sagen kann, deute ich nach rechts. Leo stutzt, dann drängt er sich neben mir an einer langen Menschenschlange vorbei, die vom Gehweg bis in einen Innenhof reicht. Frauen in kurzen Kleidern und Männer in engen Shirts rufen uns empört hinterher. Ein Mädchen mit glatten blonden Haaren und einem Glitzertop fasst nach meinem Arm.

Ich winde mich aus ihrem Griff. »Entspann dich. Sehe ich aus, als wäre ich zum Feiern hier?«

Ihr glasiger Blick gleitet über meine unförmigen Klamotten und ein verächtliches Lächeln macht sich auf ihrem Gesicht breit. Ich warte nicht auf ihre Antwort.

Finster starren uns zwei Türsteher entgegen, als wir uns dem Eingang von Lucs Club nähern. Anscheinend haben sie die Unruhe am Torbogen mitbekommen. Ich spüre Leos Unbehagen, doch da muss er jetzt durch. Aufmunternd zwinkere ich ihm zu.

Einer der Männer macht den Mund auf und sagt leise etwas, und ich richte meine Aufmerksamkeit auf das schwarzhaarige Mädchen, das ein Stück hinter ihm im Schatten steht und auf seinem Unice herumwischt. Sie hebt den Kopf.

»Was wollt ihr?«, fragt sie, als wir einen Bogen um den Eingang machen und langsam auf sie zugehen. Ich glaube, ich habe sie schon mal getroffen, bin mir aber nicht sicher.

»Wir müssen Luc was fragen«, antworte ich. Wir bleiben vor ihr stehen.

Sie mustert erst Leo, dann mich, und eine Sekunde lang blitzt Erkennen in ihren Augen auf. Sofort wechselt ihr Gesichtsausdruck von Misstrauen zu Feindseligkeit.

Das ist nicht richtig. Wenn Esper hier gewesen wäre, wüssten sie, dass ich komme. Oder liegt es daran, dass ich Leo dabeihabe?

»Frag mich«, entgegnet sie.

Nach diesen grauenvollen zwei letzten Tagen muss ich mich wirklich zusammenreißen, um ihr keine reinzuhauen.

»War Esper hier?« Ich halte meine Stimme neutral.

»Esper wer?«

Ungläubig starre ich sie an. Stammt sie vom Mond oder hat sie die letzten fünf Jahre in einem Kellerloch verbracht?

»Esper Lund«, gebe ich zurück, diesmal schon ein bisschen schärfer. »So groß ungefähr, blonde Locken, Freund von Luc.«

Die Schwarzhaarige lässt ihren Blick irritierend langsam von meiner Hand zu meinem Gesicht gleiten und mustert dann Leo mit fast so etwas wie Belustigung. Sie steckt ihr Unice ein und stößt sich von der Wand ab. »Wartet hier.«

Also tun wir das. Ich verschränke die Arme und liefere mir ein Blickduell mit einem der Typen, bis er die Schultern hochzieht und lieber den Kerl am Anfang der Schlange anblafft. Leos Mundwinkel zucken, als sich unsere Blicke begegnen, und ich gönne mir ein kleines Grinsen. Der Tag hatte ja bisher noch nicht viel Unterhaltsames zu bieten.

Nach ein paar Minuten taucht das Mädchen wieder hinter den beiden Muskelprotzen auf, die die Leute immer noch nur einzeln oder höchstens zu zweit in den Club lassen. »Mitkommen.«

Wir ignorieren das Murren der Feierwütigen und schieben uns hinter den Türstehern in eine grauschwarz gekachelte Eingangshalle. Wummernder Bass empfängt uns, nicht allzu laut, sodass schwer zu sagen ist, ob man ihn hört oder ob sich sein Dröhnen durchs Mauerwerk überträgt und im Bauch festsetzt. Bröckeliger Stuck zieht sich um die hohe Decke, Farbe blättert von den Türrahmen ab, die Treppenstufen, die ein halbes Stockwerk nach unten führen, sind abgenutzt, aber ich achte kaum darauf, denn im Halbdunkel werden meine Augen unweigerlich von dem schnurgeraden Gang vor uns angezogen. Teppiche aus winzigen Lämpchen erstrahlen an den Wänden, als würde der Durchgang ins Paradies führen. Der Effekt ist ohne Zweifel genau so gewünscht.

Die Schwarzhaarige – Mathea, fällt mir in dem Moment ein – wartet nicht auf uns, sondern springt die sieben Stufen ins Souterrain hinab und legt so ein Tempo vor, dass wir Mühe haben, mit ihr Schritt zu halten. Es riecht ein wenig modrig, nach Keller eben, aber Alkoholdunst, Schweiß und ein süßliches, würziges Aroma tun ihr Bestes, um den Eindruck zu zerstreuen. Leute stolpern uns entgegen, johlen und kichern, in schmalen, schlecht ausgeleuchteten Nischen knutschen Paare. Mit jedem Meter wird es lauter.

Mathea biegt um eine Ecke und plötzlich ist der Lärm wie eine Wand. Die schnellen Beats fegen durch meinen Körper, Lichteffekte schießen wie Blitze durch mein Hirn. Ich balle die Fäuste und versuche, Mathea in dem Gewimmel nicht aus den Augen zu verlieren.

Sie führt uns nach rechts, eine Treppe mit schmiedeeisernem Geländer hinauf, zur Galerie eines riesigen Raums, der auch einmal eine Bahnhofshalle hätte gewesen sein können. Auf den zweiten Blick erkenne ich es: kein Bahnhof, sondern ein ehemaliges Schwimmbad, mit Gewölbedecke und einem gefliesten Becken, in dem sich jetzt die Tänzer winden. Nach dem Müll und Gerümpel, zwischen dem wir den Tag verbracht haben, ist dieser verblassende Prunk wie ein Schock.

Ein- oder zweimal suche ich Leos Blick, doch wenn er sich von diesem dekadenten Chaos aus der Ruhe bringen lässt, verbirgt er es gut. Er hat definitiv bessere Nerven, als man es jemandem zutrauen würde, der seine Tage in einem klimatisierten Büro verbringt.

An ein paar in Umkleidekabinen eingefügten Sitzecken vorbei gelangen wir zu einer schweren Eisentür, die Mathea mit großer Geste aufzieht. Sie winkt uns hindurch, ins nächste Treppenhaus, und scheucht uns die Stufen hinauf. Ein riesiges Sprossenfenster mit verschnörkelten Verzierungen überblickt den Treppenabsatz, die Stufen knarren unter unseren Schritten, unangenehm laut in der plötzlichen Stille. Ich weiß nicht, wie gut Leos Orientierungsvermögen ist, aber wir sind jetzt in dem Gebäude, in das uns die drei Gestalten im Innenhof vorhin nicht einlassen wollten. Bisher war ich nur tagsüber hier, und das auch nur zwei-, dreimal, doch selbst im Mondlicht, das durch das hohe Fenster fällt, erkenne ich die Galerie wieder.

Ein Schrank von Mann – auf den zweiten Blick erkenne ich Thierry – öffnet uns die Flügeltür und wir stehen in Lucs Zentrale. Allerheiligstes wäre vielleicht das treffendere Wort. Luc liebt Inszenierungen, und von all seinen Quartieren, die ich in den letzten Jahren gesehen habe, ist das hier das pompöseste.

Ich blinzle, weil mich nach dem dunklen Treppenhaus sogar die gedämpfte Beleuchtung im Saal blendet. Sieben, acht Meter über uns wölbt sich eine mitternachtsblaue Kassettendecke mit vergoldeten Rahmen. An der Stirnseite ist verblasst und schemenhaft eine Wandmalerei zu erkennen, doch von der Tapete, die den Rest des Raums einmal geschmückt hat, sind nur noch an wenigen Stellen Fetzen übrig. Rechts und links vom Eingang gruppiert sich Lucs engster Kreis – oder die, die sich im Moment dafür halten – um filigrane Stehtische mit Häppchen und Gläsern in allen möglichen Größen und Formen. Das Herzstück des Raums aber ist das antike smaragdgrüne Samtsofa in der Mitte. Neben mir zieht Leo scharf die Luft ein, doch er bleibt an meiner Seite. Ich traue mich nicht, ihn anzusehen, doch ich hoffe, dass er sein Gesicht unter Kontrolle hat.

Stattdessen halte ich meinen Blick starr auf Luc gerichtet. Er rekelt sich neben einem blonden Mann um die dreißig und einer Frau mit kurzen lila Haaren auf dem Sofa und sieht uns scheinbar gelangweilt entgegen. Seine hellblauen Augen bilden einen irritierenden Kontrast zu seiner dunklen Haut, und er betont die Faszination, die von ihnen ausgeht, mit einem weißen Shirt, unter dem sich perfekt definierte Bauchmuskeln abzeichnen. Wenn er nicht so gefährlich wäre, wäre diese ganze Show zum Lachen.

Wir bleiben zwei Meter vor der Couch stehen, Leo einen halben Schritt hinter mir. Es ist genau die Entfernung, die sagt: Sie redet, aber ich halte ihr den Rücken frei, und mir kommt der Gedanke, dass er nicht ganz so behütet aufgewachsen ist, wie ich vermutet habe.

Luc lässt einen lasziven Blick über Leo gleiten, dann sieht er mich an. »Hast ja schnell Ersatz gefunden.« Der französische Akzent macht seinen Tonfall noch giftiger.

Nein, Luc und ich sind nicht gerade die besten Freunde. Wir

tolerieren uns, weil wir beide an Esper hängen, aber wenn er nicht wäre, würden wir uns aus dem Weg gehen. Und es wäre besser so.

In diesem einen Satz stecken allerdings schon mehr Informationen, als Luc sonst preisgibt. Er weiß, dass wir Ärger mit der PAO hatten, und er weiß, dass Esper untergetaucht ist. Also ignoriere ich seine Unterstellung.

»War er hier? Weißt du, wo er ist?«

Luc wirft einem Jungen rechts neben der Couch einen Blick zu, der nickt und verschwindet durch eine unauffällige Tür. Dann setzt Luc sich auf und lehnt sich nach vorn.

»Vielleicht, vielleicht nicht. Warum sollte ich dir das verraten?«

Ich atme tief aus. »Was willst du?«

Er lacht, schlägt die Beine übereinander und legt seine Arme auf die verschnörkelte Sofalehne. Als müsste er überlegen, wiegt er seinen Kopf hin und her. »Zuerst wüsste ich gern, was da gestern passiert ist.«

Seinem Blick entgeht nichts, sicher auch nicht, dass ich kurz die Lippen aufeinanderpresse. »Ein Chem-Unfall«, antworte ich zögernd. »Jemand hat sich bei der Dosierung vertan.«

»Du?« Täusche ich mich oder klingt er amüsiert?

»Nein, nicht ich! Der einzige Wettermacher, der noch vor Ort war, ist Willem.«

Luc betrachtet seine Fingernägel. »Er behauptet, du wärst es gewesen.«

»Ja, das würde ich an seiner Stelle auch.«

Er sieht auf und von einer Sekunde auf die andere verändert sich die Stimmung im Raum. Die Leute am Eingang plaudern noch immer leise, unter den Stimmen und dem Gelächter ist sanfte Loungemusik zu hören, aber rings um das Sofa herrscht Stille. Der Mann und die Frau neben Luc scheinen die Luft anzuhalten.

»Ich kann mir nicht helfen, Vega. Willems Geschichte klingt bei Weitem plausibler. Oder willst du mir vielleicht noch erklären, warum du einen PAO-Spitzel anschleppst?«

Hinter mir spannt Leo sich an, doch ich verlagere warnend mein Gewicht in seine Richtung. »Überprüf deine Quellen, Luc. Er ist kein Spitzel. Er hat mich aus einer Befragung rausgeholt.«

»Und nichts dafür verlangt?« Lucs dunkle Augenbrauen schießen nach oben. »Stinkt gewaltig, wenn du mich fragst.«

Von Leo strahlt so viel unterdrückte Energie aus, dass ich das Gefühl habe, meine rechte Seite würde sich aufheizen.

»Ich frag dich aber nicht«, sage ich scharf. Mit meiner Beherrschung ist es vorbei. »Ich hab dich gefragt, ob du was von Esper weißt.«

Unter dem Shirt spannen sich Lucs Bauchmuskeln an.

»Er war nicht hier«, antwortet er. »Falls er noch kommt, sage ich ihm, dass du nach ihm gesucht hast. Aber in Zukunft bist du hier nicht mehr willkommen. Du bringst Unglück, Vega«, wieder gleitet sein Blick über Leo, »und wer weiß, was sonst noch. Das können wir hier nicht gebrauchen. Und jetzt raus.«

Ein paar Sekunden starre ich ihn noch an, dann merke ich, dass sich eine Hand um meinen Arm gelegt hat. Leo zieht mich über zerborstene Mosaikfliesen zu der Tür, durch die vorhin schon der Kleine verschwunden ist. Mathea hält sie weit auf und grinst, als ich ihr einen finsteren Blick zuwerfe.

6

Mathea scheucht uns durch neue finstere Gänge, und meine Wut lenkt mich ab, deswegen kann ich nach ein paar Minuten schon nicht mehr sagen, in welche Richtung wir unterwegs sind. Das Mondlicht bleibt die einzige Lichtquelle, sodass Leo und ich uns in besonders dunklen Ecken an den Wänden entlangtasten und immer wieder über lose Bodenbretter oder aufgehäuften Müll stolpern. Mathea scheint sich blind zurechtzufinden.

Zweimal balancieren wir über provisorische Stege von einem Gebäude zum nächsten. Hinter mir schimpft Leo leise, aber ich sage nichts, denn ich bin vollauf damit beschäftigt, nicht in den Schlund zu gucken, der sich unter unseren Füßen auftut. Warum sie die Stege im obersten Stockwerk gebaut haben, ist mir ein Rätsel. Wenn man hier danebentritt, bricht man sich garantiert den Hals.

Das vierte Gebäude erreichen wir fast schon bequem über die Reste eines Baugerüsts. Diesmal ist es kein heruntergekommenes Wohnhaus, sondern eine alte Fabrik mit Ziegelmauern und kargen Treppen aus Metall. Ein stechender Geruch liegt in der Luft, der einen kurzen, scharfen Schmerz durch meinen Kopf schickt und Bilder von wirbelnden Wolken wachruft, die ich nicht ganz zu fassen bekomme. Trotz der feuchtwarmen Nachtluft rieselt eine Gänsehaut über meinen Rücken, doch dann schlägt uns kalter Rauch entgegen, und die Erinnerung verweht.

Im Inneren des Gebäudes sind die Wände mit uralten Graffiti bemalt. Mathea läuft die Stufen in einem Wahnsinnstempo hinunter, trotzdem fällt es mir viel leichter, ihr zu folgen. Auch mein Hirn verlässt den Überlebensmodus und beginnt, aus dem unbehaglichen Gefühl, das mir seit ein paar Minuten den Rücken hinaufkriecht, erste Schlüsse zu ziehen.

»Wohin bringt sie uns?«, formuliert Leo leise meine stillen Fragen.

Ich werde langsamer, aber da hat Mathea das Erdgeschoss erreicht und schiebt eine weitere Tür auf. Sie wartet nicht auf uns, sondern zieht sich den Kragen ihres Shirts über Mund und Nase und huscht hindurch. Von der Treppenstufe, auf der ich stehen geblieben bin, erkenne ich nur einen dunklen Fußboden und Wasserlachen, in denen sich der Sternenhimmel spiegelt. Der Geruch nach Rauch wird stärker, er kratzt in meiner Kehle und hinterlässt einen bitteren Geschmack auf der Zunge.

»Macht schon!«, ruft Mathea uns zu, und ihre Stimme hallt durch den leeren Raum.

Hinter mir fängt Leo an zu husten. Im Zwielicht sehe ich ihn fragend an. Er hält sich den Arm vors Gesicht und zuckt mit den Schultern. »Hilft ja nichts. Raus müssen wir«, sagt er gedämpft.

Ich ziehe den Reißverschluss von Espers Kapuzenjacke bis über die Nase zu und gehe die letzten paar Schritte zu der Tür, durch die Mathea verschwunden ist. Wir treten in eine riesige Halle. Vorsichtig tapsen wir durch tiefe Wasserlachen und weichen dabei Maschinengerippen und wild durcheinandergewürfeltem Schrott aus. In den Ecken wachsen kleine Bäume – Birkenschösslinge vielleicht – und aus allen Ritzen presst sich das Unkraut hervor. Die Decke ist komplett verglast und so hoch, dass ein dreistöckiges Haus daruntergepasst hätte, unsere Schritte hallen auf dem Betonboden.

Vor der gegenüberliegenden Wand bedeckt eine undefinierbare schwarze Masse den Boden. Von dort gehen der Gestank nach Rauch und Chemikalien aus, das rieche ich selbst durch den Baumwollstoff. Aber es ist nicht der verkohlte Haufen, der meinen Blick anzieht. An den Glasbausteinen, die ein Viertel der Wand einnehmen, prangt ein grüner Frosch. Im bleichen Mondlicht scheint er zu leuchten. Trotz unserer Lage muss ich grinsen.

Aber nur, bis wir uns dem riesigen Rolltor nähern, an dem Mathea ungeduldig auf uns wartet. Leo zögert erneut, und auch ich werde langsamer, doch hinter uns tauchen wie aus dem Nichts vier von Lucs Handlangern auf, und zwar von der Sorte, mit der man sich nicht gern anlegt.

»Im Ernst?«, frage ich Mathea, aber sie zuckt nur mit den Schultern.

Kaum drückt sie die Tür neben dem Rolltor auf, brandet draußen Geschrei auf. Leo und ich sehen uns an, doch die vier Schlägertypen sitzen uns schon im Nacken und schieben uns aus der Halle. Feuchte Nachtluft schlägt uns entgegen.

»Macht's gut«, ruft Mathea fröhlich, aber ich habe noch nicht mal Zeit, mich über sie zu ärgern, weil ich genau wie Leo erstarre.

Mindestens zwanzig Leute stehen uns gegenüber, und im ersten Moment denke ich, die Horde von der Gartenanlage hätte uns gefunden.

»Da ist sie! Schnappt sie euch!«, brüllt eine Stimme in der Menge.

Aus dem Augenwinkel sehe ich, wie sich der kleine Junge von vorhin an uns vorbeidrückt und durch die Tür hinter uns verschwindet. Der Kleine, den Luc losgeschickt hat – um uns zu verraten. Wut durchfährt mich, dicht gefolgt von Panik, als sich die Ersten auf uns zuschieben. Hier und da entdecke ich jetzt bekannte Gesichter, Urban, Stine, dort drüben Fred. Alles Wettermacher und alle stinkwütend.

»Was wollt ihr?«, frage ich mit so trockener Kehle, dass kaum mehr als ein Krächzen herauskommt.

Fred lacht auf. »Du hast eine Abreibung verdient. Deinetwegen sind Kinder im Krankenhaus.« Die Menge grölt und mein Magen krampft sich zusammen. »Und deinetwegen räuchert uns die PAO aus.«

Das ist es also. Die PAO durchkämmt die Unterstadt auf der Suche nach Leo und mir und nimmt sich dabei die anderen Wettermacher vor. Das und Willems Lügen darüber, was am Stadtrand passiert ist, reichen aus, um mich an den Pranger zu stellen. Die Gedanken rasen durch meinen Kopf, aber nirgends, nirgends sehe ich einen Ausweg.

»Was ist?« Fred breitet die Arme aus. »Kommt ihr freiwillig mit oder müssen wir euch holen?«

»Weg hier«, raunt Leo.

Nur wohin? Wir stehen in einem Hinterhof, auf allen Seiten erheben sich Ziegelwände, kaputte Fenster starren auf uns herunter wie Geisteraugen. Das hohe Tor rechts von uns ist mit dicken Ketten gesichert.

Leo rempelt mich an, schiebt mich nach links, auf die einzige Lücke zwischen den Gebäuden zu, die nicht von meinen feinen Kollegen versperrt wird. Wir sind noch keine fünf Schritte weit gerannt, als die Meute die Verfolgung aufnimmt. Dutzende Füße hämmern auf den Boden und hallen von den Wänden wider, während wir uns den schmalen Durchgang entlangkämpfen.

Ja, Panik hilft eine Weile, ein aberwitziges Tempo aufrechtzuerhalten, doch Leo und ich haben harte Tage hinter uns. Es dauert nicht lang, und wir keuchen so laut, dass es beinahe das Gebrüll der Wettermacher hinter uns übertönt. An einer Abzweigung zeige ich nach rechts, aber als wir in die Gasse biegen wollen, entdecken wir im letzten Moment die drei Schläger, die sich dort postiert haben. Mit Eisenstangen in den Händen rennen sie auf uns zu.

Vor Schreck stolpere ich über meine eigenen Füße. Leo greift nach meinem Ellbogen, um meinen Sturz abzufangen, und irgendwie legen wir an Geschwindigkeit zu und kommen gerade noch an der Gasse vorbei, ehe uns die Typen den Weg abschneiden können.

Weiter. Einfach weiter. Mir rinnt der Schweiß in die Augen, mein Herz hämmert gegen meinen Brustkorb, aber ich ignoriere den Schmerz. Was uns blüht, wenn uns Fred und seine Kumpane in die Finger bekommen, ist hundertmal schlimmer.

Bei der nächsten Abzweigung probieren wir es links, doch auch dort erwarten uns zwei Männer. Sie versuchen nicht, uns zu fassen, sondern nehmen die Verfolgung auf, sobald wir wieder zurück auf unserem ursprünglichen Weg sind.

Das ist eine Treibjagd!

»Sie treiben uns raus aus der Stadt!«, spricht Leo meinen Gedanken aus.

Woher er den Atem dazu nimmt, ist mir ein Rätsel, doch er

hat recht. Aus Gewohnheit schaue ich in den Himmel, um mich an den Sternen zu orientieren, aber was ich dort sehe, ist keine Leier und auch kein Schwan. Nein, über uns brodeln Gewitterwolken und im nächsten Moment treffen mich auch schon die ersten Regentropfen. Wind zerrt plötzlich an meinen Klamotten und weht Papier und Plastikfetzen um unsere Beine. Ich muss blinzeln, als eine Bö Dreck aufwirbelt und ihn mir ins Gesicht schleudert.

»Was passiert hier?«, brüllt Leo gegen das Heulen an. Ich schüttle nur den Kopf.

Zwischen hohen Hauswänden stolpern wir hinaus auf einen unbebauten, von Gestrüpp und Büschen gesäumten Platz. Auf den hellen Steinplatten, zwischen denen Unkraut wuchert, zeichnen sich unzählige dunkle Flecken ab, wo die Regentropfen auftreffen und platzen, und reflexartig schauen Leo und ich uns nach einem Unterstand um. Aber da haben uns die anderen Wettermacher schon erreicht und zwingen uns weiter.

Schritt für Schritt gehen Leo und ich rückwärts hinaus unter die wilden Wolken, eingezwängt zwischen einem Halbkreis aus blindwütigen Menschen und einem Regenguss, der sich binnen Sekunden zum Sturm steigert. Wir sind noch keine zwanzig Meter weit gekommen, als uns schon die Klamotten am Leib kleben. Der Wind peitscht mir die Haare ins Gesicht, und der Regen trommelt auf meinen Kopf, sodass ich schützend die Hände über mich halte. Erst da merke ich, dass aus dem Regen Hagel geworden ist. Ich halte die Handflächen in den Sturm und fange die Eiskugeln auf.

In mir regt sich etwas. Der Sturm ruft mich – oder nein, ich rufe den Sturm. Meinen Bruder. Meine Panik verebbt. Wärme breitet sich in mir aus, ich straffe den Rücken. Es ist, als wäre die Gefahr nichts, als wäre alles, was noch zählt, nur dieses Band zwischen uns, das Verstehen, welche Kraft in ihm tobt und sich erschöpfen muss, bis er ruhen kann.

Neben mir stöhnt Leo auf. Das Geräusch reißt mich aus meiner Trance und ich sehe ihn an. Er fasst sich an den Kopf und zwischen seinen Fingern rinnt etwas Dunkles hervor. Mein Blick fällt auf den Boden, wo ein Hagelkorn in der Größe eines Hühnereis liegt.

Ich trete zu ihm, lege meine Finger an seine Wange und presse einen Zipfel meines Ärmels auf seine Augenbraue. Er verzieht das Gesicht, weicht aber nicht zurück.

»Sie waren das«, sage ich gerade so laut, dass er mich über dem Heulen des Windes versteht. Über uns zuckt ein Blitz durch die Nacht und ein Donnerschlag lässt den Boden unter unseren Füßen beben. »Das ist unsere Strafe.«

Leo starrt mich an, als hätte ich den Verstand verloren.

»Es ist ein modifizierter Sturm, kein normales Gewitter.« Mit dem Kinn deute ich zum Himmel. »Sie haben ihn zu einer Waffe gemacht.«

Mit aufgerissenen Augen schiebt Leo mich von sich weg und wendet sich zu den Wettermachern um, die sich in den Schutz der umliegenden Häuser zurückgezogen haben und uns beobachten. Mein Blick folgt seinem. Ein paar von ihnen schauen besorgt in den Himmel, als hätten sie Kräfte entfesselt, auf die sie nicht gefasst waren, aber die meisten lassen uns nicht aus den Augen. Auf keinem ihrer Gesichter liegt Mitgefühl oder ein schlechtes Gewissen.

Leo dreht sich wieder zu mir und packt meinen Arm. »Wir müssen hier weg! Los!«

Ist es das, was sie wollen? Dass wir rennen, fliehen vor dem Unwetter, das sie nicht mehr kontrollieren? Denn genau das ist hier passiert, ich kann es riechen, fühle es in den Wirbeln über mir. In ihrem Eifer haben sie die Chems falsch bemessen.

Ich stemme mich gegen Leos Griff. All die sanften Regenfälle, die zahmen Winde, sie waren nur Spielereien. Es ist, als würde der Sturm mich aus einem langen Schlaf wecken. Endlich fühle ich wieder, was ich kann.

Mit meinen Kräften erwacht die Stimme, natürlich. *Sie dürfen es nicht wissen …* Aber es ist leicht, sie zu überhören, mit dem Brüllen des Sturms in meinen Ohren und Leos immer verzweifelteren Versuchen, mich in Sicherheit zu bringen.

Doch ich fürchte mich nicht. Nicht mehr.

»Geh in Deckung!«, rufe ich gegen das Toben an. Es sind kaum ein paar Sekunden vergangen.

»Was?«, brüllt Leo.

»Mach dich klein und leg die Arme über den Kopf!«

Er starrt mich an. »Und du?«

»Ich komme klar.«

Bevor er die Arme um mich schlingen kann – er hat es vor, ich sehe es genau, selbst jetzt kann er diesen Impuls nicht unterdrücken, meine statt seine Haut zu retten –, drehe ich mich zu den Wettermachern um. Ich merke, dass ich anfange zu lächeln, und ich sehe, dass es einigen von ihnen einen Schrecken einjagt.

Langsam hebe ich die Arme. Leo steht noch immer neben mir, aber ein ganzer Schauer Hagelkörner prasselt auf ihn nieder, und er geht in die Hocke. So wie er sich vom Sturm abwendet, heiße ich ihn willkommen. Ich lasse ihn durch mich fließen wie die Energie, aus der er besteht, unaufhaltsam, unbezwingbar. Und der Sturm in mir strömt aus mir heraus, ich fühle, wie er sich mit den Wolken und dem Wind und dem Wasser verbindet, den Kreislauf schließt und ich endlich die Macht habe, die ich brauche, um das hier zu beenden.

Die Wolken über uns öffnen sich. Leo merkt es erst nicht, doch dann hebt er den Kopf und schaut in das Stück Himmel, das durch die Lücke zu sehen ist, sternenklar. Sein Mund steht offen, und er sucht meinen Blick, aber ich habe keine Aufmerksamkeit für ihn übrig. Meine Arme zittern vor Anstrengung, doch noch immer lächle ich. Ich lächle, als ich den Wind drehen lasse. Seine Wucht wendet sich von West nach Ost, zurück zu der Häuserfront, wo die Wettermacher kauern. Einige von ihnen tippen hektisch auf ihren Tablets herum, doch ihre Drohnen sind machtlos gegen die Kraft, die sich ihnen jetzt entgegenwirft. Wie eine Eiswand stürzt der Hagel vor mir herab, so dicht, dass ich die entsetzten Gesichter dahinter kaum mehr wahrnehmen kann. Was ich aber sehe, ist, dass sich einer nach der anderen umdreht, panisch, und zwischen den Häusern verschwindet, auf der Suche nach einem sicheren Unterschlupf.

Ich warte, bis nur noch eine Gestalt dort steht, dann richte ich die Arme kerzengerade in den Himmel und drehe mich um mich selbst. Das Gewitter sammelt sich über mir, in einem perfekten Kreis, und ich schicke es hinaus aufs Land, dorthin, wo es keinen Schaden anrichten kann, wo es niemanden verletzt und sich ausregnen kann, bis nichts von ihm übrig bleibt als ein sanfter Wind, der weit, weit von hier entfernt den nächsten Sturm anstößt.

Dann löse ich das Band und atme tief ein. Als ich mich umdrehe, weiß ich, dass er noch da ist. Fred steht noch immer am

Eingang der Gasse, die zurück zu Lucs Zentrale führt. Ich spüre, dass Leo aufsteht und sich hinter mich stellt. Ob auch er am liebsten wegrennen würde? Oder ist seine Neugier stärker als sein Schrecken?

Freds Blick und meiner treffen sich, dann wendet er sich ab und geht.

Einen Moment lang sehe ich ihm nach, dann straffe ich die Schultern und stelle mich Leos Fragen.

7

Keine Technik?«

»Nein.«

»Keine Chemie?«

Ich schüttle den Kopf.

Leo zögert einen Moment. »Aber was dann?«

Wenn er wüsste, wie oft ich mir diese Frage schon gestellt habe. Wie oft ich darüber nachgedacht habe, was hinter meiner Gabe steckt. Eine genetische Anomalie? Eine zufällige Mischung ungewöhnlicher Fähigkeiten? Oder doch gute, alte Magie?

Ausatmend lehne ich mich gegen die Bretterwand des Schuppens, in dem wir die Nacht verbringen. »Ich weiß es nicht.« Ich drehe den Kopf zu Leo und suche im Zwielicht seinen Blick. »Wirklich nicht.«

Seine Zweifel stehen ihm deutlich im Gesicht, klar, er ist Wissenschaftler. Aber er versucht zumindest, mir zu glauben.

»Okay«, sagt er langsam. »Hilf mir, das zu verstehen. Du und Esper, ihr tut so, als würdet ihr arbeiten wie normale Wettermacher. Drohne, Chems und dann der normale Vorgang, dass Wassermoleküle am Silberiodid kondensieren, bis die Wolken abregnen?«

Ich nicke.

»Und wie machst du es stattdessen? Was passiert da?«

»Ich weiß es nicht! Leo! Dafür müsste ich mich in eine Wolke setzen!« Ich kann es nicht fassen, dass er anfängt zu lachen, also rede ich einfach weiter. »Irgendwie kann ich wohl die natürlichen Abläufe nachahmen. Wie wenn die Sonne Luft erwärmt und die hochsteigt und durch die nachströmende Luft Wind entsteht.«

Leo hat sich wieder beruhigt. »Und deswegen wird dir kalt, weil du Energie aufwendest?« Seine Stimme ist jetzt vorsichtig, sanft fast. Sein Blick fällt auf meine Hände, die tief in den Ärmeln von Espers wärmster Kapuzenjacke stecken. Immerhin hat das Zittern schon vor einer Weile nachgelassen.

Ich zucke mit den Schultern. Ja. So habe ich mir das immer erklärt. Doch ich weiß, dass es noch mehr ist. Worte habe ich dafür keine, aber meine Gabe geht über Naturgesetze hinaus. Diese Verbindung, die ich manchmal spüre, wenn der Wind mit mir spricht ... Und vorhin, als die Energie stärker wurde und ich im Sturm beinahe etwas wie Gier empfunden habe ...

Meine Ohren werden warm, und das hat nichts mit den drei Schichten Klamotten zu tun, die ich anhabe. Ich sehe Leo an, sein Blick ist ganz offen, nicht wertend und ganz sicher nicht ängstlich. Trotzdem wollen mir die Worte nicht über die Lippen. Soll er glauben, dass ich einfach nur eine kuriose Laune der Natur bin. Das ist hundertmal besser, als wenn er mich für ein Monster hält.

Leo kapiert, dass von mir nicht mehr kommt, und wendet den Blick ab. Wir schweigen eine Weile, aber ich spüre, dass es ihn nicht loslässt. Ich kann beinahe hören, wie es in seinem Gehirn arbeitet.

»Keine Präimplantationstherapie? Keine genetischen Modifikationen?«, greift er den Faden wieder auf.

Diesmal lache ich. Anscheinend sind wir beide auf unsere eigene Art vorhersehbar. »Nein. Ich bin natürlich gezeugt worden. Und meine Mutter weiß … wusste nichts von Gentherapien. Oder Krankheiten, die welche notwendig gemacht hätten.«

»Und dein Vater?« Leo muss sich überwinden, es zu fragen, denn natürlich hat er verstanden, dass ich Papa absichtlich nicht erwähnt habe. Doch er will der Sache auf den Grund gehen, Befindlichkeiten hin oder her.

Ich reibe mir die Augenwinkel. »Mein Vater war Physiker, kein Molekularbiologe. Er fand meine Gabe ziemlich faszinierend, aber vor allem wollte er mich beschützen.«

Ein Herzschlag, zwei, drei. Dann fragt Leo in die Stille hinein: »Was ist mit ihnen passiert?«

Es ist dunkel genug und er sitzt weit genug entfernt, dass ich antworten kann: »Papa ist gestorben, als ich sechs war. Wo meine Mutter ist, weiß ich nicht.«

Der Abstand zwischen uns ist doch nicht groß genug, denn Leo streckt den Arm aus und greift nach meiner Hand. Ich drücke sie, so fest ich kann, so fest ich muss, um nicht zu weinen. Es ist so viel Zeit vergangen, aber hier zwischen dem Gerümpel auf dem Hinterhof einer ehemaligen Schlosserei fühlt sich die Leere an, als würde sie mich verschlingen. Doch Leo lässt mich nicht los.

»Meine Eltern sind vor fünf Jahren mit dem Helikopter abgestürzt«, sagt er leise, und nichts an dem Satz klingt nach: Meine Geschichte ist schlimmer. Er klingt nach: Ich weiß, was du verloren hast. Wir haben überlebt.

Unsere Handflächen liegen aneinander, seine glatt und weich, meine trocken und rissig. Und auch wenn ich ihm nicht von meinen Eltern erzählen wollte, jetzt gibt er immerhin Ruhe. Es ist nicht die trügerische Ruhe vor dem Sturm, wenn es einem vor Anspannung die Haare im Nacken aufstellt. Es ist die Ruhe, die man spürt, wenn man in den Sternenhimmel aufblickt: im Vertrauen, dass alles seine vorbestimmten Kreise zieht und am Ende Sinn ergibt.

Ich wache auf, als mich jemand an der Schulter rüttelt. Nicht grob, überhaupt nicht, aber ich springe trotzdem mit einem Satz auf. Leo hält entschuldigend die Hände vor sich und starrt mich aus großen Augen an. Es dauert ein paar Atemzüge, bis sich mein Herzschlag beruhigt.

»Sorry.« Ich räuspere mich und setze mich wieder. Umständlich zupfe ich an meinem Kragen, der über den Striemen an meinem Hals scheuert. Da erst fällt mein Blick auf die Schachteln, die Leo auf einer kleinen umgedrehten Kiste zwischen uns aufgereiht hat. Bevor ich einen klaren Gedanken fassen kann, schnellt meine Hand nach vorn und greift nach einer der Boxen. »Lecker.«

»Nichts da. Der ist für mich.« Leo nimmt mir den Algensalat wieder ab und hält mir stattdessen einen Becher und einen Löffel hin. »Für dich gibt's Suppe. Die wärmt.«

Scheinbar mürrisch nehme ich die Suppe entgegen, aber innerlich bin ich wie erstarrt, bis mein Hirn endlich in Wachmodus schaltet. Erst vor ein paar Stunden habe ich Leo von dieser Nebenwirkung meiner Gabe erzählt. Mein Herz klopft trotzdem viel zu schnell.

Ich zwinge meine Finger, den Deckel des Bechers abzuziehen. Der Geruch nach Ingwer, Zwiebeln und Koriander schlägt mir entgegen, und plötzlich habe ich das Gefühl, ich würde verhungern. Den ersten Löffel schmecke ich kaum, doch dann mischen sich Linsen, Möhren und Gewürze in meinem Mund zu einer Mischung, die mich zufrieden aufseufzen lässt. Leo grinst in seine Algen.

Mit jedem Löffel fühle ich mich wacher und stärker, und auch wenn die Suppe nur noch lauwarm ist, geht es mir danach besser als seit Tagen. Ich stelle den Becher weg und greife nach den Grillenmehlchips. Während ich sie in Hummus tunke und daran herumknuspere, beäuge ich gierig den Algensalat.

Leo schüttelt leicht den Kopf, dann hält er mir die halb leere Box hin. »Beim nächsten Mal bringe ich die doppelte Menge mit.«

Während ich mir die Reste der Algen in den Mund schaufle, nuschle ich: »Du warst vorsichtig, oder?«

Leo sieht mich auf eine Art an, die mich wohl verlegen machen soll, aber mir ist nicht danach, meine Sicherheit in die Hände eines solchen Anfängers zu legen. Einkaufen kann er allerdings, das muss man ihm lassen.

Als ich seinem Blick nicht ausweiche, seufzt er übertrieben und antwortet: »Ja, ich war vorsichtig. Aber wahrscheinlich hätte ich auch nackt einen Handstand machen können und es hätte niemanden interessiert. Die PAO mischt gerade den Schwarzmarkt auf. Bei den Wettermachern konnte ihnen anscheinend niemand weiterhelfen.«

Mein Grinsen gefriert mir im Gesicht. Leo hat recht, die gute Nachricht ist, dass wir zumindest die Wettermacher abgeschüttelt haben. Doch dass die PAO jetzt die komplette Unterstadt auf den Kopf stellt, bedeutet, dass wir nicht mehr viele Optionen haben. Jeder dort wird scharf darauf sein, mich ans Messer zu liefern.

Die Algen schmecken plötzlich wie Unkraut. Ich stelle die Schale weg. Nach einem prüfenden Blick in mein Gesicht greift Leo danach und leert den Rest. Er wirkt ganz cool – meine Gabe hat ihn bei Weitem mehr aus der Ruhe gebracht als die Tatsache, dass uns sowohl die Behörden als auch die halbe Stadtbevölkerung auf den Fersen sind. In mir wallt Ärger auf. So viel Gelassenheit möchte ich auch mal haben.

»Und jetzt?« Er fragt es wie beiläufig, so als hätte er mich vor die Wahl gestellt, ob es zum Nachtisch Eis oder Kuchen geben soll.

Es ist seltsam, aber diese Unbekümmertheit besänftigt meinen Puls. Ich habe sogar wieder Appetit auf Chips, und während sie zwischen meinen Zähnen zersplittern, fasse ich in Gedanken unsere Situation zusammen: Die Unterstadt ist bis auf Weiteres rote Zone, meine Wohnung wird mit Sicherheit überwacht und Esper ist seit zwei Tagen verschwunden. Es wird Zeit, der Wahrheit ins Gesicht zu sehen: Ich werde ihn nicht finden. Vielleicht in einer Woche, vielleicht in ein paar Monaten, aber nicht jetzt.

Ich drehe mich so, dass ich wieder an der Wand lehne und strecke die Beine aus. Die nächsten Sätze fallen mir schwer.

»Wir könnten noch ein paar Adressen aus Espers Notizbuch abklappern. Aber ehrlich gesagt weiß ich nicht, ob uns das groß was nützt. Oder dir.« Aus dem Augenwinkel werfe ich ihm einen schnellen Blick zu. »Wenn Esper etwas in der Hand hätte, was mich entlasten könnte, hätte er sich nicht einfach aus dem Staub gemacht. Er hätte dafür gesorgt, dass ich es bekomme, von Luc oder sonst wem. Er wäre hier, bei mir.«

Leo räuspert sich leise und verlagert sein Gewicht.

»Aber so, wie es aussieht, müssen wir selbst beweisen, dass wir unschuldig sind. Und dafür müssen wir überhaupt erst mal wissen, was die PAO uns vorwirft.«

Leo nickt langsam. »Also das Krankenhaus.«

»Ja. Das Krankenhaus.« Gänsehaut zieht sich über meine Arme und die Haut auf meinem Rücken juckt. Noch immer sehe ich den anklagenden Ausdruck der PAO-Beamtin vor mir. Ich muss endlich wissen, ob sie mich wegen eines Chem-Unfalls sucht oder ... wegen etwas viel Schlimmerem.

8

Kritisch betrachte ich das Heftpflaster, mit dem ich in der Nacht Leos aufgeplatzte Augenbraue notdürftig verarztet habe.

»Guck mich mal an.«

Er dreht sich zu mir. Ich krame in meiner Tasche, finde ein frisches Pflaster und tausche es trotz Leos Protest gegen das alte.

»Du glaubst doch nicht im Ernst, dass ein Heftpflaster irgendwas an unserem Aufzug verbessert, oder?«

Ich lehne mich zurück. Mein Blick gleitet an Leo hinab und gleich wieder an mir herauf. Es stimmt schon, zwei Nächte auf der Straße haben ihren Tribut gefordert, unsere Klamotten wirken alles andere als taufrisch, unsere Haare sind strähnig und über den Geruch denke ich lieber gar nicht erst nach. Allein unser hygienischer Zustand muss in einem Krankenhaus Alarm auslösen.

Deswegen war Leos Idee auch so naheliegend. Wir warten zwar die Besuchszeiten ab, weil dann vermutlich mehr los ist, geben uns aber nicht als Besucher aus. Hier auf der Ostseite des Gebäudekomplexes liegt der Personaleingang, der – wie wir seit zwei Stunden beobachten – auch für Anlieferungen genutzt wird. Und das ist hoffentlich unsere Chance.

Gerade entladen zwei Männer einen Lastwagen. Es tutet, als sich die Rampe senkt, dann rattern die Rollen von Wäschegitterkästen über das Pflaster. Einer der Männer koppelt die zwei Kästen zusammen, während der anderen wieder auf der Ladefläche verschwindet.

Ich hüpfe von der Mauer, auf der wir die letzten zwanzig Minuten gesessen haben. »Los geht's.«

Leo folgt mir. Ich lache auf und plappere irgendetwas Sinnloses, er stimmt mir zu und lacht ebenfalls. Gerade noch rechtzeitig kapiere ich, was es zu bedeuten hat, dass er mich am Ärmel zupft, und drehe mein Gesicht zu ihm, sodass mich die zweite Kamera, die uns vorhin entgangen ist, nicht voll ins Bild bekommt. Zwei Schritte weiter sind wir im Schatten eines der Wäschekästen und verstummen.

Während der Mann im LKW die verbliebende Fracht rumpelnd hin und her schiebt, beginnt sein Kollege, die beiden aneinandergekoppelten Wagen durch den Eingang zu bugsieren. Wir laufen in gemächlichem Tempo nebenher.

Schon sind wir durch die Tür. Wir halten an, als der Mann ein paar Sätze mit einer Frau wechselt – der Angestellten, die links neben dem Eingang in einem verglasten Kämmerchen sitzt, auf mehrere Monitore starrt und in der letzten Stunde auch das Catering und das Putzteam in Empfang genommen hat. Dann beginnt etwas zu surren und das ist unser Signal. Jedes Mal, wenn die Frau eine Lieferung entgegennimmt, muss sie dafür eine Bescheinigung ausdrucken, und der Drucker steht im Nebenraum. Für fünf Sekunden steht sie also von ihrem Stuhl auf, und diese wenigen Momente genügen uns, an dem Wäschewagen vorbeizulaufen und eine Tür auf der linken Seite des Flurs anzusteuern. Der Mann von der Reinigung achtet nicht auf uns, als wir hindurchgehen und sie hinter uns schließen.

Ich atme auf, dann lache ich leise. »Das muss ich Esper erzählen.«

Leo lässt seinen Blick durch den Raum schweifen. »Dass die Krankenhäuser in dieser Stadt miserabel gesichert sind?«

»Dass die Krankenhäuser in dieser Stadt immer noch mit Papier arbeiten.«

Leo grinst mich an, dann tritt er an eines der Regale, die sich durch den Raum ziehen.

»Gut, dass gerade kein Schichtwechsel ist«, murmle ich und folge ihm. Er wühlt schon nach einem Kittel in seiner Größe.

Das war überhaupt der Grund, warum wir eine Chance gesehen haben, uns über den Personaleingang in die Klinik zu schleichen – vor ungefähr einer Stunde ging es hier drin zu wie in einem Bienenstock. Die Luft ist immer noch feucht vom Dampf aus dem angrenzenden Duschraum. Die Lüftungsanlage ist anscheinend auch schon in die Jahre gekommen.

Wir ziehen die Kittel über unsere Klamotten und nur Sekunden später sind wir wieder an der Tür.

Leo lächelt mir flüchtig zu, dann strafft er die Schultern und zieht die Tür auf. Mit langen, energischen Schritten tritt er auf den Flur, und ich bemühe mich, seinen Anschein von Autorität zu imitieren. Ohne jemandem zu begegnen, biegen wir in den Gang ein, der zum Treppenhaus führt.

Zwei Stockwerke höher erreichen wir den Übergang zu dem Krankenhaustrakt, in dem die Kinderstation untergebracht ist. Hier ist mehr los, schon als ich die Tür aufmache, höre ich aus allen Richtungen Stimmen. Wir haben nichts, um beschäftigt zu wirken, deswegen habe ich einen Stapel Arbeitskittel aus dem Umkleideraum mitgenommen, den ich mir jetzt halb vors Gesicht halte. Leo balanciert drei Packungen Klorollen mit der Würde eines Generaldirektors.

Unser Weg führt uns vom Ostflügel durch einen verglasten Gang. Mir rinnt der Schweiß den Rücken hinab, nicht nur vor Nervosität, sondern auch, weil die Sonne die Luft unter der Glaskuppel aufheizt und mir unter Kittel und Shirt brütend heiß ist. Doch auf mich achtet glücklicherweise niemand. Uns kommen fast nur Frauen entgegen, ältere genauso wie junge, und je nach Bedarf nickt Leo ihnen freundlich zu oder hält den Blickkontakt eine Sekunde länger als notwendig.

»Übertreib es nicht, sonst fragt dich noch eine nach deiner Nummer«, raune ich ihm zu, als wir den Gang hinter uns lassen und das nächste Treppenhaus ansteuern.

Leo schmunzelt. »Den Typ mit dem Klopapier? Unwahrscheinlich.«

Auf einmal sind mir meine fettigen Haare und stinkenden Klamotten peinlich. Vor Leo? Neben dem ich zwei Nächte in wenig vertrauenerweckender Umgebung verbracht habe? Der mich hat pinkeln hören und wahrscheinlich noch eine Menge andere intime Dinge? Die Empfindung ist lächerlich, aber ich kann nicht leugnen, dass er längst nicht so verwittert aussieht wie ich. Selbst der Dreitagebart wirkt nicht ungepflegt, sondern gibt seinem Gesicht etwas Verwegenes.

Ich bleibe mit dem Wäschestoß an einem Servierwagen hängen und bringe die Kannen und Gläser darauf zum Klirren. Das ist gut so, denn wenigstens konzentriere ich mich wieder auf meine Umgebung und auf das, was wir vorhaben.

Wir biegen in den nächsten Gang ein, und ich lasse fast meinen Kittelstapel fallen, als neben uns eine Tür aufschwingt und eine Gruppe Ärztinnen und Ärzte aus einem Zimmer kommt.

Die meisten ignorieren uns, zwei oder drei mustern unsere Fracht, schauen aber gleich wieder weg, nur die letzte, eine Ärztin in den Vierzigern, runzelt die Stirn.

Sie macht schon den Mund auf, doch Leo kommt ihrer Frage zuvor. »Durchfall«, behauptet er, deutet mit dem Kinn nach oben und lächelt schief.

Ihr Stirnrunzeln wandelt sich in einen halb panischen, halb angeekelten Ausdruck und schon hastet sie an uns vorbei.

An der Ecke dreht sie sich noch mal um und deutet auf Leos Augenbraue. »Den Schnitt sollten Sie behandeln lassen.«

Er nickt. »Mache ich.«

Sie verschwindet. Mir ist schwindlig vor Erleichterung, als wir den Treppenaufgang erreichen und die Tür hinter uns ins Schloss fällt.

»Anscheinend hält sie nicht viel von deinen medizinischen Fähigkeiten«, murmelt Leo, und ich muss kichern.

Von oben kommen uns zwei Pfleger entgegen, die aber zum Glück so in ihr Gespräch vertieft sind, dass sie kaum nach rechts oder links gucken. Wir machen uns auf den Weg in den fünften Stock.

Endlich sind wir da. »Pädiatrie« steht auf einem Schild neben der Tür. Leo zieht sie zielstrebig auf.

Kaum sind wir auf den Flur getreten, wird klar, dass wir auf einer Station sind und die allgemeinen Bereiche des Krankenhauses verlassen haben. Irgendwo über unseren Köpfen summt eine Klimaanlage, die plötzliche Kühle lässt mich frösteln. Es riecht scharf nach Desinfektionsmittel und süßlich nach Krankheit, die Wände sind in Gelb und Orange gestrichen, überall hängen selbst gemalte Kinderbilder in billigen Rahmen. Und doch liegt über allem eine gedrückte Stimmung. Selbst das leise Lachen, das aus einem anderen Winkel der Station herüberweht, ändert daran wenig.

Geschäftig laufen Pflegerinnen zwischen den Zimmern hin und her. Sie sammeln Essenstabletts ein, andere stopfen Schmutzwäsche in dafür bereitstehende Container. Alle sind aufeinander abgestimmt wie ein riesiges menschliches Uhrwerk, und Leo und ich bemühen uns, nicht als die Störfaktoren aufzufallen, die wir sind.

Mir bleibt fast das Herz stehen, als eine junge blonde Frau die Hand nach mir ausstreckt. »Ah, das ist super. Darf ich?«, fragt sie, aber sie hat sich schon den obersten Kittel von meinem Stapel gegriffen.

Stumm nicke ich, und wahrscheinlich sind meine Augen kugelrund, doch sie lächelt mir nur flüchtig zu, zerrt sich ihren eigenen, mit einer gelben Flüssigkeit bekleckerten Kittel über den Kopf und schlüpft in den frischen. Leo räuspert sich, um mich aus meiner Starre zu holen, und für ein paar Sekunden rauscht es so in meinen Ohren, dass ich unsere Schritte auf dem Linoleum nicht mehr höre.

Reiß dich zusammen, rede ich mir gut zu. Du bist hier, jetzt kannst du rausfinden, was du wissen willst.

Ich dränge meine Nervosität in den Hintergrund und zwinge mich, wieder klar zu denken. Wie finden wir heraus, ob die beiden Kinder aus der Gartenanlage hier sind? Das Stationszimmer scheint mir der naheliegendste Ort, um mit der Suche zu beginnen, aber als wir um eine Ecke biegen, sehe ich, dass es besetzt ist. Wie locken wir die Schwester lange genug von ihrem Platz weg, um die Akten der Kinder zu finden?

Ich komme beinahe schon zu dem Schluss, dass Leo wieder seinen Charme spielen lassen muss, als ich erstarre. Vor dem Stationszimmer, in einem weitläufigen hellen Raum mit hohen Fenstern, gemütlichen Sitzgelegenheiten und Kisten voller Spielzeug, stehen zwei Frauen und unterhalten sich leise. Die eine ist groß, die andere kleiner, beide dunkelhaarig. Den Pferdeschwanz der kleineren würde ich überall wiedererkennen.

Mit dem Ellbogen schiebe ich Leo hinter einen hohen Wagen mit frischer Bettwäsche, aus dem Sichtfeld der Frauen.

»Das da vorn ist die PAO-Frau, die mich in Gewahrsam genommen hat«, murmle ich. Kaum merklich spannt er sich an, dann wirft er einen Blick über den Rand des Wagens. »Ich muss hören, was die beiden besprechen. Bestimmt ist Tekin wegen der Kinder da.«

Zustimmend nickt er. Seine Augen schießen hin und her, schließlich sagt er: »Bleib hinter dem Wagen in Deckung. Ich sehe zu, was ich tun kann.«

Er schiebt das Klopapier ins untere Fach einer Teestation, nimmt mir die Kittel ab und legt sie ganz oben auf den Wäschewagen. Dann beginnt er zu schieben. Ich gehe neben dem Wagen her, außerhalb des Blickfelds von Tekin und der anderen Frau. Kaum sind wir an ihnen vorbeigerattert, parkt Leo den Wagen so an der Wand, dass ich dazwischen gerade eben Platz habe. Etwas raschelt, erst nach ein paar Sekunden kapiere ich, dass er begonnen hat, die Bettwäsche umzusortieren.

Ich unterdrücke ein Seufzen. Kein besonders brillanter Plan, aber immerhin mehr, als mir eingefallen ist. Trotzdem habe ich nicht viel Zeit, es wird nicht lang dauern, bis sich die Frauen fragen, was er da macht.

Nach ein paar fruchtlosen Sekunden schließe ich die Augen. Vielleicht kann ich mich dann besser auf die Stimmen der beiden konzentrieren, die über all den Geräuschen auf der Station nur schwer zu verstehen sind.

»... schon, wie lange sie noch hierbleiben müssen?« Das ist Tekins dunkle Stimme.

Die andere Frau klingt genauso selbstsicher, aber irgendwie zugänglicher. »Einen Tag noch. Höchstens zwei. Die Heilung verläuft gut.«

Ich schlinge meine Finger durch das Drahtgitter des Wäschewagens, weil meine Knie nachzugeben drohen. Den Kindern geht es gut. Sie werden wieder gesund.

Vor lauter Erleichterung höre ich beinahe Tekins nächste Frage nicht: »... trotzdem sicher, dass Sie eine Entschädigung durchsetzen können?«

»Das hängt davon ab, ob Sie die Verdächtige finden. Wenn sie auf Dauer untertaucht, wird es schwierig. Dann bleibt vielleicht nur die Härtefallregelung für Geschädigte von Störfällen. Nichts für ungut, Elif.«

Mein Herz pocht schmerzhaft schnell, während ich versuche, alles mitzubekommen und mir einen Reim darauf zu machen. Gut, das Erste ist einfach: Sie suchen mich immer noch, und wenn sie mich erwischen, muss ich Strafe zahlen und kann meine Lizenz vergessen. Wenn ich mich nicht täusche, ist die zweite Frau Opferanwältin und wird mich so lange auf Schadenersatz für die Kinder verklagen, bis ich auf der Straße stehe. Im schlimmsten Fall muss ich für die PAO arbeiten.

Aber was das für Leute sind, sieht man ja. Härtefallregelung, dass ich nicht lache. Die wurde dafür eingeführt, dass Wettermacher abgesichert sind, wenn bei einem Einsatz etwas schiefgeht, denn durch die offizielle Genehmigung trägt in so einem »Störfall« die PAO eine Mitschuld. Aber in all den Jahren, seit ich als Wettermacherin arbeite, habe ich es noch nicht erlebt, dass die PAO für einen von uns eingesprungen wäre.

Ich unterdrücke meine Wut, denn was Tekin als Nächstes sagt, klingt überraschend nachdenklich. »Wir müssen das noch untersuchen, aber etwas an diesem Fall ist merkwürdig. Haben Sie das toxikologische Gutachten gelesen?«

»Noch nicht.«

»Die Werte sind ungewöhnlich, bei Weitem höher, als man sie bei einem Zwischenfall dieses Ausmaßes erwarten würde. Vielleicht erklärt das auch die gravierenden Verletzungen der Kinder.«

Meine Finger krallen sich in das Metallgitter. Ist das auch eine Erklärung dafür, dass mein Rücken noch immer nicht ganz verheilt ist? Bei der Erinnerung an die Schmerzen in den ersten Stunden dreht sich mir fast der Magen um. Den Kindern kann es nicht besser ergangen sein.

»Worauf wollen Sie hinaus?«, fragt die Anwältin.

Ich höre Schritte, fast so, als würde Tekin die andere zur Seite ziehen, damit niemand mitbekommt, was sie sagt. Mein Glück, dass sie jetzt näher am Wäschewagen stehen.

»Die Chemikalien waren nicht nur viel höher dosiert, als es bei einem Einsatz dieser Größenordnung nötig und üblich ist …« Tekin macht eine kleine Pause. »Cora, sie waren auch von einer Reinheit, wie wir sie so gut wie nie auf dem Markt sehen. Die PAO zertifiziert solche Qualitäten nicht und auf dem Schwarzmarkt wird so etwas nicht verkauft. Wer Chemikalien dieser Güte in die Finger bekommt, streckt das Material.«

»Um die Profite zu erhöhen, verstehe.« Die Anwältin, Cora, wenn ich das richtig mitbekommen habe, klingt nachdenklich. »Das heißt, da war ein industrieller Hersteller beteiligt? Oder zumindest jemand, der über professionelle Laborkapazitäten verfügt?« Tekin nickt anscheinend, denn die nächste Frage der Anwältin lautet: »Sie glauben also, die Wettermacherin hat mit jemandem zusammengearbeitet?«

Tekin zögert. »Das, oder ...«

... oder sie war nicht schuld! Am liebsten würde ich dazwischengehen, doch genau wie Tekin und die Anwältin merke ich, dass etwas anders ist. Das Rascheln hat aufgehört. Eine Sekunde später fängt es wieder an, aber die Frauen sind misstrauisch geworden.

»Kenne ich Sie?«, fragt Tekin.

Mir wird schlecht. Am schlimmsten ist, dass ich nichts tun kann, ich kann nicht einmal um die Ecke linsen, um zu sehen, was vor sich geht.

Doch Leo klingt ziemlich cool, als er nach einem Augenblick ganz überrascht fragt: »Oh, reden Sie mit mir? Nein, tut mir leid, ich glaube nicht.«

»Kommen Sie, da drüben am Fenster sind wir ...«, will die Anwältin beschwichtigen, aber Tekin hat sich festgebissen.

»Seltsam, ich könnte schwören, wir sind uns schon einmal begegnet.«

Ich muss eingreifen, sonst wimmelt es hier in drei Minuten vor Security. Vorsichtig drücke ich mich hinter dem Wagen an der Wand entlang und um die Ecke in den Flur. Wir haben Glück, dass die Pflegerin gerade telefoniert und dabei angestrengt auf ihren Monitor starrt, sonst hätte sie wahrscheinlich schon nachgesehen, was hier los ist.

Da! Schräg gegenüber steht eine Tür offen. Ich erkenne Vasen und alle möglichen Behälter in Regalen. Während Leo noch immer den Unschuldigen spielt, husche ich über den Flur, schnappe mir die erstbeste Vase und lasse sie fallen.

Das Bersten hallt durch den Flur.

»Ach, Mist!«, rufe ich, dann: »Sorry, alles in Ordnung!« Ich lasse einen kurzen Augenblick verstreichen, in dem ich bete, dass alle anderen zu beschäftigt sind, um nachzusehen, was ich für einen Radau veranstalte, bevor ich sage: »Titus, kannst du mir hier mal helfen?«

Leo braucht einen halben Herzschlag, dann antwortet er: »Moment!« Leiser fügt er hinzu: »Bitte entschuldigen Sie mich kurz.«

Von meinem Standpunkt hinter der Tür erkenne ich, dass Tekin ihm hinterherstarrt, doch dann kommt uns die Anwältin zu Hilfe. Die eine Sekunde, die ich brauche, um aus dem Raum zu schlüpfen und Leo am Arm hinter mir herzuziehen, redet sie auf Tekin ein, sodass sie abgelenkt ist. Ich warte nicht darauf, ob sie sich wieder zu uns umdreht.

So schnell wir es wagen, laufen wir den Flur hinunter, biegen links ab, dann wieder rechts, bis wir das Treppenhaus am anderen Ende des Gebäudes erreichen.

»Wie lange haben wir?«, fragt Leo gepresst.

»Eine halbe Minute vielleicht«, antworte ich, während wir die erste Treppe hinunterrennen. »Eine, wenn die Anwältin viel redet.«

»Mist. Tut mir leid.«

»Muss es nicht. Ich glaube, wir haben eine neue Spur.«

Bis zum Fuß der Treppe halten wir die Klappe, weil wir uns aufs Rennen konzentrieren. Einen Sturz können wir uns nicht leisten. Mit halbem Ohr lausche ich auf Stimmen oder einen

Alarm, aber alles scheint ruhig zu bleiben. Vielleicht kommen wir ja davon.

Auf dem letzten Absatz zerren wir uns die Kittel über den Kopf, halten sie über das Geländer und lassen sie genau in dem Moment in den Keller fallen, als fünfzehn Meter über uns eine Tür aufgeht.

»Stehen bleiben«, brüllt ein Mann, aber wir denken nicht daran. Ich drücke die Tür zum Garten auf und Seite an Seite sprinten wir zwischen den hohen Amberbäumen hindurch davon.

9

Es dauert nicht lang, bis wir die Security-Leute abgeschüttelt, dafür umso länger, bis wir einen Unterschlupf gefunden haben, der uns sicher genug vorkommt. Immerhin konnten wir unsere Taschen aus dem Versteck holen, wo wir sie vor unserem Ausflug verstaut hatten.

Wir sind wieder am alten Containerhafen, diesmal in einem uralten grünen Bulli auf dem Schrottplatz gleich hinter der Lagerhausruine. Der Bus ist komplett ausgeschlachtet, sodass wir nicht befürchten müssen, dass Ratten aus den Ritzen gekrochen kommen.

Mittlerweile ist es fast dunkel. Seit einer Stunde sitzen wir schon auf dem harten Fußboden und versuchen, schlau zu werden aus dem, was wir vorhin gehört haben.

»Also noch mal.« Seufzend lehnt Leo den Kopf an die Seitenwand und streckt die Beine aus. »Die Messwerte lagen weit über denen, die bei einem Wettermachereinsatz üblich sind. Das heißt, selbst die PAO ist skeptisch, dass du den Unfall allein verursacht hast.«

Ich reibe mir die Augenwinkel. »Ja, aber das nützt nichts, solange ich nicht beweisen kann, dass ich überhaupt nichts damit zu tun hatte. So wie Tekin drauf ist, hängt sie mir noch die Mitgliedschaft in einer terroristischen Vereinigung an oder was weiß ich.«

»Terror?« Leo klingt ehrlich verblüfft.

»Ja, wusstest du das nicht?« Ich greife nach der Wasserflasche neben mir und trinke einen Schluck, bevor ich weiterrede. »Bei diesem ersten großen Wettermacherunfall wurde auch wegen eines terroristischen Hintergrunds ermittelt.« Ich zucke mit den Schultern. »Man kann's ihnen noch nicht mal verdenken. Der Sturm hat genug Angst und Schrecken ausgelöst.«

»Du meinst 2041? Bei Big T?«

Ich drehe den Kopf zu Leo. »Was?«

»Big T.« Er schmunzelt. »Big Thunderstorm. Das Gewitter damals ist immer noch eine Referenz für alle Meteorologen. Es kam daher wie ein ganz normales Sommergewitter und wurde innerhalb von Minuten zu einem perfekten Sturmsystem. Seit Beginn der Wetteraufzeichnungen hat es so etwas nicht gegeben. Die Daten sind immer noch nicht ganz ausgewertet. Es ist bis heute ein Rätsel.«

Big T. Ich schlucke. Ein Rätsel, ja, so kann man es sehen. Für mich bedeutet das Unwetter von damals viel mehr.

»Als Reaktion darauf wurde die PAO gegründet, wusstest du das?« Und mit ihr nahm eine Entwicklung ihren Anfang, die Esper und mir und so vielen anderen Wettermachern bis heute Fußfesseln anlegt.

Leo schüttelt den Kopf. »Nein, das wusste ich nicht. Wirklich? Ich dachte, die PAO gibt es schon ewig.«

Ich antworte nicht, denn es spielt ja keine Rolle, was damals passiert ist. Wir brauchen heute eine Lösung für unser Problem. Aber wenn die PAO schon nicht herausfindet, woher die Chems aus der Gartenanlage stammen ... Moment. Vielleicht müssen wir gar nicht wissen, von wem sie hergestellt wurden. Viel interessanter ist doch, wo sie eingesetzt wurden.

Ich richte mich auf. Eine Erinnerung regt sich, etwas, was in den Ereignissen nach dem Unfall verloren gegangen ist. Da war … da war dieses Gefühl, wie von einer Kollision. Als würde etwas gegen mein Wetter arbeiten.

»Was ist?« Leo betrachtet mich neugierig.

Irritiert gucke ich ihn an, aber es ist ja nicht das erste Mal, dass er mich so genau lesen kann. Mit ein paar Worten fasse ich meine Überlegungen zusammen.

»… und wenn wir Windrichtung und Windgeschwindigkeit kennen würden, könnten wir eingrenzen, wo die Chems ausgebracht wurden.«

»Wir bräuchten also die genauen Wetterdaten für die Gartensiedlung zu dem Zeitpunkt.« Leos Stimme klingt ganz geschäftsmäßig.

»Ja.« Ja, die bräuchten wir. Nur woher …?

»Da kommen wir ran«, unterbricht Leos Stimme meine Gedanken. »Im Institut.«

»Da sind wir.« Kurz nach Mitternacht schälen sich hohe Mauern vor uns aus der Dunkelheit. Ich stehe immer noch ein bisschen neben mir, obwohl wir schon seit beinahe einer Stunde unterwegs sind – es war wohl doch keine so gute Idee, vorhin im Bulli eine Weile zu schlafen.

Die Straßenbeleuchtung flackert trüb vor sich hin, dafür ist der Campus für Meteorologie und Klimaforschung, auf dem auch Leos Institut steht, stellenweise taghell ausgeleuchtet. Zumindest soweit ich das durch das erste der drei Tore, die auf das Gelände führen, beurteilen kann.

»Das ist nur in der Nähe der Zufahrten so«, erklärt Leo leise, als ich ihn darauf hinweise.

Ich nicke und halte den Mund. Ab sofort sind wir in seiner Welt, wo die Regeln, die ich kenne, nicht gelten. Ich habe mich entschieden, ihm zu vertrauen, vor Tagen schon. Also tue ich das.

Wir haben uns dem Campus nicht von der Stadtseite her genähert, und das da vor uns ist auch nicht der Haupteingang, wie mir jetzt aufgeht. Geschützt wie ein Hochsicherheitsgefängnis ist er trotzdem. Leo schlendert wie unbeteiligt daran vorbei.

Mein Blick dagegen bleibt an einer drei Meter hohen, schmalen Tafel hängen, die von innen beleuchtet wird. Unter dem Uni-Logo sind auch vier andere abgebildet. Eins davon kennt jeder Wettermacher: Die Agentur für Klimamonitoring, kurz AKM, ist die zivile Dachbehörde der PAO.

»Hat die AKM bei euch die Finger auch im Spiel?«

Leo, der schon ein paar Schritte weiter ist, dreht um und brummt irgendetwas Unverständliches. »Ja«, meint er dann. »Sie sponsern hier einen Wetterballon und die zugehörige Messtechnik. Einen Laborflügel haben sie, glaube ich, auch finanziert.«

»Aha. Und die anderen?« Die beiden gekreuzten Ähren kommen mir bekannt vor, die beiden Keimblätter, in die eine Erdkugel eingebettet ist, und das einzelne L kann ich nicht zuordnen.

»Das große L gehört zu einer Stiftung, Lumos. Dahinter steckt eine Milliardärin, die ihr Geld mit E-Commerce verdient hat ...«

»... und jetzt Abbitte leisten will«, werfe ich ein.

»… und jetzt weltweite Forschungsstipendien vergibt.« Leo schmunzelt. »Die anderen beiden sind TopCrop und Bioverse.«

Er zieht mich am Ärmel weiter, als würde er sich unwohl fühlen, zu lange vor der Zufahrt rumzustehen, und natürlich hat er recht. Ich rücke meine Kapuze zurecht und folge ihm über die Straße.

Seine Erklärungen haben einen schalen Beigeschmack. Bioverse kenne ich, klar. Die Inhaberfamilie Cyprian lebt zurückgezogen, trotzdem sind sie enorm einflussreich. Als Hersteller von Chem-Drohnen, Wettersatelliten, Radiosonden und Bodenmessstationen verdienen sie bei jedem Wettermachereinsatz mit. Trotzdem geht unter Wettermachern die Angst um, dass sie uns eines Tages durch automatisierte Drohnen ersetzen werden. Ich habe das bisher für Unsinn gehalten, aber jetzt, mit dieser Nähe zur AKM und den Investitionen in Meteorologie, bin ich mir nicht mehr sicher. Wer weiß, wenn Leo seinen Doktor gemacht hat, nimmt er vielleicht einen astronomisch bezahlten Job in ihrer Entwicklungsabteilung an. Und TopCrop? Mit dem Namen kann jedes Kind etwas anfangen. Es ist nicht verwunderlich, dass das größte deutsche Agrarunternehmen Kontakt zu einem Klimaforschungsinstitut sucht, trotzdem kommt es mir falsch vor, dass Wirtschaft und öffentliche Forschung so eng zusammenarbeiten.

Wir bleiben eine Weile auf der gegenüberliegenden Straßenseite und meine Gedanken werden nicht fröhlicher. Aber nach und nach weckt die Umgebung meine Aufmerksamkeit, und je weiter wir laufen, desto exponierter fühle ich mich. Die Gegend wirkt wohlhabend, um nicht zu sagen reich. Ein paar Straßen weit gibt es fast nur Häuser aus der Gründerzeit, mit hohen

Fenstern und verspielten Details und alle sind aufwendig restauriert. Es muss ein Vermögen gekostet haben, die zu sanieren. Breite Gehwege sind von ausladenden Bäumen gesäumt, ich kann riechen, dass das bisschen Erde um sie herum jeden Tag gewässert wird. Genauso wie die kleinen Parks, die sich hier und da finden, wenn sich die Straßen zu Plätzen verbreitern. In den meisten gibt es zumindest einen Sandkasten und ein paar Spielgeräte, sodass das Wasser wenigstens nicht zu reinen Dekozwecken verschwendet wird.

Danach folgen Villenkuben, weiß oder grau, mit Mehrfachgaragen, überdachtem Swimmingpool und Grundstücken, deren Grenzen sich im Nirgendwo verlieren. Sind wir so weit von der Innenstadt entfernt, dass dieses Viertel hier wie eine eigene Welt existieren kann, ohne Sicherheitsanlage, die sie von der normalen Bevölkerung abschottet?

»Noble Nachbarschaft habt ihr«, sage ich irgendwann, und erst in dem Moment geht mir auf, dass Leo ja vielleicht in einem dieser Häuser wohnt, in einer Wohnung mit Parkettfußboden und Stuckdecken oder einer Einliegerwohnung im Keller einer Villa, mit eigenem Gym.

Doch er zuckt nur mit den Schultern. »Sicher nobler als die Innenstadt, ja. Aber das ganz große Geld sitzt hier längst nicht mehr. Du brauchst nur ein paar Straßen weitergehen und sie haben all die hübschen Stadthäuser in winzige Apartments verwandelt.« Als ich nichts sage, dreht er den Kopf zu mir. »Aber die Leute haben hier alles, ja.«

Dann sind wir uns ja einig.

Zeit für eine Grundsatzdiskussion hätten wir sowieso nicht, denn Leo gibt mir ein Zeichen und wir queren die Straße. Aus der Mauer rund um den Campus ist jetzt ein Zaun geworden, immer noch hoch, immer noch stabil, doch er wirkt nicht ganz so abweisend. Das ist wohl auch nicht nötig, denn hierher – anscheinend an den äußersten Rand des Geländes – verirren sich wahrscheinlich nur sehr wenige Unbefugte. Alter Baumbestand auf beiden Straßenseiten schützt die Grundstücke vor unerwünschten Blicken, hinter all den Buchen und Eichen in meinem Rücken könnte ein Schloss stehen und ich würde nichts davon mitbekommen. Aber unser Ziel sind ja sowieso die Forschungsgebäude vor uns.

Leo guckt sich einmal unauffällig um, dann tritt er auf den Grünstreifen neben dem Gehweg ... und ist verschwunden. Moment. Es ist ziemlich dunkel, ja, aber so viel Licht spendet der Mond gerade noch, dass das nicht möglich sein sollte.

»Kommst du?«, fragt er, und mir bleibt wohl nichts übrig, als ihm zu folgen.

Schon nach zwei Schritten peitschen mir aus allen Richtungen Zweige ins Gesicht. Leise fluchend schiebe ich mich voran durch das Dickicht, das Leo verschluckt hat. Weit komme ich nicht, da spüre ich, dass er seine Hand nach mir ausgestreckt hat. Ich zögere, dann greife ich danach und er zieht mich ein paar Meter voran. Direkt vor dem Zaun bleibt er stehen.

»Hier lang.«

Zur Orientierung habe ich nur seine Stimme, denn in dieser Hecke ist es wirklich finster, aber dann flammt seine Unice-Taschenlampe auf, und ich muss ein paarmal blinzeln. Endlich verstehe ich, was er vorhat: Das Gestrüpp wächst hier nicht zufällig. Jemand hat es gepflanzt, um eine Pforte im Zaun zu verbergen. Sie ist nicht verschlossen, Leo hält sie für mich auf.

»Praktisch«, flüstere ich, als ich mich an ihm vorbeischiebe.

»Äußerst.«

Die Situation hat etwas Unwirkliches und auf einmal müssen wir beide kichern.

Auch auf der anderen Seite biegen wir Haselnusstriebe zur Seite und steigen über trockene Grasbüschel, dann treten wir endlich hinaus auf eine Rasenfläche. Direkt vor uns erhebt sich in einem sanften Bogen ein elegantes modernes Gebäude, aber anscheinend ist es nicht unser Ziel, denn Leo steuert den Pfad an, der rechts daran vorbeiführt.

»Halte dich so gut wie möglich im Schatten der Bäume, ja?«, flüstert er. »Hier gibt es am meisten Kameras.«

»Aha.« Neugierig betrachte ich den Bau. Seine Fassade besteht, soweit ich das in der künstlichen Beleuchtung erkennen kann, aus matten brauen Steinplatten, zurückhaltend, aber edel. Für ein Unigebäude wirkt es topgepflegt, sogar die Gartenanlage sieht aus, als stamme sie von einem Landschaftsarchitekten. Überall gibt es lauschige Nischen, kleine Wasserspiele, interessant gestaltete Sitzbänke und Skulpturen, die sich wie natürlich in die Landschaft einfügen. In der Mitte eines runden Platzes direkt vor dem Eingang bilden viele Kiesel ein gleichmäßiges Mosaik und daraus erhebt sich eine Metallstele, auf der die Büste einer Frau und eines Mannes steht. Ihre Gesichter sind nah beieinander, sie blicken in dieselbe Richtung.

Leos Augen bleiben ein Moment an der Skulptur hängen, dann eilt er weiter.

»Was ist das?«, flüstere ich und deute auf das geschwungene Gebäude, das jetzt nach und nach hinter Bäumen verschwindet.

Leo zögert. »Es heißt Cypris-Gebäude. Nach einer Firma,

die vor Jahrzehnten maßgeblich an der Gründung des Instituts beteiligt war und es immer noch finanziell unterstützt. Sie nutzen die Infrastruktur des Campus für ihre eigene Forschung.«

Ich komme nicht dazu, weitere Fragen zu stellen, denn ein Stück vor uns werden Schritte laut. Wir hören sie gleichzeitig und gleichzeitig hechten wir hinter einen Baum. Leider ist es derselbe, sodass wir sehr dicht beieinanderstehen müssen, damit uns die Wachleute nicht sehen. Ich fühle, wie schnell sich Leos Brustkorb hebt und senkt.

Kurz bevor sie uns erreicht haben, biegen die beiden nach links ab. Leo atmet aus. Wir lauschen, bis sich ihre Schritte auf dem gepflasterten Weg in der Nacht verlieren, dann laufen wir weiter.

Nur Minuten später erreichen wir den nicht ganz so glamourösen Teil des Campus. Hässliche hellgraue Kästen mit schreiend blauen Tür- und Fensterrahmen gruppieren sich um einen Hof, auf dem ein paar mickrige Bäume wachsen. In einer Ecke steht eine Tischtennisplatte, in drei Automaten unter einem Vordach gibt es Snacks und Getränke. Trotzdem ist der Rasen tadellos gemäht, nirgends liegt auch nur der kleinste Papierfetzen herum.

Unser Ziel ist gleich das erste Gebäude links.

»Wir gehen durch den Nebeneingang rein«, flüstert Leo mir zu.

An der Rückseite des Baus gelangen wir bis zu einem Unterstand für Fahrräder. Eine Treppe führt hinunter in einen nach einer Seite offenen Kellerraum, von dort aus geht es in eine Werkstatt. Rechen, Besen, Gartenschläuche hängen an den Wänden, in den Regalen liegen Astsägen, Zangen, Wasserwaagen und Dämmmaterial.

Der Nebeneingang entpuppt sich als schmales Fenster über der Werkbank.

»Du passt da durch, oder?«, fragt Leo. »Es ist das einzige im ganzen Haus, das nicht gesichert ist.«

»Du kennst dich ziemlich gut aus«, murmle ich, während ich schon auf der Arbeitsfläche kauere und an dem Fenstergriff rüttle.

Leo reicht mir einen Schraubenzieher. »Hier, damit müsste es gehen. Na ja, ich bin eben viel im Labor«, fügt er unbestimmt an.

Ich muss ein bisschen rumprobieren, bis ich die Klinge in den Rahmen bekomme, aber als ich den richtigen Winkel erwische, schwingt das Fenster fast geräuschlos nach innen. Auch wenn ich den Eindruck habe, dass Leo mir mit seiner Antwort ausweicht, lasse ich es gut sein, gebe ihm den Schraubendreher zurück und schiebe mich durch den Rahmen. Wie Leo da jemals durchgepasst hat, ist mir ein Rätsel. Er kann von Glück sagen, dass die Tür neben dem Fenster nur verriegelt ist.

Leo schließt das Fenster hinter mir, ich öffne die Tür und dann sind wir drin.

Viele verwirrende Treppenaufgänge und Flure später stehen wir vor Leos Büro. Ein-, zweimal habe ich mich umgedreht, um mich zu vergewissern, dass meine Schuhe keine Abdrücke hinterlassen, so sauber ist es hier überall. Sauberer noch als im Krankenhaus.

Ich werfe Leo einen schnellen Seitenblick zu, weil ich kaum noch glauben kann, dass er sich in einer so sterilen Umgebung wohlfühlt, aber das einzige Unbehagen, das ich ihm anmerke, kommt wohl daher, dass wir auf dem Flur rumstehen und uns nirgends verstecken können, falls um diese Uhrzeit doch jemand hier auftaucht.

Die Tür lässt sich zum Glück mit einer PIN öffnen, sodass sich Leo auch dafür nicht im Sicherheitssystem einloggen muss. Sie gleitet mit einem leisen Schuschen zur Seite.

In der Nachtbeleuchtung erkenne ich Reihe um Reihe technische Geräte, mal so klein wie eine Schuhschachtel, andere doppelt so groß wie ein Kühlschrank. Überall summt es, hin und wieder fängt einer der Apparate ohne Vorwarnung an zu rütteln. Leo führt mich rechts an den Arbeitstischen mit Glaskolben und Monitoren vorbei zu einem Durchgang. Dahinter ist es bedeutend dunkler, doch ich erkenne drei Schreibtische. Leo geht zu dem am Fenster und fährt den Rechner hoch. Innerhalb von Sekunden taucht der Monitor den Raum in bläuliches Licht.

Einen Moment sieht er mich an, blass und müde, aber mit einem Ausdruck … ich weiß nicht … wie er ihn sich im Hellen vielleicht nicht getraut hätte. Ich erwidere seinen Blick, auch wenn ich weiß, dass es falsch ist, unmöglich. Doch mein Kopf und mein Körper sind so müde, dass solche Kategorien gar keinen Sinn mehr ergeben.

Sein linker Mundwinkel hebt sich zu einem halben Lächeln, er schaut weg. Mit einer Hand rollt er mir einen Stuhl heran und drückt mich auf die Sitzfläche, mit der anderen zieht er eine Schublade auf und nimmt Beutel mit Trockenfrüchten und Nüssen heraus. Er hält mir eine Tafel Bitterschokolade hin.

»Hinter dir stehen noch ein paar Flaschen Wasser. Bedien dich.«

Ich seufze. Normale Leute stopfen bei Stress Gummibärchen und Kekse in sich hinein oder trinken literweise Energydrinks. Aber selbst seine Snacks verraten, wie Leo gestrickt ist.

»Passt dir meine Snackauswahl nicht?«

»Nein, nein. Du bist einfach nur zu gut, um wahr zu sein.«

»Was?« Gespielt entrüstet reißt er die Augen auf. »Ich bin superbad. Sieh her …« Er geht zu dem Schreibtisch an der rückwärtigen Wand und wühlt in einer Schublade, dann richtet er sich auf. »… wie ich meinem Kollegen die Nugatschokolade klaue.«

Im nächsten Moment segelt ein kleines Rechteck auf mich zu.

Grinsend reiße ich die Schokolade auf, schiebe mir ein riesiges Stück in den Mund und beobachte, wie Leo zu einem Spind an der Wand geht und darin herumwühlt. Er fischt ein dunkles Shirt heraus. Mit dem Rücken zu mir zerrt er sich das, das er anhat, über den Kopf und zieht das frische an. Die Muskelstränge, die sich entlang seiner Wirbelsäule abzeichnen, stammen garantiert nicht davon, ein Touchpad zu bedienen.

Bevor er mich beim Gaffen erwischt, wende ich meine Augen ab und muss gleich wieder schmunzeln, als ich den Startbildschirm sehe: Es ist ein Sonnenuntergang am Meer.

»Du … also, wenn du willst, kannst du dich drüben im Labor waschen.« Er räuspert sich und hält mir ein säuberlich gefaltetes Shirt hin. »Das hier hat nicht deine Größe, aber einen V-Ausschnitt.« Er deutet auf seine Kehle. »Es würde nicht ständig an dem Striemen reiben.«

Ich schlucke schwer an der Schokolade. Langsam stehe ich auf und nehme das T-Shirt entgegen. »Danke«, sage ich, und er weiß ganz genau, dass ich nicht nur die Waschgelegenheit meine.

»An der gegenüberliegenden Wand«, antwortet er.

Während ich an der Fensterreihe des Labors entlang zu dem breiten Waschbecken laufe, höre ich ihn noch ein paar Sekunden lang in seinem Spind rumoren, dann gibt der Stuhl mit einem leisen Quietschen unter seinem Gewicht nach.

Ich ziehe Espers T-Shirt aus, drehe den Wasserhahn auf und schnuppere an der Flüssigseife, die aus einem Spender an der Wand kommt. Es ist nicht Leos Waldduft, aber ein mildes Mandelaroma, weich und pflegend. Nur das Beste für unsere Forschungselite.

Ich benutze reichlich davon, lasse mir das Wasser über den Nacken, das Gesicht und die Arme fließen und fühle mich nach ein paar Minuten wenigstens wieder halbwegs wie ein Mensch. Trotzdem kann ich nicht anders, als mich zu fragen, wann ich das nächste Mal richtig duschen werde.

Gerade als ich den Hahn abdrehe, höre ich Leos Stimme: »Vega, schau dir das an.«

Mit ein paar Papierhandtüchern trockne ich mich hastig ab, aber ich bin noch nicht wieder angezogen, als es an der Tür piepst und die Deckenbeleuchtung aufflammt. Aus dem Büro höre ich einen leisen Fluch und hastige Bewegungen. Ich habe gerade noch Zeit, mich in die Nische zwischen Waschbecken und Materialschrank zu kauern.

»Hallo?« Eine Männerstimme, dann Schritte, die in den Raum kommen.

»Ja. Hier!«, höre ich Leo nach einem Moment.

Ich drücke mich tiefer in die Ecke, die Klamotten an die Brust gepresst, und habe das Bedürfnis, die Augen zuzumachen. Wenn ich nichts sehe, sieht mich der Typ vielleicht auch nicht.

Doch anscheinend ist er ganz auf Leo fokussiert, denn er wirft keinen Blick in meine Richtung, sondern läuft zielstrebig auf das Büro zu.

»Ach was. Mit dir hab ich ja nicht gerechnet. Wo hast du denn die letzten Tage gesteckt? Nathalie hat nach dir gefragt.«

Ich kann Leo nicht sehen, der Rücken des anderen Mannes nimmt fast die ganze Türöffnung ein, aber ich spüre sein Unbehagen bis hierher.

»Hm, ja ... Ist eine lange Geschichte. Ich muss auch gleich wieder weg, wollte nur kurz was checken.«

Der andere lehnt sich an den Türrahmen. »Was checken, aha. Wichtige Projektfrage, was? Dann tu dir keinen Zwang an.« Er lacht in sich hinein. »Und die Jungs haben schon vermutet, du hättest ein Mädchen klargemacht.«

Wieder ein Quietschen. Anscheinend ist Leo aufgestanden.

»Nein, keine Zeit«, sagt er leichthin, und wieder bewundere ich seine Selbstbeherrschung. Der Typ ist so ein Widerling. »Aber gut, dass du da bist. Was machst du eigentlich um diese Uhrzeit hier? Immer noch keinen Erfolg mit der Versuchsreihe? So was Blödes. Setz dich doch mal und sieh dir das an.«

Was hat er denn jetzt vor? Will er den Typ in unseren Verdacht einweihen?

Ich recke den Hals und luge vorsichtig um die Ecke. Wieder quietscht der Stuhl.

»Was soll ich hier erkennen?«, fragt der andere nach ein paar Sekunden.

»Na, die Werte hier ... und hier.« Leo steht jetzt mit dem Rücken zu mir und scheint auf den Monitor zu deuten. »Kommt dir das nicht eigenartig vor?«

»Hmm«, brummt der Typ ratlos, und genauso fühle ich mich auch.

Doch endlich kapiere ich: Leo hält seine Hand hinter seinen Rücken und gibt mir ein Zeichen. Er zeigt Richtung Tür.

Ich hole tief Luft. Stück für Stück rutsche ich aus meiner Nische hervor, ziehe mir das T-Shirt über den Kopf und husche geduckt auf den Ausgang zu. Leo quasselt weiter, sodass man es wahrscheinlich nicht bis ins Büro hört, als der Bewegungsmelder die Tür für mich öffnet. Draußen auf dem Flur sehe ich nach rechts und links, aber ich bin allein. Erst jetzt fällt mir ein, dass ich meine Tasche auf Leos Schreibtisch habe stehen lassen. Das ist nicht zu ändern.

Hinter mir schließt sich die Tür und ich mache mich auf die Suche nach der Werkstatt.

10

»Na endlich!« Leo sieht mir vom Eingang des Fahrradkellers entgegen. »Ich wollte gerade los und nachschauen, ob du draußen vor dem Zaun auf mich wartest. Wo warst du?«

»Hab mich verlaufen.« Vorsichtig schiebe ich mich durch das Werkstattfenster, sodass ich Leos Grinsen ignorieren kann.

»In der Unterstadt findest du dich blind zurecht, aber in einem Haus verirrst du dich?«

»Sieht ja alles gleich aus hier mit diesen hässlichen blauen Fußböden und weißen Wänden«, brumme ich. »Bist du deinen Kollegen losgeworden?«

Er schmunzelt, weil er meinen erbärmlichen Versuch, das Thema zu wechseln, natürlich durchschaut. »Ja. Jetzt hält er mich wahrscheinlich für einen Vollidioten – na ja, noch mehr als vorher –, aber ich glaube nicht, dass er Verdacht geschöpft hat. Obwohl, die hier fand er schon verdächtig.« Er reicht mir meine Tasche.

Erleichtert greife ich danach. »Danke.« Während ich sie mir umhänge, frotzele ich: »Hättest ja behaupten können, dass die dem Mädchen gehört, das du klargemacht hast.«

Das hätte ich nicht sagen sollen. Mir schießt die Hitze in die Wangen und Leo verlagert das Gewicht seines Rucksacks.

Aber er kontert ganz cool: »Ich wollte nicht lügen.«

Wir sehen uns an und grinsen.

»Also, was hast du rausgefunden?«, steuere ich das Gespräch wieder in sichere Gefilde.

»Lass uns erst mal verschwinden.« Er deutet nach draußen. »Und dann brauchen wir ein Versteck, wo wir in Ruhe reden können.«

Ich zögere. »Ich habe überlegt, ob wir es in meiner Wohnung versuchen sollen.«

»Es kann sein, dass die PAO sie überwacht«, wendet Leo ein. »Auch jetzt noch.«

»Wir müssten vorsichtig sein, klar. Aber der Unfall in der Gartensiedlung ist jetzt drei Tage her und seitdem mischt die PAO die Unterstadt auf. Da kann ich mir nicht vorstellen, dass sie auch noch jemanden an meiner Wohnung postieren. So viel Personal haben sie gar nicht.« Seufzend knete ich meine Nasenwurzel. »Ein ordentliches Bett, eine Dusche und vielleicht mal mehr als fünf Stunden Schlaf, das brauchen wir. Vielleicht kann ich dann auch wieder klar denken.«

Leo betrachtet mich. Ich weiß nicht, ob ich besonders fertig aussehe oder ob ihn die Aussicht auf eine Mütze Schlaf umstimmt, jedenfalls nickt er. »Okay. Riskieren wir es.«

Hinter mir höre ich Leo ächzen. Es hallt gedämpft, und ich könnte wetten, dass er an derselben Ecke hängen geblieben ist wie ich eben. Die Zisterne aus Blech, die sie hier oben aufgestellt haben, ist anscheinend leer.

Ich klettere eine schmale Leiter hinauf auf den höchstgelegenen Teil des Dachs. Hier finde ich den Grund, warum die Bewohner des Hauses Regenwasser sammeln: In schmalen Hochbeeten reihen sich Bohnenpflanzen, Tomatenstauden,

Kohlrabi und Möhren, ein würziger Geruch nach Lauch und Zwiebeln liegt in der Luft. In meinem Rücken murmelt Leo ein beeindrucktes »wow«.

Ein paar Sekunden später haben wir den Rand des Dachs erreicht. Der leichte Wind trägt den süßen Blütenduft der riesigen Linde an der Straßenecke herüber, und kurz lässt der Druck auf meine Schläfen nach, der während unseres Rückwegs vom Campus immer stärker geworden ist. Ich muss mich dringend ausruhen, der Aufstieg hat mich so angestrengt, dass ich Sternchen sehe. Möglichst unauffällig stütze ich mich auf der Brüstung ab. Gegenüber steht das Haus, in dem ich seit zehn Monaten wohne. Hinter den Fenstern ist es dunkel. Bei mir im dritten Stock sind die Jalousien halb heruntergelassen, genau wie an dem Morgen, als Esper mich für den Auftrag in der Gartensiedlung abgeholt hat.

»Irgendwas auffällig?«, raunt Leo mir zu.

Ich schüttle den Kopf.

Wir setzen uns hinter die Brüstung und wechseln uns dabei ab, mein Haus und die Straße zu beobachten. Manchmal ziehen schmale Wolkenbänder vorüber, die die Nacht verfinstern, aber meistens reicht das Mondlicht aus, um alles im Blick zu behalten. Nach und nach weicht die Dunkelheit dem Grau des nahenden Tages. Ich schließe die Augen und versuche zu schlafen, wenigstens ein paar Minuten, dann bin ich wieder an der Reihe.

Während Leo neben mir döst, zeigt sich im Osten ein silbern schimmernder Streifen, doch auf der Straße bleibt es still. Begleitet von Violett- und Purpurtönen am Himmel flackern hinter manchen Fenstern die ersten Lampen auf und rumpelnd biegt ein Kehrroboter um die Straßenecke. Mein Blick folgt ihm bis zu den drei Mülltonnen neben meinem Haus, wo ich plötzlich meine, eine Bewegung zu erkennen. Ich richte mich ein wenig auf und blinzle, um in den Schatten etwas auszumachen. Da! Das bilde ich mir nicht ein!

Ich strecke schon die Hand aus, um Leo zu wecken, als ich erstarre. Ein Mädchen, vielleicht zehn oder elf, schiebt sich aus der Lücke zwischen Mülltonne und Hauswand, schaut über die Schulter und macht sich Richtung Innenstadt davon.

Meine Anspannung weicht roter Wut. Nachdem mich unser Vermieter aus der Wohnung geworfen hatte, habe ich genau wie das Mädchen dort unten wochenlang auf der Straße geschlafen, immer mit einem aufgeklappten Taschenmesser in der Hand und selten mehr als drei Stunden am Stück. Es hat nicht lang gedauert, bis ich niemandem mehr in die Augen sehen konnte, weil ich Angst hatte, Aufmerksamkeit zu erregen. Das wurde erst mit Esper wieder anders.

Seitdem sind Jahre vergangen, ich kann mir ein Dach über dem Kopf, ein sauberes Bett, drei Mahlzeiten und sogar ein eigenes Bad leisten, aber noch immer gibt es solche Kinder, die niemanden haben und denen niemand hilft. Ich könnte kotzen.

Eine halbe Stunde lang sehe ich zwei Lieferdiensten beim Kommen und Gehen zu, beobachte, wie Mimi und die Rupniks aus dem ersten Stock das Haus verlassen, an der Straßenecke auf den Bus warten und einsteigen, als er neben ihnen hält, sehe, dass Vorhänge aufgezogen und Fenster geöffnet werden. Es ist immer noch früh, aber die Dämmerung hat sich blassblau herangeschlichen, und es wird nicht mehr lang dauern, bis hier oben jemand auftaucht und sich um den Dachgarten kümmert. Zum Gießen wird ihnen das Wasser fehlen, doch vielleicht finden sie ja ein Unkraut oder ein paar Blattläuse, denen sie auf den Leib rücken können.

Ich fasse einen Entschluss und stehe ruckartig auf. Vom langen Knien sind meine Beine eingeschlafen, stöhnend reibe ich Blut in meine Unterschenkel. Mein Blick fällt auf Leo, der immer noch an der Brüstung lehnt und tief atmet. Sein Mund steht halb offen, und was bescheuert aussehen könnte, macht ihn irgendwie ... weicher. Er hat sich immer so unter Kontrolle, als müsste er ständig auf der Hut sein, als dürfte er nie zeigen, wer er ist. Aber jetzt habe ich das Gefühl, dass ich es sehe, die leicht nach oben gebogenen Mundwinkel, als würde er lächeln, die lila Ringe unter den Augen, die mir sagen, dass er die letzten Tage auch nicht so einfach weggesteckt hat, die kleine Falte zwischen den Augenbrauen, als würde er immerzu nachdenken. Die dunklen Stoppeln auf seinen Wangen sind dichter geworden, und ich strecke die Finger aus, um darüberzustreichen, bis ich kapiere, was ich da tue, und sie gerade noch rechtzeitig zu seiner Schulter dirigiere. Unter meiner Berührung setzt er sich aufrechter hin, und seine Augenlider flattern, dann sieht er mich schlaftrunken an.

»Komm«, sage ich, und ich muss mich räuspern, weil in meiner Stimme eine Zärtlichkeit mitschwingt, die ich sonst für Esper aufspare. Nur für Esper.

Leo blinzelt und sortiert seine langen Arme und Beine, bevor er sich aufrappelt, und ich drehe mich um und gehe ein paar Schritte zwischen die Hochbeete. Die Radieschen sind reif, ich ziehe welche aus der krümeligen Erde, einige Meter weiter finde ich auch noch eine Handvoll rote Erdbeeren. Es ist ein karges Frühstück, aber ich will den Leuten hier nicht noch mehr ihrer kläglichen Ernte klauen.

Leo schließt zu mir auf, mit verwuschelten Haaren, und reibt sich die Augen. Er schnauft schwer wie ein kleines Kind, das nur langsam in der Wirklichkeit ankommt, und ich muss grinsen, als er brummt: »Morgen.«

So schnell nutzt sich der dünne Lack der Wohlerzogenheit ab.

»Guten Morgen, Sonnenschein.«

Während er mir einen mörderischen Blick zuwirft, halte ich ihm mit meinem charmantesten Lächeln die Erdbeeren hin, und wir verschwinden über die Feuertreppe.

Zu meinem Haus gibt es anders als bei Espers WG keinen geheimen Kellerzugang, aber den normalen Eingang will ich nicht nehmen. Je weniger Menschen wir begegnen, desto besser. Also steigen wir übers Dach ein. Wir müssen einfach darauf hoffen, dass niemand im falschen Moment nach oben sieht.

»Nicht dass es ungelegen käme, aber wieso kennt ihr diese Schleichwege?«

Leo folgt mir über die schmale Mauer, die das Nachbarhaus mit meinem verbindet. Vorsichtig tasten wir uns voran, und so gern ich es möchte, es wäre lebensmüde, Leo einen ungläubigen Blick zuzuwerfen.

»Für Gelegenheiten wie diese«, antworte ich deswegen knapp und gerade so laut, dass er mich hören kann. »Das lernst du auf der Straße: Hab immer einen zweiten Ausgang. Langsam jetzt.«

Die Mauer endet. Nun kommt der schwierige Teil. Ich halte an und atme ein paarmal tief durch.

»Willst du springen?« Leo steht dicht hinter mir und sein

entsetzter Ton stellt die Haare in meinem Nacken auf. Als würde mein Herz nicht sowieso schon rasen.

»Pst«, mache ich, und dann springe ich einfach, weil ich aus Erfahrung weiß, dass die Angst vom Warten nicht weniger wird. Ich lande ein bisschen wacklig oberhalb von Regenrinne und Schneefanggitter, aber dann finde ich Halt und gehe ein paar Schritte von der Giebelseite weg, damit Leo mir folgen kann.

Als ich nichts höre, schaue ich über die Schulter zurück. Er steht noch auf der Mauerkante des Nachbarhauses, und er macht nicht den Eindruck, als würde er das ändern wollen. Nicht dass ich ihm sein Zögern verübeln würde, aber dort stehen bleiben kann er auch nicht. Fragend hebe ich die Hände.

Im Dämmerlicht erkenne ich, dass er kurz die Augen schließt, dann schüttelt er den Kopf, und sein Brustkorb hebt sich. Er tritt drei Schritte zurück, um Anlauf zu nehmen, und beim nächsten Wimpernschlag ist er in der Luft. Es sieht anmutig und kraftvoll zugleich aus, wie er da über den Abgrund fliegt, aber der Eindruck ist gleich wieder vorbei, als er auf meiner Seite landet. Er hat zu viel Schwung genommen, jetzt stolpert er nach vorn und kippt gefährlich weit nach rechts. Sein linker Fuß rutscht auf den Dachziegeln ab, aber da bin ich bei ihm und packe sein Shirt, und im nächsten Moment finden wir unser Gleichgewicht. Er keucht wie nach einem Zweihundertmetersprint, und ich lege die Hand flach auf seine Brust, um seinen rasenden Puls zu beruhigen. Er flucht unterdrückt, dann breitet er seine Hand über meiner aus.

»Wenn ich das hier überlebe, will ich eine Gehaltserhöhung«, raspelt er, und ich muss lachen.

»Sag bloß, in deiner Stellenbeschreibung steht nichts von frühmorgendlichen Klettertouren.«

Seine Mundwinkel biegen sich nach oben. »Du hast echt eine einzigartige Gabe zum Understatement.«

Ich grinse, aber mir fällt nichts mehr zu sagen ein, denn plötzlich wird mir bewusst, dass sich sein Atem beruhigt hat und sein Herz unter meiner Hand stark und gleichmäßig schlägt. Sein Blick ändert sich, schärft sich, und seine Finger schlingen sich in meine, als wolle er mich näher an sich ziehen. Doch stattdessen lässt er meine Hand los und der Moment ist vorüber.

Er wirft einen Blick über meine Schulter. »Also? Wie weit ist es?« Und mit einem kleinen Lächeln, das nichts mehr von der Spannung eben verrät, setzt er hinterher: »Wie viel Gelegenheit habe ich, mir den Hals zu brechen?«

Ich will das Lächeln erwidern, will genau wie er die unkomplizierte Nähe wiederherstellen, doch etwas lenkt mich ab. Ich lausche, aber es war kein Geräusch.

Leo runzelt die Stirn. »Was ist?« Alarmiert blickt er sich um.

Der Druck auf meine Schläfen ist stärker geworden, zieht durch meine Zähne in meinen Hinterkopf. Mein Nacken prickelt, so wie häufig, wenn der Luftdruck fällt und das Wetter umschlägt.

»Es ist nichts, nur ...«, beginne ich, doch ich weiß nicht, wie ich den Satz zu Ende bringen soll, denn als meine Augen den Himmel absuchen, sind nirgends Wolken zu sehen. Der Morgen ist klar, der Wind nicht mehr als ein Hauch. Ich drehe mich um, aber auch im Osten zeigt sich nicht die kleinste Wolke vor dem golden leuchtenden Horizont.

Unbehaglich hebe ich die Schultern und dehne meinen Nacken, doch das Prickeln und der Druck bleiben. Der Schlafmangel macht sich bemerkbar, das ist alles.

»Es ist nichts«, wiederhole ich lahm, dann steuere ich das Dachfenster an, das uns auf den Speicher und von dort ins Treppenhaus bringen wird.

Im Flur riecht es nach Rosmarin, Thymian und Zitronenmelisse und mit einem Mal könnte ich vor Erschöpfung heulen. Der Duft bedeutet Zuhause, und alles, was ich noch will, ist schlafen, schlafen, schlafen. Auf Leo scheinen die Kräuter die gegenteilige Wirkung zu haben: Wie belebt tritt er ans Fenster, reibt an einem Pfefferminzblatt und schnuppert an seinen Fingern.

Lächelnd dreht er sich um. »Deine?«, fragt er leise.

Ich schüttle den Kopf und deute auf die Tür gegenüber. »Meine Nachbarin hat einen grünen Daumen.«

Einen Augenblick lang stelle ich mir Frau Bern neben der Frau in dem blauen Häuschen vor. Ein Garten, ja, das wäre etwas, was ihr gefallen würde. Ich habe schon erlebt, dass die Tür zu Frau Berns Wohnung kaum mehr aufging, weil dahinter wieder irgendein Gewächs außer Kontrolle geraten war. Die paar Kräuterstöcke hier draußen wirken dagegen fast kümmerlich. Esper scherzt immer, dass Pflanzen schon wachsen, wenn Frau Bern sie nur ansieht, aber ich vermute, sie hat eine besondere Art, mit ihnen zu reden. Wenn der Wind zu mir spricht, warum sollten Pflanzen stumm sein?

Wir haben kein Licht gemacht, doch der rosa Schimmer, der durch das Fenster fällt, scheint zu genügen, damit Leo erkennt, wie erledigt ich bin. Seine Miene verdüstert sich und er deutet auf meine Wohnungstür. »Na los. Sehen wir nach, was uns erwartet.«

Vor allem dürfen wir nicht hier auf dem Flur rumstehen. Wer weiß, ob die PAO die Nachbarn auf mich angesetzt hat.

Ich krame den Schlüssel aus meiner Tasche, doch das ist gar nicht nötig. Als ich mit der Hand gegen die Tür drücke, schwingt sie von selbst auf. Ich kann gar nicht so schnell gucken, wie Leo bei mir ist und sich vor mich stellt. Im Ernst? Da sind wir wieder?

Doch eines muss ich ihm lassen: Wie er mit der Schulter voran durch die Tür tritt und ins Bad guckt, als würde er die Wohnung sichern, wirkt fast professionell. Für einen Krimifan hätte ich ihn ja nicht gehalten, aber irgendwie ist das süß.

Es ist niemand mehr da. Das kann ich Leo schon sagen, bevor er auch auf dem Balkon nachgesehen hat. Die Wohnung fühlt sich leer an, doch als ich über die Schwelle trete, muss ich mich einen Moment lang am Türrahmen festhalten.

Die PAO hat ganze Arbeit geleistet. Das Geschirr haben sie nicht angetastet, aber alles andere, was ich besitze, liegt wild durcheinander auf dem Boden. Leo beobachtet mich, doch mir fehlt die Kraft, schockiert zu sein. Es ist die absolute Verwüstung, blinde Zerstörungswut statt systematischer Durchsuchung.

Was habe ich diesen Leuten getan? Die Kinder gehen mir wieder durch den Kopf, das Mädchen und der Junge, und vielleicht, ja, vielleicht hätte ich an der Stelle der PAO-Leute auch so gehandelt. Als sie die Wohnung durchsucht haben, wussten sie wahrscheinlich noch nicht, dass die Kinder durchkommen.

Die Szene spielt sich in meinem Kopf ab, fremde Stiefel, die den Dreck der Straße auf dem Boden verteilen, fremde Hände, die sich durch meine Sachen wühlen, fremde Augen, die begaffen, was ich die Welt nicht sehen lasse. Ich wende mich um und unterdrücke die Übelkeit, die mir in die Kehle steigt, schneller, als Leo auf mich zustürzen und an den Armen fassen kann.

»Ich kippe nicht um, keine Sorge«, sage ich tonlos. »Du kannst ja mal nachsehen, ob du noch was Essbares findest. Ich gehe packen. Hier kann ich nicht bleiben.«

Langsam, prüfend lässt Leo mich los. Am liebsten würde ich mich wie ein kleines Kind in seine Arme werfen und mich über die Gemeinheit der Welt beklagen, aber so soll das nicht werden zwischen uns. Ich bin keine Jungfer in Nöten und er ist ganz sicher kein Prinz.

Ich trete um ihn herum und gehe ins Wohnzimmer. Mechanisch greife ich nach meinem Rucksack und fange an, mich durch den Haufen aus Klamotten, Büchern und Krimskrams zu wühlen. Es dauert nicht lang, bis ich die wichtigsten Dinge zusammengesucht und in den Rucksack geknüllt habe. Ein paar Fotos sind verschwunden, merke ich, aber das gerahmte von Papa und mir liegt mit der Vorderseite nach unten halb unter dem Bett. Als ich es aufhebe, sehe ich, dass das Glas zersplittert ist. Ich löse das Bild aus dem Rahmen und stecke es in meine Hosentasche. Weil ich nicht sicher bin, ob ich die Wohnung je wieder betrete, sammle ich noch ein paar persönliche Dinge und meine Lieblingsbücher auf, dann ist der Rucksack voll.

Als ich mich umdrehe, steht Leo da und grinst. In der Hand hält er eins meiner Bücher. »Ich habe in meinem ganzen Leben noch niemanden mit einer so großen Bibliothek getroffen. Außer vielleicht meinen Großvater.«

»Mach dich ruhig lustig über mich«, fauche ich, ziehe ihm das Buch aus der Hand und stopfe es zuoberst in den Rucksack.

»Tu ich nicht. Ich mag Bibliotheken.« Sein Grinsen verwandelt sich in ein Lächeln und er deutet auf meinen Rucksack. »Und ›Manhattan Transfer‹ mochte ich auch.«

Na, so ein Glück. Schnaubend gehe ich an ihm vorbei zum Esstisch, wo er eine karge Mahlzeit aus Pumpernickel, Nussbutter und ein paar schrumpeligen Äpfeln aufgedeckt hat.

»Müsli und Hafermilch sind auch noch da«, sagt er unbekümmert, als er wieder in der Küche verschwindet und Sekunden später mit der Teekanne zurückkommt. »Wenn du magst.«

»Lass mal.« Ich greife nach einem Stück Brot, er schenkt uns Tee ein und nach ein paar Minuten streife ich das Selbstmitleid ab und konzentriere mich auf das Wesentliche.

»Also? Was hast du herausgefunden?«

Leo klopft sich die Hände ab, schluckt und greift nach seinem Rucksack. Anscheinend hat er aus dem Institut ein Tablet mitgenommen. Er entsperrt es und hält es mir unter die Nase. Ich erkenne winzige Schaubilder und eine Menge Tabellen, aber selbst als ich sie heranzoome, kann ich nichts damit anfangen.

»Du musst es mir schon erklären.«

Leo legt das Tablet auf die Tischplatte zwischen uns. »Hier, diese beiden Tafeln. Eine ist von 10.35 Uhr, darauf sind kleinere Windströme aus Nordwest zu erkennen, mit starken Aufwinden dort, wo die Gartenanlage ist.« Aus dem Augenwinkel sieht er mich an. »Das ist nur eine Näherung, für eine genaue Darstellung gibt es zu wenige Wetterstationen. Aber dein Standort ist ziemlich offensichtlich.«

Ich schlucke. So wie Leo es formuliert, hätte mir jede Hobbymeteorologin auf die Spur kommen können. Zumindest wenn sie gewusst hätte, wonach sie Ausschau hält.

»Und die andere Tafel?« Ich strecke die Hand aus und scrolle die Anzeige ein Stück nach unten. Im Vergleich zum ersten, beinahe geordneten Schaubild ist das zweite pures Chaos.

»Die ist von 10.52 Uhr. Während sich das Windgeschehen bei dir hauptsächlich in der Peplosphäre abspielt …«

»Was bitte?«, unterbreche ich ihn.

»In der planetaren Grenzschicht. Also der Schicht der Erdatmosphäre, die bis ungefähr zwei Kilometer in die Höhe reicht. Aber das ist im Detail gar nicht so wichtig. Während du die Peplosphäre beeinflusst, haben diese Winde hier Auswirkungen auf die Atmosphärenschicht darüber. Und das ist wirklich außergewöhnlich.«

»Weil dafür besonders große Mengen an Chems eingesetzt werden müssen?«

»Genau.«

Ausatmend lehne ich mich zurück. »Das bestätigt also, was Tekin im Krankenhaus gesagt hat. Kannst du auch ablesen, wo die Quelle dieser Chems ist?«

Leo schüttelt den Kopf. »Wenn wir eine minutengenaue Auswertung der Wetterdaten hätten, könnten wir die Punkte festlegen, wo die Chems freigesetzt wurden. Aber dann wüssten wir nur, wo die Drohnen waren, nicht, von wo sie gesteuert wurden.«

Ich kneife die Augen zu und reibe mir übers Gesicht. »Solange wir also den Ursprung nicht kennen, bin ich weiter die Hauptverdächtige? Weil ich nicht nachweisen kann, dass ich keinen Zugriff auf Dutzende Drohnen und tonnenweise Chems habe?«

Ich klinge bitter, aber das ist mir egal. Als ich die Augen öffne, zuckt Leo mit den Schultern.

»Es ist ein Anfang«, sagt er leise.

»Ja. Ja, ich weiß.« Doch die Wahrheit ist, ich weiß gar nichts. Ich habe keine Ahnung, wo wir weitersuchen könnten oder ob uns unsere Suche zu einem Ergebnis führt, das mir mein altes Leben zurückgibt.

Mein Blick gleitet über das Durcheinander, das einmal mein Zuhause war, über die Bücher, die ich gelesen, die Kleidung, die ich getragen habe. Über Nippes, der mich an schöne Momente mit Esper erinnert. An die Nacht, als wir uns in den Zoo geschlichen und Erdferkel beobachtet haben. An die Fahrt mit dem Riesenrad, bei der er mir zum ersten Mal von seinen Eltern erzählt hat.

Erinnerungen steigen auf, schillern wie Seifenblasen und wehen davon im Sturmwind, den die letzten Tage ausgelöst haben. Mein Blick wandert weiter zu Leo – auch er hängt seinen Gedanken nach – und hinaus aus dem Fenster, wo sich der Himmel knallpink und rosenrot gefärbt hat. Etwas sagt mir, dass mein altes Leben vorüber ist.

Über die offene Balkontür trägt die Morgenluft das Zwitschern der Vögel herein, ein paar ferne Sirenen, die lauter werden und wieder verstummen, Schritte auf dem Gehweg. Nebenan knarzt der Fußboden, anscheinend ist Ortwin aufgestanden. Ich trinke den Rest meines Tees und überlege, ob wir nicht doch Zeit haben für eine schnelle Dusche, als mich ein Geräusch aufhorchen lässt. Leo hat es auch gehört, denn obwohl er gerade noch ein Stück Brot essen wollte, klappt er den Mund wieder zu und lauscht. Da ist das Geräusch wieder, ein leises Rauschen, dann eine undeutliche Stimme.

»Ein Headset«, flüstert Leo. »Unten auf der Straße.«

Ich nicke.

»Über den Balkon«, sagt er, schnappt sich sein Tablet und den Rucksack und ist schon unterwegs, aber ich schüttle den Kopf.

»Nein. Da kommen wir nicht weiter. Hier lang.«

Leo setzt zum Protest an, doch Schnelligkeit ist das Einzige, was uns jetzt noch hilft. Die PAO-Leute – oder die Polizei oder wen auch immer sie auf uns angesetzt haben – sind wahrscheinlich schon im Treppenhaus, es gibt nur noch einen Weg nach draußen.

Ich zurre die Rucksackgurte fest, reiße die Wohnungstür auf und stürze zum Fenster. Leo flucht unterdrückt, aber er bleibt mir auf den Fersen. In Gedanken bitte ich Frau Bern um Entschuldigung, dann wische ich mit einer einzigen Armbewegung die Kräutertöpfe vom Sims.

Es klirrt ohrenbetäubend und nach einem Moment der Stille werden Schritte auf der Treppe laut.

»Stehen bleiben!«, befiehlt die Stimme einer Frau. Ich schätze, sie ist ein Stockwerk unter uns.

Natürlich tue ich nicht, was sie sagt, sondern reiße den Fensterflügel auf, steige aufs Fensterbrett, drehe mich um und verhake die Finger meiner linken Hand in dem Rankgitter an der Außenwand. Ich schwinge mich aus dem Fenster und beginne, an dem Gitter nach oben zu klettern. Frau Berns Weinreben protestieren ächzend gegen die Störung, aber schlimmer als die Kräuter trifft es sie auch nicht.

»Schneller!«, drängt Leo hinter mir.

Aus dem Haus höre ich weitere gebrüllte Befehle und hallende Schritte. Ich schiebe mich nach oben, auf die Dachrinne zu. Das Gitter erbebt, als sich Leo mit seinem ganzen Gewicht dranhängt, doch die Dübel in der Hauswand halten.

Die Regenrinne ist nur noch einen Meter entfernt. Ich strecke die Hand aus, bekomme sie zu fassen und ziehe mich daran hoch. Mit zitternden Armen und Beinen schwinge ich mich aufs Dach, aber ich habe keine Zeit zu verschnaufen. Ich drehe mich um und halte Leo die Hand hin. Japsend und fluchend schaffen wir es irgendwie, auch ihn aufs Dach zu befördern.

»Hier spricht die Prüfstelle für atmosphärische Optimierung. Bleiben Sie stehen oder ich mache von der Schusswaffe Gebrauch!«

Eine tiefe weibliche Stimme. Ich schnaube. Das passt ja, dass sich Tekin für ein gutes altes »Stehen bleiben oder ich schieße!« zu fein ist.

Leo und ich stemmen uns gleichzeitig auf die Füße. Unter uns sehe ich einen behelmten Kopf und ein halbes Gesicht, und als sich unsere Blicke treffen, lehne ich mich instinktiv nach hinten.

»Alles okay?«, ruft Leo, und zum ersten Mal höre ich, dass Panik in seiner Stimme mitschwingt.

Ich hebe nur die Hand und laufe los.

Unter uns bricht Tumult aus, das Rankgitter klappert, jemand folgt uns auf diesem Weg, aber ich kann mich nicht umsehen, ich muss mich aufs Rennen konzentrieren und auf das Ende des Dachs, das schnell näher kommt.

Leo rufe ich zu: »Ich springe in drei ... zwei ... eins. Jetzt!«, da bin ich schon in der Luft und lande den Bruchteil einer Sekunde später auf dem Dach des Nachbarhauses.

Mir bleibt keine Zeit zurückzuschauen, ich muss weiter und Leo den Weg freimachen. Also laufe ich, balanciere über die Ziegel, höre Leo landen, dann seine Schritte, und unter uns werden weiter Befehle gebrüllt, und Stiefel knallen auf Asphalt.

Doch die Geräusche von der Straße verhallen. Die Sonne geht auf und hüllt die Dächer in goldenen Glanz. Leo und ich sind allein in diesem Meer aus Mauern, Firsten und Giebeln. Ich höre seinen Atem, seine Schritte, den Wind, sonst gibt es nichts mehr. Dass ich noch vor ein paar Minuten erschöpft und niedergeschlagen war, kann ich mir nicht mal mehr vorstellen, so schnell pumpt das Adrenalin durch meine Adern. Und plötzlich weitet sich mein Blick, und es ist, als würde sich die Stadt wie eine Karte vor mir auffächern.

Ich scanne die umliegenden Dächer, dann die dahinter und die dahinter, und fast kommt es mir so vor, als wären unsere möglichen Routen schon in die Umgebung eingezeichnet, so klar zeigen sie sich vor meinem inneren Auge. Als wir an der Ecke des Hauses ankommen, entscheide ich mich für das Wohnhaus gegenüber, dahinter zwei Bürogebäude mit Flachdach und den Wohnturm im Anschluss. Mit einer Handbewegung zeige ich Leo die Richtung an.

Wir springen, es ist, als würde der Wind uns helfen, denn er frischt auf und trägt uns auf eine Dachterrasse. Sie wird von einer halbhohen Mauer von der nächsten getrennt, und so laufen und springen, laufen und springen wir, einmal an einem verdutzten älteren Paar am Frühstückstisch vorbei, einmal mitten hinein in einen Wäscheständer. Ich glaube, hinter uns Rufe und Schritte zu hören, doch das interessiert mich nicht. Wieder springen wir, diesmal auf das etwas tiefer gelegene Dach einer Garage, die zu dem Bürogebäude gehört. Leo deutet auf eine schmale Leiter, die zwei Stockwerke hinaufführt, und wir klettern.

Mein Atem pfeift, ich verstehe nicht, was die PAO-Lautsprecher in die morgendliche Stille brüllen, aber es zählt sowieso nur, sicher nach oben zu kommen und dort schnell weiter.

Auf den letzten Metern hält mir Leo die Hand hin und zieht mich von der Leiter auf das Flachdach. Seite an Seite rennen wir, es ist so viel leichter als auf den Satteldächern in meinem Viertel. Wieder ein Abgrund, wieder ein Sprung, das Dach des zweiten Bürogebäudes …

»Nicht da lang!« Leo zieht mich am Ärmel nach rechts.

Richtig, die Entfernung zwischen dem Bürogebäude und dem Wohnturm ist zu groß, wir hätten durch einen kleinen Hinterhof gemusst und wären da vielleicht der PAO in die Arme gelaufen. Also über ein paar baufällige Garagen, deren Gebälk unter unseren Schritten bedenklich knirscht, eine Feuertreppe hinauf auf ein leeres Parkdeck und von dort über zwei Schuppen auf das Dach einer Fabrik. Wir schlängeln uns durch die Solarmodule, und mein Herzschlag ist so laut, dass ich es nicht gehört hätte, wenn Tekin mir direkt ins Ohr gebrüllt hätte.

Lang halte ich das Tempo nicht mehr durch, und ich überlege, den Rucksack hier zu verstecken, aber nicht einmal für eine Entscheidung bleibt Zeit. Wir sind schon weiter.

Wie sehr meine Lunge und meine Beine brennen, merke ich erst, als Leo den Arm ausstreckt und mich in die Deckung eines Gewächshauses zieht, das auf einem Haus am Rand eines heruntergekommenen Wohnviertels steht. Er hält mich, vermutlich weil er sonst selbst umkippen würde, denn auch seine Brust pumpt wild Luft in seine Lunge, und sein Atem geht rasselnd. Einen Moment habe ich das Gefühl, ich würde sterben, doch er geht vorbei. Der Druck auf meinen Brustkorb lässt nach, auch wenn mein Kopf noch immer dröhnt. Ich brauche etwas zu trinken, das ist alles. Mit dem Handrücken wische ich mir den Schweiß aus den Augen und zwinge mich, kontrolliert zu atmen.

Wir bleiben eine Weile so stehen, in eine Nische zwischen Bohnenranken und Tomatenstauden gedrängt, Leos Arme um meinen Rücken, meine Stirn an seiner Brust, und lauschen. Es bleibt still bis auf den auffrischenden Wind, der unter meine Haare fährt und meinen Nacken kühlt. Wann habe ich das letzte Mal jemanden von der PAO gehört?

»Haben wir sie abgehängt?«, flüstert Leo im selben Moment.

Ich zucke mit den Schultern und wieder lauschen wir. Die Blätter rascheln, es wird schwieriger, andere Geräusche wahrzunehmen, selbst den normalen Stadtverkehr. Ich werfe einen Blick in den Himmel – dicke Wolken ballen sich über uns. Wie konnten die so schnell aufziehen? Sind sie der Auslöser für den Druck auf meinen Kopf?

»Ist das immer so?«, holt Leo mich aus meinen Gedanken. »Dass du ständig am Wegrennen bist?«

»Erst seit ich dich kenne.« Ich wende den Kopf und will ihn angrinsen, aber da spiegelt sich etwas im Glas des Gewächshauses. Leo deutet meine Reaktion richtig, seine Arme ziehen mich für den Bruchteil einer Sekunde näher an sich, dann lässt er mich los und greift nach meiner Hand. Ohne Rücksicht auf Verluste krachen wir durch das Gewirr aus Tomatentrieben, während um uns herum die Hölle losbricht.

Mein Rucksack bleibt an einer Rankhilfe hängen, und ich muss Leos Hand loslassen, um mich zu befreien. Als ich wieder aufschaue, ist er verschwunden, und ich habe nicht die geringste Orientierung, wohin er in diesem grünen Chaos gelaufen ist. Einen Moment lang gerate ich in Panik, es ist, als würden die Pflanzentriebe auf mich zurücken, nach mir greifen … aber ich schüttle das Gefühl ab. Ich brauche einen klaren Kopf.

Plötzlich ist es still. Wo eben noch gebrüllte Befehle aus allen Richtungen, quietschende Bremsen, Stiefeltritte auf mich eingeströmt sind, höre ich jetzt nichts mehr als das Rascheln des Windes in den Blättern der Gemüsestauden.

»Vega.«

Ich fahre herum.

Hinter dem dichten Laub, genau dort, wo ich eben noch mit Leo gestanden habe, entdecke ich Tekin. Sie trägt die lila PAO-Uniform und eine schussfeste Weste, aber den Helm hat sie abgenommen, und sie hält die Hände vor sich, sodass ich sehen kann, dass sie unbewaffnet ist. Was sie von mir erkennen kann, weiß ich nicht. Wahrscheinlich ist mein Gesicht für sie nur ein verschwommener Fleck zwischen gelblichen Blättern und unreifen Tomaten.

»Vega«, sagt Tekin wieder. »Geben Sie auf. Das hat doch keinen Zweck. Sie sind umstellt.«

Ich antworte nicht, bleibe nur stocksteif stehen. Der Wind gewinnt weiter an Kraft, lässt die Blätter um mich herum flirren. Als mir ein stechender Schmerz durch den Kopf fährt, muss ich mich zwingen, die Augen offen zu halten. Ich richte meine Aufmerksamkeit auf Tekins Worte.

»… Unfälle passieren. Wir müssen herausfinden, was geschehen ist, und es wäre in Ihrem Interesse, wenn Sie zur Aufklärung des Vorfalls beitragen. Es ist zu Ihrem Besten, wenn Sie jetzt mitkommen.«

»Ich war das nicht.« Wütend beiße ich mir auf die Lippe. Verdammt, ich wollte ihr nicht antworten, aber dieser Druck in meinem Kopf macht es schwer, meine Konzentration aufrechtzuerhalten.

»Das wird sich alles klären.« Tekin tritt einen Schritt auf das Tomatendickicht zu. Unwillkürlich weiche ich zurück und sie bleibt stehen. Als sie weiterspricht, hat sich ihr Ton geändert. Anscheinend ist es Zeit für eine neue Strategie. »Wir müssen uns alle für unsere Fehler verantworten, Vega. Menschen sind zu Schaden gekommen. Denken Sie nicht, die Familien der verletzten Kinder haben ein Recht darauf zu erfahren, was geschehen ist? Welche Fehler gemacht wurden?«

Sie redet weiter auf mich ein, doch ich verstehe kein Wort, so sehr hat der Schmerz mein Hirn mittlerweile im Griff. Was ist das nur? Es fühlt sich an, als würden sich hundert Gewitter auf einmal zusammenbrauen. Ich kann kaum mehr einen klaren Gedanken fassen, aber ich muss zuhören, ich muss …

Etwas kracht ohrenbetäubend und Glassplitter fliegen in alle Richtungen. Tekin geht in Deckung, doch ich kann nicht mal reagieren, als ein Schemen auf mich zuspringt, mich packt und durch die Pflanzen lotst.

»Mach schon«, ruft Leo, als ich schwerfällig hinter ihm her stolpere, und ich schüttle den Kopf, um einigermaßen geradeaus denken zu können. Leo führt mich zum Rand des Dachs, wieder springen wir, wieder rennen wir, mühsam jetzt, weil uns der Wind um die Ohren bläst. Ich ziehe den Kopf gegen den plötzlichen Regen ein, wende das Gesicht von den nadelspitzen Tropfen ab, laufe halb blind weiter. Bis ein Schauder mein Rückgrat hinabfährt wie von einer elektrischen Entladung und beinahe im selben Moment ein Grollen das Gebäude erbeben lässt. Wir halten an einer Brüstung an und versuchen, das Chaos um uns herum zu erfassen.

Unten auf der Straße sind die Menschen stehen geblieben und starren in den Himmel. Nicht weil sie uns entdeckt haben, sondern wegen der Wolke, die sich über den Dächern auftürmt. Blitze zucken hindurch, der Donner klingt wie Kanonenschüsse. Es ist eine Gewitterzelle, so perfekt, wie ich sie noch nie gesehen habe, und in ihr tobt eine Energie, die mich fast in die Knie gehen lässt. Sie stürmt auf mich ein, als wolle sie mich zermalmen, meinen Kopf bersten lassen, und ich krümme mich, als mein Magen rebelliert. Ich schluchze auf, ich spüre es, aber ich höre nichts, denn der Gewittersturm tobt um uns herum, als sei er ein wütendes Tier. Meine Ohren, meine Nase, mein Mund sind voll vom Rasen des Unwetters. Etwas in mir erwacht, will sich wehren, und ohne dass ich es bewusst entscheide, strecke ich die Hand aus und erzeuge ein Luftkissen, um den Druckabfall um uns herum ein wenig auszugleichen. Beinahe sofort lassen meine Kopfschmerzen und auch die Übelkeit nach. Ich atme auf und nehme die andere Hand von meinem Bauch.

Die Erleichterung hält nur einen Moment an.

»Vorsicht!«, brüllt Leo, reißt mich mit sich zu Boden und wirft sich über mich.

Mein Kinn kommt hart auf dem Beton auf, ich fühle etwas Warmes, dann presst mir Leos Gewicht die Luft aus den Lungen. Ich habe nicht mal Zeit, mich zu beschweren, da sehe ich aus dem Augenwinkel, dass etwas knapp über uns hinwegfegt, neben uns aufprallt und mit einem schauerlichen Kreischen übers Dach schlittert. Keine Sekunde später zieht Leo mich schon wieder auf die Füße. Ich blinzle gegen den Regen an, der aus allen Richtungen zu kommen scheint.

Ein Kotflügel. Uns ist der Kotflügel eines Lastwagens um die Ohren geflogen.

»Vega! Hören Sie auf damit!« Fast kann ich Tekin über dem Heulen des Windes und dem Prasseln des Regens nicht verstehen. Sie hat sich mit zwei oder drei ihrer Kollegen hinter der Lüftungsanlage des Nachbarhauses verschanzt und schaut zu uns herüber, aber was sie meint, kapiere ich erst, als ich mich wieder zur Straße umdrehe. In das Toben des Sturms mischen sich jetzt Schreie, voller Entsetzen, voller Todesangst, während Trümmer durch die Luft wehen und Menschen von den Windstößen gegen Hauswände gepresst werden. Ein Mann will zwei kleine Kinder in einem schmalen Hauseingang in Sicherheit bringen und wird von einer Mülltonne von den Füßen gerissen, dort lehnt sich eine Frau, bepackt mit einem Rucksack und drei oder vier Tüten, gegen den Sturm und zerrt ihren Hund zu einer offenen Tiefgarage. Ich will ihr zurufen, dass das zu gefährlich ist, dass es zu heftig regnet und sich das Wasser schon in den Rinnsteinen sammelt und die Garage gleich fluten wird, aber da zieht mich Leo hinter die Brüstung, und wieder fegt etwas über uns hinweg, diesmal ein Stück Wellmetall, und ich begreife, dass diese Menschen dort unten versuchen zu überleben. So wie wir.

»Bist du das?«, brüllt Leo über den Sturm, und ich starre durch den Regenvorhang in seine Augen, als könne ich ihn nicht hören. Denn ich habe keine Antwort für ihn. Ich weiß nicht, ob ich dieses Gewitter entfesselt habe, ob daher dieses Gefühl rührt – ob das Gefühl, der Druck auf meinen Kopf, die Ursache für diese Zerstörung ist.

Meine Gedanken springen zu dem Hagelsturm, den die Wettermacher nur sechsunddreißig Stunden zuvor auf Leo und mich losgelassen haben. Als hätte ich es heraufbeschworen, ebbt der Regen plötzlich ab, und fast im gleichen Moment prasseln Hagelkörner auf uns herab, Hunderte, Tausende, und der Lärm unten auf den Straßen schwillt noch einmal an. Sirenen werden laut, Autos krachen ineinander, und wieder schreien Menschen, panisch und voller Ohnmacht.

Leo legt den Arm um meine Schultern, zieht meinen Kopf an seine Brust und birgt ihn in seinen Armen, doch so gern ich mich hier verkriechen möchte, in dieser Höhle, behütet in seiner Körperwärme, ich kann das nicht geschehen lassen.

Vorsichtig mache ich mich von ihm los und schaue ihn an. Das Wasser tropft uns aus den Haaren und von der Nase.

»Bleib sitzen«, schreie ich gegen das Tosen des Sturms, das Chaos auf den Straßen, Tekins Gebrüll an. »Bleib in Deckung. Wenn ich ›Jetzt!‹ sage, musst du uns hier rausbringen.«

Er schüttelt den Kopf, aber dann stählt sich etwas in seinen Augen, und er wendet den Blick ab und gibt mein Handgelenk frei.

Ich stemme mich auf die Füße, gegen die Macht des Sturms, gegen den Zorn des Hagels, und ohne dass ich es verhindern kann, mache ich ein paar Schritte rückwärts, weil ich ihnen erst nichts entgegenzusetzen habe. Doch das dauert kaum einen Augenblick an, dann rufe ich den Wind, und er wird mein Schild, wehrt Eis und Regen ab. Ich taste mich voran, tiefer hinein in die Gewitterzelle, die gewaltiger ist als alles, womit ich bisher zu tun hatte. Es ist anders als sonst, zäher, mühsamer, als müsste ich einen Widerstand überwinden, bevor ich mich mit der Energie des Sturms verbinden kann. Es ist, als würde sich ein fremder Wille dagegen auflehnen.

Ich schüttle das eigenartige Gefühl ab, stoße weiter voran, und endlich spüre ich es, das Herz des Gewitters. Meinen Körper fühle ich nicht mehr, aber ich weiß, ich muss schwer atmen, keuchen wahrscheinlich, denn die Kraft, die mir der Sturm abverlangt, ist immens. Ich lasse nicht nach, lasse ihn nicht gewähren, sondern stemme mich gegen seine Raserei, und endlich – endlich merke ich eine Veränderung. Es ist, als würden sie sich koppeln, mein Wille und die Kraft des Gewitters, und ich gebe dem Sturm eine neue Richtung.

Beinahe sofort hebt sich der Druck auf meinen Kopf. Und kaum fällt die Gewitterzelle in sich zusammen, ebbt der stete Ansturm des Hagels ab, geben meine Knie nach. Leo ist da und fängt mich auf.

»Jetzt«, sagt er, und dann sind wir auf und davon.

11

Ein Summen, Brummen, Zischen weckt mich, abgehackt, aufgebracht. Ich bekomme es nicht zu fassen, auch nicht, als es sich in meinem Kopf ausbreitet und die Erschöpfung zurückdrängt, weil etwas mir sagt, dass es wichtig ist zuzuhören. Ich kämpfe gegen graue Watte, nichts hat Konturen, nichts gibt mir Halt.

… kann ich nicht, ich will sie nicht zwingen …

Aber ich will mich zwingen. Aufzuwachen. Diese lähmende Schwere abzuschütteln. Was ist das? Warum werde ich nicht …?

Sie muss mir vertrauen …

Ich muss … Ich muss aufwachen … Der Gedanke ist kaum da, dann ist er weg, verschwunden im Dunst, der sich wie schwere Decken über mich legt, und ich drifte davon.

Ich wache auf und kann mich nicht bewegen. Nur mein Kopf, der hebt sich ein Stück. Ich blinzle, aber viel erkenne ich nicht, es ist dunkel. Stöhnend lasse ich den Kopf wieder sinken, und unter mir bewegt sich etwas – Espers Brust. Nein, es ist Leo, er hat nur Espers Shirt an, doch darunter, da riecht er wie er selber. Nach Wald. Moos. Gut.

Ich glaube, mein Hirn hat Schluckauf. Was sind das für Gedanken? Ach so, er hält mich, deswegen kann ich mich nicht rühren, oder vielleicht sind es auch … Moment, sind das vier Lagen Klamotten, die ich anhabe? Allmählich gewöhnen sich meine Augen an das trübe Licht. Mein Arm sieht aus, als hätte ich Babyspeck. Und er ist um Leos Bauch geschlungen.

Hm.

Langsam hebe ich ihn an, aber das ist mit der Polsterung gar nicht so einfach, außerdem – au, verdammt, was habe ich denn damit gemacht? Das fühlt sich an wie ein fetter Muskelkater.

Nach und nach setzen sich Bruchstücke meiner Erinnerung zusammen. Der Hinterhalt bei meinem Haus, unsere Flucht über die Dächer, Tekin und die PAO, der Sturm …

Der Sturm.

Etwas war anders mit diesem Gewitter. Ich bekomme es nicht zu fassen. Irgendwie war es …

»Hey.«

Ich zucke zusammen und wieder stöhne ich. Leo grinst mich schief an, dann richtet er sich vorsichtig auf und schiebt mich von sich weg, bis wir uns gegenübersitzen. Mein Körper fühlt sich an wie zerschlagen.

»Schmerzen?«

Ich beiße mir auf die Lippe, nicke aber. Vorsichtig dehne ich meinen Nacken und hebe die Arme.

»Das ist wahrscheinlich Muskelkater. Du hast stundenlang gezittert.«

Erschrocken sehe ich Leo an. Stundenlang? Wie kann das überhaupt sein?

Er deutet auf die Jacke, die ich trage. »Als ich dir noch was angezogen habe, ging's dann irgendwann.«

Sosehr ich mich bemühe, ich erinnere mich nur noch schemenhaft daran, wie wir aus den Ausläufern des Sturms entkommen sind und die PAO abschütteln konnten.

»Danke.«

Er nickt. »Keine Ursache. Du hast gestern einer Menge Leuten den Hals gerettet, mich eingeschlossen.«

Ich sehe ihn an, sehe ihn eine ganze Weile nur an, weil ein Gedanke über mich hinwegbraust, der mich gestern schon aus der Fassung gebracht hat. War ich das? Habe ich den Sturm gerufen, einen Sturm, der beinahe ein ganzes Stadtviertel verwüstet hätte? Der vielleicht Menschen ...

Als sich seine Augenbrauen vor Irritation zusammenziehen, räuspere ich mich und schaue weg. »Weißt du ... weißt du, ob jemand verletzt wurde?«

Getötet bringe ich nicht über die Lippen.

»Hey.« Sein Gesicht wird weicher und er berührt kurz meinen Arm. Durch die vielen Lagen Kleidung spüre ich es kaum. »Es ging glimpflich aus. Ein paar Verletzte, ja, aber außer Sachschäden ist nichts sonst passiert. Sie sagen, bei der Heftigkeit des Unwetters war das ein Wunder.«

Ich senke den Kopf und nicke. »Trotzdem werden sie uns jetzt erst recht suchen. Es wird nicht lang dauern, bis durchsickert, dass mich die PAO für eine verrückte Massenmörderin hält.«

»Potenzielle Massenmörderin.«

Leos Ton lässt mich aufblicken. Seine Zähne blitzen im Mondlicht.

»Sehr witzig.«

Ausatmend lehnt er sich an die Wand und reibt sich über das Gesicht. »Ist es nicht, ich weiß.«

Mittlerweile habe ich meine Sinne wieder so weit zusammen, dass ich mich umgucken kann. Durch ein zersplittertes Fenster fällt spärliches Licht in das Kämmerchen, in dem ich den Tag verschlafen habe. Mit einem Mal kapiere ich, wo wir sind: Es ist ein ausgemustertes Bahnabteil, Leo hat die Armlehnen nach oben geklappt und die stoffbezogenen Sitze zusammengeschoben, sodass sie eine große Liegefläche ergeben. Es riecht nach Staub und Mäusedreck.

Leo lässt die Hände fallen und dreht den Kopf zu mir. »Ich sage es ungern, aber wir bräuchten dringend ein Versteck, wo wir ein paar Tage bleiben und nachdenken können.«

»Da wäre ich von allein auf keinen Fall drauf gekommen.« Er quittiert meinen genervten Blick mit einem Schulterzucken, doch natürlich hat er recht. Ich seufze. »Kannst du was zu essen besorgen? Ich bleibe hier und lasse mir was einfallen.«

Mindestens dreimal gehe ich Espers Adressbuch durch und mit jedem Mal deprimiert es mich mehr. Ein, zwei Namen sagen mir nichts, aber die meisten anderen Adressen scheiden aus, weil sie zu stark mit Luc verbunden sind. Esper würden sie vielleicht einen Gefallen tun, doch ob sie sich meinetwegen mit Luc anlegen würden, bezweifle ich stark. Der Gedanke gefällt mir überhaupt nicht, aber so, wie die Dinge liegen, ist unser größtes Problem nicht, wie wir unsere Unschuld beweisen, sondern wo wir noch sicher sind. Je länger ich über Espers Notizen brüte, desto derbere Schimpfwörter für Tekin, Luc und Willem fallen mir ein. Aber was noch schlimmer ist: Das Buch erinnert mich daran, dass Esper seit Tagen verschwunden ist, ohne ein Lebenszeichen, ohne irgendeine Spur. Es gibt zwei Möglichkeiten, was das bedeutet, und weil ich mich nicht heulend in eine Ecke setzen will, entscheide ich mich dafür, wütend zu sein. Wütend, dass er ohne ein Wort abgehauen ist.

Aber Wut ist anstrengend. Wenn man nicht aufpasst, zehrt sie einen aus, und es gibt gerade nicht viel, was mich aufrecht hält. Also verlöscht sie schon nach kurzer Zeit, und alles, was zurückbleibt, ist Ratlosigkeit und Leere.

Leo kommt mit ein paar trockenen Sandwichs und zwei Bechern Kaffee zurück. Ich nehme meinen mit ungläubigem Staunen entgegen.

Leo lächelt, als ich den Deckel abziehe und den aromatischen, leicht bitteren Duft einatme. Es ist guter Kaffee, teuer, würzig und ein bisschen süß. Himmlisch.

Das Letzte habe ich wohl laut gesagt, denn Leos Lächeln wird breiter. »Ich dachte, ich investiere heute mal in Koffein.«

Ich trinke den ersten Schluck und kann nicht verhindern, dass sich meine Augen kurz schließen. »Gute Entscheidung«, seufze ich.

Leo hat sich abgewandt. Umständlich setzt er sich neben mich auf die gepolsterte Liegefläche und nippt an seinem Becher. Eine Weile genieße ich es einfach, wie der Kaffeeduft durch das Abteil zieht.

Schließlich räuspert sich Leo. »Vega«, beginnt er, und ich kann seinen Ton nicht richtig einordnen. Sofort setze ich mich aufrechter hin. Er scheint es gar nicht zu bemerken. »Wenn du das gestern nicht warst … das mit dem Sturm, meine ich … und wenn er kein natürlicher Sturm war …« Er sieht auf. »… dann haben wir es hier vielleicht mit etwas viel Größerem zu tun.«

Die Erinnerung an den vergangenen Morgen überschwemmt

mich. Etwas viel Größeres … Ja, bisher habe ich mich geweigert, es zu denken, aber das, was ich gestern mitten im Sturm gefühlt habe, diese Zielgerichtetheit – kein Wettermacher könnte so etwas tun. Wolken haben keinen Willen.

Die Kälte holt mich wieder ein. Ich schlinge die Finger fester um meinen Kaffeebecher, auch wenn er fast leer ist. »Worüber sprechen wir dann? Forschung? Das Militär?«

Leo reagiert nicht, er starrt vor sich auf den Boden. Nach ein paar Sekunden dreht er den Kopf zu mir. »Hm? Ja, vielleicht … Ich weiß es nicht.« Ein weiterer Moment vergeht, dann sagt er: »Aber wir finden es raus. Ein, zwei Tage Ruhe und ein stabiler Internetzugang. Danach sind wir schlauer.«

Noch bevor es dämmert, brechen wir auf. Eine letzte Möglichkeit sehe ich, bei jemandem unterzukommen, danach ist Espers Adressbuch erschöpft. Wieder baut sich diese Welle aus Hoffnungslosigkeit vor mir auf und droht, über mich hinwegzufegen. Das Wissen, dass ich ohne Esper nichts habe, was diese Stadt für mich zur Heimat macht, drückt mir die Kehle zu. Dass ich all die Jahre der Stimme geglaubt … *niemand darf es erfahren, Vega …* und mich in meinem Misstrauen eingeigelt habe. Meine Gabe war wie eine unsichtbare Wand, die mich von den Menschen ferngehalten hat, und jetzt erhalte ich die Quittung.

Gerade als die Gedanken über mir zusammenschlagen und mein Puls steigt, dreht Leo sich zu mir um. Er legt einen Finger an den Mund und sofort bin ich wieder im Moment. Das ist jetzt wichtig, er, ich, wie wir über diesen Schutthaufen klettern und kein Geräusch machen dürfen. Er streckt die Hand aus, ich greife danach, und seine Wärme ist das Zuhause, das ich

nun habe. Ich atme auf, als ich kapiere, dass auf der anderen
Seite des Haufens keine neue Gefahr droht. In einer Nische liegen zwei Kinder, ein vielleicht zwölfjähriges Mädchen, das
den Arm um einen kleinen Jungen gelegt hat. Ihre schmutzigen
Gesichter sind im Schlaf ganz weich.

Ich drehe mich von Leo weg und deute auf meinen Rucksack. Er versteht sofort. Leise zieht er den Reißverschluss
auf, dann tritt er um mich herum und legt das restliche Brot
aus meiner Wohnung, die Nussbutter und zwei Tafeln Schokolade neben den beiden ab. Ohne einen Laut zu verursachen,
gehen wir weiter.

In der Nacht habe ich gar nicht richtig mitbekommen, dass
Leo mich zu einem fast verfallenen Lokschuppen östlich des
Hauptbahnhofs geschleppt hat. Jetzt aber macht es mir die
Orientierung leicht.

Wir folgen erst dem stillgelegten Bahntunnel, dann den Gleisen Richtung Süden und wenden uns nach ein paar Kilome-
tern nach Westen. Die Innenstadt will ich meiden, so gut es
geht, um die Unterstadt machen wir einen großen Bogen, sodass wir schließlich am Südufer des Flusses landen und dort
weiterlaufen. Die Gegend war mal eins der größten Gewer-
begebiete im Umkreis, doch jetzt sind die Einkaufspassagen,
Ausstellungssäle, Lagerhallen und Parkhäuser in billige Woh
nungen umgewandelt worden. Oder sie sind Ruinen. Der Unterschied ist nicht immer auf den ersten Blick zu erkennen.

Leo spürt, dass wir hier auf gefährlichem Terrain sind. Er
zieht die Schultern hoch und hält den Kopf unten, aber sein
Blick schießt hin und her. Nicht alarmiert, nur wachsam. Es
ist ein anderer Blick als noch vor ein paar Tagen, als es mir vorkam, als hätte er noch nie das hässliche Gesicht der Stadt ge-

sehen. Obwohl ich mich darüber lustig gemacht habe, fühle ich jetzt einen leichten Stich in der Brust. Er hat sich meinetwegen verändert. Weil er bei mir geblieben ist.

Hier und da hängen ein paar Leute ab, Jungs hauptsächlich, aber es sind auch Mädchen dabei. Ich sehe ihre harten Gesichter, fühle ihre Augen noch auf mir, als wir längst an ihnen vorbei sind, doch niemand kommt uns in die Quere. Niemand fragt, wer wir sind, was wir wollen. Es ist, als wüssten sie es alle. Der Gedanke, dass wir den Kameras der Behörden entgehen, nur um in Lucs Überwachungsnetz zu landen, lässt mir den Schweiß auf dem Rücken prickeln. Reicht sein Einfluss so weit? Hat er selbst die Gangs im Süden in der Hand?

»Wer sind die?«, fragt Leo leise, so als würde er es auch spüren.

»Die Gangs? Die haben die Südstadt im Griff, seit sich die Polizei weigert, hier nach dem Rechten zu sehen. In den meisten Häusern gibt's nicht mal Strom oder fließendes Wasser. Dagegen ist die Unterstadt ein Luxusviertel.«

Leo wirft einen letzten Blick zurück auf eine fünfköpfige Gruppe, die so tut, als würde sie auf den Eingang eines verlassenen Einkaufszentrums zusteuern. Ich weiß nicht, ob das nur eine Finte ist, jedenfalls ziehe ich Leo im selben Moment, in dem die fünf hinter der Drehtür verschwinden, auf die Einfahrt eines Parkhauses zu. Wir ducken uns hinter eine niedrige Mauer, dann hat uns das Untergeschoss verschluckt.

»Meinst du, sie folgen uns?«

»Keine Ahnung«, antworte ich, während ich auf das andere Ende des Gebäudes zulaufe. »Seien wir lieber mal vorsichtig.«

Leo hakt nicht nach. Wir stoßen die Tür zum Treppenhaus

auf. Einen Moment bleibe ich stehen und lausche, aber es ist alles ruhig. Also los.

Zwei Stockwerke geht es nach oben, dann empfängt uns wieder Tageslicht. Am Eingang scheint alles ruhig, wir atmen gleichzeitig auf, als die Tür nachgibt und wir auf einen mit löchrigen Bauplanen und Gittern abgesperrten Hof treten. Weder Stimmen noch Schritte sind zu hören, also wenden wir uns nach rechts und quetschen uns durch eine Lücke im Bauzaun. Drei Kinder auf rostigen BMX-Rädern gucken uns neugierig entgegen.

Als wäre nichts, stecken wir die Hände in die Hosentaschen und schlendern über den betonierten Vorplatz des Hauses auf einen breiten Treppenabgang zu. Er führt zum Fluss hinunter.

Wir ignorieren das Drahtgitter davor, schieben uns hindurch und laufen die Stufen hinab. Ganz unten verstehe ich, warum die Treppe gesperrt ist – dort, wo die letzten Stufen sein sollten, klafft ein riesiges Loch. Es ist zu breit, um drüberzuspringen, aber umkehren will ich auch nicht. Es bleibt nichts anderes: Mit einem Satz hüpfe ich auf das Geländer und balanciere mich aus. Keine Sekunde später steht Leo neben mir.

»Die Stadt geht den Bach runter, oder?«, sagt er, und vor ein paar Tagen hätte mich diese späte Erkenntnis vielleicht noch wütend gemacht, doch jetzt klingt er so bedrückt, dass ich dagegen aufbegehren will.

»Ist noch nicht ausgemacht.«

Überrascht lächelt er mich an und etwas in mir zieht sich zusammen. Ich würde eine Menge Lügen erzählen und noch mehr schlechte Entscheidungen treffen, nur um ihn so lächeln zu sehen. Und das darf nicht sein.

Ich wende mich ab. Nicht gerade elegant schlurfe und rutsche ich das Geländer hinunter, aber ich habe Mühe, meine Konzentration zusammenzuhalten. Erst auf dem Uferpfad habe ich mich wieder im Griff und blicke mich um. Ich kann niemanden entdecken – suchen sie jetzt alle das Parkhaus ab? – und zeige nach links, wo wir uns im Schatten drei weiterer Gebäude halten.

Geduckt laufen wir über die Fußgängerbrücke, die die Südstadt mit den anderen Vierteln verbindet, aber weil uns eine Mutter mit drei kleinen Kindern entgegenkommt, lassen wir das Versteckspiel und legen an Tempo zu. Schon haben wir das gegenüberliegende Ufer erreicht und biegen zwischen zwei baufälligen Garagen in ein Gewirr aus Gassen und Hinterhöfen ein.

Es geht Richtung Westen, wo zwischen dem Fluss und einer hohen, mit Kameras gespickten Mauer Lagerhallen, ein paar kleine Werkstätten, ein Straßenmarkt und ein Stück dahinter eine Tiny-House-Siedlung für Landflüchtige eingequetscht sind. Kunden haben wir hier nie, aber ein paarmal war ich mit Esper in der Gegend.

Leo deutet auf die Mauer, die sich hinter ein paar Wellblechhütten erhebt. Wir meiden sie, so gut es geht, doch es ist schwierig, sich ihrer abschreckenden Wirkung zu entziehen. »Was ist dahinter? Sieht aus wie ein Gefängnis.«

Ich schnaube und werfe ihm aus dem Augenwinkel einen Blick zu. »Ja, ein Gefängnis für Reiche.« Irritiert sieht er mich an, also hole ich weiter aus: »Das Gelände war mal der Botanische Garten. Ist noch gar nicht so lange her. Aber vor ein paar Jahren konnte sich die Stadt die Bewässerung nicht mehr leisten, also mussten sie den Park aufgeben. Ist nicht mehr viel übrig davon.«

Leo nickt nachdenklich. »Ich glaube, ich war mal hier. Es gab eine Menge alte Bäume, oder? Und so ein riesiges Schmetterlingshaus, daran kann ich mich noch erinnern.« Ich verkneife mir ein Grinsen, aber er redet sowieso schon weiter: »Und jetzt? Haben sie daraus ein Wohnquartier gemacht?«

Ich muss tief einatmen, um meinen Ton unter Kontrolle zu halten. »Ja. Eins von diesen Hochsicherheitsvierteln mit Security an der Zufahrt und Kameras an allen Ecken. Siehst du ja. Für das Flussufer haben sie keine Baugenehmigung bekommen, wegen Hochwassergefahr.«

Leo entgeht mein Sarkasmus nicht. Er reibt sich unbehaglich den Nacken.

Wo ich schon dabei bin, kann ich ihm auch das ganze Ausmaß des Skandals auftischen. »Weißt du, was das Schlimmste an der Sache ist? Die Bäume haben sie behalten – das immerhin –, aber sie waren sich nicht zu blöd, einen piekfeinen Golfplatz und eine Tennisanlage zu bauen. Dafür reicht das Wasser anscheinend.« Jetzt ist mein Ton doch bitter geworden. Wenn ich nicht aufpasse, werde ich noch zynisch, und das hat noch nie irgendwas gebracht.

Ich fange Leos Blick auf. Er ist eine Mischung aus allem Möglichen, warm und betroffen und fast bewundernd und vielleicht sogar ein bisschen wütend. Irgendwas darin trifft mich, ich schaue schnell weg.

Bisher ist uns zwischen den Hütten und Hallen kaum jemand begegnet, aber wir nähern uns dem Straßenmarkt, der vom Fluss bis zur Mauer reicht und um den es keinen Weg herum gibt. Schon ein paar Gassen zuvor hören wir das Stimmengewirr, das wie eine Wolke über den Marktständen hängt.

Wir schlängeln uns durch die Einkaufenden und bleiben nah

beieinander. Es wimmelt hier von Leuten, schwere Gerüche liegen in der Luft, nach Gewürzen, Obst und Tee, aber auch nach billigem Plastik und schlecht gegerbtem Leder. Wir decken uns mit Brot und Gemüse ein, danach lassen wir den Markt so schnell wie möglich hinter uns.

Wir laufen an der Rückseite einiger Hallen vorbei, Gerümpel, Müll und Schrott stapeln sich in den Hinterhöfen, aber uns begegnet niemand mehr.

Und dann sind wir da. Ich grinse, als Leo nach Luft schnappt.

Vor uns erhebt sich ein Bau wie aus einer anderen Zeit. Drei Stockwerke hoch schraubt sich eine Konstruktion aus Gusseisen in den Himmel, nicht nüchtern und zweckmäßig, sondern verspielt und fast wie aus einem Märchen.

»Das Schmetterlingshaus«, raunt Leo, und sein Mund steht offen wie bei einem kleinen Jungen unter dem Weihnachtsbaum.

Die Sonne spiegelt sich in den Glasscheiben, dahinter sind schemenhaft meterhohe Pflanzen zu erkennen. Wie jedes Mal, wenn ich davorstehe, trifft mich die Widersprüchlichkeit des Gebäudes. Das gewölbte Dach, die grün lackierten Metallstreben, die Eleganz der Architektur – alles erzählt von einer schöneren, besseren Welt. Und gleichzeitig waren es Glasbauten wie dieser, die uns die heutigen Probleme eingebrockt haben. Denn sie versprachen, dass alles machbar war, dass nichts einen Preis hatte oder zumindest keinen, der den Kosten angemessen war. Das Schmetterlingshaus ist Verschwendung pur und doch geht es mir wie Leo: Ich bin erleichtert und glücklich, dass es noch steht.

»Na los.« Ich ziehe ihn am Ärmel zum Eingang. Es ist nicht

der historische, wo man über zwei Doppeltüren, verbunden durch einen kurzen Gang, ins Innere gelangte, sondern eine Seitenpforte, zweckmäßig und schlicht. Glücklicherweise liegt sie an einer Ecke, die der videoüberwachten Mauer abgewandt ist.

Zweimal klopfe ich, dann ist der Höflichkeit Genüge getan und ich ziehe die Pforte auf. Sie quietscht in den Angeln, aber wahrscheinlich hört Boyd noch nicht mal das.

Mit Feuchtigkeit gesättigte Luft schlägt uns ins Gesicht wie ein warmer Waschlappen. Im ersten Moment ist es schwierig zu atmen, im nächsten stehen mir Schweißperlen auf der Stirn. Trotzdem kribbelt es in meinen Händen und Füßen, als könnte mein Körper seine Aufregung kaum im Zaum halten. Hier bräuchte ich kaum mehr als ein Fingerschnippen, um einen Platzregen niedergehen zu lassen.

»Boyd«, rufe ich in den hohen Raum hinein. »Bist du da?«

Ich laufe einen schmalen Pfad entlang, der zwischen Spalieren mit buschigen Bohnen kaum begehbar ist. Immer wieder muss ich Ranken aus dem Weg schieben oder mich unter dicht verwobenen Zweigen hindurchducken.

»Boyd!« Meine Stimme wird von all dem Blattwerk um mich herum verschluckt.

Nach ein paar Metern fällt mir auf, dass Leo nicht mehr bei mir ist. Ich drehe mich um. Er ist an der Tür stehen geblieben und scheint erst mal verarbeiten zu müssen, was aus dem Schmetterlingshaus von damals geworden ist. Hier flattern längst keine Falter mehr herum. Es gibt auch keine künstlich angelegten Wasserfälle und all die Palmen, Orchideen und Bougainvilleen sind Gemüsestauden und Obstbäumen gewichen. Seit Jahren tüftelt Boyd an seinem Bewässerungssystem für die auf drei mobilen Stockwerken angeordneten Beete. »Die hängenden Gärten des Boyd« nennt Esper das Gewächshaus scherzhaft.

Ich verdränge den Gedanken an ihn und wende mich stattdessen Leo zu. Er schüttelt sein Staunen ab und schließt zu mir auf.

»Boyd«, brülle ich ein drittes Mal, als wir die wild wuchernde Kürbisplantage umrunden.

»Was schreist du denn so?«, kommt es von direkt über unseren Köpfen.

Wir fahren herum, Leos Hand schnellt zu einem Spaten, der neben uns in der Erde steckt. Als er Boyds warnenden Blick auffängt, erstarrt er in der Bewegung. Ich schiebe mich halb vor ihn und lege ihm unauffällig die Hand auf den Arm.

»Da bist du«, sage ich zu Boyd. »Hast du uns nicht reinkommen hören?«

»Doch. Aber ich dachte, ich sehe mir erst mal an, wer da hereinschneit. Solange bleibe ich hier oben.« Boyd betrachtet uns von einer Art beweglichen Hängebrücke aus, die man mithilfe einer komplizierten Konstruktion aus Flaschenzügen und Ketten zwischen den Ebenen und Gebäudeteilen hin und her ziehen kann. Er beäugt Leo argwöhnisch. »Wer ist das?«

Leo hat die Hand sinken lassen und steht jetzt ganz entspannt neben mir. Gut so. Boyd ist einer von der risikoscheuen Sorte, er schmeißt uns hochkant raus, wenn wir ihm suspekt vorkommen.

»Das ist Leo«, sage ich deswegen. »Er ist in Ordnung. Hat mir geholfen, mich vor der PAO zu verstecken.«

Boyds Stirn kräuselt sich. »Hab davon gehört.«

Ich nicke geduldig, auch wenn mir langsam der Nacken wehtut. »Aber von Esper hast du nichts gehört?«

Boyds Blick flirrt zwischen Leo und mir hin und her. »Sollte ich das?«

Ich muss mich zwingen, nicht die Augen zu verdrehen. »Ich hatte es gehofft. Dann wüsste ich wenigstens, dass es ihm gut geht.«

Anscheinend war das der richtige Text, denn Boyds Ausdruck verliert etwas von seinem Misstrauen. Ich kann richtig sehen, wie er eine Entscheidung trifft. Ruckartig zieht er an einer Kette und mit ohrenbetäubendem Rasseln fährt die Plattform aus dem zweiten Stockwerk zu uns herunter. Boyd nimmt ein riesiges Taschentuch aus seiner Shorts und wischt sich damit übers Gesicht und den fast kahl geschorenen Kopf.

»Nein, von Esper hab ich nichts gehört«, sagt er, nachdem er uns noch ein paar lange Momente gemustert hat. »Ist das dann alles?«

Meine Finger zucken, aber diesmal fühle ich Leos Hand an meinem Arm. Sie beruhigt mich so weit, dass ich hervorpressen kann: »Wir hatten gehofft, wir könnten ein paar Nächte bei dir pennen. Nur bis wir eine Spur von Esper haben. Oder bis wir was anderes finden.«

Ich schiebe ein »bitte« hinterher, auch wenn ich das Gefühl habe, fast daran zu ersticken. Er und Esper sind seit Jahren befreundet. Dass ich ihn jetzt um Hilfe anbetteln muss, werde ich ihm nicht vergessen.

Boyds Gesicht zeigt keine Regung, doch das ist nichts Ungewöhnliches. Obwohl er ein technisches Mastermind ist und kaum mal seine heiligen Gemüsehallen verlässt, sind seine

Schultern breit, sein Körper athletisch. Dass er jetzt kurz den Rücken strafft, heißt wohl, er hat sich entschieden.

Mit zwei Fingern bedeutet er uns, ihm zu folgen. Dann schlurft er durch seinen Dschungel davon.

Leo deutet ein Grinsen an, aber ich weiß nicht, ob ich Boyds Art so komisch finde. Nicht mehr. Nicht, seit er mir so deutlich klarmacht, dass er Espers Freund ist und nicht meiner.

Trotz seiner Masse müssen wir uns ranhalten, um Boyd in dem grünen Gewirr nicht zu verlieren. Vielleicht haben wir auch an der einen oder anderen Abzweigung einen Umweg genommen, jedenfalls ist er schon in seiner Wohnküche, als wir an der halb verglasten Tür des Raumes ankommen. Mit dem Rücken zu uns steht er an der Arbeitsplatte. Als er uns hört, legt er sein Unice weg und deutet mit der anderen Hand auf die Tür.

»Macht die mal zu. Die Klimaanlage läuft.«

Kaum ist Leo seiner Aufforderung gefolgt, wird der Unterschied zu draußen noch deutlicher. Die plötzliche Kühle prickelt auf meiner Haut, und ich merke, wie ich tief Luft hole. Leo wischt sich die Stirn mit seinem Shirtärmel ab.

»Setzt euch. Tee?«

Leo und ich wechseln einen ungläubigen Blick, während wir nebeneinander auf die Bank in der Ecke rutschen, doch ich sage artig: »Ja, gern.«

Umständlicher als notwendig klappert Boyd in seinen Küchenschränken herum. Er hat die Lampe über der Spüle nicht angeknipst, deswegen liegt sein dunkles Gesicht im Schatten, aber sein Achselshirt klebt ihm am Rücken, und als er eine Kanne aus dem Kühlschrank nimmt – ein Glück! – und Eistee eingießt, schüttet er bei zwei von drei Bechern daneben.

Machen wir ihn so nervös? Mache *ich* ihn nervös? Ich weiß ja nicht, was für Geschichten mittlerweile in der Stadt kursieren. Wie viele Kinder ich angeblich auf dem Gewissen habe. Wie viele Stadtviertel verwüstet.

Leo scheint Boyds Verhalten auch nicht ganz geheuer zu sein, er lässt ihn nicht aus den Augen. Schließlich dreht Boyd sich um und trägt unsere beiden Becher zum Tisch. Ganz ruhig sind seine Hände nicht. Als er den dritten Becher geholt hat, setzt er sich uns gegenüber auf einen Stuhl und hebt einladend den Tee an.

»Danke.« Leo, höflich wie immer, nimmt seinen Becher und trinkt.

Ich nicke und trinke ebenfalls einen Schluck. Der Tee schmeckt bitter und süß zugleich, dazu ein wenig zitronig. Es ist das Erfrischendste, was ich seit Wochen probiert habe.

»Eigenmischung. Alles selbst angebaut.« Boyd grinst ein wenig, so als würde er über etwas Verbotenes reden.

Aber mir ist nicht nach Small Talk. Ich beuge mich nach vorn und stütze die Unterarme auf der fleckigen Tischplatte auf. »Schmeckt gut. Boyd, was sagen die Leute? Was hast du mitgekriegt? Was war in den letzten Tagen in der Unterstadt los?«

Er blinzelt einmal, dann lehnt er sich in seinem Stuhl zurück, so weit es möglich ist. »Die Hölle war los. Die PAO hat die Hälfte der Wettermacher eingesackt, und die meisten Schwarzhändler sind erst mal untergetaucht, weil die Sache zu heiß wurde.« Er nippt an seinem Becher. »Keiner weiß genau, was los ist.«

Das ergibt keinen Sinn. Oder vielleicht doch? Vermutet die PAO trotz allem, dass die hochreinen Chems aus der Unterstadt stammen? Das wäre allerdings traurig, wenn sie sonst keine Ermittlungsansätze hätte. So oder so, für die Wettermacher muss es natürlich so aussehen, als hätte ich allein ihnen diesen Ärger eingebrockt.

Ein wilder Gedanke wirbelt durch meinen Kopf: Wenn es einen Weg gäbe, ihnen alles zu erklären, mit ihnen zu reden und sie um Hilfe zu bitten – gemeinsam würde es bestimmt nicht lang dauern, und wir wüssten, wer hinter dem Unfall an der Gartenanlage und dem Sturm im Bahnhofsviertel steckt. Denn je länger ich darüber nachdenke, desto sicherer bin ich, dass es zwischen ihnen einen Zusammenhang gibt. Dass vermutlich dieselben Leute dahinterstecken. Aber ich mache mir was vor. Die Wettermacher würden niemals auf mich hören. Nicht ohne Esper. Vielleicht nicht mal mit ihm.

Anscheinend habe ich zu lang auf die Tischplatte gestarrt, jedenfalls steht Boyd auf, holt den Krug und schenkt Eistee nach. »Was war da los neulich?«, fragt er. »In dieser Gartenanlage?«

Das Misstrauen hat sich zurück in seine Stimme geschlichen und etwas in mir kippt.

Meine Hand knallt auf den Tisch, sodass Boyd zusammenzuckt. »Mir reicht es jetzt! Ich hab keine Ahnung, was passiert ist! Ich hab nichts mit dieser ganzen Kacke zu tun!«

»Das sehen ein paar Leute anders.«

Ich erstarre. Boyds Augen, die mich gerade noch rund und panisch angeglotzt haben, wandern zur Küchentür. Neben mir vibriert Leo wie ein Pfeil auf einer gespannten Sehne, aber er rührt sich nicht. Langsam drehe ich mich nach rechts.

»Luc.«

Einen Moment hebt er die Augenbrauen, dann schlendert

er zum Tisch herüber. Seine Mundwinkel zucken amüsiert, als sein Blick über Boyds zusammengewürfeltes Geschirr und die mit Vorräten, Ersatzteilen und Werkzeugen aller Art vollgestopften Regale gleitet, dann bleibt er neben Boyds Stuhl stehen. So lange, bis der kapiert, dass er das Feld räumen soll. Er stolpert fast über seine eigenen Füße, als er aufspringt und zur Arbeitsplatte flüchtet. Dieser Wicht.

Luc nimmt Platz, verschränkt seine eleganten Finger und betrachtet Leo und mich. Der amüsierte Ausdruck bleibt, doch dahinter blitzt etwas Rasiermesserscharfes.

»Ihr macht Ärger«, stellt er wie beiläufig fest.

Leo holt Luft, aber ich lege ihm unter dem Tisch eine Hand aufs Knie. Luc ist mein Problem.

»Ich weiß.«

Meine Antwort überrascht Luc, ich kann sehen, wie sich seine Augen für den Bruchteil einer Sekunde verengen, aber dann hat er sich wieder im Griff und lehnt sich auf seinem Stuhl zurück. »Bien. Und was willst du dagegen tun?«

»Ich weiß nicht, was ich dagegen tun kann!« Ich halte seinem Blick stand und zwinge mich, meine Stimme ruhiger klingen zu lassen. »Ich weiß nicht mal, was passiert. Das in der Gartensiedlung – das war ich nicht. Keine Ahnung, warum sich die PAO so an mir festgebissen hat. Aber gestern … Luc, dieser Sturm war nicht normal! So was hab ich noch nie erlebt. Er kam wie aus dem Nichts, der Himmel war klar!«

Ich sage ihm nichts von dem Druckgefühl, das mir fast den Schädel gesprengt hätte. Noch immer kann ich mir nicht erklären, wie es mit dem Unwetter zusammenhängt … ob es mit ihm zusammenhängt. Und schon gar nicht will ich Luc erklären, dass der Sturm einen eigenen Willen hatte oder zumindest eine Absicht. Das klingt sogar in meinen Gedanken zu irre. Abgesehen davon müsste ich ihm sagen, was meine Gabe ist. Eher beiße ich mir die Zunge ab.

Luc mustert mich. Ob er erkennt, dass ich ihm etwas verschweige? Vermutlich. »Hattest du gestern dein Equipment dabei?«

Ich könnte den Kopf gegen die Tischplatte knallen. Da liefert er mir in einem Satz das perfekte Alibi, und ich habe nicht mal dran gedacht, zu sehr war ich in den letzten Stunden damit beschäftigt, am Leben zu bleiben.

Ich schüttle den Kopf. »Die ganze Technik ist in der Gartensiedlung geblieben. Ich weiß nicht ... Vielleicht konnte Esper sie auch mitnehmen.«

Der Daumen an Lucs rechter Hand zuckt. »Dann hat ein anderer Wettermacher das Chaos gestern angerichtet?«

Leo verlagert sein Gewicht auf der Bank.

Ich zucke mit den Schultern. »Das ... oder es war ein natürliches Phänomen. Die Luftfeuchtigkeit war nicht hoch, aber vielleicht hat die Hitze trotzdem ausgereicht, damit sich der Sturm entwickeln konnte.« Es ist unwahrscheinlich, aber nicht komplett ausgeschlossen. Der Wind war stark, vielleicht hat er die Wolken aus einem grüneren Viertel herübergeweht. Das Mikroklima über Städten ist unberechenbar. Das alles könnte ich Luc erzählen, doch die Details würden ihn nur langweilen ... und insgeheim wüsste ich auch, dass es nicht die Wahrheit ist.

Luc mustert mich lange. Ich halte seinem Blick stand. In dem Funzellicht an Boyds Küchentisch wirken seine Augen nicht ganz so blau wie sonst, grau eher. Nach einer Weile atmet er hörbar ein und lehnt sich nach vorn. »Also gut. Ich glaube dir. Das ändert aber nichts daran, dass das ein Ende haben muss. Ich kann die PAO nicht in der Unterstadt gebrauchen. Das heißt, du musst verschwinden.« Sein Blick richtet sich auf Leo. »Und er auch.«

Verschwinden.

Raus aus der Stadt.

Wohin?

Irgendwohin, wo ich noch nie war, wo ich mich nicht auskenne, wo ich keine Chance mehr habe, eine Spur von Esper zu finden? Mein Kopf dreht sich, natürlich weiß ich, dass es da draußen etwas gibt, dass wir in einem großen Land leben und es im Süden, Westen und Norden Städte gibt, wo ich unterkommen, wo ich mich mit Espers Geld erst mal durchschlagen könnte. Ich, nicht wir, denn ich mache mir keine Illusionen, dass Leo nicht einen Weg finden wird, in seine kleine, sichere Welt zurückzukehren, alles mit der PAO zu klären und mich zu vergessen, bevor er auch nur einmal unter seiner Regendusche gestanden hat. Aber dann? Was mache ich dann? Wie soll ich durchkommen? Ohne Esper? Ohne Leo, ohne irgendjemanden, der die Wahrheit über mich kennt und sie nicht so monströs wirken lässt?

Luc wartet auf meine Antwort, meine Einwilligung, doch ich kann sie ihm nicht geben, sie ist das Todesurteil für mein bisheriges Leben, für alles, was mich ausmacht …

Jetzt spüre ich Leos Hand auf meinem Knie. Er packt so fest zu, dass ich aus meinen Gedanken aufschrecke und mein Kopf zu ihm herumfährt. Er sieht mich nicht an. Seine Augen fixieren Luc.

»Wir müssen das besprechen«, sagt er. »Draußen.«

Luc nickt und Leo fasst nach meinem Arm. Er zieht mich

von der Bank, durch die Küchentür und Boyds Dschungel zu einer verschnörkelten Wendeltreppe. Er muss sie noch von seinen Besuchen früher kennen, ich wusste nicht, dass sie hier zwischen all den Tomatenstauden versteckt ist. Rundherum führt er mich im Laufschritt hinauf, bis sie vor einer schmalen Glastür endet. Leo wirft sich dagegen und schiebt mich hinaus auf eine kleine geschützte Dachterrasse. Dann zieht er mich in seine Arme.

»Schhh«, sagt er. »Atmen, Vega. Du musst atmen. Los.«

Jetzt erst merke ich, dass ich hechle, dass meine Lungenflügel pumpen, aber keine Luft nachströmt. Mir wird schwarz vor Augen, ob vom Sauerstoffmangel oder weil ich mein Gesicht an Leos Brust presse, weiß ich nicht. Ich dränge meine Gedanken zurück, lenke meine Aufmerksamkeit nur auf seinen Geruch, erdig und herb, auf das Gefühl, wie seine Arme um meinen Rücken liegen, wie sein Kinn auf meinem Kopf ruht. Und dann atme ich. Ich zwinge die Luft in meinen Brustkorb, so lange, bis sie wieder von selbst fließt, bis es wieder ganz leicht geht und mein Herzschlag nicht mehr in meinen Ohren wummert. Ich bleibe, wo ich bin, in Leos Armen, weil das Stehen hier nicht ganz so anstrengend ist. Weil die Welt von hier nicht ganz so gefährlich aussieht.

»Besser?«, fragt er, und jetzt muss ich mich wohl bewegen.

Ich stelle meinen Fuß ein winziges Stück zurück, doch Leos Arme halten mich fest. Also lege ich den Kopf in den Nacken, um ihn ansehen zu können. »Geht wieder.«

Ich muss nichts erklären, das sehe ich in seinem Blick, aber ich will es.

Also flüstere ich: »Ich weiß nicht, wo ich hinsoll. Ich weiß nicht, wie es weitergeht.«

Er hebt die Hand und streicht mir eine Strähne aus der Stirn, und in seinem Gesicht jagt ein Gefühl das nächste, so schnell, dass ich nicht alle lesen kann. Aber ein paar erkenne ich: Unsicherheit. Hoffnung. Entschlossenheit.

»Es … es gibt da eine Hütte …«, beginnt er. »Sie gehört mir, niemand sonst weiß davon. Da könnten wir erst mal unterkommen.«

Eine Hütte. Ich verstehe nicht ganz, was er meint. Aber spielt das eine Rolle? Es ist ein Dach über dem Kopf. Ein Ort außerhalb der Stadt. Ein Ort, wo wir nicht ständig über die Schulter schauen müssen, ob uns jemand auf den Fersen ist. Und dann … Aber weiter komme ich nicht.

»Und dann?«

Leo atmet aus, als hätte er die ganze Zeit die Luft angehalten. »Dann denken wir nach. Vielleicht fällt dir noch jemand ein, den wir wegen Esper fragen können. Oder … oder wir schlagen Luc ein Geschäft vor.« Seine Augen blitzen auf. »Jeder will etwas. Wenn wir herausfinden, was Luc will, und es ihm besorgen, haben wir endlich wieder etwas in der Hand.«

Mein Kopf dreht sich. Ich will ihm glauben, seine Gewissheit spüren, ein Teil von mir tut es bereits. Vielleicht ist es nur die Müdigkeit, doch das ist egal. Ein paar Tage in Sicherheit, mehr brauche ich nicht. Ich nicke.

Leos Daumen streicht über meine Wirbelsäule. Ich seufze leise, und etwas an der Art, wie Leo mich hält, ändert sich. Ich sehe auf und begegne seinem Blick. Die Zeit steht still.

Schritte hallen auf der Wendeltreppe. »Hey!«, ruft jemand, und wir fahren auseinander wie zwei ungezogene Schulkinder.

Boyd taucht auf dem Treppenabsatz auf und öffnet die Tür. »Luc hat nicht den ganzen Tag Zeit. Kommt ihr?«

Boyds Dreistigkeit, dass er mit keiner Geste zu verstehen gibt, wie mies es war, uns an Luc zu verpfeifen, erstickt meine Verlegenheit. Trotzdem meide ich Leos Blick, als ich mich an den beiden vorbeidrücke und die Treppe hinunterpoltere.

»In Ordnung«, sage ich, noch bevor sie hinter mir durch die Küchentür getreten sind. Ich bleibe stehen und sehe Luc in die Augen. »Wir verschwinden.«

»Aber erst morgen«, schaltet sich Leo ein. Er schaut mich fragend an, und als ich leicht nicke, wendet er sich an Boyd. »Wenn das okay ist.«

Natürlich holt sich Boyd Lucs Erlaubnis, doch dann ist es fix. Morgen in aller Frühe sind wir offiziell Ausgestoßene.

Luc steht auf, und Boyd tritt zwei Schritte zurück, um ihn zur Küchentür zu lassen. Dort dreht er sich noch einmal zu mir um. »Es ist besser so, Vega.«

Etwas in seiner Stimme macht mich stutzig, etwas wie Mitgefühl oder sogar Verständnis, aber Leos nächster Satz löscht den Eindruck aus.

»Du weißt, wo Esper ist, oder?«

Verblüfft starre ich ihn an, doch gerade noch rechtzeitig drehe ich mich zu Luc um, sodass ich sehe, wie er seinen neutralen Gesichtsausdruck wieder zurechtrückt. Seine Augenbrauen heben sich. »Vielleicht.«

»Du …« Von einer Sekunde auf die andere blind vor Wut trete ich einen Schritt auf Luc zu, doch Leos Hand um meinen Arm hält mich zurück. Es dauert ein paar Atemzüge, bis ich einsehe, dass er recht hat: Luc wird mir nicht verraten, wo Esper ist. Er hat es bisher nicht getan und wird es jetzt nicht tun, weil er seine Gründe hat.

Welche Gründe das sein könnten – ich weiß es nicht. Seit dem Tag in der Gartensiedlung fehlt mir für so vieles die Erklärung. Mit jeder Stunde, die vergeht, bricht ein weiteres Stück meiner Welt weg. Ich verstehe nicht mehr, was geschieht, warum die Leute tun, was sie tun. Es ist, als ob die Fassade bröckeln würde und dahinter käme eine neue Wirklichkeit zum Vorschein, rätselhaft und fremd. Ich kann mir keinen Reim darauf machen, doch ich muss die Regeln verstehen, damit ich nicht mehr nur Zuschauerin bin oder, schlimmer noch, Spielfigur. Ich will mitspielen. Also wehre ich mich nicht gegen Leos Griff, aber ich halte Lucs Blick, eisig blau.

»Es geht ihm gut«, sagt er, und einen Moment lang leuchtet in dem Blau etwas Neues auf. Etwas wie Zärtlichkeit oder Milde.

Er schiebt sich durch die Tür, dann haben ihn die grünen Ranken verschluckt.

12

Den Rest des Tages verbringt Leo in Boyds Küche und starrt auf sein Tablet. Von Stunde zu Stunde wird sein Gesicht finsterer, da muss ich gar nicht erst fragen, ob er einen Sinn erkennt in den Wetterdaten, die er unermüdlich abfragt. Da hat er mir wirklich etwas voraus, denn mir fallen alle paar Minuten die Augen zu.

Als ich zum fünften Mal den Kopf auf die Arme sinken lasse, kann Leo es offenbar nicht mehr mit ansehen. Er stupst meinen Ellbogen an. »Leg dich hin, Vega. Es reicht, wenn einer von uns seine Zeit verschwendet.«

Ich kann nicht mal mehr antworten. Schlaftrunken strecke ich mich an Ort und Stelle auf der Küchenbank aus. Es gibt sicher irgendwo eine Hängematte, aber ich bringe es nicht über mich, aus der Klimaanlagenkühle hinaus in Boyds Treibhaus zu gehen. Wenn ich Leo was vorschnarche, kann ich es nicht ändern.

Als ich wieder aufwache, ist das Licht milder und mein Kopf lehnt an Leos Bein.

Sofort ist die Erinnerung an den Moment vorhin auf dem Dach wieder da, und ich richte mich so schnell auf, dass ich mit der Nase fast an der Tischplatte hängen bleibe.

»Hey, langsam«, sagt Leo. Er legt seine Hand auf meine Schulter. »Hast du schlecht geträumt?«

Ich muss hier raus.

Ohne ihm in die Augen zu sehen, schüttle ich den Kopf, stürze ein Glas Wasser hinunter und verschwinde durch die Tür.

Um mich abzulenken, helfe ich Boyd dabei, die Bewässerungsanlage zu reinigen. Nach und nach schwindet die Anspannung zwischen uns, und auch wenn ich immer noch geschockt bin von seinem Vertrauensbruch, kann ich über seine Witze lachen.

So habe ich Boyd kennengelernt: Als Esper mich zum ersten Mal hierher mitgenommen hat, war ich ein verschrecktes kleines Ding, rotzfrech, aber misstrauisch und immer auf der Hut. Für Esper war Boyd dieser relaxte ältere Kumpel, bei dem es – ganz wichtig – immer etwas zu essen und zur Not auch einen Schlafplatz gab. Er ließ uns immer alles durchgehen, und so kam es vor, dass wir Tage damit zubrachten, einfach nur auf einer Plattform zwischen den Bananenstauden abzuhängen. Wenn wir gerade wieder einen Auftrag erledigt hatten, schlief ich meistens, ansonsten las ich, Esper schmiedete Pläne und recherchierte mögliche Kunden. Boyd war eine Konstante in dieser verrückten Welt, in der ich plötzlich gelandet war. Der Gedanke, dass seine Fürsorge immer nur Esper galt und ich einfach das Mädchen war, das er zufällig mitbrachte, lässt mich schlucken.

Vielleicht bin ich nach den vergangenen Tagen zu erledigt, um länger wütend zu sein, jedenfalls verläuft der Abend ganz entspannt. Wir schnippeln eine Mahlzeit aus bestimmt einem Dutzend verschiedener Sorten Gemüse zusammen, die Hälfte davon kannte ich noch nicht. Dazu gibt es den Rest Brot vom Markt, der noch vom Mittag übrig ist. Obwohl Leo mit seinen

Recherchen kein Stück weitergekommen ist, kann er sich auf Boyds wiedergefundene Unbeschwertheit einlassen, und nach einer halben Stunde plaudern und flachsen die beiden, als würden sie sich seit Jahren kennen.

Ich bin froh, dass die Jungs Spaß haben, so fällt wenigstens nicht auf, dass ich Leo nicht in die Augen blicken kann. Mir bleibt keine Wahl, als morgen mit ihm zu verschwinden, aber die Szene vorhin auf dem Dach steckt mir noch in den Knochen. Da war etwas zwischen uns, und wenn Boyd nicht die Treppe heraufgepoltert wäre … Ich will den Gedanken nicht zu Ende denken.

Gegen zehn verstauen wir das benutzte Geschirr in der winzigen Spülmaschine.

»Okay, Leute«, beginnt Boyd und reibt sich die Hände, »es war ein langer Tag, ich hau mich aufs Ohr.«

Mein Blick flirrt zu Leo, wir nicken beide wie unbeteiligt.

»Ich hab hier unten nur ein Bett, aber oben unterm Dach …« Boyd knipst das Licht in der Küche aus und wetzt durch die schummrig grünen Flure davon. Irgendwo brennen ein paar Nachtlampen, doch das Licht ist so diffus, dass ich keine Quelle ausmachen kann.

Endlich haben Leo und ich ihn wieder eingeholt. Er steht auf einem seiner Plattformaufzüge, und wir treten im letzten Moment zu ihm, bevor er den Mechanismus auslöst und das Brett uns in schwindelerregende Höhen schwingt. Ich greife nach Leos Arm, um das Gleichgewicht zu bewahren, lasse aber sofort wieder los.

Es surrt und klappert und wir werden quer durch das Blattwerk katapultiert. Jeden Moment könnte uns ein Palmwedel von der Plattform fegen oder sich uns eine Bananenstaude in den Weg stellen, doch trotz der irrwitzigen Schlenker und Kehrtwendungen fallen wir nicht in einen grünen Tod.

Knapp unter der Kuppel hält Boyd an einer gusseisernen Galerie an. Er deutet auf zwei Türen mit nachträglich eingesetzten Milchglasscheiben. »Links ist das Bad, in dem Raum rechts stehen zwei Feldbetten. Decken und so weiter findet ihr in der Kommode. Gute Nacht.«

Das ist unser Signal, von der Aufzugplattform über einen sehr tiefen Abgrund auf die Galerie zu treten. Wir bedanken uns bei Boyd, und als er davongerattert ist, entsteht eine kleine Pause.

»Willst du zuerst ins Bad?«, fragen wir fast gleichzeitig, und unser Lachen nimmt der Situation etwas von ihrer Peinlichkeit. Leo lässt mir den Vortritt, und als ich mit feuchten Haaren in das Gästezimmer komme, hat er schon gelüftet, und die Temperatur ist erträglich.

Er schiebt sich an mir vorbei, und wir lächeln uns an, unverbindlich, wie flüchtige Bekannte, und ich bin froh darüber.

Gleichzeitig fühlt es sich an wie eine Lüge.

Zehn Minuten später geht die Tür wieder auf und Leo bringt einen Hauch Lavendel mit – Boyd macht auch Seife selbst. Ich liege schon auf der Pritsche an der Wand zum Badezimmer. Leo bleibt stehen.

»Du kannst gern hier am Fenster schlafen«, sagt er leise in den Raum, so als wäre er nicht sicher, ob ich noch wach bin. Das Feldbett auf der anderen Seite des Gästezimmers hat einen spektakulären Ausblick über die Stadt und in den Sternenhimmel.

Ich lächle in die Dunkelheit. »Ist schon gut, ich mache die Augen ja sowieso zu.«

Er schnaubt, dann dreht er sich um und ist mit ein paar Schritten an seinem Bett angelangt. »Du hast nur Angst, dass du aufwachst, sobald es hell wird.«

Er sagt es so leise, dass ich so tun kann, als hätte ich es überhört, aber ich lächle weiter. Das Geplänkel hat so etwas Kameradschaftliches. Leo ist gut darin, eine Situation zu entspannen.

Trotz allem, was heute geschehen ist, zieht mir die Müdigkeit die Augenlider zu und ich drifte davon.

»Gute Nacht«, höre ich noch.

»Gute Nacht«, murmle ich, dann bin ich weg.

Ich träume von einem Trommeln, das von überall her zu kommen scheint. Es füllt meinen Kopf, oder nein, da ist schon etwas, Druck, ein malmender Druck, und das Trommeln setzt Nadelstiche, sodass aus dem dumpfen Dröhnen ein explosiver Schmerz wird.

»Vega«, höre ich, aber ich weiß nicht, was das bedeutet.

Ich werfe meinen Kopf herum, doch der Schmerz folgt mir.

»VEGA!«

Schreiend fahre ich hoch, ich fühle Hände auf meinen Armen, ein grelles Licht erhellt einen Augenblick ein Gesicht. Es dauert eine Sekunde, dann dringt das Erkennen durch meinen Schmerz, und stöhnend lasse ich meine Stirn gegen Leos Schulter fallen. Er legt eine Hand in meinen Nacken.

»Bleib wach, Vega«, sagt er, leiser diesmal. »Da draußen geht die Welt unter.«

Das Trommeln, das Dröhnen, der Schmerz ... Ich dränge alles zurück, ein paar Atemzüge lang, dann kann ich wieder denken. Schwerfällig hebe ich den Kopf.

»Was?«, frage ich, aber noch während Leo Luft holt für eine Erklärung, erkenne ich selber, was er meint.

Hagel hämmert gegen die Glasscheiben der Kuppel, der Wind treibt Regen waagerecht vor sich her und heult durch die Ritzen. Grell erleuchten Blitze alle paar Sekunden das Gästezimmer.

Leos Daumen streicht sanft über die Furchen zwischen meinen Augenbrauen. »Hast du ...?«

»Mir geht's gut.« Ich schiebe seinen Arm zur Seite und schwinge meinen Hintern vom Bett. Das ist gelogen, aber ich verbanne die Schmerzen aus meinem Kopf. Es ist der derselbe Druck wie vor zwei Tagen, als uns die PAO in die Enge getrieben hat, dieselbe Art von Sturm. Ich trete durch die Tür auf die Galerie, Leo folgt mir. Das Tosen und Brausen des Windes begleitet uns, als wir am Rand des Schmetterlingshauses entlang zu der Glastür rennen, die auf die kleine Dachterrasse führt. Die Erinnerungen daran, was dort beinahe passiert wäre, schiebe ich weg.

Ich werfe mich gegen die Tür. Sie erzittert, gibt aber nicht nach. Leo prallt gegen meinen Rücken und will mich zur Seite schieben, um mir zu helfen, aber da kracht es neben uns. Wir weichen zurück, als sich ausgehend von einem weißen Splitterkranz knisternd ein Riss durch die Fensterscheibe zieht.

Wieder ein Knall, diesmal schräg über uns. Wir ziehen die Köpfe ein, denn knirschend geht eine weitere Scheibe zu Bruch. Der Hagel hat sie durchschlagen.

Überall hämmert er jetzt auf die Kuppel des Schmetterlingshauses ein. Unter uns ist auch Boyd aufgewacht. Er brüllt immer wieder: »Was ist hier los?«, aber wir haben keine Zeit, es ihm zu erklären. Wenn das Schmetterlingshaus in Gefahr ist, dann ist es der Rest des Viertels erst recht.

Trotz der feuchten Wärme zieht sich eine Gänsehaut über meine nackten Arme, als ich mich zu Leo umdrehe. »Ich muss da raus. Der Wind ist so heftig, du musst mich festhalten. Sonst …«

Ich führe nicht weiter aus, was mir passieren könnte, denn neben uns zerplatzt die nächste Scheibe.

»Vega …« Leo sieht mich kopfschüttelnd an, sein Ton ist fast flehend, doch er weiß, dass ich nicht einfach wegrennen kann. Dass er mir helfen muss, den Sturm zu besänftigen, ihn wenigstens umzulenken. Alle paar Sekunden flackert jetzt ein Blitz über den Himmel, der Donner rollt durch das Schmetterlingshaus wie ein Erdbeben. Es gibt keine Sicherheit, solange dieses Unwetter dort draußen tobt.

Sein Blick wird entschlossen, ich kann sehen, wie er sich sammelt. Er schlingt mir den Arm um die Schultern, dann lehnt er sich gegen die Glastür. Mit vereinten Kräften schieben wir sie auf, aber es ist knapp. Die Wucht des Sturms scheint sich hier in dieser Ecke des Dachs zu vervielfachen, der Regen ist wie eine Wand, es ist schwer zu atmen.

Leo wendet das Gesicht ab, doch ich halte meines in das heulende, prasselnde Chaos. Als ich die Arme hebe, fasst Leo nach meiner Hüfte, und so bleibt er stehen, das Gewicht, das mich auf der Erde hält, mein Anker, während ich suche, taste, die Augen schließe und meinen Geist forttragen lasse.

Auch diesmal laufen die Impulse des Gewitters wie Gänsehaut über meinen Körper. Gedämpft bekomme ich mit, dass Leo ächzt, wenn die Wellen besonders heftig sind. Ob er sie spürt? Oder ob ich ihm einfach nur zu entgleiten drohe? Ich kann es jetzt nicht herausfinden, ich muss zum Auge vordringen, dorthin, wo der Sturm seinen Anfang nimmt.

Wie beim letzten Mal fühle ich, dass sich das Unwetter wehrt. Es ist schwer, es zu lesen, seine Muster zu verstehen. Und wieder ist da diese Zielgerichtetheit. Etwas, was kein Sturm haben sollte.

Blitze blenden mich, Donner vibriert durch alle Fasern meines Körpers. Zwischen den Entladungen ist die Nacht pechschwarz, nur hier und da werden die Unterseiten der Wolken von den Lichtern der Stadt erhellt wie die Bäuche riesiger Wale. Regenwasser läuft mir aus den Haaren und von der Nase, aber ich strecke weiter meine Arme aus wie Fühler. Wie Antennen.

Und da ist es. Das Herz des Sturms. Leo verstärkt seinen Griff um meine Taille, erst jetzt merke ich, dass ich einen Schritt nach vorn getreten bin. Ich spüre die Wut, die in dem Chaos tobt, halte dagegen mit allem, was ich habe. Dann rastet etwas ein, meine Energie und die des Gewitters verschmelzen. Einen Moment lang lehne ich mich gegen Leo, schöpfe Kraft, bevor ich die Luftmassen in alle Himmelsrichtungen schicke.

Sofort lässt der Druck nach. Leo stolpert nach hinten und zieht mich mit, aber dann sind wir wieder im Gleichgewicht. Ich senke die Arme, er drückt mich an sich, reibt meine kalte Haut. Ich starre hinaus in die Dunkelheit, bis das Trommeln auf der Kuppel nachlässt, bis das Wasser nicht mehr durch die Regenrinnen rauscht, sondern in feinen Linien über die

Fenster läuft, bis der Wind verstummt. Da verzieht sich auch die Nacht, rechts von uns zeichnet sich hell der Horizont ab, in Rot und Orange.

Ich spüre Leos Herzschlag an meinem Rücken, ruhiger jetzt, und im selben Moment höre ich die Schreie. Es dauert eine Sekunde oder zwei, bis wir uns bewegen, dann stürzen wir auf das Balkongeländer zu. Die Dachterrasse blickt auf die Tiny-House-Siedlung hinab und auf die Werkstätten dahinter, etwas, was mir heute Vormittag nicht aufgefallen ist. Zuerst erkenne ich nicht, was unter uns geschieht, doch mit der heraufziehenden Dämmerung wird klar, dass die Siedlung nicht mehr existiert. Wo gerade noch drei Dutzend Häuschen standen, gurgeln braune Wassermassen. Der Kanal ist über die Ufer getreten, die Sturzbäche, die das Unwetter über uns abgeladen hat, haben alles mit sich gerissen. Was nicht vom Schlamm davongetragen wird, türmt sich am Fuß des Schmetterlingshauses und am Rand des Kanals zu Bergen aus Schutt und Unrat.

Auf einem dieser Berge steht eine Frau. Sie bückt sich, zerrt Trümmer weg und brüllt immer wieder einen Namen.

»Enna! Enna! Enna!«, gellt es mir in den Ohren.

Ich kann meinen Blick nicht abwenden, aber eine Hand schließt sich um meinen Oberarm. Leos Hand.

»Wir müssen verschwinden. Los!«

Langsam drehe ich ihm den Kopf zu. Sein Gesicht ist kalkweiß. Er zerrt an meinem Arm, doch ich kann mich nicht bewegen. Es war zu spät. Wieder war es zu spät und jemand ist zu Schaden gekommen.

Ich habe wieder versagt.

13

Wie Leo es am Ende geschafft hat, mich von der Dachterrasse zurück ins Gästezimmer zu zerren und dort unsere Habseligkeiten zusammenzuraffen, weiß ich nicht. Ich wache erst aus meiner Betäubung auf, als er mich an der Hand zurück zur Wendeltreppe führt und wir in einem halsbrecherischen Tempo hinunterlaufen.

»Was ist passiert?«, ruft uns Boyd entgegen.

»Geh raus!«, brüllt Leo. »Geh raus zu den Leuten und hilf ihnen. Da sind Verletzte!«

Boyds Blick wandert zu mir, voller Misstrauen und Angst, aber Leo rempelt ihn an, als wir an ihm vorbeilaufen.

»Sie war das nicht! Ihretwegen hat es nicht noch mehr Leute erwischt.«

Jetzt, wo der Schock abklingt, trifft mich die Erschöpfung mit voller Wucht. Meine Knie knicken ein, Leo hat zu tun, um mich überhaupt auf den Beinen zu halten. Trotzdem sind wir innerhalb von Sekunden an der Pforte angekommen. Leo drückt sie auf.

»Bleib bei mir«, murmelt er, und da merke ich erst, dass mir der Kopf auf die Brust gesunken ist. Mit einem Ruck hebe ich ihn und konzentriere mich auf meine Füße.

Leo wirft einen Blick nach rechts und nach links. Menschen sind in der Dämmerung unterwegs, aber niemand achtet auf uns. Jetzt kommt anscheinend auch in Boyd Leben, denn er drängt sich an uns vorbei und läuft auf einen kleinen Jungen zu, der weinend neben einem Rinnsal aus Schlamm sitzt. Leo atmet scharf ein, dann zieht er mich nach links. Wir bleiben dicht an den Wänden des Schmetterlingshauses, laufen weiter an der Mauer des Wohngebiets entlang, Stunden, wie mir scheint, biegen dann nach Norden ab.

Von da an verschwimmt meine Wahrnehmung. Ich zittere vor Kälte und Müdigkeit – daran ändert auch das Stück Schokolade nichts, das Leo mir in den Mund schiebt –, ich spüre meine Beine nicht mehr und meine Finger krampfen sich in Leos Shirt. Ob ich sie lösen könnte, weiß ich nicht.

So schleppt Leo mich voran, langsam wird es heller, das immerhin bekomme ich mit. Er flucht jetzt in immer kürzeren Abständen, den Rest der Zeit redet er auf mich ein. Aufmunternd oder beruhigend? Ich kann es nicht unterscheiden.

Dann fühle ich plötzlich eine Sitzfläche unter meinem Hintern. Sie ist mit kratzigem Stoff bezogen. Leo lehnt sich über mich und schnallt mich mit einem Gurt an dem Sitz fest, dann werde ich gegen die Lehne gedrückt. Wir bewegen uns. Hinter uns fängt jemand an zu schreien.

Wir sind schnell unterwegs, Leo fährt um die Kurven, ohne groß zu bremsen. Anscheinend reicht die Sorge, an der nächsten Hausecke zu enden, aus, um mich halbwegs aus meinem Dämmerzustand zu wecken. Ich schaffe es, meinen Blick auf die Straße zu richten. Leo lenkt unser Fahrzeug um Kehrroboter und die ersten Lieferwagen herum. Als ich ihm den Kopf zuwende, ist sein Ausdruck grimmig.

Er merkt, dass ich wieder da bin. »In meiner Tasche ist noch ein Rest Schokolade.«

Ich schlucke, weil das immer noch so neu ist – jemand, der nicht Esper ist, weiß, wie meine Gabe funktioniert. Was ich brauche, wenn ich sie eingesetzt habe. Leo scheint es sogar noch besser zu verstehen, aber das ist ein Gedanke, den ich sofort in die hinterste Ecke meines Hirns verbanne.

Ich greife in die Tasche seines Hoodies und ziehe die Hälfte eines Schokoriegels hervor. Es wundert mich, dass ich ihn im Magen behalte, so wie Leo fährt, doch es dauert höchstens zwei Minuten, bis der Zucker wirkt. Mein Nacken entkrampft sich, ich sehe wieder klarer.

Zum Beispiel, dass neben meinen Füßen eine Kiste voller Briefe steht. Ich drehe mich um und mein Blick fällt auf eine Ladefläche voller Pakete.

»Du hast ein Postmobil geklaut?«, frage ich ungläubig.

Leo zuckt mit den Schultern, bevor er ansetzt, einen Rollerfahrer zu überholen. »Ich hab noch nie ein Auto geknackt. War mir nicht sicher, ob ich es zum Laufen bringe.«

Dann hat uns vorhin also ein Postbote hinterhergebrüllt. Ich schmunzle in mich hinein, trotz allem. Leo schaut kurz zu mir herüber. Einen Moment später heben sich auch seine Mundwinkel.

Nach einer Weile fragt er: »Denkst du, du kannst wieder laufen? Ich will das Ding hier so schnell wie möglich loswerden. Wer weiß, ob es geortet werden kann.«

Der Gedanke ist mir noch nicht gekommen, aber er hat natürlich recht.

»Mir geht's gut«, sage ich mit mehr Überzeugung, als ich empfinde.

Diesmal ist Leos Seitenblick eindeutig skeptisch, trotzdem biegt er an der nächsten Kreuzung links ab. Er sieht sich um und entscheidet sich schließlich für einen Supermarktparkplatz. Ganz am Ende, hinter ein paar kümmerlichen Platanen, hält er an.

Nur Sekunden später sind wir wieder unterwegs. Leo führt mich zielstrebig an Lagerhallen und kleinen, meist stillgelegten Fabriken vorbei stadtauswärts. Ich muss mich konzentrieren, um mit ihm Schritt zu halten.

Schließlich gelangen wir an eine Hecke. Wir schieben uns hindurch, dahinter verläuft ein Maschendrahtzaun. Leo wirft mich praktisch hinüber.

»Wir haben's gleich geschafft«, sagt er leise, als er mir hinterherspringt und auf der anderen Seite auf die Füße kommt. Er streckt die Hand aus und streicht mit dem Finger über meine Wange, dann dreht er sich weg. Ich bin froh darum, denn sonst hätte er vielleicht gesehen, wie sehr ich seine Berührung genieße.

Nur weil ich noch immer so ausgelaugt bin, verspreche ich mir. Sobald die Schwäche vorübergeht, sind diese Gefühle nichts als eine trügerische Erinnerung.

Wir stehen am Rand einer riesigen asphaltierten Fläche. Eines Rollfeldes, wie mir mit einem Mal aufgeht.

»Du willst fliegen?« Ich bleibe ruckartig stehen. Wenn uns die PAO bisher nicht geschnappt hat, beim Check-in schafft sie es garantiert.

»Ein bisschen mehr Vertrauen bitte.« Leo hebt angesichts meines entgeisterten Tonfalls eine Augenbraue, dann grinst er breit. »Ich habe einen Plan.«

Mein Blick fällt auf die silbrig glänzenden Hangars. Der wird auch nötig sein.

Leo lacht in sich hinein, dann nimmt er meinen Arm und

zieht mich weiter. Mit gesenkten Köpfen laufen wir einmal um das Rollfeld herum, bis wir bei ein paar Parkplätzen rauskommen. Sie sind leer.

»Niemand da, siehst du?« Leo klingt ein bisschen zu selbstgefällig, also schüttle ich nur den Kopf. Wieder grinst er.

So als würden wir hierhergehören, schlendern wir über die Stellplätze auf das Eingangsgebäude zu. Anscheinend ist es ein privater Flugplatz, sonst müsste das Gelände viel größer und vor allem viel besser besucht sein. Leo hält sich nach rechts. Durch ein Labyrinth aus verschieden großen Gebäudewürfeln gelangen wir schließlich zu einem Hangar, neben dessen Eingangstür ein Fingerscanner hängt. Leo hält seinen Daumen an das Display, er wird abgetastet und im nächsten Moment höre ich ein Klicken. Leo drückt die Klinke der Tür herunter.

Wie vor den Kopf gestoßen bleibe ich am Eingang stehen. Leo hat Zugang zu einem exklusiven Privathangar. Am ersten Tag hätte ich das vielleicht hingenommen, aber jetzt, wo ich ihn kenne, kommt es mir so unwirklich vor.

Er ist schon ein paar Schritte in das Zwielicht der Halle verschwunden, als er merkt, dass ich ihm nicht folge. Mit gerunzelter Stirn kommt er zurück.

»Es ist nur ein Flugzeug, Vega.«

»Und du kannst es fliegen?«

Etwas regt sich in seinen Augen, als würde er sich erinnern, an etwas Schönes und gleichzeitig Schmerzvolles, dann nickt er. »Ja. Wir verschwinden von hier.«

Ich hole tief Luft, dann trete ich zögernd über die Schwelle. Im nächsten Moment kapiere ich, wie albern das ist. Es ist nur eine Halle! Ein Parkhaus für Flugzeuge! Leo sieht meinen

Stimmungsumschwung und deutet mit dem Kinn auf die andere Seite des Hangars. Im Dämmerlicht sehe ich dort ganz schwach etwas Helles schimmern.

Wir laufen darauf zu. Es ist ein Viersitzer, blitzblank und stromlinienförmig, trotzdem wirkt er klobiger als andere Sportflugzeuge, die ich von Fotos kenne. Leo macht sich an der Maschine zu schaffen, während er mich zu dem riesigen Rolltor schickt.

»Rechts daneben ist ein Knopf, wie ein Türöffner. Den kannst du schon mal drücken.«

Gut, das werde ich wohl hinbekommen. Ich lasse das Tor ratternd nach oben fahren und drehe mich zu Leo um. Ich beobachte, wie er irgendwelche Displays checkt und im Motorraum der Maschine herumhantiert.

Deswegen mache ich einen Satz, als eine Stimme neben mir fragt: »Wer sind Sie? Was haben Sie hier verloren?«

Ich wende mich wieder dem Tor zu. Ein misstrauisches Gesicht ist am unteren Ende aufgetaucht, im nächsten Moment schiebt sich ein kleiner, drahtiger Mann durch das nun zu einem Drittel geöffnete Tor. Er starrt mich feindselig an.

»Ähm, Leo …« Ich beiße mir auf die Lippe, weil es ein Fehler gewesen sein könnte, dem Mann Leos Namen zu verraten, aber er beachtet mich gar nicht mehr, sondern richtet seine Aufmerksamkeit auf das Flugzeug.

»Leo?«, ruft er in den Hangar hinein. »Sind Sie das?«

Leos Kopf erscheint über einer der Tragflächen. Sein alarmierter Ausdruck wandelt sich in ein Lächeln. Strahlend kommt er auf uns zu. »Emilio! Sie habe ich lang nicht gesehen.«

Der Mann verliert all sein Misstrauen, stattdessen entwickelt sich ein Gespräch, bei dem sich der Leo, den ich kenne, in jemanden verwandelt, der in Flugzeughangars ein und aus geht. Der ein ganzes Heer von Emilios beschäftigt und bezahlt und es gewohnt ist, ihnen Anweisungen zu geben. Er legt eine so selbstverständliche Autorität an den Tag, dass alles, was ich über ihn zu wissen glaube, plötzlich nebensächlich erscheint. Es macht nur einen Bruchteil des wahren Leo aus. Der wahre Leo ist in einer Welt zu Hause, von der ich bestenfalls gehört habe. Eine Kuppel schließt mich ein, eiskalt, lähmend, und schirmt mich von den Geräuschen und Gerüchen seiner Welt ab. Es ist ein Ort, an den ich nicht gehöre, wo ich nichts verloren habe.

Und selbst als sich Leo zu mir umdreht und lächelt, dringt nichts von der Wärme zu mir vor.

Der Flug verläuft ohne Störungen. Wir reden nicht viel, ich glaube, Leo ist klar, dass ich all das erst mal verdauen muss. Die Aussicht, ja, das Fliegen an sich, aber auch wie Emilio völlig selbstverständlich Anweisungen von ihm entgegengenommen hat. Sie haben mich ins Flugzeug verfrachtet und dank Emilios Hilfe waren wir innerhalb kürzester Zeit startklar. Er schien zu wissen, wohin wir unterwegs waren, doch als ich danach fragte, ob wir ihm trauen können, winkte Leo nur ab.

»Ich kenne ihn seit fünfzehn Jahren. Emilio respektiert meine Privatsphäre.«

Ich merke, dass ich meine Hände gelockert habe. Beim Start hat es uns ziemlich durchgerüttelt, doch jetzt gleiten wir sanft dahin, die Luft ist ganz ruhig. Wir haben die Außenbezirke der Stadt hinter uns gelassen, auch die riesigen Äcker der Agrarbetriebe sind verschwunden. Unter uns erstreckt sich nur noch Wald, bis an den Horizont.

Ich fühle Leos Blick auf mir. Als ich mich zu ihm drehe, lächelt er.

»Besser?« Ich kneife fragend ein Auge zusammen, deswegen erklärt er: »Du warst ziemlich grün um die Nase.«

Widerwillig grinsend schaue ich weg. »Alles okay. Ist gar nicht so schlecht hier oben.«

Leo lacht.

Ich ringe einen Moment mit mir, dann erzähle ich es ihm doch. »Ich war noch nie so weit außerhalb der Stadt«, beginne ich, ohne ihn anzusehen. »Oder jedenfalls seit Jahren nicht mehr. Seit mein Vater gestorben ist.« Unter uns glänzen die Wipfel der Bäume in der Sonne, und das Bild bringt Erinnerungen zurück, die ich lange nicht mehr zugelassen habe. »Es ist schon so lange her, dass er mich an diesen Ort mitgenommen hat. Ich weiß kaum noch Einzelheiten, es ist mehr ein Gefühl. Es gab Bäche und hohe Bäume und Moos und einen kleinen See, auf dem mittags die Sonne geglitzert hat.« Jetzt wende ich meinen Kopf doch zu Leo. »Dieses Gefühl habe ich, wenn ich an meinen Papa denke. Abenteuer und Geborgenheit.«

Leos graue Augen ruhen auf mir, viel länger wahrscheinlich, als ratsam ist, wenn jemand seine Hände am Steuerknüppel eines Flugzeugs hat, aber keiner von uns sieht weg. Ich will mehr von dieser Wärme, die in seinem Blick liegt, so viel ich kriegen kann.

Leo guckt zuerst wieder nach vorn, aber er tut es mit einem kleinen Lächeln. Er fängt an, am Bordcomputer herumzutippen, und ich schaue schleunigst aus dem Fenster. Als ich aufkeuche, lacht er leise.

Die Landschaft vor uns sieht aus, als hätte ich sie mit meinen Worten heraufbeschworen. Wasser schimmert zwischen riesigen Tannen, weit und breit ist keine Straße zu sehen, nur dichter, dunkler Wald. Leo senkt die Nase des Flugzeugs und nimmt Kurs auf die Wasserfläche, und kurz erschrecke ich, weil ich nirgends eine Landebahn sehe, bis ich ein Surren höre.

»Das sind die Kufen.« Leo grinst mich an. »Wir wassern auf dem See.«

Ein Wasserflugzeug ... oder Hybridflugzeug oder wie auch immer die korrekte Bezeichnung ist ... Es kümmert mich nicht, ich starre nur nach vorn, wo jetzt hinter der Baumlinie ein See in Sicht kommt, nicht riesig, aber doch größer als der, an den Papa mich früher mitgenommen hat. Groß genug, um darauf zu landen. Hoffe ich.

Wir gehen tiefer, ich kann einen Steg erkennen, dahinter eine Hütte aus dunklem Holz, dann sind wir vorbei. Leo fliegt eine Kurve, nimmt Kurs auf einen weiteren Steg, jetzt fliegen wir nur noch wenige Meter über der Wasseroberfläche. Wir werden langsamer, mein Magen presst sich in die Rückenlehne. Dann setzen wir auf. Leo manövriert das Flugzeug Richtung Anlegestelle.

»Muss ich jetzt klatschen?«

Leo lacht auf und sieht mich an. »Mach ruhig. Kommt ja selten genug vor, dass ich dich beeindrucke.« Seine Betonung macht klar, dass er von mir ziemlich beeindruckt ist, aber er irrt sich. Seit ich ihn kenne, habe ich ihn immer wieder falsch eingeschätzt. Ich kann nicht mehr zählen, wie oft er mich überrascht hat.

Doch ich tue so, als würde ich überlegen. »Hmm, nee. Nicht dass du dir noch was einbildest.«

Ich glaube, er sieht durch meine aufgesetzte Coolness, denn seine Ohren werden rot, und er tut geschäftig. Dabei dauert es keine fünf Minuten, bis er das Flugzeug in eine Art Bootshaus verfrachtet hat. Dort macht er es fest und hält mir eine Hand hin, um mir auf den Steg zu helfen. Sein Griff ist warm und sicher, und auch wenn ich es bestimmt allein geschafft hätte, lasse ich nicht gleich los. Er macht eine Tür auf und über einen schmalen Pfad laufen wir unter weiten Baumkronen auf die Hütte zu.

Zuerst denke ich, es ist nicht viel mehr als ein Schuppen, das Holz silbrig vom Wetter, das Dach wie in einem seltsamen Winkel abgeschnitten. Davor öffnet sich bis direkt ans Ufer, geschützt von Birken und Kiefern, eine Terrasse, die sich über dem See zu einem Steg verschmälert. Sie strahlt so viel Ruhe aus, dass ich mich am liebsten auf einen der Liegestühle geworfen hätte und nie wieder aufgestanden wäre. Das Wasser schwappt gegen die Stelzen des Stegs, in den Baumkronen säuselt der Wind und die Sonne badet die Terrasse in mildem Licht. Ich könnte heulen, so friedlich ist es.

Hinter mir rumpelt es. Verblüfft schaue ich zu, wie Leo die dem See zugewandte Seitenwand der Hütte auffaltet und zusammenklappt. Mit ein paar Handgriffen verschwindet sie wie ein riesiger Fensterladen an der Stirnseite und gibt eine riesige Glasfront frei. Dahinter erkenne ich eine Küchenzeile, ein Sofa und einen Sessel, die sich um einen Holzofen gruppieren, Bücherregale an den Seitenwänden und links eine schmale Treppe, die zu einer Galerie führt. Sie folgt dem diagonalen Schnitt des Daches und hinter dem schwarzen Geländer kann ich das Fußende eines breiten Betts erkennen.

Leo betrachtet mein Gesicht, als würde es etwas bedeuten, wie mir seine Hütte gefällt. Als könnte meine Meinung etwas daran ändern, dass dieser Ort hier der Himmel auf Erden ist.

»Irgendwas stimmt nicht mit dir«, sage ich langsam. »Es kann in der Stadt nichts geben, was so wichtig ist, dass du von hier weggehst.«

Seine Augen blitzen auf, dann stellt er sich neben mich, mit verschränkten Armen, imitiert meine Haltung. Sein Blick gleitet über die Hütte, als würde er Maß nehmen.

»Ja, du hast recht, sie ist ganz in Ordnung.« Ich remple ihn mit dem Ellenbogen an und er lacht auf. »Na los, ich zeige sie dir von innen.«

Der Eingang ist auf der anderen Seite der Hütte. Von einem kleinen Flur führen drei Türen ab, eine in ein kleines Badezimmer, eine in eine Technikkammer und geradeaus geht es in den Wohnraum. Ich bin eine halbe Stunde lang damit beschäftigt, die Treppe hinauf- und hinunterzulaufen, mich auf das Sofa zu werfen oder über das Geländer der Galerie zu lehnen, weil jede Perspektive besser ist als die zuvor. Von beinahe überall im Raum kann man den See sehen, das glitzernde Wasser und die hohen sattgrünen Bäume.

In der Zwischenzeit erledigt Leo Haushaltskram, er reißt die große Terrassentür auf und lüftet durch, lässt das abgestandene Wasser aus den Leitungen fließen und sammelt irgendwelches Zeug aus den herausziehbaren Schränken unter der Treppe zusammen.

»Müssen wir einkaufen gehen?«, frage ich irgendwann und bin fast stolz, dass mir auch etwas Praktisches einfällt.

Leo legt den Kopf in den Nacken und sieht zur mir herauf. Ich habe mich an den Rand der Galerie gesetzt und lasse die Beine durch die Streben des Geländers baumeln. Von hier aus kann man das gegenüberliegende Seeufer erkennen.

»Nein«, sagt er. »Ich habe schon was bestellt. Es wird nachher geliefert.«

Darauf antworte ich nichts. Ich schüttle nur den Kopf und schaue wieder aus dem Fenster.

Leo hat anscheinend das Gefühl, er müsse sich rechtfertigen. »Was denn? Das ist das Einfachste, der nächste Laden ist fast zwanzig Kilometer entfernt.«

Ich weiß nicht, wie ich es ihm erklären soll, und schon gar nicht kann ich es quer durch den Raum brüllen, auch wenn ich meine Stimme kaum heben muss, damit er mich versteht. Also ziehe ich die Beine an, stemme mich hoch, laufe die Treppe hinunter und bleibe direkt vor ihm stehen. Licht durchflutet die Hütte, es kommt mir so vor, als würde ich Leo das erste Mal seit dem Tag in der Gartensiedlung bei Helligkeit sehen. Graue Augen, dunkel am Rand der Iris, heller rund um die Pupille, betrachten mich unter dichten schwarzen Wimpern hervor. Seine Nase ist ein winziges bisschen zu lang, sein Kinn ausgeprägt. Kantiger als Espers. Er hat zwei Muttermale rechts am Hals und eins direkt unter dem Ohr.

»Es liegt nicht am Liefern«, beginne ich, und meine Stimme ist so leise, dass ich fast flüstere. »Es ist das alles hier. Ich komme mir vor wie Alice. Als wäre ich in den Kaninchenbau gefallen.«

Leos Ausdruck ändert sich. Er presst die Lippen aufeinander, aber seine Mundwinkel zeigen nach oben. »Sag es nicht. Bitte.«

Ich beginne zu grinsen. »Keine Sorge. Du wärst ein sehr großes, bärtiges Kaninchen.«

Reflexartig fasst er sich ins Gesicht. Sein Bart ist mehr als nur ein Schatten. »Ich muss mich rasieren, oder?«

Die Frage ist so hinreißend, dass ich schleunigst hier wegmuss. Ich wende mich zum Fenster. »Das darfst du halten, wie du willst«, antworte ich leichthin.

Leo schweigt einen Moment. Ich kann sein Spiegelbild in der Scheibe nicht gut erkennen, aber seine Stimme klingt ganz normal, als er antwortet: »Später. Jetzt gehen wir schwimmen.«

Auf der Ferse drehe ich mich um. »Ich kann nicht schwimmen.«

Das macht ihn sprachlos. Nach einem langen Moment beschließt er: »Dann werden wir das ändern.«

14

Leo ist nicht zu bremsen. Er wühlt in einem der eingebauten Schränke unter der Treppe, bis er mit einem triumphierenden »Ha!« einen Stofffetzen herauszieht. Auffordernd hält er ihn mir hin. Es ist ein Badeanzug.

Mit hochgezogenen Brauen nehme ich ihn entgegen. »Von deiner Freundin oder was?«

Im nächsten Moment will ich mir auf die Lippe beißen, denn ein Schatten huscht über sein Gesicht.

Er schüttelt den Kopf. »Von meiner Mutter. Sie ist auch gern geschwommen.«

Ich lächle vorsichtig und bin froh, dass er mir meinen Spruch nicht übel nimmt, dann verschwinde ich schleunigst im Bad. Als ich mich aus meinen Klamotten schäle, stelle ich – wenig überraschend – fest, dass ein bisschen ausgiebigere Körperpflege nottun würde, aber ich will Leo nicht sagen, dass ich erst mal eine halbe Stunde für mich brauche. Er soll nicht denken, dass ich das für ihn mache. Und außerdem ist er aufgeregt wie ein kleiner Junge, da möchte ich ihn nicht warten lassen.

Seine Mutter war jedenfalls ziemlich athletisch. Der Einteiler – eher ein Schwimm- als ein Badeanzug mit im Rücken gekreuzten Trägern und einem hochgeschlossenen Ausschnitt – sitzt ganz schön stramm. Das Ding war nicht für ein paar Runden im Pool gedacht, so viel ist sicher.

Ich schnappe mir eins der Badetücher, die sich im Regal neben der Dusche stapeln, widerstehe dem Drang, mich darin einzuwickeln, und trete durch die Tür.

Leo hat schon Badeshorts an, auch so ein Sportding. Ich gucke überhaupt nicht hin, wie schmal seine Hüften darin wirken und wie breit seine Schultern dazu, aber es ist so auffällig, dass es mir sofort ins Auge springt. Er würdigt mich kaum eines Blickes, winkt mich nur wortlos zu sich und ich komme mir albern vor. Ich setze mich in Bewegung, doch bevor ich bei ihm anlange, hat er schon die Terrassentür aufgeschoben und rennt den Steg entlang.

So eilig habe ich es nicht, ins Wasser zu kommen. Es stimmt, was ich gesagt habe: Ich kann nicht schwimmen. Als kleines Kind, ja, da hatte ich Unterricht, aber das ist so lange her und seitdem gab es keine Gelegenheit, es wieder auszuprobieren. Bestimmt gehe ich unter wie ein Stein.

Während ich zusehe, wie Leo in den See springt und mit langen Zügen durchs Wasser pflügt, tapse ich die Holzbohlen entlang. Am Ende des Stegs lasse ich das Handtuch fallen und bleibe einen Moment unschlüssig stehen, bevor ich mich hinsetze.

Meine Beine baumeln im warmen Wasser, die Sonne scheint mir auf die Schultern, ein leichter Wind raschelt in den Baumkronen und mildert die Hitze ein wenig, sodass ich nach und nach merke, wie ich mich entspanne. Ich stütze mich auf die Ellbogen und halte das Gesicht ins Licht und zum ersten Mal seit Tagen fühle ich so etwas wie Frieden. Meine Gedanken kommen und gehen wie die Wellen, die gegen die Stützpfähle des Stegs schwappen, und langsam wird es ruhig in meinem Kopf. Mein ganzer Körper wärmt sich von innen her auf.

Mir entwischt ein leises Seufzen, das mich so überrascht, dass ich die Augen aufmache.

Leo lehnt mit den Armen auf dem Steg und grinst mich an. Ich habe nicht gehört, dass er herübergeschwommen ist.

»Nicht einschlafen«, sagt er. »Komm rein.«

»Ich finde es eigentlich ganz schön hier.«

Jetzt hebt er die Augenbrauen. »Hast du Angst?«

»Natürlich nicht!«, protestiere ich, doch er lacht nur, immer weiter, bis ich die Augen verdrehe und den Kopf abwende.

»Vega.«

Er sagt meinen Namen ganz ernst, aber in seiner Stimme schwingt noch das Lachen mit, und ich weiß, dass ich aus der Sache nicht rauskommen werde. Mit einem Ruck setze ich mich auf und schnaufe laut. Er lässt sich nicht aus dem Konzept bringen.

Treuherzig sieht er mich an. »Komm rein. Bitte. Du kannst mir vertrauen, ich lass dich nicht untergehen.«

»Es ist immer schlecht, wenn jemand sagt, dass man ihm vertrauen kann.«

Seine Mundwinkel heben sich. »Okay. Aber es stimmt. Ich kann wirklich gut schwimmen. Ich war sogar in der Schulmannschaft.«

»Ihr hattet ein Schwimmteam?« Die Schulen, die ich kennengelernt habe, hatten, wenn es gut lief, eine Turnhalle, an ein Hallenbad war nie zu denken.

»Im Internat, ja.«

»Du warst im Internat?« Leo ist garantiert der erste Mensch, den ich kennenlerne, der auf einer privaten Schule war. Andererseits: Wer ein Haus am See hat, schickt seine Kinder auch aufs Internat.

Ungerührt starrt er mich an. »Du lenkst ab.«

Gegen meinen Willen lache ich auf. »Stell dir vor, es hat mich wirklich überrascht.«

Andererseits erklärt das natürlich auch, woher er seine Figur hat. Vom Datenauswerten am Rechner garantiert nicht.

Ich schüttle den Kopf, um den Gedanken zu vertreiben, und Leo versteht die Geste natürlich falsch.

»Jetzt mach schon. Wer weiß, wann du wieder die Gelegenheit kriegst.«

Da hat er leider recht, doch ich bin noch nicht in der Stimmung nachzugeben. »Schwimmteam hin oder her, bist du auch Rettungsschwimmer?«

Er wendet sich kurz ab, bestimmt, um ein Grinsen zu verbergen, dann sagt er: »Nein. Aber es ist ganz einfach: Wenn du das Gefühl hast zu ertrinken, hör einfach auf zu strampeln, dann kann ich dich gefahrlos rausziehen.«

Wir könnten das bestimmt noch stundenlang fortführen, er mit feuchten Haaren, die ihm strubbelig in die Stirn fallen, ich gespielt geziert, während die Sonne meine Haut bronzen anmalt, doch irgendwie wird mir das jetzt zu albern. Ohne ein weiteres Wort hole ich tief Luft und stoße mich vom Rand des Stegs ab.

Das Wasser schlägt über mir zusammen. Im Vergleich zur Luft ist es kalt, aber nicht so kalt, dass es mich lähmt. Im Gegenteil, irgendetwas in mir aktiviert einen altbekannten Ablauf, sodass ich die Arme ausstrecke und mit den Beinen strample. Keine Sekunde später breche ich durch die Oberfläche.

Leos Augen schauen mich groß an. »Das … kam unerwartet.«

Ich grinse, doch dann setzen die Gedanken wieder ein, und

ich erinnere mich, dass ich nicht schwimmen kann – oder nicht mehr. Meine Bewegungen werden hektisch, Wasser schwappt mir ins Gesicht, aber wie aus dem Nichts umfassen Hände meine Taille, heben mich hoch, und ich hole hustend Luft.

»Immer langsam, okay?«, murmelt Leo, und ich kann ihm nur zustimmen. »Eine oder zwei Übungsstunden braucht es vielleicht noch.«

Also üben wir. Ich paddle, schlucke Wasser und fluche, Leo lacht und hilft hin und wieder mit einer stabilisierenden Hand nach. Mich packt der Ehrgeiz – im Ernst, ich muss ja nicht gleich zur Leistungsschwimmerin mutieren, aber wenn ich das mit sechs konnte, wird es heute wohl auch möglich sein.

Doch je mehr ich mich anstrenge, desto schwieriger kommt es mir vor. Ich bin kurz davor, mich von Leo zum Steg zurückschleppen zu lassen. Anscheinend spürt er die Wut, die in mir brodelt, und nimmt mit einiger Berechtigung an, dass der Abend gelaufen ist, wenn er mich jetzt aufgeben lässt, denn er greift nach meinen Armen und hält mich fest.

»Hey«, sagt er und wartet, bis ich ganz still bin.

Das Lachen glitzert noch immer in seinen Augen, oder vielleicht sind es auch die Sonnenfunken, die auf dem Wasser tanzen, jedenfalls atme ich tief aus und schiebe alle Gedanken weg. Nach ein paar Sekunden fühle ich seine Hand in meinem Rücken.

»Mach die Augen zu und lehn dich nach hinten«, flüstert er.

Und das tue ich. Erst ruht mein Gewicht auf Leos Händen in meinem Nacken und meinem Kreuz, und ich lasse los, lasse mich tragen, bekomme gar nicht mit, dass es das Wasser ist, das mich hält, und nicht mehr Leo. Aber selbst als sein Gesicht neben meinem auftaucht und mir klar wird, dass er mich nicht mehr stützt, brauche ich nicht mehr als die winzigsten Bewegungen meiner Hände, um auf dem Rücken liegen zu bleiben und in den blauen Himmel zu blinzeln.

»Jetzt hast du's«, sagt er, und auch wenn ich so weit noch nicht gehen würde, kommt mir das Wasser nicht mehr so fremd vor wie noch vor einer Stunde.

Wir treiben dahin, um uns herum nichts als die Stille des Waldes, die Weite des Himmels und die Sanftheit des Sees. Da draußen gibt es vielleicht noch eine andere Welt, aber nicht einmal in Gedanken findet sie einen Weg hierher.

Abends machen wir am Kiesstrand ein Lagerfeuer, und diesmal kann ich ein bisschen angeben, als ich einen Windstoß durch das Reisig schicke und es in Sekunden hell auflodern lasse. Leo setzt es sich in den Kopf, mich an einer weiteren Tradition seines Internatslebens teilhaben zu lassen, und so drehen wir Äste mit gerollten Teigstreifen über dem Feuer, Stunde um Stunde, wie es mir scheint, aber das Brot, das wir schließlich von den Stöcken schälen, schmeckt besser als alles, was ich im letzten Jahr gegessen habe. Ich frage mich, ob das der Geschmack von Leos Kindheit war – behaglich, mit einem Hauch Abenteuer, das deswegen so verlockend war, weil darunter die Sicherheit schlummerte, wenn etwas schiefging, weich zu fallen.

Während wir in den Sternenhimmel blicken und die Flammen leise knistern, erzählt Leo von diesen Abenteuern, kleine harmlose Geschichten aus dem Internat oder davon, wie er die Sommermonate mit seinen Eltern hier verbrachte, weit weg von allem, was ihren Alltag ausmachte. Mit seiner Mutter schwamm er, von seinem Vater lernte er das Fliegen, und dieses Leben mit den Elementen, über den Wolken, in den Wellen, das in der Stadt niemals möglich gewesen wäre, weckte seinen Wunsch, Meteorologe zu werden. Ich höre seinen Erzählungen zu wie Geschichten aus einer anderen Welt, exotisch, unglaublich, unerreichbar.

»Physik hat mich schon in der Schule interessiert, und wir hatten auch eine spannende Wetter-AG, aber so richtig verstanden, wie komplex die Einflüsse auf das Wetter wirklich sind, habe ich erst an der Uni. Dass wir immer noch nicht in der Lage sind, wirklich zutreffende Vorhersagen zu machen ... das wird für mich immer ein Rätsel bleiben. Oder eine Herausforderung.«

Er schweigt. Nach einer Weile wandert sein Blick zu mir, als wolle er sichergehen, dass er mich nicht langweilt. Als ob ich seine Faszination für diese Fragen nicht nachvollziehen könnte, nur weil ich auf einige von ihnen meine eigenen Antworten habe.

»Und daran forschst du? Im Institut?«

Fast erleichtert nickt er. »Ja. Ich habe im Studium einen Algorithmus entwickelt, der Muster im Wettergeschehen besser entdecken und berechnen kann. Also, eine erste Version davon. Für meine Doktorarbeit will ich ihn optimieren.«

»Und dabei soll ich dir helfen können?«

Er presst die Lippen aufeinander, dann streckt er die Hand aus und stochert mit einem Ast in der Glut. »Du kannst Dinge, die niemand sonst kann.«

»Ja, aber ich *weiß* nichts.« Ich ziehe die Beine an und schlinge die Arme darum.

Sein Blick sucht über dem roten Licht des Feuers meinen und hält ihn einen Moment. »Bullshit.«

Das bringt mich zum Lachen. Wie immer, wenn er zeigt, dass hinter der braven Fassade etwas steckt, was keine Konventionen, Mauern oder Privilegien in geregelte Bahnen lenken können.

»Wie alt bist du, Leo?«

Er schmunzelt. »Neunzehn.«

Gedanken überfallen mich, Gedanken daran, dass die meisten Kinder die Schule mit vierzehn verlassen und in ihrem Leben eine Uni höchstens von außen sehen, dass die meisten von uns in Leos Alter schon fünf Jahre für unseren eigenen Lebensunterhalt sorgen. Aber ich will sie nicht denken, nicht jetzt. Ich will hoffen, dass Menschen wie Leo, die so weit weg sind vom Alltag der meisten in unserem Land, Wege finden, das Leben für alle besser zu machen.

Leo ahnt, in welche Richtung meine Überlegungen gehen. »Mein Großvater war Arzt, einer der ersten, die sich mit den Folgen der Klimakrise auf die Gesundheit auseinandergesetzt haben. Er ist in die Politik gegangen und hat sich dafür eingesetzt, dass die Stadtplanung die klimatischen Veränderungen stärker berücksichtigt. Mein Vater war auch Meteorologe und meine Mutter Klimatologin … Anscheinend liegt es in der Familie, die Elemente beherrschen zu wollen.« Er zieht eine Augenbraue hoch und sieht meine Hände an. »Tja, die Maßstäbe haben sich verschoben.«

Ich lasse mich auf den Rücken fallen und muss lächeln, als eine Sternschnuppe über uns verglüht.

»Schnell, wünsch dir was«, raunt Leo.

Ich schließe die Augen und wünsche mir, dass der Frieden,

der uns einhüllt, anhalten wird. Zumindest für eine kleine Weile.

Wellen rollen auf dem Strand aus, eine Fledermaus flattert durchs letzte Dämmerlicht. Erst viele Minuten später fällt mir auf, dass ich mir nicht gewünscht habe, Esper zu finden.

Der Frieden ist beinahe schon eine Stunde später vorbei, als ich dumm genug bin, darauf zu bestehen, auf dem Sofa zu schlafen. Irgendwann sehe ich ein, dass Leo nicht mit sich reden lässt, und tappe satt und sauber die Treppe zu seinem Bett hinauf. Ich bin so jenseits aller Müdigkeit, dass ich mich darauf einstelle, noch lange wach zu liegen, aber kaum sinkt mein Kopf auf das frisch bezogene Kissen, schlafe ich ein.

Ich schlafe und wache erst wieder auf, als mich ein Sonnenstrahl mitten ins Gesicht trifft. Ungehalten brumme ich und versuche, mich umzudrehen, aber ich habe mich so in meinem Bettzeug verheddert, dass ich meinen Arm nicht unter der Decke hervorbekomme. Ich brumme lauter.

»Du kannst dich da oben noch eine Weile rumwälzen oder runterkommen und frühstücken«, ruft Leo aus der Küche.

Also habe ich nicht geträumt. Was ich rieche, ist Kaffee.

Einer von sehr, sehr wenigen Gründen, die mich bewegen können, dieses Bett zu verlassen.

Beim dritten Anlauf klappt es dann auch, den Knoten aus Gliedmaßen und Bettdecke zu lösen. Als Leo hört, dass ich aufstehe, geht er zum Fenster und zieht die Vorhänge zurück. Licht flutet den Raum. Bevor ich den voll beladenen Frühstückstisch würdigen kann, muss ich dringend verschwinden. Als ich einigermaßen sortiert zurückkomme, steht an meinem Platz ein dampfender Becher.

»Reich sein gefällt mir«, stelle ich fest, als ich das Angebot auf mich wirken lasse: Orangensaft und Croissants, Joghurt und Erdbeeren, Weißbrot und sogar Käse, Schinken und Räucherfisch.

»Wenn ich allein bin, frühstücke ich Haferflocken mit Wasser«, behauptet Leo mit einer solchen Ernsthaftigkeit, dass ich es ihm komplett abkaufe, bis er in seinen Kaffee prustet. Ich boxe ihn gegen den Arm und lache mit. »Das hier ist eine Ausnahme«, stellt er klar. »Aber man darf sich in schlechten Zeiten auch mal was Gutes tun.«

Mit einem Stück buttrigem Croissant zwischen den Zähnen will ich ihm nicht widersprechen.

Es ist weit nach Mittag, als wir fertig sind. Ich wäre zufrieden damit, auf der Terrasse zu dösen, doch Leo hat sich in den Kopf gesetzt, mir die Umgebung zu zeigen. Wir ziehen feste Schuhe an und marschieren los.

Zuerst ist der Wald hinter der Hütte recht eintönig. Kiefern spannen ihre Kronen über uns, trockene Nadeln dämpfen unsere Schritte. Aber dann tauchen immer mehr Felsen auf wie versteinerte Gnome, und bald stehen sie so eng, dass wir zwischen ihnen hindurchklettern müssen. Es geht ein bisschen bergauf, wir gelangen auf ein mit Preiselbeersträuchern bewachsenes Plateau, wo uns ein Rauschen empfängt. Endlich haben wir die Stelle erreicht, die Leo mir zeigen wollte: Vor uns fällt der Hang steil in eine schmale Schlucht ab, durch die ein Bach fließt. Er wird gespeist von dem Wasserfall, der uns gegenüber von einer Felswand stürzt. Seine Gischt benetzt mein Gesicht und meine nackten Schultern, sein Tosen übertönt jedes andere Geräusch.

Ich atme tief aus, dann fasse ich nach Leos Arm und drücke

ihn. »Danke.« Ich spreche nicht laut, aber ich bin sicher, dass er mich versteht.

Leo antwortet nicht. Als ich ihn anschaue, kommt er mir anders vor, als ich ihn in der Stadt je gesehen habe. Sein Blick geht geradeaus zum Wasserfall, strahlend weiß und blau unter dem wolkenlosen Himmel, und seine Füße scheinen fest verbunden zu sein mit dem Boden.

Seine Familie wollte die Elemente beherrschen, hat er gesagt. Doch wie ich ihn jetzt so sehe, habe ich das Gefühl, dass Leo eine viel mächtigere Gabe hat: Er ist Teil der Erde, fest verwurzelt, standhaft, unerschütterlich. Ohne dass ich es gemerkt habe, ist meine Hand in seine geglitten, und so, mit verschränkten Fingern, bleiben wir stehen, sehen den winzigen Regenbogen zu, die die Sonne malt und der Wind zerstreut, bis die Ruhe des Waldes in uns einsickert wie Regen in trockenen Boden.

Die Welt lässt uns nicht ganz los, so weit wir hier auch von ihr entfernt scheinen. Leo versucht weiterhin, seinen Wettermodellen Erklärungen für die Stürme über der Stadt zu entlocken, aber zumindest die Daten, die er bei der PAO abruft, scheinen keine unserer Fragen zu beantworten. Es dauert nicht lang, und ich sehe allein an der Haltung seiner Schultern, ob sich eine neue Spur als ergiebig herausstellt oder nicht. Dabei kann ich ihm nicht helfen, dafür durchforste ich immer wieder die Nachrichten, ob es noch mehr Stürme gab, über der Stadt, über anderen Landesteilen. Hin und wieder finde ich Berichte über Unwetter, doch keines scheint größeren Schaden zu verursachen.

Ich weiß, dass das gute Nachrichten sind. Nach den Turbulenzen der letzten Tage kehrt Ruhe ins Wetter ein. Es fällt zu wenig Regen, das ja, aber zumindest geraten keine Menschen in Gefahr. Trotzdem nagt etwas an mir. In schwachen Momenten erscheint es mir wie blanker Hohn, dass es jetzt, wo ich aus der Stadt verschwunden bin, keine Gewitterstürme mehr gibt. Ich konnte dem Gedanken bisher nicht nachgeben, doch jetzt drängt er sich unerbittlich an die Oberfläche: Was, wenn ich die Stürme verursacht habe? Was, wenn meine Gabe außer Kontrolle gerät?

Genervt knalle ich die Kühlschranktür zu, dass die Glasflaschen in den Abstellfächern klirren. Während ich Milch in die beiden Teebecher gieße, scrolle ich wieder durch die Wetterberichte, doch mein Gedankenkarussell dreht sich weiter. Ich weiß, wie unwahrscheinlich das ist. Wenn meine Gabe die Ursache für einen so entfesselten Sturm wäre, müsste ich danach halbtot sein vor Erschöpfung.

Eine Erinnerung blitzt in meinem Kopf auf, von einem Baum und einem schwarzen Himmel. Einen Moment bin ich wie eingefroren, dann räuspert sich Leo. Mechanisch blicke ich auf.

»Äh … was tust du da?«

Ich blinzle, dann schaue ich auf die Arbeitsfläche. »Ich mache uns Tee. Wieso?«

»Rührst du die Milch um?«

Verständnislos starre ich auf den Löffel, mit dem ich in einem der Becher gerührt habe, dann sehe ich Leo wieder an. Er wirkt irgendwie unzufrieden. »Ja, warum?«

Wieder räuspert er sich. »Könntest du vielleicht nicht …«

»Nicht umrühren?«

Anscheinend hält er mich für begriffsstutzig, weil er mit der

Hand wedelt und sagt: »Ich mag es lieber, wenn sich die Milch im Tee wölkt. So trinken sie in England Tee.«

Ich versuche es wirklich. Mit der linken Hand halte ich mich an der Arbeitsplatte fest, ich atme tief ein, doch am Ende nützt es nichts: Ich fange an zu lachen. Leo findet die Sache anscheinend gar nicht komisch, aber ich japse: »Hast du das auf deinem Internat gelernt?«

Er nickt so würdevoll, wie es die Situation erlaubt.

Immer noch lachend lege ich den Löffel zur Seite, nehme die Becher und trage sie zum Sofa, wo Leo mit einem Buch sitzt. Ich gebe ihm die eine Tasse und lasse mich neben ihn fallen, dann sehe ich ihn an. »Du bist so ein Snob.«

Er verzieht keine Miene. »Mein Großvater meinte immer, es sind die kleinen Dinge, die uns zu dem machen, was wir sind.« Ich schaue nicht weg, doch vielleicht wird mein Blick für einen Moment ein anderer. Aber nur so lange, bis Leo an seinem Tee nippt, den Kopf wendet und sagt: »Gar nicht so schlecht für eine Banausin.«

Wir grinsen uns an, und ich weiß nicht, ob es am Tee liegt oder an etwas anderem, dass ich keinen Gedanken mehr an Stürme und Rätsel verschwende.

So vergeht ein Tag nach dem anderen, und mit der Zeit verblassen die Gründe, warum wir uns überhaupt um die Ereignisse in der Stadt scheren sollten. Anfangs zwickt mich noch das schlechte Gewissen, doch es ist ein angenehmes Leben, mit einem Buch auf dem Steg zu liegen und sich von der Sonne und den sanften Wellen in einen Nachmittagsschlaf lullen zu lassen. Jeden Morgen erkunden wir den Wald rings um die Hütte, jeden Abend gehen wir schwimmen, dazwischen schlagen wir uns den Bauch mit den Leckereien voll, die in regelmäßigen

Abständen wie von Geisterhand vor der Hütte auftauchen. Irgendwann habe ich sogar vergessen, wann ich das letzte Mal das Tablet in der Hand hatte. Ich erinnere mich daran, dass es so nicht bleiben kann, aber immer öfter flüstert eine Stimme in meinem Kopf: *Warum nicht?*

»Was machst du?« Umständlich setzt sich Leo neben mich ans Ende des Stegs und hält mir eine Tasse hin. Ich nehme sie und nicke ihm zu.

»Unsinn.«

Leo verschluckt sich an seinem Tee. »Sieht gar nicht so aus, wenn du hier so rumsitzt«, presst er schließlich mit tränenden Augen hervor.

Ich nehme die Hand weg, mit der ich ihm auf den Rücken geklopft habe, und deute auf den See hinaus. In regelmäßigen Abständen drehen sich Wasserhosen wie Säulen in den Himmel. Ich atme aus und konzentriere mich auf eine Stelle weiter rechts und nur ein paar Augenblicke später wirbelt der Wasserdampf den tief hängenden Wolken entgegen.

Leo betrachtet die kleinen Tornados eine Weile sinnierend. Währenddessen trinke ich meinen Tee und lasse alle paar Minuten einen Wolkenschlauch aufsteigen. Ich habe gerade erst herausgefunden, dass ich das kann, da finde ich, dass man schon mal damit angeben darf.

»Ist es leichter oder schwerer, deine Gabe im Kleinen einzusetzen?«, fragt Leo irgendwann.

»Beides.« Ich lächle ihn von der Seite an. »Es ist leichter, weil ich nicht so viel Energie aufwenden muss und danach nicht unterzuckert bin. Aber es ist schwerer, weil ich mich auf die richtige Stelle konzentrieren muss.«

»Klappt ja recht gut.« Er stellt die Tasse hinter sich.

Ich lache auf. »Du weißt ja nicht, wo ich die Windhosen eigentlich aufsteigen lassen will.«

Jetzt lacht er. »Vega, ich weiß, wie du drauf bist, wenn etwas nicht so funktioniert, wie du es dir vorstellst.«

Ertappt gucke ich weg, grinse aber weiter. Beim Schwimmen war es mit meiner Geduld wirklich nicht weit her. Aber seit nicht mehr mein Lebensunterhalt davon abhängt, ob ich das Wetter in den Griff bekomme, bin ich viel experimentierfreudiger geworden. Es ist fast wieder wie damals, als ich als kleines Mädchen bei uns im Garten mit dem Wind gespielt habe.

»Was ist?« Leo hat meinen Stimmungsumschwung wahrgenommen.

Ich zucke mit den Schultern. »Nichts. Ich musste nur daran denken, dass das früher alles nur Spaß bedeutet hat. Ich habe es schneien lassen, einfach nur, weil ein Mädchen im Kindergarten einen Schneemann bauen wollte. Jetzt hängen oft … Leben davon ab.«

Langsam geht die Sonne unter. Ihre Strahlen tauchen unter der Wolkendecke hindurch und hüllen den See in Gold. Vor uns, am anderen Ufer, werfen die Bäume ihre Schatten übers Wasser.

»Wann ist das anders geworden?«, fragt Leo über das leise Gluckern der Wellen hinweg.

»Als mein Vater gestorben ist.« Ich bin selber überrascht, dass mein nächster Atemzug wie ein Seufzen klingt. »Für ihn war meine Gabe immer etwas Großartiges. Aber dann ist er gestorben und wir sind umgezogen. Ich bin in die Schule gekommen. In der Schule ist es nie gut, wenn du anders bist.

Die Leute bekommen entweder Angst oder werden wütend. In meinem Fall galt beides.«

»Und dann hast du damit aufgehört?«

Ich nicke und räuspere mich. »Ja. Meine Mutter wollte es so. Es war, als würde sie sich eine andere Tochter wünschen. Eine, die keinen Ärger macht.« Ich reibe mir über die Schläfe. »Ich vermute mal, sie hat jetzt, was sie wollte.«

»Vega.« Leo legt seine Hand auf meine und drückt sie. »Bestimmt wollte sie …«

»… mich nur beschützen.« Ich schnaube und sehe auf den See hinaus. »Ja, bestimmt. Wie sie das schaffen wollte, als sie sich einfach aus dem Staub gemacht hat, muss mir aber erst noch mal wer erklären.«

Leo lässt seine Hand, wo sie ist, und langsam sickern die Wut und die Traurigkeit durch den Steg ins Wasser. Es sind nicht mehr meine Gefühle, sie gehören zu der jüngeren Vega, der, die sich ganz allein durchschlagen musste und vor jedem Schatten erschrocken ist. Jetzt sind die Schatten meine Freunde und die alten Gefühle gehören zu einem anderen Leben.

Ich muss für einen Moment die Augen zusammenkneifen, so gleißend ist das Licht, doch dann sinkt die Sonne noch ein Stück tiefer und die Welt besteht nur noch aus Gold und Schwarz.

Vielleicht können wir da was machen.

Ich lenke meine Sinne in die Wolken über dem See und bündele meine Energie. Ein Windstoß pustet mir die Haare ins Gesicht. Leo sieht auf, aber ich zwinkere ihm nur zu.

Es dauert nicht lang, da bauschen sich die Wolken in den Himmel, immer höher, und der Wind treibt das Wasser in Wellen vor sich her. Eine Minute vergeht, vielleicht eine zweite, dann platzt hier und da ein warmer Regentropfen neben uns, doch die Hauptlast der Wolken geht weit draußen auf dem See nieder.

Leo schnappt nach Luft. Schillernd taucht ein Regenbogen über dem Wasser auf, spannt sich über den kompletten See und verschwindet zwischen den dunklen Bäumen auf der Nordseite. Wir sehen zu, wie die Wolken davonziehen und den Regen mitnehmen und das Orange, Gelb, Grün und Blau langsam verblassen.

»Wieso bin ich immer noch überrascht?«, murmelt Leo nach einer Weile, und ich lache in mich hinein.

Über uns ist der Himmel wieder klar, in der Dämmerung blinken die ersten Sterne auf. Der See liegt jetzt ganz still, ein paar Baumwipfel glühen noch im roten Schein des Sonnenuntergangs, aber hier, wo wir sitzen, verschwimmen die Konturen der Welt.

Es wird kühler, ich fröstle in meinen Shorts und dem Top, und in einer unwillkürlichen Bewegung streift meine Schulter Leos Arm. Wir atmen beide scharf ein.

Die Luft hat sich verändert. Sie prickelt auf meinen nackten Armen. Wir sehen uns an, fünf Sekunden, vielleicht zehn, dann schüttelt Leo den Kopf und springt auf die Füße. Ein Laut entfährt ihm, er läuft ein paar Schritte, dann höre ich, wie er stehen bleibt. Wartet.

Langsam stehe ich auf und drehe mich um. Es ist keine Entscheidung, dass ich zu ihm gehe und mich vor ihn stelle. Ich tue es einfach.

Ich kann ihn überall fühlen. Nicht weil er mich berührt, sondern weil seine Nähe alles ist, was meine Nervenenden noch verarbeiten. Alles in mir ist auf ihn ausgerichtet, als wären wir unterschiedlich geladene Teilchen und die Spannung zwischen uns würde uns näher zueinanderziehen, um zu einem Ausgleich zu kommen. Ich höre seinen unregelmäßigen Atem, spüre seine Anspannung wie einen Schauer auf meiner Haut. Jeder Schritt, den wir seit der Gartensiedlung zusammen gemacht haben, hat zu diesem Moment geführt. Wir wissen es beide.

Im schwindenden Licht sind seine Augen dunkel. Er ballt die Fäuste, aber ich finde keinen Grund mehr, warum ich nicht auch noch den letzten Schritt tun sollte. Ich trete vor. Lege meine Hand an seine Wange. Er schließt seine Augen, voller Erleichterung, voller Erwartung.

Dann sieht er mich wieder an, seine Arme legen sich um meine Taille und er zieht mich die letzten Millimeter zu sich. Sein Körper an meinem ist pure Energie. Schauer um Schauer läuft über meine Arme, über meinen Rücken, meine Hand gleitet in seinen Nacken.

Für den Bruchteil einer Sekunde sind seine Lippen nur ein Hauch auf meinem Mund, süß, zart, eine Verheißung. Und dann schnurrt alles um mich, alles in mir auf diesen Kuss zusammen, seine Hände in meinen Haaren, sein Atem in meiner Nase, sein Geschmack auf meiner Zunge. Der See, der Steg, der Sonnenuntergang – alles so romantisch, aber nicht dieser Kuss, nicht mein Drängen, ihm noch näher zu kommen, nicht sein Keuchen, wenn wir Luft holen. Meine Haut prickelt, wo immer er mich anfasst, sein Griff wird fester. Wir sind ein Tornado, wir saugen alle Luft um uns auf, bis wir uns drehen, drehen, drehen …

Meine Finger finden einen Weg unter sein Shirt, ertasten

Haut, ertasten Muskeln, er weicht stöhnend zurück, unterbricht den Kuss, sieht mich an, bittend, warnend – und dieser Blick fährt wie ein Messer durch mich hindurch. Denn es ist Leos Blick. Dunkel vor Verlangen, aber weich, hilflos, wehrlos.

Es ist nicht Espers Blick.

Es war nicht Espers Kuss.

Einen Moment lang kippt die Welt, sodass ich in einen Abgrund stürze, aus Schuld, Bedauern, tausend anderen Gefühlen, die mir die Luft aus den Lungen pressen. Leo erkennt es. Er bewegt sich nicht, nicht körperlich, doch er weicht zurück vor mir.

Was habe ich getan? Ich habe es kommen sehen, schlimmer, es mir gewünscht, nichts dagegen unternommen, als ich das Echo davon in Leo gespürt habe. Ich habe sie beide verraten, Esper und Leo.

Langsam lasse ich meine Hand sinken. Trete zurück. Wende mich ab. Ich gehe los, dann laufe ich, dann, als mich hoffentlich die Dunkelheit verschluckt hat, renne ich die letzten Meter zur Hütte. Als ich die Terrassentür aufschiebe, schluchze ich. Das Weinen schüttelt mich, aus Scham, aus Schmerz. Jede Faser in mir schreit danach, dass ich verschwinden muss, aber wohin? Wohin in diesem Wald, wo es nichts gibt außer Bäumen, endlos in alle Richtungen?

Ich vergrabe mich unter der Bettdecke. Besser kriege ich es nicht hin. Dann warte ich, warte darauf, dass Leo Minuten … Stunden später die Tür zuschiebt und verriegelt, dass er sich auf das Sofa legt.

Ohne ein Wort.

Und dann horche ich in die Dunkelheit auf seinen Atem, der

nicht ruhiger wird, und mein Körper sehnt sich nach seinen Berührungen, als würde ein unsichtbares Band an mir zerren. Lautlos laufen mir die Tränen übers Gesicht und tropfen aufs Kissen. Ich habe sie beide verletzt, Leo und Esper.

Ich kann nicht anders, als zu denken, dass ich den Schmerz, der in meinen Eingeweiden wütet, verdiene.

Der Morgen dämmert samtig und grau. Ich sehe zu, wie das erste Licht die Dachbalken erreicht. Mitten in der kohlschwarzen Nacht bin ich aufgewacht, also muss ich geschlafen haben, aber lang kann es nicht gewesen sein. Seitdem liege ich hier.

Jedes Mal, wenn Leo sich auf seinem Sofa umdreht, fährt mir das leise Knarren in die Knochen. Ein Teil von mir will die Treppe hinunterschleichen, unter seine Decke schlüpfen und sich an ihn schmiegen, in seine Arme, die mich in den letzten Tagen so oft festgehalten haben, will seinen Duft einatmen, dem Rhythmus seines Herzens lauschen. Der andere Teil weiß, dass das nie passieren wird, dass ich Leo nicht länger vorgaukeln darf, was zwischen uns nie sein kann.

Als sich der Horizont lila färbt, gibt Leo auf. Er wuchtet sich vom Sofa hoch, ein paar Minuten später höre ich, dass die Dusche angeht. Als er fertig ist, kommt er zurück in den Wohnraum, einen Schwall warme Luft im Schlepptau, und fängt an, leise mit Küchenutensilien zu hantieren.

Es hat ja keinen Sinn. Ich muss ihm gegenübertreten, also kann ich es gleich machen. Möglichst geräuschvoll schlage ich die Decke zurück, rolle mich aus dem Bett und tappe über die Galerie und die Treppe hinunter.

An der untersten Stufe bleibe ich stehen. Leo sieht mir entgegen, tapfer, wie er ist. Ich begegne seinem Blick. Alle Vorwürfe hat er heute Nacht irgendwo tief vergraben, sodass in seinen Augen nichts liegt als Höflichkeit, vielleicht sogar ein bisschen Wärme.

»Guten Morgen«, sage ich. Fast zucke ich zusammen, so bescheuert klingt es.

»Morgen.«

Gut, vielleicht nicht unbedingt Wärme.

Ich deute mit dem Finger Richtung Bad und hole Luft, aber er kommt mir zuvor und sagt: »Ja.«

Kurz, knapp.

Ich nicke, kurz, knapp, und verschwinde durch die Tür in den Flur.

Als ich zurückkomme, bleibe ich unschlüssig an der Schwelle stehen. Leo sieht auf, er deutet auf eine Tasse Kaffee, die neben seiner auf dem Küchenblock steht. Vorsichtig trete ich neben ihn. Ein paar Minuten lang stehen wir nebeneinander und rühren in unseren Bechern. Irgendwann beruhigt sich mein Herzschlag so weit, dass ich einen Schluck trinken kann.

»Ist es wegen Esper?«, fragt er leise.

Ich nicke, ohne ihn anzusehen.

Nach einer kleinen Pause sagt er: »Der Glückspilz.«

In all dem Elend bringt mich das zum Lächeln. Ich stupse ihn mit der Hüfte an, eine Bewegung, die ich im nächsten Moment bereue. Stocksteif bleibe ich stehe und starre in meinen Kaffee.

Und dann setzt mein Herz fast aus, als er mir einen Kuss auf den Scheitel drückt, seinen Becher nimmt und in die Spüle stellt. Es wird das letzte Mal sein, dass er mich berührt, das weiß ich im selben Moment, und auch wenn nicht alles wieder ist wie zuvor, nie wieder sein kann, lässt der Druck in der Hütte nach, und ich kann leichter atmen.

Er schiebt sich an mir vorbei und greift nach einem Handtuch, das er über eine Stuhllehne gelegt hat.

»Ich gehe schwimmen«, sagt er, und kaum ist er durch die Terrassentür getreten, merke ich, dass er ein Stück von mir mitgenommen hat.

Aber das ist der Preis, den ich zahlen werde.

Leo bleibt lang draußen, und um mir die Zeit zu vertreiben, ziehe ich nach einer Weile sein Tablet zu mir heran. So findet er mich, wie ich auf das Display starre und immer wieder dasselbe Video abspiele. Wie durch Nebel kriege ich mit, dass er ins Bad geht, zurückkommt und in der Küche herumkramt, sonst dringt nichts durch das Chaos aus Gedanken, das durch meinen Kopf poltert.

Irgendwann fällt ihm anscheinend auf, dass immer wieder dieselbe Tonspur läuft, denn er stellt sich neben mich.

»Was ist das?«, fragt er nach ein paar Sekunden. Seine Stimme klingt gepresst.

Der Videotitel lautet »Aktivist:innen von EcoQuest protestieren vor Bioverse-Produktionsanlage«, ich erkläre es ihm trotzdem: »Das geht seit heute durchs Netz. Diese Spinner von EcoQuest haben ja normalerweise die Wettermacher auf dem Kieker, aber anscheinend kümmern sie sich jetzt um die großen Fische.«

Ergibt eigentlich Sinn. Bioverse ist einer der Konzerne, die bei Wettermodifikationen ganz vorn mitmischen. Wenn sie denen auf die Nerven gehen, erreichen sie bestimmt mehr, als wenn sie sich wieder mit einem einzelnen Wettermacher anlegen. Je mehr Ärger Bioverse hat, desto besser wahrscheinlich für uns.

Doch das ist nicht der Grund, warum ich die Klickzahl des Videos nach oben treibe. Bevor ich Leo das erklären kann, zieht er das Tablet zu sich und spielt das Video noch einmal von vorn ab. Beim Statement einer Frau Mitte zwanzig stoppt er.

»Wir fordern ein Ende der Subventionierung von Bioverse«, spricht die Frau in die Kamera. Ihre Stimme ist rauchig, sie klingt selbstsicher. »Wie andere Konzerne, die in Wettermodifikationen investieren, profitiert Bioverse seit Jahren von staatlicher Förderung, legt aber nicht offen, welche Risiken von diesen Investitionen ausgehen und welche Schäden durch Wettermodifikationen entstehen. Hier werden Geschäfte auf Kosten unserer Zukunft gemacht. In Anbetracht der Gefahren für das klimatische Gleichgewicht der Erde fordern wir ein Ende aller Wettermodifikationen.«

Hinter ihr sieht man bestimmt zwei Dutzend Leute in T-Shirts mit dem EcoQuest-Frosch drauf, die Plakate schwenken und Flyer an die wenigen Passanten verteilen. Die Kamera schwenkt auf eine andere Frau, blond diesmal, in einer hellen Longweste aus Leinen über einer eleganten schwarzen Hose. Sie steht neben dem Bioverse-Firmenschild mit dem Erdball-Logo.

»Als Vorstandsvorsitzende der Bioverse AG ergreife ich gern die Gelegenheit, zu den geäußerten Forderungen Stellung zu nehmen. Wetterbeeinflussung ist ein seit Jahrzehnten erforschtes Verfahren, das strengen Qualitätskontrollen unterliegt. Wir sind stolz, mit unseren Produkten einen Beitrag leisten zu können zur Anpassung an den Klimawandel, und arbeiten daran, die Vorzüge der Wetterbeeinflussung für alle erschwinglich zu machen.«

Sie sagt noch etwas, doch der Rest des Statements geht in Pfiffen und Grölen unter, als hinter ihr an einer Fensterfront des Konzerngebäudes ein Banner entrollt wird, das die halbe Wand einnimmt. »Stop Weather Modification« steht darauf, aber das ist es nicht, was mich daran interessiert. Es ist der Junge, der sich auf der linken Seite vom Dach abgeseilt hat und dessen blondes kurz geschorenes Haar in der Morgensonne leuchtet. Ich starre und starre und starre und trotzdem ergibt es keinen Sinn.

Leo startet das Video ein drittes, dann ein viertes Mal, wie mechanisch. Ich weiß nicht, was er sucht, ob er etwas sucht, doch endlich schaffe ich es zu sagen: »Das ist Esper.«

Das holt ihn aus seinen Gedanken. »Was?« Sein Kopf fährt zu mir herum.

Ich drücke in dem Moment auf Pause, als der Junge am Seil sein Gesicht Richtung Banner dreht und sein Profil sichtbar wird. »Das da. Das ist Esper. Aber es ist nicht richtig.«

Leo zögert einen Moment, dann zieht er sich den zweiten Hocker heran und setzt sich neben mich. »Was ist nicht richtig?«

Ich sehe ihn an. Espers Bild, so vertraut und doch fremd mit den raspelkurzen Haaren, hat sich längst in mein Hirn eingebrannt. »Es ergibt keinen Sinn. EcoQuest …« Ich schüttle den Kopf. »Sie sitzen uns ständig im Nacken. Den Wettermachern, meine ich. Und wenn ein Fehler passiert … Ich habe es nicht nur einmal erlebt, dass ein Wettermacher alles verloren hat, weil EcoQuest im Namen der Opfer auf Schadenersatz geklagt hat.«

Ich stehe auf und atme scharf ein. Den Kindern aus der Gartensiedlung wäre mit Geld bestimmt auch geholfen. Wer weiß, vielleicht läuft längst eine Klage gegen mich.

»Aber darum geht es ihnen gar nicht. Nicht um Gerechtigkeit. Es geht ihnen darum, uns so lange durch den Schmutz zu ziehen, bis Wettermachen verboten wird. Dabei wollen wir doch …«

Ich breche ab. Müde reibe ich mir übers Gesicht. Seit Tagen kommt es mir vor, als würde ich einen Weg entlangstolpern, im Nebel, sodass ich kaum meine eigenen Füße sehe. Und hinter jeder neuen Biegung wartet eine neue verwirrende Überraschung.

»Ihr wollt den Menschen helfen.« Leos Stimme klingt warm, doch dahinter verbergen sich Gedanken, die er für den Moment wegschiebt, Dinge, die er nicht mit mir teilt. Wenn Espers Anblick mich nicht dermaßen erschüttert hätte, würde ich nachhaken, aber so nicke ich nur.

»Jedenfalls arbeiten Wettermacher und EcoQuest nicht zusammen. Ich weiß nicht, was er dort verloren hat!«

Der letzte Satz kommt lauter heraus als geplant, doch Leos Ton bleibt ruhig. »Und wenn er … übergelaufen ist? Vielleicht hat ihn der Unfall in der Gartensiedlung verunsichert.«

Er muss das denken, natürlich. Ich habe es vorhin auch gedacht, immer wieder, und immer wieder verworfen. Esper hat zu viele Leute vor die Hunde gehen sehen, nachdem EcoQuest mit ihnen fertig war.

Eine Gewissheit macht sich in mir breit. Ich muss ihn finden. Das ist wichtiger als alles andere, wichtiger als herauszufinden, wer wirklich hinter dem Unfall an der Gartensiedlung steckt. Ich muss herausbekommen, wieso Luc denkt, dass Esper in Sicherheit ist, wenn er sich mitten ins Hornissennest gesetzt hat.

Dass ich die Schultern straffe, merke ich erst, als Leos Blick darauf fällt. »Nicht der Esper, den ich kenne.« Einen Moment lang betrachte ich ihn, erkenne, dass er schon weiß, was ich jetzt sage. »Ich muss EcoQuest finden. Ich will wissen, was hier gespielt wird.«

Sein Kiefer spannt sich an, als er nickt. Ich will den Ausdruck in seinen Augen nicht sehen, also drehe ich mich um und fange an, meine Sachen in den Rucksack zu stopfen. Vielleicht tut Leo mir einen letzten Gefallen und bringt mich zurück in die Stadt. Wenn nicht, schlage ich mich durch den Wald. Ich habe wieder ein Ziel. Alles andere wird sich ergeben.

Leo geht an mir vorbei, nimmt das Satellitentelefon aus seiner Halterung, schiebt die Terrassentür auf und tritt hinaus. Er schließt die Tür sorgfältig, und dann läuft er bis fast zum Ende des Stegs, sodass ich kaum ein Wort verstehe, als er anfängt zu reden. Aus dem Augenwinkel bekomme ich mit, wie angespannt er ist. Immer wieder fährt er sich durch die Haare.

Viel zu packen habe ich nicht. Als ich alles im Rucksack verstaut habe, ziehe ich das Bett ab, dann spüle ich das Geschirr, und noch immer ist Leo am Telefon. Schließlich endet das Gespräch und er kommt über den Steg auf die Hütte zu. Ich glaube nicht, dass er mich sehen kann, vielleicht gibt er sich deswegen so wenig Mühe, seinen Ärger zu verbergen. Doch dann ist er an der Tür, und ich merke ihm die Anstrengung an, die es ihn kostet, ein gelassenes Gesicht aufzusetzen. Was ist passiert? Was hat ihn so aus dem Konzept gebracht?

Er schiebt die Tür auf und stockt kurz, als er merkt, dass ich ihm entgegenblicke. Bevor ich fragen kann, hebt er das Telefon an. »Das war die Hausverwaltung. Ich habe uns abgemeldet. Sie kümmern sich um alles und machen die Fenster dicht.«

Sein Mund zuckt unter meinem prüfenden Blick. Wahrscheinlich kapiert er, dass ich ihm nicht glaube. Da ist mehr, als er mir erzählt. Aber ich hake nicht nach. Denn das, was er sagt, ist viel wichtiger: Er wird mich nicht nur zurück in die Stadt bringen. Er wird mich begleiten und mir helfen, EcoQuest zu finden.

»Danke«, antworte ich deswegen leise und möchte weinen, als sein Gesicht weich wird, so als hätte er nichts, was er mir entgegensetzen könnte.

15

Ich liege am Fuß einer altersschwachen Linde und starre in die Krone. Es ist brütend heiß, der Baum hinter den Gleisen am Güterbahnhof südöstlich der Innenstadt ist der einzige weit und breit und spendet zumindest ein bisschen Schatten. Und bisher hat sich auch niemand beschwert, dass wir unseren Minicamper hier abgestellt haben. Ich drehe den Kopf und lasse den Blick über das mintfarbene Ungetüm auf drei Rädern schweifen. Ich wollte ja etwas Unauffälligeres, aber bei unserem Budget war nicht mehr drin. Immerhin haben wir jetzt einen fahrbaren Untersatz, nachdem Leos Auto verschwunden ist, auch wenn das Ding selbst bergab kaum mehr als vierzig Stundenkilometer schafft.

Ich setze mich auf und lehne mich an den Stamm. Seit drei Tagen sind wir jetzt wieder in der Stadt und ich bin fertig mit den Nerven. Die Klarheit, die ich aus der Hütte mitgebracht habe, ist lang verflogen, denn EcoQuest ist schwerer aufzuspüren, als wir erwartet haben. Dass sie ihre Adresse nicht im Netz veröffentlichen, war keine Überraschung, aber auch alle anderen unserer Versuche sind bisher im Sand verlaufen. Mittlerweile haben wir angefangen, ihre Vorgehensweise zu imitieren. Wir stehen im Morgengrauen auf, checken die PAO-Website mit den genehmigten Wettermachereinsätzen und halten die Augen offen, ob sich irgendwo ein Wölkchen zeigt, das nicht da ist, wo es sein sollte. Aber anscheinend gibt es viel weniger illegale Wettermacheraktionen als gedacht. Ist die Aufsicht durch die PAO so viel schärfer geworden, seit Esper und ich mit einer gültigen Lizenz unterwegs sind? Oder zeigt der Eifer von EcoQuest tatsächlich Wirkung?

Schnaufend springe ich auf die Füße und fange an, vor dem Camper hin- und herzulaufen. Ich darf nicht zu viel darüber nachdenken, sonst werde ich wütend. Es reicht schon, wenn ich mir diesen Gehirnwäschemist in den Videos antun muss, die EcoQuest regelmäßig online stellt. Wir gucken uns die an, um darin vielleicht Hinweise zu finden, wo wir noch nach der Truppe suchen können, aber sie sind flüchtig wie Geister. Stattdessen hallen mir ihre Parolen im Kopf wider, sofortiger Stopp da, Dürregefahr dort und ganz weit oben: absterbende Wälder. Diese Gefahren bestreitet ja auch niemand – doch wenn ein Nachbarschaftsacker beregnet werden soll und es dabei um Leben und Tod geht, kann ich keine Rücksicht auf ein paar Tannen nehmen. Ich frage mich wirklich, was das für Menschen sind, die so völlig unberührt vom täglichen Kampf der allermeisten Leute in dieser Stadt sind. Und mit denen hängt Esper jetzt rum.

»Mist, verdammter!«

Mit voller Wucht trete ich gegen den Hocker, der zum Camperinventar gehört, sodass er gegen den Vorderreifen knallt. Zischend sauge ich die Luft ein und hüpfe auf einem Bein. In Leos Blick liegt kein Mitleid, als er beobachtet, wie ich meinen rechten Fuß knete, aber für die kindische Aktion habe ich das auch nicht verdient. Ich humple zum Kotflügel, stelle den Hocker aufrecht und lasse mich darauf fallen. Stöhnend verberge ich das Gesicht in den Händen.

Immerhin eine positive Entwicklung haben die letzten Tage gebracht: Die PAO scheint die Suche nach uns aufgegeben zu haben. Es gibt keine überdimensionierten Porträts auf Videowänden mehr, und ich stehe zwar noch auf der Fahndungsliste, doch offenbar haben sie nicht herausgefunden, wer Leo ist, denn weder sein Bild noch sein Name ist irgendwo aufgetaucht. Wir haben uns sogar getraut, sein Unice wieder anzumachen, und bisher hat uns niemand aufgespürt.

Wir könnten uns also einigermaßen frei bewegen, wäre da nicht noch die Kleinigkeit, dass Luc uns aus der Stadt verbannt hat. Der König der Unterwelt. Ha. Bei dem könnte EcoQuest mal aufräumen, aber nein, ein paar versprengte Wettermacher sind da natürlich das ungefährlichere Ziel.

Dabei wäre Ärger für Luc genau das, was wir im Moment gebrauchen könnten. Das würde ihn bestimmt ablenken, und wir müssten nicht hinter jeder Ecke fürchten, dass uns einer seiner Spitzel auflauert. Ab jetzt müssen wir vorsichtiger sein. Vorhin hatte ich zweimal das Gefühl, dass uns jemand ein bisschen zu genau mustert. Wenn uns Lucs Leute erkennen, war's das. Dann können wir froh sein, wenn wir nicht mit durchgeschnittener Kehle in irgendeiner Gasse landen.

Ich merke, dass ich mich in sinnlosen Zirkeln drehe, genau wie gestern und vorgestern, und atme tief durch, um meine Gedanken einzufangen. Welche Möglichkeiten haben wir? Ja, wir können morgen unser Glück noch mal versuchen und darauf hoffen, dass wir wieder einen ungenehmigten Wettermachereinsatz entdecken. Vielleicht taucht EcoQuest ja beim zweiten Versuch auf. Oder beim dritten oder vierten.

Allein die Vorstellung, wie viel Zeit wir dabei verschwenden, macht mich nervös.

Aber was dann? Was ... dann ...

Mein Ellbogen rutscht von meinem Knie und ich schrecke hoch. Leo blickt von seinem Tablet auf und sieht mich stirnrunzelnd an. Innerhalb von Sekunden weicht die Konzentration aus seinem Gesicht und macht Besorgnis Platz. Oh nein, jetzt bitte keinen Vortrag darüber, dass ich mehr schlafen und weniger grübeln soll. Ist ja nicht gerade so, als würde er weniger nachdenken als ich. Im Gegenteil, seit wir uns hier in dieser Schuhschachtel auf Rollen eingerichtet haben – möglichst weit weg von der Unterstadt und damit Lucs Einflussbereich –, legt er das Tablet nur aus der Hand, wenn wir unterwegs sind.

»Mir fällt nichts mehr ein, was wir noch tun könnten«, sage ich schnell, um seiner Predigt zuvorzukommen. Ich klinge erschreckend kläglich.

Sein Blick verharrt noch einen Moment auf meinem Gesicht, dann wandert er weiter zu dem Tischchen neben mir.

»Essen«, schlägt Leo vor.

Weil er weiß, dass ich dazu nie Nein sage, legt er das Tablet auf die schmale Pritsche, auf der ich später die vierte unbequeme Nacht verbringen werde, geht an mir vorbei und fängt an, unsere Vorräte aus dem Einkaufsbeutel zu packen und Brotscheiben zu belegen. Wie auf Knopfdruck knurrt mein Magen. Leo grinst in sich hinein.

Während er mit Hummus und Salatblättern zugange ist, schnappe ich mir das Tablet und scrolle durch die Reihe von Videos über EcoQuest, die das Netz heute ausgespuckt hat. Irgendwann finde ich eines, das ich nicht schon dreimal gesehen habe. Es ist über ein Jahr alt, damals war EcoQuest längst noch nicht so allgegenwärtig wie heute. Aber das ist nicht der Grund, warum ich es aufrufe. Der Grund ist eine Frau mit langen dunklen Haaren.

»Es ist ein Meilenstein der juristischen Aufarbeitung von Störfällen, die durch Wettermodifikationen ausgelöst wurden«, sagt sie in die Kamera, und ich kann kaum glauben, wie dämlich ich gewesen bin. »Mit diesem Präzedenzurteil werden in Zukunft viel mehr Geschädigte zu ihrem Recht kommen.«

Ich schalte sie stumm und warte, bis Leo aus seinen Gedanken auftaucht und mich anguckt.

»Was?«, fragt er, als er merkt, dass ich ihn anstarre.

Ich drehe das Tablet so, dass er die Frau sehen kann. »Weißt du noch, wer das ist?«

Seine Augen werden groß. »Ist das ...? Das ist die Frau aus dem Krankenhaus!«

»EcoQuests Anwältin. Cora Feretti«, zitiere ich ihren Namen aus der Videobeschreibung. »Ich denke, wir sollten sie besuchen.«

Es ist Abend, auf den Gehwegen in diesem Geschäftsviertel am Rand der Innenstadt ist nicht mehr viel los. Unsere Tarnung ist miserabel, aber in der kurzen Zeit konnten wir keine Businessklamotten auftreiben. Leo sammelt Unterschriften für ein Nachbarschaftsbegehren, das den Bau eines Wohnheims für Straßenkinder verhindern soll, ich tue mein Bestes, um den wenigen Leuten auf der Straße ein Exemplar der Obdachlosenzeitung aufzuschwatzen. Leo konnte kaum glauben, dass so etwas noch existiert, als wir einer Frau am Georgiplatz ihre Tasche samt Tagesauflage abgekauft haben. Nach eineinhalb Stunden hat er bereits siebzehn Unterstützer, ich habe gerade mal vier Zeitungen verkauft. Mehr muss ich über die Gegend nicht wissen.

Allmählich schließen die letzten Läden, da ein schickes Café, dort ein Geschäft für italienische Lederaccessoires, und auch in den Büros gehen nach und nach die Lichter aus. In der letzten Stunde haben wir uns immer wieder an dem Eingang vorbeigeschoben, neben dem ein Klingelschild mit der Aufschrift »Kiebel, Feretti und Quinn« hängt, aber durch das Glas der Tür sieht man nur einen kahlen Flur und einen Fahrstuhl. Kein einziges Mal ist jemand aus der Tür gekommen, der ansatzweise Ähnlichkeit mit einer Umweltaktivistin gehabt hätte, und auch wenn ich mir schon dachte, dass die Leute von EcoQuest hier nicht ein und aus gehen, bin ich ein bisschen enttäuscht. Stattdessen gab es jede Menge Anwältinnen und Sachbearbeiter oder was diese geschniegelten Gestalten sonst so den ganzen Tag machen.

Leo geht ziemlich auf in seiner Rolle. Den halben Nachmittag über hat er mir giftige Blicke zugeworfen, als würde ich in meinem löchrigen Shirt das Straßenbild stören. Jetzt kommt er mit verblüffend echt wirkender Empörung auf mich zu, als ich vergeblich versuche, einer High-Heels-Trägerin eine meiner Zeitungen aufzuschwatzen.

»Es reicht jetzt«, blafft er mich an und packt mich am Arm. »Ich sehe dir schon seit Stunden zu, wie du Passanten belästigst. Wir wollen so was wie dich hier nicht.«

Während er mich aus ihrem Sichtfeld zerrt, nickt er der Frau zu, und halb verlegen, halb dankbar lächelt sie ihn an. Ihr Blick bleibt eindeutig zu lang an ihm hängen. Irgendwie macht mich das wütend, sodass ich mich heftiger gegen Leos Griff wehre, als es die Situation verlangt. Er bugsiert mich um eine Hausecke und hinter eine kleine Mülltonnengarage.

»Was ist denn?«, fragt er, als er mich loslässt und mir der Grund abhandenkommt, mich wie eine Verrückte zu winden.

»Nichts«, brumme ich, während ich mir die Haare aus dem Gesicht schiebe. »Ich konnte nur nicht leiden, wie sie dich ansieht.«

Als ich merke, was ich da gesagt habe, schießt mir das Blut in den Kopf. Leo beginnt, breit zu grinsen. Er wirkt fröhlicher als den ganzen Tag über.

»Bist du eifersüchtig?«, fragt er, doch bevor ich darauf *nicht* antworte, spricht er schon weiter: »Wir müssen rein, oder?«

Skeptisch schaue ich Leo an. Mein Hirn ist zwar zu derselben Schlussfolgerung gekommen, aber ich wollte es ihm schonend beibringen. Dass er es selbst vorschlägt, passt so gar nicht zu dem vorsichtigen Leo, den ich kennengelernt habe. Irgendetwas ist seit der Hütte mit ihm passiert, und ich weiß nicht, ob es mit mir zu tun hat oder mit EcoQuest oder etwas ganz anderem.

Sein Blick gleitet über die Fassade, als suche er nach einem Weg, an ihr hochzuklettern. Schließlich bemerkt er mein Zögern und guckt mich an.

»Müssen wir wohl«, antworte ich. »Aber nicht übers Dach.«

Es ist der älteste aller Tricks: Leo positioniert sich mit seinem Klemmbrett in der Nähe des Hauseingangs, wartet ab, bis jemand herauskommt, und schlüpft durch den Spalt der sich schließenden Tür. Beim ersten Versuch ist er zu langsam, beim zweiten klappt es. Ich folge ihm ein paar Sekunden später.

Der Aufzug ist gerade auf dem Weg nach unten, also verschwinden wir in einer kleinen Nische, von der zwei Türen abgehen. Dem Summen nach zu urteilen, befindet sich hinter einer der Technikraum des Gebäudes, ein Schild über der anderen weist sie als Zugang zum Treppenhaus aus. Nirgends sind Kameras zu sehen, den vier Parteien, die am Klingelschild aufgeführt sind, ist der Aufwand wahrscheinlich zu groß.

Neben mir lehnt Leo an der Wand, aufmerksam, aber entspannt. In dem kühlen Flur kann ich seine Körperwärme durch den Stoff meines dünnen Shirts fühlen, und anscheinend überträgt sich etwas von seiner neuen Gelassenheit auf mich, denn ich merke, wie mein Atem tiefer wird.

Es plingt, ein schabendes Geräusch sagt mir, dass die Tür des Lifts aufgleitet. Ein Lachen ist zu hören, dazu die Stimme eines Mannes, der eine Anekdote zu erzählen scheint. Schritte klappern über den Fliesenboden, dann geht die Eingangstür auf, die Stimmen entfernen sich, bis sich die Tür hinter ihnen schließt und sie aussperrt.

Wir warten ein paar Sekunden, dann drücke ich die Tür zum Treppenhaus auf.

»Zweiter Stock«, flüstert Leo, und ich nicke.

Wir lauschen nach oben und hinunter in den Keller, doch auf der Treppe ist nichts zu hören, die Beleuchtung bleibt aus. Blaues Abendlicht fällt durch schmale Fenster, aber es erreicht nicht einmal den Boden. Nebeneinander steigen wir die Stufen hinauf, im Gleichschritt, sodass unsere Füße kaum ein Geräusch verursachen. Im zweiten Stock macht Leo die Tür auf und linst auf den Gang, doch keine zwei Sekunden später zieht er den Kopf zurück und deutet auf den nächsten Treppenabsatz.

»In der Kanzlei brennt noch Licht«, flüstert er, während wir bis zu einer ungekennzeichneten Tür hinauflaufen, die von einem Scanner gesichert wird. Ein Archiv vielleicht?

Wir lassen uns vor ihr auf dem Boden nieder. Und dann warten wir.

Hier oben gibt es kein Fenster mehr, und das nächste ist weit entfernt, sodass blaue Schatten die Treppe heraufkriechen und uns in Dunkelheit hüllen. Draußen wird es Nacht. Ein paar Stufen unter uns, an der Wand gegenüber der Tür zur Kanzlei, ist der kalte Schein der Straßenlaternen zu erahnen, nur hin und wieder erleuchten Autoscheinwerfer die nüchterne Betonfläche.

Hier oben gibt es nichts außer Schwärze und Leos und meinen Atem in der Stille.

Zeit vergeht, wie schnell oder wie langsam, kann ich nicht sagen. Zweimal hören wir unter uns im Treppenhaus Türen schlagen, dazwischen Schritte auf den Stufen, dann ist es wieder ruhig. Wir warten, warten, bis wir sicher sind, dass außer uns niemand mehr im Gebäude ist.

»Am besten versuchen wir es durch die Lüftungsschächte, oder?«, flüstere ich, als sich seit vielen Minuten nichts mehr gerührt hat. Ich deute die Stufen hinunter, aber natürlich kann Leo meine Geste in der Dunkelheit nicht sehen. »In der Decke ist eine Klappe, so sah es vorhin jedenfalls aus. Wenn du mich raufhebst, kann ich dich nachziehen. Oder ich krieche rüber zur Kanzlei und mache dir von innen die Tür auf.«

Leo brummt. »So können wir es machen. Oder wir benutzen das hier.«

Die Taschenlampe seines Unice flammt auf, und für ein paar Sekunden sind meine Augen geblendet, bis sie sich an die Helligkeit gewöhnt haben. Mein Blick fällt auf ein kleines, flaches Plastikrechteck mit einem Clip aus Metall. Einen Ausweis. Er zeigt das Bild der Frau, die Leo vorhin so angeschmachtet hat. Darunter steht: Aylin Söderberg. Kiebel, Feretti und Quinn.

Ich blicke auf. Leos Augen und Zähne blitzen im indirekten Licht des Unice.

»Darauf hast du dich seit Stunden gefreut, oder? Dass du mir das Ding unter die Nase halten kannst?«

Er lacht gedämpft. »Möglich.«

Ich remple ihn mit dem Ellbogen an, und er lacht lauter, doch natürlich bin ich beeindruckt. Vielleicht war es Glück, dass er ausgerechnet eine Mitarbeiterin von Cora Feretti erwischt hat, vielleicht hat er aber auch gut beobachtet. Wenn es wirklich eine Schlüsselkarte ist und die Alarmanlage nicht anspringt, sobald wir sie benutzen, hat er mehrere Probleme auf einmal gelöst.

»Wer hätte gedacht, dass du dich mal als ganz brauchbar für das Leben auf der Straße herausstellst?« Meine Stimme trieft vor Ironie, aber er versteht mich schon richtig.

Sein Grinsen bleibt an Ort und Stelle, als er antwortet: »Ich beobachte und lerne.« Dann stemmt er sich auf die Füße und hält mir eine Hand hin. »Komm. Ich glaube, wir können es riskieren.«

Leo hält die Schlüsselkarte an den Scanner neben dem Eingang, es piept leise, dann klickt das Schloss und wir sind drin. Unter der gedimmten Deckenbeleuchtung des Empfangsbereichs sehen wir uns hektisch nach einer Alarmanlage um, aber weder neben der modernen Sitzgruppe mit Sofa und zwei Sesseln noch hinter dem Infotresen werden wir fündig. Als nach zwanzig Sekunden immer noch nichts zu hören ist, atmen wir auf.

Schnell verschaffen wir uns einen Überblick über den Grundriss der Kanzlei. Neben dem Flur samt Wartebereich gibt es eine Teeküche, einen Abstellraum, in dem hauptsächlich Putzutensilien aufbewahrt werden, und eine Toilette, außerdem zwei Besprechungszimmer, eins groß, das andere deutlich kleiner, drei Einzelbüros für die Partnerinnen und ein Großraumbüro mit fünf weiteren Arbeitsplätzen. An einem hat jemand vergessen, den Drucker auszuschalten, außer seinem Summen und dem leisen Brummen der Klimaanlage ist alles still.

»Das Feretti-Büro?« Leo sieht mich fragend an. Er wirkt ungesund blass in der grünlichen Nachtbeleuchtung.

Ich nicke. Es kommt mir wie der logischste Ort vor, um mit unserer Suche zu beginnen.

Wir leuchten uns von Türschild zu Türschild voran. Ganz hinten rechts werden wir fündig. Die Tür ist nur angelehnt, vorsichtig drücke ich sie auf. Wir huschen quer durch den Raum zu dem großen Schreibtisch. Die Frau Anwältin hat es nicht so mit der Ordnung, denn die gesamte Oberfläche ist mit Notizzetteln in sämtlichen Farben bedeckt. Rosa, hellgrün, himmelblau fliegen sie durcheinander, alle bekritzelt mit einer großen, kaum zu entziffernden Schrift. Irgendwie macht dieses Chaos mir Cora Feretti sympathisch, auch wenn ich weiß, was ihre Arbeit bei den Wettermachern anrichtet.

Im Schein von Leos Unice nehmen wir den Papierwust unter die Lupe, aber auch mit mehr Licht bleiben die meisten Wörter nur Gekrakel. Leo fährt den Rechner hoch. Wie erwartet ist der Zugriff auf die Cloud passwortgeschützt, doch es gibt sogar noch eine vorgeschaltete Sicherheitsstufe: Ein Scannerfeld fragt nach Ferettis Schlüsselkarte. Leise fluchend schaltet Leo den Computer wieder aus.

»Wir müssen es an Aylins Arbeitsplatz probieren«, sage ich leise.

Leo ist schon auf dem Weg zur Tür, aber ich stutze. Neben Ferettis Bildschirm steht ein gerahmtes Foto. Auch darin bleibt sie ihrem Hang zum Nostalgischen treu. Wenn ich mich richtig an ihr Gesicht erinnere, dann ist die Frau in der linken Hälfte des Bildes Cora Feretti, strahlend und zurechtgemacht mit aufgesteckten Haaren und einem eleganten silbernen Kleid. Und neben ihr, genau wie sie übers ganze Gesicht lachend, nah genug, dass klar wird, wie gut sich die beiden kennen, steht ein Mann in einem dunklen Anzug, den ich trotz der ungewohnten Aufmachung unter Tausenden erkennen würde, schwarzhaarig, viel zu gutaussehend. Einen Moment lang glotze ich nur das Bild an, dann holt mich Leos Stimme aus meiner Starre.

Ich folge ihm wie vor den Kopf gestoßen. Als ich das Großraumbüro betrete, hat er Aylins Arbeitsplatz schon gefunden. Er ist mit halbhohen Plexiglaswänden von den benachbarten Schreibtischen abgetrennt. Ich stelle mich neben Leo, während das Terminal hochfährt. In meinem Kopf stolpern die Gedanken durcheinander.

Dank Aylins Schlüsselkarte überwindet Leo die erste Sicherheitsabfrage ohne Probleme. Das Passwort wird kniffliger. Ich reiße mich so weit zusammen, dass ich Leo helfen kann, den Schreibtisch abzusuchen, aber nirgendwo findet sich etwas, worauf Aylin ihr Passwort notiert haben könnte.

»Mist«, schimpft Leo und rauft sich die Haare.

Mein Blick bleibt an einem digitalen Bilderrahmen auf einer kleinen Ablage hängen, den unsere Bewegungen aus dem Stand-by aufgeweckt haben. Foto um Foto starrt uns ein Katzengesicht entgegen, getigert und mit riesigen grünen Augen.

»Katze oder Kater?«, frage ich.

Leo dreht sich halb auf dem Stuhl zu mir um. »Keine Ahnung. Ist das wichtig?«

»Kater«, entscheide ich. »Gib Simba ein.«

Leos Augen werden schmal, aber ohne Widerrede wendet er sich zum Bildschirm und tippt die fünf Buchstaben ein.

Auf dem Monitor erscheint »Willkommen, Aylin Söderberg.«

Ich grinse. Ein paar Sekunden verstreichen, dann ruft Leo das Dokumentenverzeichnis auf. Während er nach EcoQuest sucht, fragt er wie beiläufig: »Verrätst du mir, woher du das wusstest?«

Möglicherweise wird mein Grinsen noch breiter. »Statistik. Seit Jahrzehnten ist Simba der beliebteste Name für Kater.«

Leo atmet hörbar aus, dann beginnt er, ein Lied zu summen. Eine Weile wühlt er sich durch die Datenmengen, bis ich endlich kapiere, welchen Song er da verunstaltet, und mit »... it means no worries for the rest of your days ... Hakuna matata ...« einstimme. Grinsend zwinkert er mir zu.

Dann vergeht uns das Lachen. Im Namen von EcoQuest sind mehrere Dutzend Verfahren anhängig, einige davon gegen größere und kleinere Firmen, wenn ich die Bezeichnungen richtig deute, viele aber auch gegen Einzelpersonen. Drei davon erkenne ich auf Anhieb.

Ich deute auf eine der aktuellsten Akten. »Da, Tabitha Herst. Kannst du die mal aufrufen?«

Leo klickt auf die Datei und vor uns öffnet sich ein schier undurchdringliches Gewirr aus Mails, Anträgen, Protokollen,

Notizen und offiziellem Schriftverkehr. Leo kapiert schneller als ich, wie die Akte angelegt ist, und findet in Sekunden die persönlichen Daten der Beteiligten, doch als er den Reiter öffnet, werden wir enttäuscht. Bei EcoQuest steht weder eine reale Person als Prozessteilnehmer, noch gibt es eine Adresse. Der komplette Schriftverkehr läuft also über die Kanzlei. Unter Tabithas Adresse dagegen ist seit Anfang des Jahres statt ihrem Apartment am Rand der Innenstadt ein Wohnheim in einem zwielichtigen Viertel aufgeführt. Anscheinend konnte sie sich keine vernünftige Unterkunft mehr leisten. Mein Magen knotet sich zusammen.

Leo scrollt die Liste weiter nach unten, und da ist er: mein Name. Weil Leo zögert, öffne ich die Datei. Obwohl ich es geahnt habe, muss ich doch schlucken, als ich den Bericht zu den verletzten Kindern in der Gartensiedlung lese. Aber dann stutze ich. Leo hat es auch gesehen, er zoomt das Schriftstück heran. »Zurückgezogen« steht quer als Vermerk über dem Dokument.

Wir sehen uns an. Was hat das zu bedeuten? Wieso lässt Feretti die Klage gegen mich ruhen? Hat EcoQuest etwas damit zu tun? Doch zu den Gründen sagt die Akte nichts.

»Das ist ein gutes Zeichen, oder?«, sagt Leo leise. »Vielleicht heißt das, dass auch die PAO aufhören wird, nach dir zu suchen.«

Nach dem Gewittersturm im Bahnhofsviertel, den Tekin für mein Werk gehalten hat? Ich wünschte, ich könnte so optimistisch sein wie er. Aber das spielt im Moment keine Rolle. Wir dürfen unser Ziel nicht aus den Augen verlieren: EcoQuest.

Immer fahriger ruft Leo Akte nach Akte auf, doch überall bietet sich uns dasselbe Bild: Zu der Gruppe gibt es keine weiteren Informationen. Ich halte außerdem nach etwas anderem Ausschau, nach einem Namen, vielleicht einem Foto, aber in der Geschwindigkeit, in der sich Leo durch die Dokumente arbeitet, werde ich nicht fündig.

»Kannst du die Daten kopieren?«, frage ich. »Vielleicht entdecken wir etwas, wenn wir es uns in Ruhe ansehen.«

Leo schüttelt leicht den Kopf, als würde er bezweifeln, dass wir Zugriff auf die Akten bekommen, und er behält recht: Als er versucht, die EcoQuest-Dateien auf einen Stick zu ziehen, piept uns eine Fehlermeldung an und verlangt aggressiv blinkend nach einer weiteren Autorisierung.

»Ich probiere es anders«, murmelt er und öffnet eine Datenbank mit dem Titel »KZQ«.

»Woher wusstest du das?«, frage ich verblüfft, als sie sich als Adressverzeichnis von Klienten, Zeugen und Quellen entpuppt.

Leo grinst humorlos. »Ich würde ja gern sagen, Statistik, aber diesmal war es einfach geraten.«

Wir durchforsten die Einträge, doch auch hier spuckt das System bei EcoQuest mehr Lücken als Datensätze aus. Es gibt weder Ansprechpartner noch Kontaktadressen oder zumindest eine Telefonnummer. Nur eine ganze Liste an Zahlen- und Buchstabenkombinationen ist verlinkt, sie führen vermutlich direkt zu den Verfahrensakten.

»Das darf nicht wahr sein«, stöhnt Leo, aber ich stupse ihn an.

»Such mal nach Willem Ulbricht.«

Leo tippt, drückt auf Enter. Und da ist er. Auch bei Willems Eintrag fehlen wichtige Daten wie Adresse und Telefonnummer, doch wie bei EcoQuest gibt es Links zu einer ganzen

Latte an Verfahren. Ich stoße die Luft aus. Geführt wird er unter »Quellen«.

»Dieses Schwein.«

»Kennst du ihn? Wer …?«

Leo bricht ab und wir halten beide den Atem an. An der Eingangstür piepst der Scanner. Leo zögert keine Sekunde. Er schließt alle Verzeichnisse, fährt den Rechner herunter und schaltet den Monitor aus. Vom Flur her sind gedämpfte Schritte zu hören, Bruchstücke von Taschenlampenkegeln schieben sich durch den Türspalt und gleiten über die Wände. Aylins Arbeitsplatz ist zu gut einsehbar, also huschen wir geduckt um die Ecke des Schreibtischs zur nächsten Workstation. Weil es keine Fluchtmöglichkeit und auch kein besseres Versteck gibt, kauern wir uns unter die Tischplatte, Leo zuerst, ich schiebe mich ungelenk hinterher. Es ist eng, neben uns müffelt eine Bananenschale im Papierkorb vor sich hin, aber nichts davon dringt in dem Moment klar durch meine Panik. Ich lausche nur. Lausche zur Tür.

Die Sicherheitsleute – zwei sind es, glaube ich – gehen systematisch von Raum zu Raum. Dann verdunkelt sich das Büro plötzlich. Jemand ist vor der Tür stehen geblieben und sperrt das spärliche Licht aus. Hinter mir verlagert Leo sein Gewicht.

Wie in Zeitlupe fällt wieder mehr Licht in den Raum. Jemand schiebt die Tür auf. Schuhsohlen auf dem Teppichboden, es klingt, als wären sie auf Höhe von Aylins Arbeitsplatz. Etwas schabt leise über eine Oberfläche.

Der digitale Bilderrahmen.

Heiß und kalt rast der Gedanke durch meinen Körper. Hat er sich wieder in Stand-by geschaltet? Oder spielt er Simba immer noch in Dauerschleife ab? Die Haut in meinem Nacken kribbelt. Täusche ich mich oder steigt die Anspannung im Raum?

Vielleicht nicht die Anspannung, in jedem Fall aber die Temperatur. Mit einem Klicken schaltet die Klimaanlage auf die nächsthöhere Stufe. Das Geräusch hallt wie ein Kanonenschuss durch die nächtliche Stille, Leo und ich zucken beide zusammen. Ein monotones Surren setzt ein, und für ein paar Sekunden klingt es so laut in meinen Ohren, dass ich nichts sonst hören kann, schon gar nicht die Sicherheitsleute. Dann gewöhnen sich meine Ohren daran, und ich nehme wieder andere Geräusche wahr.

Langsam, leise bewegen sich die Schuhe vorwärts. Die Kegel von zwei Taschenlampen werfen bullige Schatten an die gegenüberliegende Wand, sie werden kleiner und richten sich wieder zu ihrer vollen Größe auf.

Sie kontrollieren die Fußräume unter den Tischen.

Leo kapiert es im selben Moment wie ich. Mit sanftem Druck schiebt er mich nach vorn.

Wie lang haben wir? Zehn Sekunden? Fünf? Wir dürfen nicht das geringste Geräusch verursachen, sonst sind wir geliefert.

Meine komplette Aufmerksamkeit richtet sich auf meine Hände und Füße. Wenn wir Glück haben, wirkt das Surren der Klimaanlage wie ein akustischer Schutzschild, wenn nicht … können wir nur noch rennen.

Wie die Käfer schieben wir uns voran, Leo ganz dicht hinter mir. Nichts berühren, kein Geräusch verursachen … Wieder rast mein Herz, an meinen Schläfen sammelt sich Schweiß.

Die erste Ecke haben wir geschafft. Wir sind jetzt am gegenüberliegenden Ende des Raumes, doch es kann nicht lang dauern, bis die Sicherheitsleute mit ihrer Inspektion fertig sind und sich unsere Zimmerhälfte vornehmen.

Leo atmet mir fast in den Nacken, so nah ist er mir. Ich schiebe mich weiter voran, dann luge ich um die nächste Ecke der Workstation. Rollen schaben über Teppich, es klingt, als hätte jemand einen der Bürostühle vom Schreibtisch weggezogen. Zwischen uns und der Quelle des Geräuschs liegen vielleicht drei Meter.

Ich ziehe die Knie an. Das Krabbeln geht zu langsam. Wenn wir hier rauswollen, müssen wir schnell sein.

Leo streckt die Hand aus und drückt meinen Arm, er hat denselben Gedanken. Geduckt laufen wir los, hoffentlich leiser mit unseren dünnen Sohlen. Die Tür steht offen, zum Glück. Ohne sie zu berühren, schiebe ich mich hindurch, wende mich nach links und halte auf den Ausgang zu.

Gerade als sich meine Hand um den Türgriff schließt, flammt um uns Licht auf.

»Stehen bleiben!«, brüllt die raue Stimme eines Mannes, aber den Gefallen tun wir ihm natürlich nicht.

Wir vergessen alle Vorsicht, ziehen gemeinsam die Glastür auf, dann die Tür zum Treppenaufgang. Es gibt kein Schloss, keinen Riegel, also rennen wir einfach, nehmen drei Stufen auf einmal, sind um den ersten Absatz, als die Tür wieder aufgeht. Jetzt hallen zwei Stimmen durchs Treppenhaus, werden von den Wänden zurückgeworfen, verstärken und überlagern sich. Etwas zischt über uns hinweg, wir ziehen die Köpfe ein und stürzen auf die Tür zu, die ins Erdgeschoss führt.

Wir sind noch nicht am Ausgang, als die Tür zum Treppenhaus auffliegt und wieder jemand schießt. Neben mir stöhnt

Leo auf, stolpert und wird einen Moment langsamer. Instinktiv strecke ich den Arm aus und zerre ihn mit mir.

Die Tür öffnet sich nach innen, das hält uns auf, wieder ein Schuss, der an der Wand neben mir abprallt, doch dann sind wir draußen. Ich sauge die kühle Nachtluft ein, Leo hat sich wieder gefangen, und obwohl die Männer hinter uns weiterbrüllen und den Ausgang nur Sekunden nach uns erreichen, genügt uns dieser winzige Vorsprung.

Wir werden noch einmal schneller, unsere Füße stoßen sich vom Asphalt ab, und während hinter uns jemand stehen bleibt und anscheinend auf uns anlegt, biegen wir um die Hausecke. Wir laufen im Zickzack durch den anschließenden Hinterhof, überraschen einen älteren Mann, der gerade den Müll rausbringt, schwingen uns über eine Mauer, biegen in eine Gasse ein, die zwischen zwei Wohnblocks hindurchführt, und tauchen in die Dunkelheit unter ein paar kümmerlichen Bäumen am Ende eines schmalen Gartenstreifens ein. Eine Weile sind hinter uns noch Schritte zu hören, dann werden sie langsamer, schließlich verklingen sie ganz.

Die Nacht verschluckt uns und wir sind allein.

16

»Lass sehen.« Ich warte nicht darauf, dass wir zurück beim Camper sind, sondern ziehe Leo am Rand einer Wiese hinter ein paar verwilderte Büsche. Wir zucken beide zusammen, als eine Katze faucht und in der Dunkelheit verschwindet.

»Es ist alles okay«, wehrt er ab, aber auch im spärlichen Licht, das von der Straße in unser Versteck fällt, kann er meinen Blick deuten. Seufzend lässt er sich auf den Boden sinken und rollt sein Shirt nach oben.

Von *okay* kann keine Rede sein. Selbst im Zwielicht kann ich den Bluterguss erkennen. Ich lasse mir sein Unice geben und schalte die Taschenlampe an. Scharf atme ich ein.

Das Gummigeschoss hat ihn anscheinend nur gestreift, aber der Aufprall war heftig genug, dass sich seine linke Seite von der Hüfte bis hinauf zu den ersten Rippen lila, fast schwarz verfärbt hat. Er verzieht das Gesicht, als ich meine Hand sanft auf die hitzende Stelle lege. Er blutet nicht, immerhin das.

Im nächsten Moment dreht sich alles um mich herum. Ich muss schlucken, um die aufsteigende Übelkeit zu unterdrücken. Was tue ich bloß? Was stimmt nicht mit mir, dass ich nicht loslassen kann? Das hier ist meine Schuld. Ohne mich würde Leo jetzt sicher in einem weichen Bett liegen, in ein paar Stunden aufstehen, einen Kaffee trinken und höchstens aus den Nachrichten erfahren, dass die PAO nach einer durchgeknallten Wettermacherin sucht. Die PAO. Fast muss ich lachen. Sie kommt mir mittlerweile wie mein kleinstes Problem vor. Immerhin hat niemand von ihnen auf uns geschossen.

Schwer lasse ich mich vor Leo auf den Boden sinken. Welchen Sinn hat das alles? Welche Möglichkeit gibt es jetzt noch, Esper zu finden? Der Weg zu EcoQuest ist versperrt, nach unserem Einbruch haben wir jede Chance verspielt, mehr über Cora Feretti herauszufinden. Wenn er mich nicht garantiert an Luc verpfeifen würde, hätte ich vielleicht sogar Willem gefragt, ob er einen Draht zu EcoQuest hat.

Willem, EcoQuest, Feretti, die PAO, Luc ... Wo bin ich da nur hineingeraten? Wie hängt das alles zusammen? Wer ist auf wessen Seite? Spielt überhaupt jemand sauber?

Leo, flüstert es in meinem Kopf.

Ich schaue auf. Er hat die Augen geschlossen und den Kopf gegen den Stamm eines jungen Baums gelehnt. Zwischen seinen Augenbrauen hat sich eine Falte eingegraben, er atmet flach. Unter meinen Fingern pulsiert seine Haut. Mit jeder Minute schwillt die verletzte Stelle mehr an. Und ich kann nichts tun gegen die Hitze, habe nichts, womit ich ihm helfen könnte.

Doch.

Mit einem Mal ordnet sich das Chaos in meinem Kopf und alles fällt an seinen Platz. Doch, ich kann ihm helfen, auf dieselbe Art, wie ich einen Weg zu Esper auftun kann. Der Plan ist lächerlich simpel. Ich locke die Leute von EcoQuest aus ihren Löchern, und dann werde *ich* falschspielen, ich werde herausfinden, in welches Netz wir da geraten sind, und ich werde dafür sorgen, dass Leo endlich in sein Leben zurückkann, sein sicheres, behütetes Leben, wo er nicht im Müll unter ein paar dürren Büschen gegen seine Schmerzen anatmen muss.

Der Wind weht mir die Haare ins Gesicht, als würde er mir sagen: *Komm spielen.* Ich schnaube und schließe einen Moment die Augen. Aus der Brise wird eine Bö, sie fegt über meine Unterarme und wirbelt Sand auf, aber es ist nicht genug. Längst nicht.

Meine Augen gewöhnen sich langsam an die Dunkelheit oder, im Gegenteil, es wird schon hell, jedenfalls erkenne ich durch das Laub der Sträucher, wo wir gelandet sind: Es ist nicht einfach eine verwilderte Grasfläche. Am anderen Ende steht ein kleiner Bau mit gefliester Fassade, oben prangt ein Schild mit der Aufschrift »Kiosk«, ein Stück weiter ragen zwei Außenduschen auf. Ein verlassenes Freibad. Das Becken, dessen Blau ich gerade so erahnen kann im Dämmerlicht, ist leer. Leise lache ich auf. Da hat ja vielleicht sogar jemand was von meinem Plan. Wäre sonst auch schade um das ganze Wasser.

Der Wind fährt in das Schwimmbecken und raschelt durch das trockene Laub am Boden, trägt es hoch in die Luft. Er zischt an uns vorbei, fast heulend in meinen Ohren.

Jetzt merkt auch Leo, dass etwas vor sich geht. Er rührt sich unter meiner Hand, setzt sich mühsam ein Stück aufrechter hin. Aus schmalen Augen beobachtet er die kleinen Wirbel, die hinter uns an einer Hausecke und vor uns am Fuß des Sprungbretts entstehen. Er wirft einen Blick nach oben, doch die Baumkrone verdeckt den Himmel, es ist ohnehin noch zu dunkel, um die Wolken zu sehen, die sich im Westen am Horizont türmen. Aber fühlen, fühlen kann ich sie.

»Vega.«

Meine Hand bleibt an Leos Seite liegen, doch meine Sinne strecken sich, hinaus zu dem Gewitter, das sich zusammenbraut, ich lasse meine Wärme fließen, immer mehr davon, mehr …

»Vega.«

Erst beim zweiten Mal sehe ich Leo an. Er musste laut sprechen, um das Rauschen der Bäume zu übertönen. Der Wind zerrt an seinen Haaren, die Falte zwischen seinen Augenbrauen ist noch tiefer geworden, aber diesmal aus Sorge. Sorge, die mir gilt.

»Vertrau mir. Es passt alles zusammen.«

Er richtet sich noch weiter auf, umfasst meine Finger mit seinen. »Du musst aufhören, Vega. Du bist schon ganz kalt.«

Ich lächle leicht. Genau das will ich ja. Ich lege auch meine zweite Hand an seine Seite und er erstarrt.

»Hör sofort auf damit! Bist du verrückt geworden? Es ist nur ein blauer Fleck, dafür musst du dich doch nicht unterkühlen! Vega!«

Er plappert weiter vor sich hin, aber jetzt wird es anstrengend, den Kontakt zu dem Gewitter zu bewahren, also presse ich die Lider aufeinander und konzentriere mich nur auf meine Verbindung zu ihm. Hände fassen nach mir und schütteln mich, doch das Band aus Energie hält. Es strömt und pulsiert und kribbelt auf meiner Haut, fast höre ich es knistern.

Dann fällt der erste Tropfen, gleich darauf der zweite. Innerhalb von Sekunden bricht ein Sturzbach aus den Wolken, die sich direkt über uns zusammenballen, schwarz und wütend.

Das muss sie auf den Plan rufen.

»Vega!«, brüllt Leo wieder, und jetzt gebe ich ihm nach.

Meine Hände bleiben, wo sie sind, vielleicht verschaffen sie ihm Erleichterung. Das Gewitter braucht mich nicht mehr. Es lädt seine Last genau über dem Schwimmbecken ab. Wild rauscht der Regen herab, sammelt sich erst in Pfützen, die Pfützen vereinigen sich, werden tiefer. Und ich bleibe gegen Leo gelehnt sitzen.

»Sie werden kommen«, flüstere ich, dann schlafe ich ein.

Als ich wieder zu mir komme, ist es hell. Meine Klamotten sind klamm, ich fröstle.

»Was …«, beginne ich, doch Leo macht: »Schhh«, und schlingt seine Arme fester um mich.

Es dauert einen Moment, dann stellen sich meine Augen scharf und ich entdecke sie.

Es sind zwei.

Ein Mann, Ende zwanzig vielleicht, in einem roten Shirt und ausgefransten Jeans, und eine etwas ältere Frau, ganz in Schwarz und mit knallrot gefärbten Haaren, die mit dem Rücken zueinander stehen und die Umgebung scannen. Sie haben alles mögliche Equipment um sich herum im feuchten Gras ausgebreitet, die Frau hält ein Tablet in den Händen. Nach ein paar Sekunden kapiere ich, dass sie damit eine Drohne steuert. Das Ding surrt dicht über unsere Köpfe hinweg.

»EcoQuest?«, flüstert Leo in mein Ohr.

Ich nicke. Nach PAO-Leuten sehen die beiden wirklich nicht aus.

»Vielleicht könnten wir es beim nächsten Mal vorher besprechen, wenn du so etwas Irrsinniges vorhast.« Leos Stimme ist nicht lauter geworden, dafür um einiges schärfer.

»Hab mir eben Sorgen gemacht.« Aus dem Augenwinkel sehe ich, dass er den Mund aufklappt und einen Moment später wieder schließt. Er hat recht, aber mein Plan ist aufgegangen. Und das zählt jetzt.

Die Drohne, die sich für ein, zwei Minuten entfernt hat, wird wieder lauter.

»Keine Veränderung der Aerosolwerte im Umkreis von fünfhundert Metern«, berichtet die Frau. »Nimmst du die Wasserprobe?«

Der Mann bückt sich und zieht zwei Röhrchen mit Schraubverschluss aus einem Koffer, den er neben sich abgestellt hat. »Hab ich auch noch nicht gesehen, dass eine Wolke so zielsicher abregnet. So, wie es hier geschüttet hat, müsste die Wiese unter Wasser stehen. Stattdessen kannst du in dem Becken schwimmen gehen.«

Ich grinse. Das war das Ziel, mein Freund.

Leo wirft mir einen fragenden Seitenblick zu. Ich tue ihn mit einem Schulterzucken ab und er atmet tief ein.

»So was sollte gar nicht möglich sein, das weißt du, oder?«, brummt er. Als ich nicht antworte, murmelt er: »Aber was rede ich …«

Ich grinse breiter, dann beschließe ich, dass es an der Zeit ist. Mit wackligen Knien kämpfe ich mich auf die Füße. Leo folgt meinem Beispiel und einen Moment lang steht er auch nicht viel stabiler als ich. Dann fängt er sich.

»Wie fühlst du dich?«, flüstere ich.

Er schnauft schwer. »Vega, im Ernst …«

Doch da zieht die Frau unsere Aufmerksamkeit auf sich. Sie hat sich zu uns umgedreht und starrt wachsam zwischen die Zweige unserer Deckung. Ich drücke Leos Arm, dann trete ich um den Busch herum hinaus auf die Wiese. Leo ist keine zwei Schritte hinter mir.

Die Frau sagt warnend: »Troy!«, und einen Herzschlag später steht der Mann neben ihr.

Auf Zack sind sie, das muss man ihnen lassen.

»Wart ihr das?«, fragt sie und zeigt auf das zur Hälfte gefüllte Schwimmbecken.

Ein paar Sekunden lang begegne ich dem Blick ihrer braunen Augen.

»Ja, das waren wir«, bestätige ich. »Wir hatten gehofft, ihr taucht hier auf.« Und dann, nach einer kleinen Pause: »Wir brauchen eure Hilfe.«

17

Leo schüttelt den Kopf. So leise, dass selbst ich ihn kaum verstehe, murmelt er: »Völliger Wahnsinn. Und wir machen das, ohne uns abgesprochen zu haben. Lebensmüde.«

Troy geht hinter uns, die Frau voran. Leos Schritte sind schwerfällig, je länger wir unterwegs sind, desto öfter fasst er sich an die Seite. Seine Gesichtsfarbe gefällt mir gar nicht, aber er beißt die Zähne zusammen und hält das Tempo.

Die Frau steuert auf einen weißen Kleintransporter zu, der an einer Hausecke drei Straßen weiter parkt.

Troy reißt die hintere Tür auf und knurrt: »Rein da.«

Also klettern wir hinein, ich zuerst, und als Leo mir nachkommt, flüstere ich: »Lass mich reden. Wir kriegen das hin.«

Sein Blick verrät mir, dass er mir einiges zu sagen hätte, aber er nickt nur knapp. Kaum haben wir uns auf die schmale Sitzbank gesetzt, gibt der Transporter unter uns nach. Troy ist eingestiegen. Er lässt uns nicht aus den Augen, nimmt gleichzeitig die Koffer und Apparate entgegen und verstaut sie in den Regalen gegenüber der Sitzbank. Bevor die Frau die Tür schließt, knipst Troy die Innenbeleuchtung an. Dann fällt die Tür ins Schloss und kein Tageslicht dringt mehr herein.

Eine halbe Minute später springt der Motor an und wir sind unterwegs.

Es ist stickig und ziemlich warm hier hinten. Allmählich trocknen meine Klamotten, und ich merke, wie sich meine Schultern entkrampfen. Obwohl der Sitz unbequem ist und ich jedes Schlagloch spüre, werden meine Lider schwer. Ein Frühstück mit sehr vielen Kohlenhydraten wäre jetzt das Richtige.

Ich würde Leo gern sagen, dass er sich ausruhen und ein bisschen schlafen soll, doch unter Troys misstrauischem Blick will ich das nicht. Stattdessen konzentriere ich mich auf die Strecke.

Anfangs geraten wir mitten in den Berufsverkehr, wir kommen nur im Stop-and-go voran. Wegen der ständigen Pausen kann ich nur schlecht einschätzen, welche Entfernung wir zurücklegen, aber wem mache ich etwas vor? Seit wir in diesen Kastenwagen gestiegen sind, haben wir gar nichts mehr in der Hand. Vielleicht fahren wir auf Umwegen zu EcoQuest, ihr Versteck könnte fünf oder fünfzig Kilometer vom Zentrum entfernt sein. Vielleicht hält die Frau auch an einem Feldweg und das war's dann. Wir können uns jetzt nur noch auf unser Glück verlassen.

Denn das wird mir immer bewusster, je länger ich darüber nachdenke: Leo hat nicht ganz unrecht damit, dass wir über meinen Plan hätten reden sollen. Die Sache ist nämlich die, dass ich keinen Plan habe, jedenfalls keinen, der darüber hinausgeht, EcoQuest auf mich aufmerksam zu machen. Der ist immerhin aufgegangen.

Eine Weile wälze ich ein paar mögliche Geschichten für EcoQuest im Kopf herum, bis mir auffällt, dass Leo ziemlich flach atmet. Als ich ihm ins Gesicht sehe, stehen ihm Schweißperlen auf der Stirn. Er ist weiß wie eine Wand.

Er fängt meinen Blick auf und lächelt schwach. »Alles okay…«, beginnt er, dann verdrehen sich seine Augen nach oben, und er sackt in sich zusammen.

»Scheiße!« Ich fange ihn gerade noch auf und schaffe es irgendwie, ihn auf den Boden des Laderaums zu legen. Noch während ich nach seinem Puls taste, fahre ich zu Troy herum. »Wir müssen anhalten! Los! Er braucht Hilfe!«

Troy ist völlig unbeeindruckt. »Er blutet nicht, so schlimm kann's nicht sein. Wir sehen ihn uns an, wenn wir in der Zentrale sind.«

Im Geiste werfe ich Troy jedes Schimpfwort an den Kopf, das ich je aufgeschnappt habe, doch es bringt nichts, mich jetzt mit ihm anzulegen. Immerhin lenkt mich die Wut ein wenig von meiner Angst ab, denn Leo gefällt mir gar nicht. Wenigstens geht sein Puls regelmäßig, wenn auch ein bisschen zu schnell. Mit einem Zipfel meines Shirts wische ich ihm den Schweiß aus dem Gesicht.

»Ich bin da, Leo, hörst du mich?«, sage ich immer wieder. »Ich bin bei dir.«

Leos Augen bleiben geschlossen, und mein Herz klopft schneller als seins, aber sein Zustand verschlechtert sich nicht weiter. Vielleicht braucht er einfach ein wenig Ruhe. Ich kann nur hoffen, dass er die bei EcoQuest bekommt.

Umständlich lege ich seine Beine auf die Sitzbank, dann nehme ich seinen Kopf auf den Schoß und streiche über seine Schläfe, immer wieder. Ein paar Minuten ist alles zu viel, die Angst um Leo, die Erschöpfung, meine Wut auf Troy, die Hoffnung, Esper wiederzusehen, der Drang herauszufinden, in was für ein Gespinst aus widerstreitenden Interessen ich geraten bin. Ein paar Minuten wünsche ich mich zurück in die Hütte, an unseren See, wo uns kein Sturm der Welt erreichen kann. Ich sitze da, meine Hand hebt und senkt sich im Rhythmus von Leos Atem.

Dann halten wir. Und die Tür geht auf.

»Auch das noch«, sagt die Frau, die uns hergebracht hat, als ihr Blick auf Leo fällt.

Der Spruch ist wie ein rotes Tuch. Die Erschöpfung, der Moment der Schwäche – sie sind wie weggeblasen. Jemand braucht hier dringend eine Ansage.

»Worauf wartest du?«, fahre ich sie an, als sie in der Tür des Transporters stehen bleibt und keine Anstalten macht, Hilfe zu holen. »Er ist von einem Gummigeschoss getroffen worden, vielleicht hat er innere Blutungen. Gibt es hier jemanden, der Ahnung von so was hat?«

Dem Blick nach zu urteilen, den sie mir zuwirft, werden wir in diesem Leben keine Freundinnen mehr, aber das ist mir egal. Meine Angst um Leo zerrt und reißt an mir, da schlage ich lieber um mich und bringe diese Idioten dazu, ihren Hintern zu bewegen.

Tatsächlich schiebt sich Troy nach draußen und brüllt ein paar Kommandos, von denen ich nicht mal die Hälfte verstehe.

»Los«, blafft die Frau mich an und streckt die Hand aus.

Ich rücke etwas zur Seite, sie rutscht neben mich, und gemeinsam schieben wir Leo zur Tür des Transporters. Sein Gewicht liegt schwer in meinem Arm, er ist noch nicht wieder bei Bewusstsein.

Mir entwischt ein Laut, der mich selbst erschreckt, hilflos, zornig, wie von einem Tier, das man in die Enge getrieben hat, und die Frau sieht mich an. Ich wende die Augen ab, ich will nicht, dass sie mein Gesicht lesen kann, die Angst darin, die Selbstvorwürfe.

Doch sie überrascht mich. »Wir haben gute Leute hier«, sagt sie, beinahe sanft. »Die kriegen ihn wieder hin.«

Mein Blick fliegt zu ihr, aber bevor ich antworten oder ihr danken kann, taucht eine Krankentrage auf Rollen an der Tür des Transporters auf. Eine junge Frau und zwei Männer, einer etwas älter als Leo, der andere sicher über vierzig, packen Leo an den Armen und Beinen und verfrachten ihn erstaunlich geschickt auf die Liege. Dann sind sie unterwegs, und mir bleibt nur, ihnen im Laufschritt zu folgen.

Während wir durch eine weitläufige Halle mit hohem Dach hetzen, macht sich der jüngere der Männer schon daran, Leo zu untersuchen. Ich bekomme nicht richtig mit, was er tut, weil wir uns einen Weg durch mindestens zwei Dutzend Fahrzeuge bahnen müssen und viele von ihnen so eng geparkt sind, dass ich nicht an Leos Seite bleiben kann. Immer wieder piept ein Scanner, manchmal erschreckend laut und in schneller Folge, doch niemand reagiert auf meine Fragen, was die Signale zu bedeuten haben.

Wir biegen in einen Gang ein, der zu einem einstöckigen Nebengebäude führt, so viel kann ich durch die wenigen schmalen Fenster erkennen. Die erste Tür muss die junge Frau am Fuß der Liege noch öffnen, dann folgen drei weitere, die von selbst aufgleiten, bis wir einen hell erleuchteten Raum erreichen, an dessen Wänden Metallschränke und alle möglichen Apparate stehen. Ich hatte irgendeine Art Feldlazarett erwartet, nur das Nötigste und das in schlechter Qualität, aber die Ausstattung wirkt modern und hochwertig.

Der jüngere Mann dreht sich zu mir um. Er hat schwarze, kurz geschnittene Haare, seine dunklen Augen blitzen. »Du bleibst da in der Ecke stehen, ist das klar?«, sagt er in einem Ton, den ich eher bei einem General kurz vor der Rente erwartet hätte.

Ich nicke knapp, doch er hat sich schon wieder zu Leo umgewandt. »Die linke Seite«, wage ich trotzdem einzuwerfen.

Die Sanitäterin wirft mir einen Blick zu, der mir wohl sagen soll, dass ich es nicht mit Amateuren zu tun habe, aber als sie Leos Shirt nach oben schieben, atmet sie scharf sein.

»Was war das?«, fragt der Arzt, während er sich näher über den Bluterguss beugt. Die Schwellung ist etwas zurückgegangen, glaube ich, dafür schillert der Fleck jetzt in allen Farben des Regenbogens.

»Ein Gummiprojektil«, antworte ich.

Der andere Mann, der Kollege der Sanitäterin, hebt eine Augenbraue, aber niemand sagt etwas. Es kommt mir fast vor, als würden sie hier, in diesem Krankenflügel, solche Verletzungen öfter sehen. Vielleicht bleibt es bei Protestaktionen gegen Wetterkonzerne nicht aus, dass geschossen wird.

Ich weiß nicht, ob es an dem unbarmherzigen Licht hier drin liegt, doch Leo kommt mir noch blasser vor als im Wagen. Er rührt sich nicht, als der Arzt seine Seite und seinen Bauch abtastet, obwohl das höllisch wehtun muss. Er ist völlig weggetreten.

Auf einen Wink des Mannes wirft die Sanitäterin einen Apparat an, der an der gegenüberliegenden Wand steht. Bevor ich fragen kann, was sie damit untersuchen wollen, taucht Troy in der Tür auf.

»Nika will sie sehen«, brummt er. »Kann ich sie mitnehmen?«

Erst merke ich gar nicht, dass er über mich spricht, auch nicht, als der Arzt sagt: »Er ist stabil. Hier gibt es erst mal nichts Neues. Sie kann ruhig mitgehen.«

Dann schließt sich Troys Hand um meinen Oberarm, und ich kapiere, dass er mich wegbringen will.

»Hey! Vergiss es! Ich gehe nirgends hin«, presse ich hervor, während ich mich gegen seinen Griff wehre. Ich hole mit dem Bein aus und will ihn treten, aber er zerrt mich vorwärts, sodass ich das Gleichgewicht verliere und hinter ihm herstolpere. »Lass mich los! Leo!«

»Sie kümmern sich um ihn.« Die Frau aus dem Transporter ist auch da und sieht mich fest an. »Wenn er aufwacht, bringen wir dich zu ihm.«

Sie verstehen es einfach nicht. »Aber wenn … ich muss …«, stammle ich hilflos. »Es darf ihm nichts …«

Troys Griff um meinen Arm wird fester, dann öffnet sich die automatische Tür und wir sind im Flur. Das Letzte, was ich von Leo sehe, ist seine Hand, die von der Liege baumelt. Die Hand, die ich halten sollte.

18

Ich habe so sehr damit zu tun, meine Angst in den Griff zu kriegen, dass ich kaum mitbekomme, wohin Troy und seine Kollegin mich bringen. Vage ziehen Gänge an mir vorüber, die nach der Helligkeit der Krankenstation fast düster wirken. Einmal überqueren wir einen staubigen Innenhof, wo in einer Ecke drei Leute stehen, die kurz aufsehen, als wir vorbeilaufen, dann stehen wir vor einer schlichten grauen Tür. Sie trägt die Aufschrift 4.3.

Ich nehme wieder Details wahr. Das werte ich mal als gutes Zeichen.

Troy drückt die Tür auf und tatsächlich erfasse ich das Zimmer dahinter mit einem Blick. Es ist ein Besprechungsraum, wahrscheinlich hat EcoQuest ihn schon so vorgefunden, wie er jetzt ist, denn die spießigen bräunlichen Sessel und der riesige Tisch in der Mitte passen irgendwie nicht zu dem Bild, das ich mir bisher von diesen Leuten gemacht habe. An der rechten Wand führt ein Durchgang in ein angrenzendes Zimmer. Das bläuliche Licht, das durch die Türöffnung herausfällt, sagt mir, dass dort eine ganze Reihe Monitore stehen muss. Auch hier im Besprechungsraum hängen Bildschirme an der Wand, ein großer an der Stirnseite links und ein deutlich kleinerer zwischen den beiden großen Fenstern, die auf eine verwilderte Wiese und eine hohe Mauer hinausgehen.

Der Raum ist leer, bis auf eine Frau, die mit verschränkten Armen am Tisch lehnt und uns entgegensieht. Ich erkenne sie sofort, sie ist die Frau, die in dem Video der EcoQuest-Aktion ein Ende aller Wettermodifikationen gefordert hat.

Nika also.

Troy schiebt mich an ihr vorbei auf die Fensterseite des Tisches, dort drückt er mich in einen Sessel. Ich muss ihm dankbar sein, denn mittlerweile hat die Wut wieder Oberhand gewonnen – damit kann ich besser arbeiten. Er und seine Kollegin ziehen sich rechts und links von mir einen Stuhl heraus und setzen sich.

Nika mustert mich. Mir ist schon klar, was sie sieht: eine zerlumpte Siebzehnjährige mit strähnigen dunklen Haaren und Augenringen so groß wie Untertassen. Was ich nicht weiß, ist, ob sie denkt, dass ich ihr nützlich werden kann.

Sie sagt eine ganze Weile nichts, aber dieses Spiel kenne ich auch. Genauso auffällig wie sie lasse ich die Augen über ihr rundliches Gesicht, ihre athletische Figur und die vielen Ringe und Armbänder gleiten. Ihre schwarzen Haare verschwinden fast unter einem türkisblauen Turban, ansonsten ist auch sie komplett in Schwarz gekleidet.

»Ich bin Nika«, bestätigt sie schließlich, was ich schon weiß, und setzt sich mir gegenüber auf einen Stuhl. »Und du heißt …?«

»Vega«, antworte ich ohne Zögern. Garantiert hat EcoQuest die Fahndungslisten der PAO im Blick, es wäre dumm, sie anlügen zu wollen. Doch in Nikas Gesicht regt sich nichts, also war ich vielleicht übervorsichtig.

Zu spät, mir deswegen Gedanken zu machen.

»Vega«, wiederholt sie und nickt mir zu. »Und du bist eine Wettermacherin?«

Sie sagt es so leicht dahin, ganz ohne Wertung, und ich weiß, sie versucht, mich einzulullen. Ich mache ihr keinen Vorwurf, das würde ich auch tun an ihrer Stelle. Aber ich hoffe doch, dass ich ihr nicht auf den Leim gehe.

Diesmal nicke ich zur Antwort.

»Und der Regen am Schwimmbad ...«, fährt Nika fort, »der war von dir?«

Wieder nicke ich.

Sie hebt die Augenbrauen. »Hat dich jemand dafür bezahlt, das Schwimmbecken zu füllen?«

Ihre Haltung wird wachsamer, ich bin mir fast sicher, dass ihr das gar nicht auffällt. Doch ich habe nicht vor zu lügen.

»Nein«, antworte ich. »Dafür hat mich niemand bezahlt. Ich wollte, dass ihr mich findet.«

Nika hat das erwartet – klar, ich habe es ihren Leuten vorhin ja auch so gesagt –, sie lächelt leicht und lehnt sich ein wenig nach vorn. »Und warum wolltest du gefunden werden?«

Jetzt kommt der haarige Teil. Ich muss sie überzeugen, dass ich auf ihrer Seite bin.

»Ich ...«, ziere ich mich ein wenig, »... ich wusste nicht mehr, wohin. Es gab einen Zwischenfall ... vor zwei Wochen, seitdem muss ich ständig darüber nachdenken, was wir da tun. Ob das alles richtig ist. Ich wollte das ja nie ... und ich dachte auch, ich habe es im Griff, mir kann so was nicht passieren.« Ich unterbreche den Blickkontakt, schaue auf die Tischplatte und schlucke. Dann sehe ich wieder auf. Nika beobachtet mich, aber ihr Gesicht verrät nichts. »Jedenfalls glaube ich, dass das aufhören muss. Dass wir nicht mehr so weitermachen können. Wir Wettermacher, meine ich. Und deswegen wollte ich zu euch. Um euch zu helfen.«

Nika spitzt die Lippen. »Also hast du das Wetter modifiziert, um die Wettermodifikation zu stoppen?«

Ich zucke mit den Schultern. »Ich wusste nicht, wie ich euch sonst finde. Ich dachte, so werdet ihr auf mich aufmerksam.«

Nika schnaubt. »Kann man so sagen.« Während meines Monologs hat sie sich in ihrem Sessel zurückgelehnt, jetzt legt sie die Arme auf den Tisch und beugt sich zu mir. »Aber wie erklärst du dir, dass am Schwimmbad weder in der Luft noch am Boden oder im Wasser Chems nachweisbar waren, die zum Abregnen geführt haben könnten?«

Ich runzle die Stirn, als würde mich das verwirren. »Das ... ist eigenartig. Könnte es vielleicht an einem Messfehler liegen?«, frage ich unschuldig.

Das Kunstleder auf Troys Sitzfläche knarzt, als er sein Gewicht verlagert. Nika wirft ihm einen schnellen Blick zu.

»Das halte ich für unwahrscheinlich«, wendet sie sich wieder an mich. »Aber möglicherweise gibt uns deine Ausrüstung Aufschluss. Vielleicht haben wir einfach nach den falschen Substanzen gesucht. Wo ist denn dein Equipment geblieben? Mitgebracht hast du es nicht, oder?«

Ich schüttle den Kopf. »Nein. Ich ... ich habe es versteckt, in einem Keller ganz in der Nähe des Schwimmbads. Ich ...« Langsam und scheinbar unsicher blicke ich in die Runde. »Ich wusste ja nicht, was mich hier erwartet.«

»Das stimmt.« Nika lacht leise. »Am besten beschreibst du nachher jemandem, wo deine Ausrüstung ist, wir holen sie dann für dich.«

Ich lächle unbestimmt. So ein Pech, dass sie bis dahin wohl schon gestohlen worden sein muss.

Nika betrachtet mich wieder nachdenklich. Oder jedenfalls tut sie so, ich könnte wetten, dass wir hier gerade mal die Nettigkeiten ausgetauscht haben.

»Und wer ist dein Freund?«, fragt sie dann auch.

»Leo?« Seinen Namen kann ich nicht mehr zurückhalten, doch ansonsten braucht sie nichts über ihn zu wissen. »Leo ist nicht mein Freund. Wir … haben uns zufällig kennengelernt, er hat mir geholfen.« Diesmal muss ich meine Gefühle nicht spielen, als ich sie eindringlich ansehe. »Ohne ihn wäre ich jetzt nicht hier. Bitte helft ihm.«

Nika nickt. »Wir tun, was wir können. Was will er von uns?«, fragt sie nach einer kleinen Pause.

Ich zucke mit den Schultern. »Nichts, soweit ich weiß. Es kann sein, dass er nicht mal hierbleiben will.« Es versetzt mir einen Stich, als ich merke, wie zutreffend der Satz ist. Ich reibe mir mit der Hand übers Gesicht, als wäre ich erschöpft und ratlos. In der Geste liegt genug Aufrichtigkeit, dass Nika sie mir abkaufen sollte. »Ich … ich war die ganze Zeit nur mit mir beschäftigt. Wie es mit mir weitergeht. Er war einfach nur … hilfsbereit.«

Mit einem Hundebabyblick sehe ich Nika an. Sie erwidert ihn einen Moment, doch das Absurde ist: Jetzt, bei dem ersten Teil meiner Geschichte, der wahr ist, ändert sich ihr Ausdruck. Ich kann zusehen, wie die verständnisvolle Wärme aus ihrem Gesicht weicht. Sie stößt den Stuhl zurück, steht auf und sieht mich von oben herab an.

»Ich kann es nicht leiden, wenn mich jemand anlügt.«

Der Satz sinkt tonnenschwer zu Boden. Sie lässt mich nicht

aus den Augen, aber noch ist nicht ausgemacht, wer dieses Blickduell gewinnt. Ich presse die Kiefer aufeinander und warte, was sie zu sagen hat.

Als ich stumm bleibe, stützt Nika die Hände auf die Tischplatte und beugt sich zu mir. »Raus mit der Sprache. Haben dich die Wettermacher geschickt?«

Das verblüfft mich. »Warum sollten sie das tun?«, rutscht es mir heraus.

Ihre Augen werden schmal. »Weil wir euch einen nach der anderen aus dem Verkehr ziehen werden. Irgendwann macht ihr alle Fehler, du hast es selbst gesagt. Dann kriegen wir euch. Und um das zu verhindern, wollt ihr eine von euch einschleusen. Dich.«

Der Gedanke ist echt abenteuerlich. Wie sie auf die Idee kommt, die Wettermacher könnten jemals so abgestimmt handeln, ist mir ein Rätsel. Obwohl, fällt mir da mit einem Schaudern ein, Luc hat es immerhin geschafft, eine ganze Horde von ihnen auf mich zu hetzen.

Trotzdem kann ich mit absoluter Überzeugung sagen: »Das ist vollkommener Blödsinn.« Wenn die Wettermacher jemanden einschleusen wollten, wäre ich garantiert die Letzte.

Nika richtet sich wieder auf. »Laura«, sagt sie, etwas lauter als zuvor. »Leg los.«

»Läuft«, höre ich aus dem angrenzenden Technikraum.

Im nächsten Moment wird der Monitor zu meiner Rechten hell. Auf den ersten Blick erkenne ich nicht viel, es ist ein Ausschnitt aus einem Überwachungsvideo, grobkörnig und flackernd. Anscheinend weht der Wind ziemlich heftig, denn etwas wird durchs Bild getrieben, was ich zuerst für eine Plane halte. Dann aber erkenne ich, dass es ein Kotflügel ist.

Ich beiße mir innen auf die Lippe, aber es ist zu spät, der erschrockene Laut ist mir schon entwischt. Es spielt keine Rolle, Nika hat mich fest im Blick, sie muss sehen, dass ich blass geworden bin.

Das Video springt, man sieht die Straße aus einer anderen Perspektive. Auf der gegenüberliegenden Straßenseite taucht jemand am Rand eines Flachdachs auf. Die Person ist nur zur Hälfte zu sehen, der Winkel der Kamera schneidet die Beine ab. Es ist ein Mädchen, mit kinnlangen dunklen Haaren, die ihr nass vom Regen am Kopf kleben. Sie hält die Arme in die Luft, ihr Gesicht ist vor Konzentration verzerrt.

Trotzdem wissen alle hier im Raum, dass ich es bin, die dort am Rand des Daches steht.

Erneut bricht das Video ab, eine Sekunde später erhebt sich in einer neuen Szenerie ein gläsernes Gebäude in einen heller werdenden Himmel. An einer Ecke taucht ein schlanker Mann auf. Er hat seinen Arm um eine junge Frau gelegt und trägt sie beinahe, weil ihr immer wieder die Knie wegknicken. Sie laufen auf die Kamera zu, wechseln die Richtung und verschwinden rechts aus dem Bild. Der Monitor wird schwarz. Lange, lange Sekunden herrscht Stille.

Nika lässt sich wieder in ihren Sessel fallen. »Zwei Stürme wie aus dem Nichts in zwei Tagen. Und mittendrin eine Wettermacherin. Erklär mir das.«

Abwartend sieht sie mich an, doch ich starre nur zurück. Mein Hirn ist leer, ich könnte keinen klaren Satz formen, selbst wenn ich wollte. Wer sind diese Leute? Wieso haben sie Zugriff auf öffentliche Überwachungsvideos? Haben sie die gehackt oder bekommen sie sie zugespielt, von irgendeiner Behörde ... der PAO?

Der Gedanke fährt wie ein Stromschlag durch mich, sodass ich mich aufrechter hinsetze. Nika entgeht das natürlich nicht, aber ich kann es nicht verhindern.

Wo habe ich mich hier hineinmanövriert? Bin ich freiwillig in die Falle gegangen? Was soll ich tun? Was *kann* ich jetzt noch tun?

Anscheinend deutet Nika mein Schweigen falsch, denn sie atmet scharf ein und hebt eine Augenbraue. »Vega Sellin. Die PAO sucht dich wegen eines Störfalls mit toxischem Regen und die Wettermacher sind gerade nicht sonderlich gut auf dich zu sprechen. Wie ich das sehe …« Sie macht eine Pause, wie um die Spannung zu erhöhen, aber wie viel schlimmer kann es jetzt noch kommen? »… gehen dir die Optionen aus. Also wäre es wirklich besser, wenn du die Karten auf den Tisch legst. Sonst darfst du dir gern aussuchen, bei wem wir dich abliefern. Bei der PAO oder den Wettermachern, mir ist das gleich.«

Ich schnaube. Nicht weil ich mich über ihre Drohung lustig mache, so wie Nika es auffasst, sondern weil ich auch nicht weiß, welche der beiden Möglichkeiten weniger schlimm ist. Doch der Schaden ist angerichtet: Nika wird wütend.

»Es reicht jetzt! Wir haben dich und deinen Freund hergeholt und ihm geholfen und du tischst mir eine Lüge nach der anderen auf. Rück endlich raus mit der Sprache oder ich überlege es mir anders und wir werfen euch hochkant raus. Es schert mich einen Dreck, was aus deinem Freund wird.«

Nikas Worte bringen das Chaos in meinem Kopf zum Verstummen. Plötzlich ist da nur noch Raum für einen Gedanken: Leo muss wieder gesund werden. Sie müssen Leo helfen. Ich muss ihnen geben, was sie wollen.

Nika sieht es. Ihr Mundwinkel zuckt und sie lehnt sich in ihrem Stuhl zurück. Ihr ist klar, dass sie meinen wunden Punkt gefunden hat. Jetzt muss sie nur noch warten.

Die Erinnerung an Leos blasses Gesicht huscht durch meinen Kopf, und ich weiß, was ich zu tun habe. Ich habe keine Ahnung, was Esper hierhergebracht hat, und noch weniger weiß ich, wie all das zusammenhängt, was ich in den vergangenen Tagen erfahren habe. Doch eines ist sicher: Der Einzige, der mit alldem hier nichts zu tun hat, ist Leo. Ich kann ihn nicht länger in Gefahr bringen, nur um mich oder Esper zu schützen.

Ich hole tief Luft und straffe die Schultern. »Ich wollte zu Esper«, spreche ich die einfache Wahrheit aus.

Anscheinend hat Nika ein deutlich spektakuläreres Eingeständnis erwartet, denn fast kommt es mir vor, als würde sie ein wenig in sich zusammenfallen. »Esper? Wer soll das sein?«

Meine Gedanken rasen. Weiß sie wirklich nicht, wer er ist? Ist Esper unter falschem Namen hier? Und wenn ja, warum? Welche Pläne verfolgt er? Eine leise Stimme in meinem Kopf warnt mich davor weiterzureden, doch ich kann keine Rücksicht mehr auf Esper nehmen. Seinetwegen bin ich überhaupt erst in diese Bredouille geraten. Hätte er mir eine einzige Nachricht geschickt, wäre all das nicht nötig gewesen.

»Esper ist mein Freund«, erkläre ich mit fester Stimme. »Ich habe ihn aus den Augen verloren und dann in dem Video einer eurer Aktionen gesehen. Deswegen bin ich hier.«

»Welches Video?« Nika scheint mit den Gedanken woanders zu sein, aber ich antworte ihr.

»Das von der Aktion an der Bioverse-Anlage.«

Nika holt Luft, aber die Frau, die sie vorhin Laura genannt hat, ruft aus dem angrenzenden Raum: »Gib mir fünf Sekunden.«

Es dauert gerade mal drei, dann wird der Monitor wieder hell und spielt das Video ab. Ich habe es so oft gesehen, es kommt mir vor, als sei ich dabei gewesen.

»Stopp!«, rufe ich, als der Junge und das Mädchen beginnen, sich vom Dach abzuseilen und das Banner zu entrollen. Laura hält das Video an. Ich hebe den Arm und deute auf den linken Bildrand. »Er.«

»Inez, weißt du, wo er ist?«

Endlich hat die Frau, die mich hierhergebracht hat, auch einen Namen.

Sie schüttelt den Kopf. »Der Speisesaal wäre mein erster Tipp. Soll ich ihn suchen?«

Nika nickt ihr zu, Inez verschwindet und dann verstreichen die Minuten. Nika und Troy sehen mich an, ich knete unter dem Tisch meine Finger. Außer unserem Atem und hin und wieder einer Stimme von draußen ist es still.

Aus dem Nebenraum kommt ein Brummen, dann taucht im Türrahmen ein Rollstuhl auf. Eine junge Frau sitzt darin, Laura vermutlich, und hebt grüßend die Hand. Sie ist um die zwanzig, trägt ein Blumenkleid und ein dicker blonder Pferdeschwanz fällt ihr über die Schulter. Ich nicke ihr zu.

Schließlich sind draußen auf dem Gang Schritte zu hören. So gut es geht, wappne ich mich für das, was gleich passieren wird. Auch wenn ich nicht weiß, was es ist.

Die Tür geht auf, Esper tritt über die Schwelle. Ich stehe halb von meinem Stuhl auf, einen Moment weiten sich seine Augen, dann wischt er sich mit dem Handrücken über die Nase und sein Ausdruck wird gleichgültig. Mit kaum mehr als höflichem Interesse sieht er Nika an, mich würdigt er keines zweiten Blickes.

»Was gibt's?«

Ich falle zurück auf meinen Stuhl. Er hat sich über die Nase gewischt, unser Signal für »Nein«. Ich soll so tun, als würde ich ihn nicht kennen. Was ist los?

Was ist hier bloß los?

»Sagt dir der Name Esper was?« Nikas Frage dringt dumpf durch das Rauschen in meinem Kopf. Ihre Stimme klingt entspannt, aber es hat sich ein scharfer Unterton eingeschlichen.

»Esper?«, fragt Esper, und er hat sich wirklich gut im Griff. »Wer soll das sein?«

»Er ist es nicht«, krächze ich, bevor Nika antworten kann. »Ich habe mich geirrt.«

Mein Blick gleitet über Espers Gesicht, als würde ich nach Ähnlichkeiten suchen, dabei speichere ich alles ab, was sich in den letzten Wochen darin verändert hat. Der neue, härtere Zug um seinen Mund, die Wachsamkeit in seinen Augen. Ich vergleiche und vergleiche, während ich die Blicke der anderen auf mir spüre, und dann weiß ich, dass alles auf dem Spiel steht. Keine Ahnung, in was sich Esper da verrannt hat, so viel schulde ich ihm, dass ich ihn jetzt nicht auffliegen lasse.

Ich stütze die Ellbogen auf und verberge mein Gesicht in den Händen. »Sorry«, keuche ich, »sorry, geht gleich wieder …«

Mein Körper bebt, das muss ich ihnen gar nicht vorspielen, denn alles in mir will aufspringen, drängt mich, mich in Espers Arme zu werfen, nach all diesen Tagen der Ungewissheit und der Angst. Doch ich darf nicht. Ich darf es nicht. Ich will es nicht persönlich nehmen, aber dass er mir das antut – das fühlt sich persönlich an, wie eine Ohrfeige, wie ein verächtliches Lachen nach allem, was passiert ist, seit wir uns zum letzten Mal gesehen haben. Ich lasse diese Gefühle zu, alles Irrationale an ihnen, und meine Enttäuschung und Gekränktheit schütteln mich.

Irgendwann ebbt das Zittern ab. Ich atme schwer, aber ich reiße mich zusammen – wirklich, nicht nur gespielt – und sehe auf.

»Sorry«, sage ich wieder, als ich in die Gesichter von Nika, Inez, Troy und Laura sehe. Espers Blick meide ich. »Ich ... ich war mir so sicher ...«

Inez hält mir eine Taschentuchbox hin. Überrascht greife ich danach und lächle sie schwach an.

»Was ist hier los?«, fragt Esper. Er klingt neugierig, aber völlig unbeteiligt.

»Erzähle ich dir nachher«, antwortet Nika. »Wir brauchen dich erst mal nicht mehr. Bis später, Finn.«

Ihr Blick schießt zwischen ihm und mir hin und her. Ich bin mir ziemlich sicher, dass ich Inez überzeugt habe, doch Nika bleibt misstrauisch. Als Esper die Tür öffnet und verschwindet, achte ich darauf, dass ich ihm nicht hinterhersehe. Meine Hand zittert, als ich mir das Gesicht abtrockne.

»Was jetzt?«, frage ich Nika und setze mich gerade hin. Meine Stimme klingt fest, aber so, als würde es mich anstrengen. Gut.

»Sag du es mir.« Nika ignoriert Inez' vorwurfsvollen Blick und lehnt sich mit verschränkten Armen in ihrem Stuhl zurück.

Trotz ihrer Feindseligkeit will ich bleiben, ich muss es sogar, solange es Leo nicht besser geht. Doch ich hoffe auch, dass ich einen Moment finden werde, in dem ich ungestört mit Esper reden kann. Ich will wissen, was er vorhat, warum er seinen Namen verschweigt, warum ich ihn decken muss. Und ich will ihn für mich haben, wenigstens für einen Augenblick. Vergessen, was passiert ist. So tun, als könnten wir uns was vom Libanesen holen, ein bisschen zocken und die Nacht in seinem Bett verbringen.

Ich schlucke. »Kann ich bleiben? Bis es Leo besser geht? Ich ... vielleicht kann ich mich nützlich machen.«

Nika schnaubt. »Und was schwebt dir da vor? Küchendienst?« Sie gibt Troy einen Wink. »Mir reicht es, schmeiß sie ...«

»Warte.« Anscheinend ist es an der Zeit, volles Risiko zu gehen. »Ihr wollt wissen, wer hinter den beiden Stürmen steckt, oder?« Nika hebt die Augenbrauen, doch ich schüttle nur den Kopf. »Ich war da, ja, aber ich hatte nichts damit zu tun, wie sie entstanden sind. Wettermacher verursachen keine Stürme, wir lassen es regnen. Wer auch immer für die Gewitterstürme verantwortlich ist, hat mehr Ressourcen als der Großteil der Wettermacheragenturen zusammen.«

Troy und Nika sehen sich an, Laura lächelt leicht. Sie hat mich nicht aus den Augen gelassen.

»Und woher weißt du das?«, fragt Nika. Sie bemüht sich nicht mal, den skeptischen Tonfall aus ihrer Stimme zu halten.

»Ihr habt die Chem-Werte gemessen. Vielleicht war die Menge normal, aber sicher nicht die Qualität.« Ich lasse meinen Blick von Nika zu Laura und Troy, schließlich zu Inez schweifen. »In dieser Reinheit vertreibt die PAO keine Chems, und kein Schwarzmarktlabor in Deutschland ist in der Lage, so rein zu produzieren. Wir haben es hier mit jemandem zu tun, der in einer ganz anderen Liga spielt.«

»Ein Wetterkonzern«, wirft Laura ein. »Hab ich es euch nicht gesagt?« Ungerührt erwidert sie die Blicke aus allen Ecken des Raums – die der EcoQuest Leute vorwurfsvoll, meiner verblüfft – und nickt dann in meine Richtung. »Du willst deine Unschuld beweisen und wir wollen diese Verbrecher aus dem Verkehr ziehen. Wie gehen wir deiner Meinung nach am besten vor?«

»Schluss damit!« Nika springt von ihrem Stuhl. »Das diskutieren wir sicher nicht mit ihr. Ist das klar?«

Sie und Laura starren sich ein paar Sekunden an, dann nickt Laura.

»Gut.« Nika dreht sich wieder zu mir. Einen sehr langen Moment mustert sie mich. Schließlich sagt sie: »Meinetwegen kannst du bleiben. Über alles andere reden wir noch. Wenn du Ärger machst, fliegst du raus, kapiert?«

Ich nicke.

Sie wendet sich zur Tür. »Laura, kümmerst du dich um ein Bett für sie?«

Auf einen Wink hin folgen ihr Inez und Troy und ich bleibe mit Laura allein in dem Besprechungsraum zurück.

19

Laura sagt nichts weiter über ihren Verdacht gegen die Wetterkonzerne, sondern plappert fröhlich vor sich hin, während sie mir das Gelände zeigt. Schön ist es nicht gerade, eher wirkt es wie eine heruntergekommene Kaserne, nur in den Innenhöfen hat jemand die Wände mit Graffiti besprüht. Porträts sind genauso dabei wie üppig grüne Landschaften, kitschige Blumenranken und natürlich der Eco-Quest-Frosch. Zwischendrin findet sich auch immer wieder ein Anti-Wettermacher-Slogan. Da fühlt man sich gleich wie zu Hause.

Das Grundstück ist noch größer, als ich vermutet habe, neben der Krankenstation und dem Gang, wo die Besprechungs- und Technikräume untergebracht sind, gibt es noch einen Küchentrakt mit Speisesaal sowie zwei mehrstöckige Gebäude mit Schlafzimmern. In einem davon weist Laura mir ein Bett in einem Doppelzimmer zu. Ob das andere Bett belegt ist, kann ich nicht sagen, denn auf dem Regal über der Stirnseite liegen keine persönlichen Gegenstände und das Bettzeug ist ordentlich gefaltet. Das Fenster ist mit einer Jalousie verdunkelt, aber durch die Spalte kann ich sehen, dass es wie die Fensterfront im Besprechungsraum auf die verwilderte Wiese hinausgeht. Klar, so kann Nika sicher sein, dass ich nichts von dem mitkriege, was sich auf dem Gelände so tut.

Laura bestätigt meinen Verdacht, als sie sagt: »Bleib erst mal hier. Du kannst duschen«, sie zeigt auf einen schmalen Durchgang hinter der Zimmertür, der wohl ins Bad führt, »und ich bringe dir nachher noch was zu essen.«

»Kann ich Leo sehen?«

Sie zögert kurz, dann nickt sie. »Da lässt sich bestimmt was machen.«

Ich fühle mich wie ein Huhn im Käfig. Laura hat die Zimmertür nicht abgeschlossen, aber ich weiß, dass Nika nicht davor zurückschrecken wird, wenn ich diesen Vertrauensvorschuss, den sie mir gewährt, missbrauche. Also warte ich. Ich gehe auf der schmalen Fläche zwischen den Betten auf und ab, vom Fenster bis zur Tür sind es sechs Schritte. Sechs Schritte hin, sechs Schritte zurück. Und von vorn.

Während ich unter der Dusche war, hat Laura – vermute ich – mir einen Stapel frische Klamotten hingelegt. Die Leggins sind ein bisschen lang, aber das Shirt passt ganz gut. Ich überlege, ob ich Nika bitten soll, dass sie jemanden schickt, der unseren Camper aus der Stadt holt, doch ich entscheide mich dagegen. Er steht in der hintersten Ecke eines Parkdecks in der Nähe von Ferettis Kanzlei, ich hoffe, er kommt nicht weg. Einen Anlaufpunkt zu haben, den niemand sonst kennt, kann noch nützlich werden. Falls Nika nach unseren Sachen fragt, muss ich improvisieren.

Als mir die Decke auf den Kopf fällt, öffne ich das Fenster, mache es aber sofort wieder zu, denn die Hitze fühlt sich an, als würde ich den Kopf in einen Backofen stecken. Trotzdem bleibe ich eine Weile stehen und beobachte durch die Scheibe, wie Insekten zwischen den trockenen Grashalmen herumschwirren. Viel Nahrung werden sie in der Steppe dort draußen nicht finden, aber ihre goldglänzenden Flügel haben etwas Zauberhaftes an sich, was gar nicht in diese nüchterne Welt von EcoQuest passen will. Meine Gedanken driften zu anderen Lichtfunken, Sonnenreflexen auf den sanften Wellen eines Sees …

Obwohl ich auf sie warte, zucke ich zusammen, als es an der Tür klopft. Auf mein »Ja?« rollt Laura herein.

»Komm mit«, sagt sie und deutet mit dem Kinn den Flur hinunter zum Aufzug.

Durch wieder neue Verbindungsgänge und Innenhöfe bringt sie mich zur Krankenstation. Mein Herz klopft schmerzhaft schnell, als sie mich vor einem kleinen Büro abliefert.

»Riku kann dir sagen, wie es Leo geht«, meint sie. »Ich hole dich in einer halben Stunde zum Essen ab.« Sie nickt mir zu und dreht ihren Rollstuhl um, dann ist sie verschwunden.

Ich hole Luft und klopfe an die Tür des Büros. Der junge Arzt sieht von seinem Monitor hoch, als ich sie aufschiebe. Er nickt, anscheinend hat er mich schon erwartet.

»Komm rein, setz dich.« Als ich auf dem Stuhl neben seinem Schreibtisch Platz genommen habe – viel lieber würde ich stehen bleiben, aber plötzlich wackeln meine Knie –, lächelt er leicht. »Leo hatte Glück. Der Bluterguss ist der schlimmste Schaden, den das Projektil verursacht hat, es hat keine Organe verletzt. Ich habe ihm ein leichtes Schlafmittel gegeben, er braucht dringend Ruhe. Gib ihm ein paar Tage, dann ist er wieder wie neu.«

Meine Lider flattern, so erleichtert bin ich. Wenigstens das. Wenigstens Leo wird bald wieder gesund sein, wenn schon alles andere so verrückt und seltsam ist. Ich schlucke, doch Riku erwartet anscheinend keine Antwort, denn er zeigt auf die Tür.

»Da raus, dann rechts den Gang runter bis zur letzten Tür auf der linken Seite. Sei leise.«

Leise wie eine Maus, darauf kann er Gift nehmen.

»Danke«, sage ich, aber es kommt als Flüstern heraus. Sein Nicken sehe ich nur noch aus dem Augenwinkel, so schnell bin ich an der Tür und draußen auf dem Flur.

Er ist so blass. Er liegt in einem schmalen Bett mit grau-weiß gestreiftem Bezug, in seiner rechten Hand steckt eine Infusionsnadel, um seinen linken Arm ist eine Manschette befestigt, an der alle paar Sekunden die grüne LED eines Scanners aufleuchtet. Ein Monitor auf dem Metallregal neben ihm zeigt seine Vitalwerte.

Neben der Tür steht ein Hocker. Ich nehme ihn, stelle ihn lautlos neben dem Bett ab und setze mich. Dann schiebe ich meine Finger in Leos Hand.

Wie sehr ich mir wünsche, ich dürfte ihn aufwecken, könnte ihm erzählen, was in den letzten Stunden geschehen ist. Dass wir Esper tatsächlich gefunden haben, aber alles ganz anders ist, als ich es mir ausgemalt habe. Dass sich mehr Fragen aufgetan als beantwortet haben. Dass wir – so unwahrscheinlich es klingt – bei EcoQuest vielleicht auf Verbündete gestoßen sind, die uns bei der Suche nach der Quelle der Gewitterstürme helfen können.

Ich will Leos Meinung hören, meine Gedanken ordnen, einfach dadurch, dass ich sie ihm erzähle, doch ich sitze nur da und halte seine Hand und sehe zu, wie sich sein Brustkorb unter diesem unbekannten grünen Shirt hebt und senkt. Egal, was mich umtreibt, es kann warten. Diesmal kann es warten. So lange, bis er gesund ist.

Mein Daumen streicht über seinen Handrücken, und ich muss lächeln, denn seine Haut fühlt sich viel rauer an als an dem Tag, an dem ich ihn kennengelernt habe. Und im selben Moment zieht sich mein Herz zusammen, denn ich wünsche ihm, dass er wieder das Leben führen kann, das es ihm ermöglicht, so weiche Hände zu haben. Ich wünsche ihn in Sicherheit.

Und da weiß ich, dass ich ihn gehen lassen muss. Er hat mir geholfen, aus reiner Freundlichkeit, aber ich darf ihn nicht halten. Nicht in dieser Welt, in der alle falschspielen. Selbst ich. So weit haben sie mich gebracht.

Noch während ich diesen Entschluss fasse und er sich in meinem Herzen einnistet, klar und kalt wie ein Eissplitter, atmet Leo tief ein. Seine Lider zucken, dann öffnet er blinzelnd die Augen. Sein Blick wandert durchs Zimmer, verharrt kurz an der Decke, an die die Sonne durch die Jalousie hindurch helle und dunkle Streifen wirft, und fällt dann auf mein Gesicht. Und da bleibt er, ich fühle ihn wie eine Berührung, und ich lächle Leo durch meine Tränen hindurch an.

»Es wird alles gut«, sagt er heiser, und ich lache auf, weil das mein Text sein sollte, doch noch bevor ich antworten kann, wird sein Blick unstet und seine Lider senken sich.

Ich bleibe sitzen, bis Laura kommt, um mich abzuholen. Ich will toben und schreien und um mich schlagen, damit sie mich bei ihm bleiben lassen, aber ich bin ihnen so dankbar für ihre Hilfe, dass ich nur nicke, ein letztes Mal seine Hand drücke und ihr folge.

Auf dem Rückweg zu meinem Zimmer machen wir einen Zwischenstopp im Speisesaal. Es ist der bei Weitem schönste Raum auf dem EcoQuest-Gelände, hell und freundlich, mit einer schrägen Holzdecke, die von strahlenförmig angeordneten Balken getragen wird. Von allen Seiten fällt Licht herein, auch wenn die Fensterfronten im Süden und Westen zum Schutz vor der Mittagshitze verdunkelt sind. Zwischen den großen Tischen gibt es riesige längliche Pflanztröge mit Zitronen- und Olivenbäumchen, Kräutern und Tomatenstauden, die wahrscheinlich nicht nur den Lärmpegel während der Stoßzeiten senken sollen, sondern auch ein bisschen Privatsphäre schaffen. Vom kulinarischen Nutzen mal ganz abgesehen.

Laura erklärt mir den täglichen Ablauf: Es gibt drei reguläre Mahlzeiten, bei denen sich alle an einem Büfett bedienen können. Wer außerhalb der Essenszeiten kommt, zum Beispiel nach einem Einsatz, braucht einen guten Draht in die Küche.

»So wie ich.« Laura grinst und klopft an eine Schwingtür neben einem langen Stahltresen, über dem ein engmaschiges Gitter aus Metall vage die Umrisse der Kücheneinrichtung dahinter erkennen lässt.

»Mittagessen dauert noch!«, brüllt uns jemand aus den Untiefen der Küche entgegen, als Laura die Tür aufdrückt.

»Können wir dann ein spätes Frühstück haben?«, ruft Laura unbekümmert zurück.

Erst passiert nichts, dann verstummt das Geräusch, das ich für sehr schnelles Hacken auf einem Holzbrett halte, und Schritte kommen näher.

»Bist du das, Laura?«

Laura hat schon an einem der Kühlschränke gegenüber der Essensausgabe gehalten und zieht die Glastür auf. »Ja, ich bin's, Janusz.« Als ein kleiner, schmaler Mann mit grauen Haaren auftaucht, deutet sie auf mich: »Das ist Vega.«

Mich nimmt Janusz kaum wahr, aber bei Lauras Anblick geht die Sonne in seinem Gesicht auf. »Hab schon gehört, dass heute Morgen wieder einiges los war. Nimm dir alles, was du brauchst, Knödelchen.«

Ich kann mein Lachen gerade noch hinter einem Räuspern verstecken, dann deckt uns Janusz mit Brot, Obst, Nussbutter und Marmelade ein und verschwindet, um Porridge zu kochen. Laura und ich setzen uns im Speisesaal an einen Tisch am Fenster, und während wir essen, erzählt sie mir mehr über die Maschinerie, die EcoQuest am Laufen hält.

»Wie viele seid ihr hier?«, ist die erste Frage, die mir in den Sinn kommt. Nach allem zu urteilen, was ich von dem Gelände hier gesehen habe, besteht EcoQuest nicht nur aus einer Handvoll Leute.

Nach einem prüfenden Blick beschließt Laura, dass die Information keinen Schaden anrichten kann. Oder sie verschweigt mir einfach die wahren Zahlen. Was sie sagt, ist beeindruckend genug: »Wir sind knapp achtzig Leute. Hier in der Zentrale sind meistens so fünfundfünfzig, der Rest verteilt sich auf ein paar kleine Außenposten oder ist im Einsatz.«

»Bei einer Aktion?«

Sie nickt. »Oder bei einer Observation. Oder sie haben andere ... Aufgaben.«

Sie sagt nichts mehr und würde auch nichts mehr rausrü cken, wenn ich nachfragen würde, also kann ich mir nur zusammenreimen, dass manche EcoQuest-Mitglieder undercover unterwegs sind, vielleicht weil sie nützliche Jobs haben. Oder vielleicht weil sie irgendwo eingeschleust werden. Immerhin würde das erklären, warum Nika mich für einen Maulwurf gehalten hat – die Denkweise ist ihr vertraut.

Ich würde wirklich gern wissen, wie sich EcoQuest finanziert. Über Spenden? Der freundliche Raum hier, die medizinischen Geräte, die Technik und das hochwertige Essen – das muss riesige Summen verschlingen. Wer teilt EcoQuests Ziele, offen oder im Geheimen? Umweltschützer? Mir fällt niemand ein, der die Geldmittel hätte, so eine Unternehmung zu sponsern. Irgendeine ökologisch erweckte Schauspielerin vielleicht … Ich unterdrücke ein Grinsen.

»Plant ihr gerade so was wie bei Bioverse?«, versuche ich, das Gespräch wieder in die Gänge zu bringen, auch wenn Janusz' Porridge mit Nüssen und Honig einen Großteil meiner Konzentration bindet.

Laura brummt unbestimmt. Erst denke ich, dass sie befürchtet, mir schon zu viel verraten zu haben, doch dann erklärt sie: »Solche Aktionen laufen ständig. Es wird manchmal schon gar nicht mehr darüber berichtet. Nika macht das kirre, sie sagt, die Leute sind selber schuld, wenn wir immer radikaler werden müssen. Es hört ja keiner zu.« Sie runzelt die Stirn, während sie mich betrachtet. »Aber ich glaube, dass wir uns lieber auf diese Gewitterstürme konzentrieren sollten.«

Das Licht fällt mild durch das große Fenster, das nach Osten geht, eine Fliege surrt an der Scheibe auf und ab, Janusz' Schuhsohlen quietschen über die Kacheln. Und wir sehen uns an und versuchen, uns gegenseitig einen Reim aus der anderen zu machen. Was erwartet Laura von mir? Was will sie hören? Kann ich ihr anvertrauen, was Leo und ich herausgefunden haben? Oder ist sie längst zu denselben Schlüssen gekommen?

Mir fällt Nikas Verdacht ein: *Zwei Stürme wie aus dem Nichts in zwei Tagen. Und mittendrin eine Wettermacherin.* Ihr Misstrauen wiegt schwer. Solange ich nicht weiß, woran ich mit ihr und den anderen bei EcoQuest bin, solange ich mich nicht mit Leo beraten kann, darf ich kein Risiko eingehen. Nicht einmal bei Laura.

Als hätte sie meinen Stimmungsumschwung wahrgenommen, wirkt Laura plötzlich in sich gekehrt. Aus ihr werde ich nichts mehr herausbekommen, nicht jetzt, also schiebe ich alle Gedanken an Unwetter und geheimnisvolle Gegner weg und genieße das Gefühl, satt, frisch geduscht und in sauberen Klamotten in Sicherheit zu sein. Zumindest für den Moment.

Nach ein paar Minuten zieht der Geruch nach gebratenen Zwiebeln aus der Küche zu uns herüber, und wenig später kommen die ersten Grüppchen herein, die aufs Mittagessen warten. Laura bemerkt meine Unruhe.

»Los, hilf mir, das Geschirr wegzubringen. Vielleicht ist es noch ein bisschen früh, dass du auf die Meute triffst.«

Wir stellen unsere Teller und das Besteck in einen Wagen neben der Küchentür und halten uns auf dem Weg zum Ausgang an der Wand, sodass mich nur wenige neugierige Blicke streifen. Die volle Aufmerksamkeit bekomme ich in den nächsten Tagen sicher noch ab, wenn sich erst herumgesprochen hat, was ich bin.

Draußen auf dem Flur erstarre ich. Äußerlich gehe ich normal weiter, lausche Lauras neuerlichen Erklärungen und Hinweisen, aber innerlich richtet sich alles in mir auf den Punkt aus, an dem Esper um die Ecke biegt. In einem Pulk aus drei, vier anderen Jungs kommt er auf uns zu. Sie lachen, rempeln sich gegenseitig an, er tut so, als wäre nichts, dabei ist sein Kiefer angespannt. Doch das sehe wohl nur ich.

Er sagt etwas, das Lachen der anderen wird lauter, zwei von ihnen grüßen Laura, ein paar schnelle Seitenblicke. Als sie fast vorbei sind, streifen Finger mein Handgelenk, warm und vertraut. Ich atme scharf ein und glaube fast, Esper riechen zu können. Dann schwingt die Tür zum Speisesaal hinter ihnen zu und der Gestank nach Bratfett überlagert alles andere.

Ich merke, dass Laura mich ansieht. Ihr ist meine Reaktion nicht entgangen.

»Entschuldige.« Ich deute mit dem Daumen über die Schulter. So nah wie möglich an der Wahrheit, nehme ich mir vor. »Es ist so … so seltsam. Er … Finn, ja? Er und Esper sehen sich so ähnlich. Und trotzdem …« Ich erwidere ihren Blick. »Ich war so doof.«

Sie nimmt es mir ab. Ihr Lächeln wirkt aufrichtig. »Suchst du Esper schon lang?«

Sie ist so nett, es versetzt mir einen Stich, dass ich nicht ehrlich zu ihr sein kann. Aber immerhin jetzt muss ich nicht lügen. »Seit zwei Wochen. Wir … wir wurden bei einem Einsatz getrennt.« Und dann, als kleinen Dank für ihre Unvoreingenommenheit, schiebe ich etwas hinterher, was sie nicht wissen müsste, wonach sie nicht gefragt hat: »Wir waren in den letzten vier Jahren höchstens zwei Tage voneinander getrennt.«

Wieder lächelt sie, ein bisschen traurig diesmal, und sofort komme ich mir schäbig vor. Was für ein Spiel treibe ich hier? Ich muss aufpassen, dass mich dieser Morast nicht komplett verschluckt.

Laura liefert mich in meinem Zimmer ab und hebt entschuldigend die Schultern, als sie die Tür zuzieht. Wieder schließt sie nicht ab, doch die Tür klickt so endgültig ins Schloss, dass es keinen Unterschied macht.

Zwei Tage lang sitze ich in meinem Zimmer, starre die Decke an und bin so frustriert, dass ich die Mahlzeiten herbeisehne, nur um nicht mit meinen Gedanken allein sein zu müssen. Kurz bevor die Küche schließt, holt mich nämlich jemand ab, um mich in den Speisesaal zu begleiten, meistens Laura, manchmal auch Inez oder sogar Troy. Sie sagen mir nicht, wie es weitergeht, was sie mit mir vorhaben, auch über die Gewitterstürme verlieren sie kein Wort. Ich weiß nicht einmal, ob sich wieder einer zusammenbraut, aber ich rede mir ein, dass ich es fühlen müsste, wenn es über der Stadt ein Unwetter gäbe. So weit außerhalb liegt die EcoQuest-Zentrale nicht. Esper läuft mir nicht mehr über den Weg.

Die besten zwanzig Minuten des Tages sind die, die ich bei Leo auf der Krankenstation verbringen darf. Am zweiten Tag ist er wach, doch er wirkt noch benommen, so als wären seine Schmerzmittel ziemlich stark. Ich versuche, ihm die Situation mit Esper zu erklären, bin mir aber nicht sicher, ob meine hektisch geflüsterten Worte bei ihm ankommen. Als ich sie am dritten Tag wiederholen will, um sicherzugehen, dass er sich nicht verplappert, bringt er mich mit einer schnellen Handbewegung zum Schweigen und nickt. Ich lächle. Ich wünschte, wir könnten darüber reden, was Espers Undercover-Mission zu bedeuten hat, doch solange wir nicht sicher sind, dass wir nicht belauscht werden, ist das nicht möglich.

Und als hätte er meine Gedanken gehört, taucht Troy in der Tür auf, um mir zu signalisieren, dass meine Zeit abgelaufen ist. Meine Hand gleitet aus Leos Fingern, aber im letzten Moment drückt er sie. Eine Flut aus Erinnerungen strömt auf mich ein, Momente, die wir gemeinsam erlebt, Gefahren, aus denen wir einen Ausweg gefunden haben. Und einen Augenblick lang fühle ich mich nicht mehr so ausgeliefert. Ich kann sogar glauben, dass das alles hier ein gutes Ende nehmen wird, dass es Lösungen gibt, die wir erkennen werden, wenn wir gemeinsam danach suchen.

Dann räuspert sich Troy und wir machen uns auf den Weg zum Speisesaal.

Heute ist noch ziemlich viel los, als ich Troy durch die Tischreihen folge. Einige der Leute kennen mich mittlerweile, hinter Salbeistauden hervor nickt mir eine Freundin von Laura zu – Tasha, glaube ich –, und Cem, einer der Jungs, mit denen ich Esper gesehen habe, grinst mich an. Sogar Janusz brummt mir einen Gruß entgegen, als ich hinter Troy mein Tablett mit Hirse und Gemüse belade. Niemanden kümmert es, dass ich da bin, das fröhliche Quatschen und das Besteckklappern geht weiter wie zuvor. Langsam senken sich meine Schultern.

Inez winkt uns vom anderen Ende des Raums zu. Wir manövrieren zwischen Stühlen und vollbesetzten Tischen hindurch, ich schnappe Gesprächsfetzen auf, über das Essen, über Musik und ein Online-Game, das bei den Leuten von EcoQuest anscheinend gerade hoch im Kurs steht, und alles wirkt so normal, dass es mir einen Moment vorkommt, als sei ich in eine andere Welt gefallen. Keine Stürme, keine PAO, keine geheimnisvollen Machenschaften – vielleicht war nichts davon real, und ich bin endlich in der Wirklichkeit aufgewacht, hier in diesem lichtdurchfluteten Raum voller Menschen, die unbeschwert lachen und die nichts weniger interessieren könnte als das Wetter.

Aber dann haben wir Inez' Tisch erreicht und setzen uns, und mir fällt wieder ein, dass ich weder sie noch Troy beim Frühstück gesehen habe.

»Ihr hattet heute einen Einsatz, oder?«, frage ich und schiebe mir die erste Gabel mit Zucchini und Bohnen in den Mund. Im nächsten Moment verdrehe ich innerlich die Augen. Es hätte eine entspannte Mahlzeit werden können, aber ich muss ja unbedingt Small Talk machen.

Inez nickt. Sie ahnt wahrscheinlich gar nicht, dass wir auf ein Minenfeld zusteuern. »Nicht genehmigte Wettermodifikation südlich vom Bahnhof.«

Ich räuspere mich. »Mitten in der Stadt?«

»Nachbarschaftsacker«, bestätigt Troy zwischen zwei Bissen.

Ich grabe die Fingernägel meiner linken Hand in meinen Oberschenkel. Nachbarschaftsäcker findet man in beinahe allen Außenbezirken, vor allem dort, wo es Hochhäuser, aber keine Gärten gibt. Esper und ich sind früher oft für einen der Äcker gebucht worden – die Leute haben kaum Geld und sind von den Erträgen der Felder, Kohl, Zwiebeln, Kartoffeln, abhängig.

Es nützt nichts. Ich muss etwas sagen. »Warum ... warum lasst ihr ihnen nicht den Regen? So ein Acker stört doch niemanden. Und die Leute haben doch sonst nichts.«

»Trotzdem war das ein illegaler Chem-Einsatz.« Genau wie Troy schaufelt Inez ungerührt ihre Hirse in sich hinein. »Da kann sonst was passieren.«

»Und jetzt zeigt ihr den Wettermacher an und die ganze

Nachbarschaft gleich mit, oder was?« Ich weiß nicht, warum mich das so aufregt, dass es mir die Kehle zuschnürt. Vielleicht hat es damit zu tun, dass sich diese Menschen dort nicht ihrem Schicksal ergeben haben. Dass sie zusammenarbeiten, um die Dinge zum Besseren zu wenden.

»Sollen wir zuschauen und abwarten, bis wieder ein Unglück passiert?« Troys Stimme wird schärfer, jetzt sieht er mich doch an.

Ich bin dabei, es zu vermasseln. Das bisschen Vertrauen, das sie mir entgegengebracht haben, hängt am seidenen Faden. Ich beiße mir auf die Lippe.

»Es gibt keine gute Wettermodifikation, Vega«, sagt Inez. »Egal, zu welchem Zweck.«

Das kann nur jemand behaupten, der jeden Tag drei Mahlzeiten vor die Nase gestellt bekommt. Von so einem Acker hängen vierzig, fünfzig Familien ab, Hunderte Menschen, um die sich niemand kümmert, die nirgendwohin können. Und die garantiert keinen reichen Unterstützer im Hintergrund haben.

Inez sieht natürlich, dass mir eine ganze Menge Widerworte auf der Zunge liegen. »Bei jeder Wettermodifikation wird der Atmosphäre Feuchtigkeit entnommen, die woanders gebraucht wird«, erklärt sie geduldig eins von EcoQuests meistwiederholten Argumenten.

Doch was ist die Alternative?

»Rund um Ballungsräume, in denen es einen unregulierten Wettermachermarkt gibt, sterben Wälder mit siebenmal höherer Wahrscheinlichkeit ab als im Durchschnitt des Bundesgebiets, wusstest du das? Sie vertrocknen, weil ihnen Wasser entzogen wird. Für privaten Gartenbau wie heute Morgen.«

Mein Atem kommt gepresst. Gartenbau. Das klingt, als würden die Leute dort Bonsais züchten. Für die Golfanlagen und Parks der Reichen ist Wasser da, aber Menschen, die täglich ums Überleben kämpfen, sind verantwortlich fürs Waldsterben?

Doch ich kann es nicht aussprechen. Zu oft habe ich selber den Regen aus den umliegenden Wäldern gerufen. Woher auch sonst? Wir sind zu weit vom Meer entfernt, Wälder sind die einzigen nennenswerten Wasserspeicher, die wir haben.

Aber wie lange noch?, geht es mir durch den Kopf.

Genervt schnaube ich. Setzt sich dieser EcoQuest-Unsinn auch schon in meinem Hirn fest?

Troy bedenkt mich mit einem Stirnrunzeln, klar, er muss meinen Unmut auf Inez' Ausführungen beziehen. Schweigend leeren wir unsere Teller. Mir ist der Appetit vergangen, doch ich hatte zu oft Hunger, um die Reste übrig zu lassen.

Aus dem Augenwinkel nehme ich eine Bewegung an einem Tisch ein paar Reihen weiter wahr. Mein Magen zieht sich zusammen. Esper. Esper setzt sich zu seinen Jungs und beginnt zu essen.

Mühsam reiße ich meinen Blick los und wechsle das Thema, um mich abzulenken. »Was hat es eigentlich mit diesem Frosch auf sich?«

Ich deute auf einen Mann am Nachbartisch, der ein T-Shirt mit dem EcoQuest-Logo trägt.

»Dabei würde ich ja eher an uns Wettermacher denken«, schiebe ich mit einem Grinsen hinterher.

Entweder kapiert Inez meine Anspielung nicht oder sie hat einfach keinen Humor, denn ihr Ausdruck bleibt völlig neutral.

»Amphibien sind Zeigerarten. Sie reagieren besonders empfindlich auf Umweltveränderungen. Je nachdem, wie sich bestimmte Populationen in ihrem Lebensraum entwickeln, kann man daran ablesen, wie gesund das Ökosystem insgesamt ist.« Sie macht eine kleine Pause, und ihre braunen Augen mustern mich, ob ich schon ausgestiegen bin, doch ich höre ihr zu. »Wir Menschen ändern alles an unseren Lebensbedingungen und denken, es hätte keinen Einfluss auf uns.«

Ich schlucke, aber ich erwidere ihren Blick. Bin ich so eine Anpassung? Meine Gabe? Ist sie nicht nur eine Laune der Natur, sondern eine Reaktion darauf, dass die Menschheit ihren eigenen Lebensraum vernichtet?

Doch die Vorstellung ist absurd. Gemessen an der Menge an Ärger, die sie mir einbringt, fühle ich mich nicht gerade wie die Speerspitze der Evolution.

Die Stimmung an unserem Tisch hat sich entspannt, aber auch als wir aufstehen und ich hinter den beiden zum Geschirrwagen gehe, bin ich noch in Gedanken.

»Muss der da rumstehen?«, brummt Troy direkt vor mir und reißt mich aus meinen Überlegungen. Er kickt einen Rucksack aus dem Weg.

Ich schnappe nach Luft, als Esper ihn angrinst und mir zuzwinkert.

»Sorry!«, ruft er unbekümmert, aber Troy ist schon vorbei.

Als ich das Tablett auf eine der Schienen schiebe, streifen meine Finger über etwas Zartes. Ich erstarre, als ich begreife, was es ist, und schließe die Hand darum.

Der Weg zu meinem Zimmer kommt mir unendlich vor, doch dann zieht Troy die Tür hinter sich zu und ich bin allein. Langsam öffne ich meine Faust und Tränen schießen mir in die Augen. Ich kann kaum sehen, aber immer wieder streicht mein Zeigefinger über die zerbrechlichen gelben Blütenblätter.

Es ist meine Rose. Die duftende goldene Rose, die mir die Frau von dem Stock an ihrem blauen Häuschen geschnitten hat.

Und Esper hat sie mitgenommen und die ganze Zeit behalten.

Am Abend komme ich nicht zur Ruhe. Ich wälze mich auf der Matratze hin und her und strecke immer wieder die Hand aus, ob die Rose noch auf dem Tischchen neben meinem Bett liegt. Meine Gedanken fahren Karussell, Gesichter tauchen in der Dunkelheit vor mir auf und verschwinden wieder.

Gegen elf reicht es mir. Seit heute habe ich die offizielle Erlaubnis, mich frei auf dem Gelände zu bewegen, und da bei EcoQuest Tag und Nacht Betrieb herrscht, kann niemand etwas dagegen haben, dass ich eine Runde laufen gehe.

Minuten später trete ich im Erdgeschoss in die noch immer warme Luft hinaus. Trotzdem atme ich tief ein und genieße die Brise, die über meine nackten Arme streicht. Über mir funkeln Sterne. Einen Moment lang schließe ich die Augen, und beinahe kommt es mir so vor, als wäre ich frei, als wäre ich nicht durch unterschwellige Drohungen an diesen Ort gebunden … und durch Freundschaft.

Ich schüttle den Kopf und laufe los, nach rechts über die Wiese zur Mauer und immer an ihr entlang, bis die Wiese zu Schotter wird und die Mauer zu einem Zaun. Niemand hält mich auf, als ich zwei Wachposten passiere, und einmal kommt mir sogar ein anderer Jogger entgegen. Ich laufe, laufe, laufe, bis die Gedanken verstummen und ich endlich allein bin mit dem Nachthimmel und meinem Atem und den Grillen, die in der Baumgruppe vor mir zirpen.

Oder jedenfalls glaube ich das.

Deswegen fange ich beinahe an zu schreien, als es in einem Dickicht neben mir »Psst!« macht.

Wie angeklebt bleibe ich stehen und starre in die Dunkelheit. »Hallo?«, frage ich zaghaft, dann schaue ich mich hektisch um. Beobachtet mich jemand? Ich will niemanden auf die Idee bringen, ich würde mich hier mit einer Informantin oder einem Komplizen treffen.

»Ich bin's«, flüstert es aus dem Gesträuch, und mein rasendes Herz schlägt noch schneller. Doch ein Komplize.

Mit einem letzten Blick über die Schulter tauche ich in das Schwarz zwischen den Bäumen. Eine Hand schließt sich um meinen Arm, aber ich erschrecke nicht, als Esper mich an sich zieht und fest umarmt.

Und so bleiben wir stehen, lange, nicht lang genug, bis mein Puls wieder normal geht und meine Augen sich an die Dunkelheit unter den Baumkronen gewöhnt haben. Dann sehe ich auf. Das Sternenlicht nimmt Espers Haaren und seinen Augen ihre Farbe, aber die Sommersprossen auf seiner Nase sind deutlich wie immer. Ich streiche über seine Wange, zehnmal, hundertmal, als könnte ich nur so begreifen, dass er wirklich da ist. Bei mir.

Sein Blick gleitet über mein Gesicht, als müsste er sich vergewissern, dass ich immer noch dieselbe bin, und einen Moment frage ich mich, was er sieht, ob er findet, was er sucht, oder ob die Wochen ohne ihn ihre Spuren hinterlassen haben, neu und unbekannt.

Vielleicht ist das so, denn seine Arme schließen sich enger um mich, seine Hände gleiten meinen Rücken hinauf, langsam, vorsichtig, als müsse er sich mich erst wieder vertraut machen, und dann senkt er den Kopf, und für den Bruchteil einer Sekunde erinnere ich mich an andere Lippen, einen anderen Körper. Esper spürt meine Anspannung und sucht meinen Blick, aber ich lege die Hand in seinen Nacken und ziehe ihn zu mir.

Der Kuss ist wie nach Hause kommen. Alles ist gut, alles ist sicher. Espers Mund, sein gewohnter Geruch, ein bisschen überlagert von der neuen Umgebung, aber eindeutig *er*, seine Brust, sein Rücken, sein Atem, der über mein Gesicht streicht. Ich lasse mich fallen in eine Gewissheit, die mir schon fast verloren vorkam, und tauche erst wieder auf, als Esper mich ein Stück von sich wegschiebt.

»Ich kann nicht lang bleiben«, flüstert er. »Ich war auf dem Weg zu dir, da hab ich dich losrennen sehen und mich hier versteckt, um auf dich zu warten. Dachte schon, du kommst gar nicht mehr zurück.« Sein Grinsen verschwindet. »Warum bist du hier, Vega?«

Ungläubig starre ich ihn an. Warum *ich* hier bin? »Ich hab dich gesucht«, antworte ich, als wäre das nicht offensichtlich.

Esper schüttelt den Kopf. »Aber warum bist du nicht untergetaucht? Die PAO ist hinter dir her ... Hast du das Geld nicht gefunden?«

Ich rücke ein wenig von ihm ab. »Doch. Doch, das hab ich gefunden. Aber sonst nichts! Esper, keine Nachricht, kein irgendwas, wochenlang! Was dachtest du denn, was ich mache?«

Er zögert. »Aber ich habe Luc doch gesagt ...«

»Du hast was?«

»Psst.« Ich bin lauter geworden, sein Blick gleitet über meine Schulter hinaus auf das offene Gelände. Wir warten, doch nichts rührt sich.

»Was hast du Luc gesagt?«, wispere ich.

Espers Blick sucht meinen. »Dass er auf dich aufpassen soll. Ich wollte … Ich dachte, du bist in Sicherheit.«

»Sicherheit?« Meine Stimme klingt hart. »Luc hat mir einen Pulk Wettermacher auf den Hals gehetzt! Wenn das seine Vorstellung von Sicherheit ist, will ich ihm nicht in die Quere kommen, wenn er jemandem wirklich schaden will.«

Espers Körper ist ganz starr. Langsam schüttelt er den Kopf. »Nein. Nein, das kann nicht sein. Er hat es versprochen …«

Seine Worte driften in die Nacht davon, und mir fällt wieder ein, dass wir eine viel dringlichere Frage zu klären haben.

»Esper, warum bist *du* hier?«

Stimmen werden laut, ein Motor startet, dann ein zweiter. Wir fahren zusammen und drehen uns zu den Gebäuden um, aber anscheinend haben sie uns nicht entdeckt. Esper sieht mich an.

»Ich muss los. Sie dürfen nicht merken, dass ich verschwunden bin. Und sie dürfen auf keinen Fall rauskriegen, dass wir uns kennen, hörst du?« Er streicht mir die Haare hinters Ohr. »Bitte, Vega, vertrau mir.«

Jemand ruft etwas, und Esper lässt mich los, doch ich strecke die Hand aus, um ihn wieder an mich zu ziehen. Seine verkrampften Schultern geben nach und er drückt mir einen Kuss auf die Schläfe.

»Ich muss zu einem Einsatz, keine Ahnung, wie lang der dauert. Aber danach erkläre ich dir alles, versprochen. Mach nichts Unüberlegtes, okay? Halt dich einfach bei allem raus, das ist am sichersten.«

Mein Mund zuckt. Das klingt nicht gerade nach mir, doch ich werde mich bemühen. Ich weiß nicht, ob die Aussicht, dass er eine Weile verschwindet, es leichter oder schwerer macht, aber ich verschwende keine Zeit mehr. Antworten bekomme ich heute nicht, also drehe ich sein Gesicht zu mir und küsse ihn, bis er tief Luft holt und mich fast grob von sich wegschiebt.

»Vega …« Sein Blick ist dunkel, als er mir mit den Daumen über die Wangen streicht, doch bevor ich noch etwas sagen oder tun kann, dreht er sich um und duckt sich unter den Zweigen hindurch. Dann läuft er über die Wiese auf die grell erleuchtete Fahrzeughalle zu.

20

Dass ich jetzt nicht mehr jede Minute befürchten muss, Esper zu verraten, falls er mir unerwartet über den Weg läuft, lindert meine Anspannung etwas, gleichzeitig kreisen meine Gedanken ständig darum, welchen Auftrag er gerade ausführt und ob er in Gefahr ist. Von Nika habe ich nichts mehr gehört oder gesehen, wie lang sie mich noch bleiben lässt, weiß ich nicht. Vielleicht steht morgen die PAO vor der Tür und holt mich ab, wenn sie beschließt, dass ich ihr nicht nützlich bin.

Es gibt Momente, in denen ich einfach verschwinden will, raus aus diesem Gefängnis, wo ich nichts tun kann, außer die Wand anzustarren. Doch dann fällt mir wieder ein, was mich hier hält: keine verschlossenen Türen, sondern ein Mann, den ich nicht im Stich lassen werde. Wenn Leo gesund ist und ich Nika überzeugen kann, dass sie nichts von ihm zu befürchten hat, wenn er dann zurück in seinem alten Leben ist, dann, ja dann kann ich überlegen, ob ich nicht einen neuen Plan brauche. Esper hat nicht vor, wieder als Wettermacher zu arbeiten, so viel habe ich begriffen. Und je mehr Zeit vergeht, desto schwieriger wird es, meine Unschuld zu beweisen. Also stellt sich die Frage, wohin es für mich geht.

Aber nicht jetzt. Jetzt warte ich weiter.

»Hey.«

Ich fahre herum. Im ersten Moment denke ich, dass Troy oder sonst einer meiner Aufpasser mich vom Flachdach holen will, weil ich hier aus irgendeinem Grund nichts zu suchen habe, doch dann löst sich mein Ärger in nichts auf. Leo ist in der Luke zum Treppenhaus aufgetaucht und nimmt die letzten Sprossen der Leiter. Noch immer ist er blass, aber aus seinen Augen ist die Müdigkeit gewichen, er steht ganz aufrecht.

Langsam gehe ich zu ihm. Eine Sekunde zögere ich, dann schlinge ich die Arme um ihn, nicht fest, um ihm nicht wehzutun, aber doch so, dass wir beide ausatmen.

»Hey«, sage ich an seiner Brust, bevor ich ihn loslasse. Es muss klar bleiben, wo wir stehen. Ich lächle ihn an. »Reparaturmodus beendet?«

Er lacht leise. »Auf Stand-by.«

Ich deute quer über das Dach. »Komm mit.«

Er folgt mir zu einem schattigen Plätzchen hinter dem Lüftungsschacht und wir setzen uns.

»Wie geht's dir?«, frage ich in dem Moment, als er sagt: »Was machst du hier oben?«

Wir grinsen, dann deute ich auf seine Seite. Er hebt sein Shirt hoch. Der Bluterguss ist noch deutlich sichtbar, doch er ist zu einem Lilagrau verblasst.

»Ein paar Tage dauert es noch, bis ich nichts mehr spüre, aber das geht in Ordnung. Es fühlt sich nicht mehr an, als hätte mich eine Elefantenherde umgerannt.«

Ich schmunzle und lehne mich kurz mit der Schulter an ihn. »Gut.« Einen Moment frage ich mich, ob er auch darüber nachdenkt, dass es nun keinen Grund mehr für ihn gibt zu bleiben – seine Doktormutter hat wahrscheinlich längst eine Vermisstenanzeige aufgegeben –, dann strecke ich die Hand aus. »Siehst du das?«

Im Westen – mittlerweile bin ich mir ziemlich sicher, dass die EcoQuest-Zentrale in einem Gewerbegebiet östlich der Stadt liegt – bauschen sich dunkle Wolken über dem Horizont. Also direkt über der Innenstadt. Die Wolken hätte ich vielleicht gar nicht bemerkt, aber schon seit dem Frühstück nehme ich wieder diesen Druck wahr, denselben Druck, der auch die beiden Stürme über dem Zentrum und am Schmetterlingshaus begleitet hat.

»Ein Gewitter?« Leo starrt mit zusammengekniffenen Augen Richtung Stadt. »Ist es natürlich oder ist da ein Wettermacher am Werk?«

»Da hat jemand nachgeholfen. Und nicht nur irgendwer.«

Jetzt habe ich seine Aufmerksamkeit. Seine Brauen wandern nach oben, während er den Kopf zu mir dreht.

Ein paar Herzschläge lang horche ich noch in mich hinein, dann beantworte ich die Frage, die er nicht ausspricht. »Das da«, sage ich und deute auf die Wolkentürme am Horizont, »fühlt sich genauso an wie die letzten beiden Gewitterstürme.«

Er zieht die Unterlippe über die Zähne und atmet tief ein, es ist, als müsste er sich überwinden weiterzureden. »Kannst du etwas dagegen tun?«

Ich wende das Gesicht zum Horizont. Die Wolkenmassen ballen sich schwarz, an manchen Stellen fast lila zusammen. Der Wind muss toben und wüten, doch hier draußen ist er kaum als Brise zu spüren. Noch einmal versuche ich es, wie so oft seit heute Morgen, aber meine Kraft reicht nicht aus, um aus dieser Entfernung etwas auszurichten. Ein- oder zweimal fühlt es sich fast an, als würde ich das Gewitter erreichen, doch die Verbindung ist zu schwach – kaum prickeln meine Fingerspitzen, ist die Empfindung schon vorbei. Nur der Druck auf meinen Kopf bleibt.

Frustriert balle ich die Fäuste. Stimmen hallen in meinen Ohren wider, Schreie, von Kindern, die nach ihren Eltern suchen, von Müttern, die ihre Töchter verloren haben. Von Menschen, die vor der Zerstörung fliehen. Ich schüttle mich, um die Erinnerungen zu vertreiben.

Leo holt Luft, er denkt, ich wolle mich drücken, aber ich würde nichts lieber, als in ein Auto zu springen und loszufahren. Richtung Sturm. Dorthin, wo ich etwas ausrichten kann.

Deswegen lasse ich ihn nicht zu Wort kommen: »Sie trauen mir nicht. Sie lassen mich hier nicht raus, bevor sie wissen, was ich von ihnen will.«

Und dank Esper habe ich keine glaubwürdige Antwort mehr.

Leo lächelt mich vorsichtig an und vielleicht habe ich seine Reaktion eben falsch gelesen. »Dann sollten wir ihnen etwas geben, was *sie* wollen.«

Anscheinend hat er noch nicht ganz verstanden, was Nika und die anderen hier von Wettermachern halten. Als ich ihm das erklären will, winkt er ab.

»Sie werden ganz schnell kapieren, dass das da«, er zeigt nach Westen, »das Problem ist. Und nicht du.«

Er läuft über das Gelände, als würde er hierhergehören. Hin und wieder presst er die Lippen aufeinander, dann zuckt seine Hand an seine Seite, aber sonst erinnert nichts mehr daran, dass er die letzten Tage auf der Krankenstation verbracht hat. Sogar sein Gesicht hat wieder Farbe bekommen. Es ist ja schön, ihn voller Tatendrang zu sehen, doch dass es so einfach wird, wie er es sich vorstellt, bezweifle ich.

Die Zentrale liegt in der Vormittagshitze da wie ausgestorben.

»Wo sind denn alle?«, murmle ich, und Leo antwortet munter: »Ich vermute, sie sehen sich den Sturm aus der Nähe an. Jedenfalls sind vorhin mindestens acht Autos weggefahren.«

Das klingt nach Großaufgebot, da hat er recht. Aber wenn niemand hier ist, was hat er dann vor?

Wir steuern den Trakt an, in dem der Besprechungsraum liegt. Langsam bekomme ich eine Vorstellung von seinem Plan.

»Hey«, sagt er dann auch in einem fast schon flirtenden Ton, als er sich durch die offene Tür des Technikraums lehnt und Laura zuwinkt.

Ich ringe das plötzliche Bedürfnis nieder, mich zwischen die beiden zu stellen. Er kann flirten, so viel er will. Mich geht das überhaupt nichts an. Aber ein bisschen übertrieben ist es schon. Sie haben sich ja höchstens dreimal gesehen, als Laura mich von der Krankenstation abgeholt hat.

Sie lächelt ihn an. »Hi! Hab schon gehört, dass du wieder auf den Beinen bist.«

Er schlendert auf sie zu. »Ja, bin wieder fit.«

Laura lächelt breiter, dann nickt sie mir zu. Unschlüssig bleibe ich in der Tür stehen und lehne mich an den Rahmen.

Leo lässt keine unangenehme Pause eintreten. »Ihr seid an dem neuen Gewittersturm dran, oder?«, kommt er gleich zum Wesentlichen.

Laura atmet schwer ein und deutet auf ihre Monitore. Es

sind echt eine Menge, neben den Bildern von Überwachungskameras werden Zahlenkolonnen und Tabellen mit Tausenden von Einträgen angezeigt, dazwischen auf stumm geschaltete Wetterberichte verschiedener Onlineportale und mehrere meteorologische Schautafeln. Ich habe von dem theoretischen Hintergrund meiner Arbeit ja recht wenig Ahnung, deswegen kann ich mit den Isobaren und Luftmassengrenzen und all dem Zeug nicht viel anfangen.

Doch Laura ist nett genug, uns – oder mir – ein paar Basics zu erklären. »Ja, stimmt. Es baut sich seit Stunden auf, insofern muss gar nichts Ungewöhnliches dran sein. Aber gestern war davon noch überhaupt nichts zu sehen, genau wie bei den letzten beiden Malen.«

Sie wirft mir einen schnellen Seitenblick zu, doch ich ignoriere ihn. Immerhin kann ich jetzt nicht an der Entstehung beteiligt sein.

»Gehst du mal näher ran?«, fragt Leo, und Laura zoomt in ein Satellitenbild, auf dem ein Wolkenwirbel zu sehen ist. »Und der hängt wie festgenagelt über der Südhälfte der Stadt?«, hakt er nach, als er sich einen Überblick verschafft hat.

Richtig, jetzt erkenne ich die Umrisse und Lage der Stadt auch.

»Seit heute Morgen«, bestätigt Laura meine Beobachtung vom Dach. »Ein paar Teams haben sich überall in der Stadt verteilt, um Messungen vorzunehmen.«

»Was hoffen sie denn zu finden?«

Leo wirft mir ein kleines stirnrunzelndes Kopfschütteln zu, so als solle ich mich raushalten, aber Laura antwortet mir ohne Zögern.

»Hinweise auf den Ursprung. Chemikalien. Messwerte, die die AKM vielleicht nicht hat.« Sie zeigt auf einen Bildschirm zu ihrer Linken, wo sich in einer Datenbank Zahlenkolonne an Zahlenkolonne reiht.

Mir fällt fast das Kinn herunter. EcoQuest hat Zugriff auf die Wetterdaten der Agentur für Klimamonitoring? Obwohl, auf den zweiten Blick ergibt das Sinn. So umfassend, wie die hier informiert sind, brauchen sie riesige Datenmengen, aber nichts, was ich bisher gesehen habe, deutet darauf hin, dass sie auch nur annähernd die Rechenkapazitäten haben, die dafür benötigt würden. Nicht dass sie mich als Allererstes in ihren Serverraum geführt hätten. Doch eine Computeranlage mit solchen Ausmaßen bräuchte allein wegen der Kühlung viel Platz und am besten eine eigene Stromversorgung. So ein Rechenzentrum versteckt man nicht mal eben im Keller.

Auch Leo wirkt beeindruckt, aber Laura kichert nur. »Nicht verraten, okay?«

Wir tauschen einen schnellen Blick. Egal, ob sie die Datenbank gehackt oder von einer Stelle ganz weit oben den Zugang erhalten haben, EcoQuest ist viel einflussreicher, als wir bisher wussten. Nach außen geben sie sich als weltfremde Ökotruppe, dabei spielen sie auf Augenhöhe mit Konzernen und Behörden. Was wird passieren, wenn sie diese Macht gegen uns verwenden?

»In der Großflächigkeit sieht das System nicht danach aus, als könnte es von einem Wettermacher stammen«, nimmt Leo das Gespräch wieder auf.

Laura brummt. »Wahrscheinlich nicht. Warten wir die Daten ab.«

»Und was der Sturm anrichtet, kümmert euch nicht?«

Zu spät mahnt mich Leos schnelles Kopfschütteln zu Geduld, aber ich hätte sie sowieso nicht aufbringen können. Laura antwortet nicht. Genau wie Leos Blick wandert ihrer zu einem Punkt hinter mir. Ich drehe mich um.

»Das fragt ja die Richtige«, ätzt Nika mit verschränkten Armen.

Sie schiebt mich zur Seite, Inez und Troy folgen ihr in den Technikraum, wo sie zwei Tablets mit einem der Rechner koppeln. Nika starrt Leo an, bis er seinen Platz neben Laura räumt und sich am Türrahmen postiert. Ich malme mit den Zähnen, damit mir nichts Unüberlegtes herausrutscht.

»Wer hat gesagt, dass ihr euch hier rumtreiben dürft?« Nika sieht Laura scharf an, sodass sie rot anläuft und sich schleunigst wieder ihren Schaubildern widmet. Als rechts neben der Tür ein weiterer Monitor anspringt, klickt sich Nika durch ein paar Zahlenreihen, dann dreht sie sich langsam zu uns um. So viel Show wäre wirklich nicht nötig.

Doch bei Leo gerät sie da offenbar an den Falschen.

»Lass mich mal«, sagt er, und bevor Nika es verhindern kann, schiebt er sie zur Seite und gibt auf der Tastatur ein paar Befehle ein.

»Hey!«, protestiert Nika, aber dann ist sie so sprachlos wie ich, als sich die Zahlenreihen in Diagrammen organisieren.

Leo lässt ein paar Sekunden verstreichen, dann, als er sicher ist, dass Nika ihn gewähren lässt, ordnet er die Grafiken nebeneinander an. Mittlerweile hat er auch die Aufmerksamkeit der anderen drei.

»Hier«, sagt er und deutet auf ein unscheinbares Muster auf der linken Seite. »Das ist die Ausgangssituation von heute Morgen, kurz vor Sonnenaufgang. Dann das hier ...« Er zeigt auf das mittlere Schaubild, auf dem sogar ich erkenne, dass es Turbulenzen darstellt. »Das sind die Daten eine Stunde später. Da liegt der Ursprung, der Luftdruck fällt an fünf Stellen gleichzeitig.«

Sein Finger wandert weiter. Das dritte Diagramm ist ein nahezu perfekter Wirbel. Leo zieht ihn über einen Plan der Stadt. Plötzlich ist mein Mund trocken. Das Wettersystem umfasst den kompletten südlichen Teil.

»Das sind die Messwerte von zehn Uhr. Seht ihr das? Die Ausmaße sind gewaltig.« Leo sucht meinen Blick, dann schaut er Nika an. »Vergesst die Wettermacher. Selbst wenn sie sich zusammentun – so einen Tiefdruckwirbel erzeugt man nicht mit ein paar Drohnen und ein bisschen Silberiodid.«

»Sondern?« Nika betrachtet ihn aus schmalen Augen.

Leo nickt Laura dankbar zu, als sie ihm einen Hocker hinrollt, und setzt sich. Ganz fit ist er wohl doch noch nicht.

»Keine Ahnung«, antwortet er. »Aber wenn ihr wollt, helfe ich euch, es herauszufinden.«

Ich lasse ihn nicht aus den Augen. Wer ist dieser Kerl? Mit ein paar Tastenkombinationen und zwei, drei Sätzen hat er sich für EcoQuest gerade unersetzbar gemacht. Und aus den Blicken, die Nika mit den anderen tauscht, lese ich, dass sie bei ihm längst nicht so misstrauisch sind wie bei mir.

Gerade als ich dachte, mich könne nichts mehr überraschen, lehnt sich Nika gegen Lauras Schreibtisch und reibt sich übers Gesicht. Mit einem Mal sieht sie schmal und verletzlich aus, von der Kriegerin ist nicht viel übrig.

»Dann mach das. Und mach schnell. Wer auch immer solche Stürme erzeugen kann, gehört aus dem Verkehr gezogen. Heute …« Sie stockt, hebt den Kopf und sieht mich an. »Drei

Frauen sind in einer Unterführung ertrunken. Wusstest du das?«

Ich antworte nicht. Was gibt es da zu sagen?

Verächtlich stößt sie die Luft aus.

Leo richtet sich auf seinem Hocker auf. »Ich kann herausfinden, wo und wann sich ein neues Sturmtief bildet, aber auflösen kann ich es nicht. Solange wir nicht wissen, wer dahintersteckt und wie wir ihn aufhalten, besteht weiter die Gefahr, dass jemand verletzt wird. Oder Schlimmeres.«

»Ich weiß!« Nikas Hand saust auf die Tischplatte herab. »Und es gibt nichts, was wir tun können!«

»Ihr vielleicht nicht.« Leo sucht meinen Blick. Mir ist klar, was er mich fragt, und er fragt mich, weil die Antwort gefährlich ist. Trotzdem nicke ich. Für einen winzigen Moment heben sich seine Mundwinkel. »Aber sie kann es.«

21

Drei Tote, ganze Straßenzüge unter Wasser und mindestens hundert Menschen, die sich in höhergelegenen Schutzräumen in Sicherheit bringen mussten – das ist die vorläufige Bilanz des Sturms. Leo und ich klicken uns durch die Live-Berichte auf den lokalen Nachrichtenkanälen, und mit jedem Bild aus der Südstadt werde ich wütender. Was soll diese sinnlose Zerstörung? Ich kann mir keinen Reim auf das Vorgehen der Leute machen, die hinter diesen Unwettern stecken. Was wollen sie erreichen? Welche Ziele verfolgen sie? Es ist, als wäre ein Superschurke aus einem Comic entkommen und würde der Welt nun mit einer alles vernichtenden Waffe drohen.

Und was hat EcoQuest in der Hand? Nichts. Nachdem er seine volle Stärke erreicht hatte, fiel der Gewittersturm so schnell in sich zusammen, dass sie keine Chance hatten, zu seinem Ursprung vorzudringen. Auch jetzt, mit der größeren Rechenleistung von Lauras Computern und Leos geschultem Auge, lässt sich nicht mehr feststellen, von wo der Sturm gesteuert wurde. Und das ist der einzige Grund, warum Nika in Erwägung zieht, mich am nächsten Einsatz zu beteiligen.

Vorausgesetzt, ich gehe ihr vorher nicht an die Gurgel.

»Woher wollen wir denn wissen, dass dieser Wettermacher vor Ort ist?«, fragt Inez, als wir im Besprechungsraum um den Tisch sitzen und Nika herausfinden will, ob ich wirklich so wertvoll bin, wie Leo behauptet. »Der könnte von überall auf der Welt die Daten analysieren und seine Drohnen programmieren.«

Ich spare mir den Kommentar, dass wir es nicht mit einem Wettermacher zu tun haben, es nützt ja nichts. Trotzdem glaube ich nicht, dass es zufällig unsere Stadt getroffen hat. »Das stimmt, aber es ist wahrscheinlicher, dass er – oder sie – zumindest in der Nähe sein will. Wie soll er sonst an Messdaten für Niederschlag und Chem-Belastung kommen? Von der Dosierung der Chem-Patronen an den Drohnen ganz zu schweigen. Noch dazu müssen sie gewartet werden und ihre Reichweite ...«

»Jaja.« Nika hebt eine Hand. Sie hasst es, mich mit in der Runde zu haben, doch ihr Ehrgeiz ist größer als ihre Verachtung. »Hoffen wir mal, dass du recht hast. Und du bist sicher, dass du uns genug Zeit verschaffst, damit wir den Ursprung finden können?«

Das ist es, was wir ihnen in Aussicht stellen: Sobald sich der nächste manipulierte Gewittersturm aufbaut, gehen wir gemeinsam auf die Jagd. Während ich das Sturmsystem am Laufen halte und gleichzeitig dafür sorge, dass die Schäden gering bleiben, wird EcoQuest mit Lauras und Leos Datenanalysen nach dem Ausgangspunkt der Modifikation suchen. Und mit ein bisschen Glück auch finden. Wenn uns das gelingt, schaltet EcoQuest mal jemanden aus, der wirklich gefährlich ist. Und ich kann endlich beweisen, dass ich nichts mit den Unwettern zu tun habe.

»Nein«, antworte ich ehrlich, »sicher bin ich nicht. Aber ...« Ich breche ab, weil ich nicht weiß, wie ich es ihnen erklären soll. »… aber ich glaube, ich habe einen Weg gefunden, wie ich in die Mechanismen des Sturms eingreifen kann. Wer immer ihn steuert, wird das merken. Und er wird mich aufhalten wollen.« Ich schlucke. »Solange ich ihn beschäftige, habt ihr eine Chance.«

Nika betrachtet mich aus schmalen Augen. »Wie ist das technisch überhaupt möglich?«

Mein Blick fliegt zu Leo. Seine Mundwinkel zucken, aber er kann mir jetzt nicht helfen. Ich antworte Nika in der einzigen Sprache, die sie versteht. »Ihr habt eure Geheimnisse, ich hab meine. Ich brauche eine Drohne, Chems und ein Tablet, dann kann ich loslegen.«

Nika sieht müde aus, doch sie kommt mir auch vor wie getrieben – als hätten all ihre Anstrengungen erst dann einen Sinn, wenn uns dieser eine Coup gelingt. Oder sitzt ihr jemand im Nacken? Jemand, der Ergebnisse sehen will?

Reihum sieht sie die Leute an, ihren inneren Kreis: Inez, Troy, eine Frau namens Sasha, einen von Espers Kumpels, Maurice. Laura. In ihren Gesichtern spiegelt sich in unterschiedlichen Mischungen Hoffnung, Entschlossenheit und Misstrauen. An ihrer Stelle würde ich zustimmen – immerhin bin ich die Einzige, die hier etwas riskiert.

Und so kommt es. Eine nach dem anderen nickt. Wir sind im Geschäft.

Keiner von uns weiß, wie lange wir warten müssen, bis der nächste Sturm losbricht, doch schon die ersten Stunden ziehen sich wie Kaugummi. Ich konzentriere mich so darauf, wieder den Druck wahrzunehmen, der die Gewitterstürme ankündigt, dass ich davon Spannungskopfschmerzen kriege. Jemand bringt mir die Ausrüstung, um die ich gebeten habe – ich bin dankbar, dass ich nicht selbst in die Unterstadt muss, um sie zu besorgen. Dass die Drohne nicht das allerneueste Modell ist, spielt keine Rolle. Ich werde weder sie noch die Chems einsetzen.

Während sich Leo mit Laura abwechselt, die Wetterdaten im Auge zu behalten, verbringe ich den größeren Teil meiner Zeit auf dem Dach und starre nach Westen. Ich besorge mir Unmengen an Essen, und wann immer ich Ruhe finde, schlafe ich ein bisschen. Diesmal muss ich gut vorbereitet sein.

Die Anspannung steigt auch bei EcoQuest, selbst im Speisesaal wird weniger gelacht als sonst. Überall auf dem Gelände laufen Vorbereitungen, in der Fahrzeughalle genauso wie in den Materialräumen, die komplette Truppe ist in Bereitschaft. Die PAO kann nicht besser organisiert sein.

Esper kommt zurück, aber das kriege ich nur dank eines Zettels mit, den ich unter meinem Kopfkissen finde. Darauf stehen ein Treffpunkt und eine Uhrzeit, doch bevor wir uns sehen können, geht es los. Ich habe fast den ganzen Tag auf dem Dach verbracht, erst als die Hitze am Nachmittag zu heftig wurde, habe ich mich eine Weile in meinem Zimmer abgekühlt. Als ich am frühen Abend die Leiter wieder nach oben klettere, weiß ich, dass das Warten ein Ende hat. Mir muss niemand Bescheid geben, die Wetterdaten können es nicht deutlicher zeigen als der dumpfe Druck, der sich vom Nacken in meine Kiefer zieht. Ich kehre um, hole meinen Rucksack mit der Ausrüstung aus meinem Zimmer und laufe mit großen Schritten über den Hof zur Fahrzeughalle.

Als ich die Tür aufziehe, bleibe ich vor Überraschung auf der Schwelle stehen. Die Halle ist voll mit EcoQuest-Leuten. Jetzt, wo ich sie so auf einem Haufen sehe, wird mir erst richtig klar, dass Nika eine kleine Armee anführt.

»... kommt es darauf an«, sagt sie gerade. »Wenn wir uns keine Fehler leisten, dann finden wir heraus, von wo diese Gewitterstürme gesteuert werden.«

Ein paar Gesichter drehen sich zu mir und Laura winkt mich näher heran. Ich setze mich in Bewegung und stelle mich zwischen sie und Leo.

Für den Bruchteil einer Sekunde fange ich quer durch die Halle Espers Blick auf. Er fährt mir durch Mark und Bein, aber bevor ich Espers Stimmung lesen kann, sieht er schon weg.

Nika dreht sich langsam im Kreis und sieht eine nach dem anderen an. »Wir bilden zwölf mobile Teams, die sich nach Lauras und Leos Auswertungen richten.« Sie nickt in unsere Richtung. »Laura hält hier die Stellung, Leo übernimmt die Kommunikation. Vega.«

Ihre Augen suchen mich in der Menge, ich trete aus Leos Schatten heraus.

Wieder nickt Nika. »Deine Aufgabe ist es, den Schaden, den der Sturm anrichtet, so gering wie möglich zu halten. Wir können das System nicht sofort auflösen, sonst finden wir den Ursprung nicht, aber Priorität ist, dass niemand zu Schaden kommt. Kriegst du das hin?«

Fast unmerklich ändert sich die Atmosphäre im Raum, die Luft ist wie aufgeladen. Von einer Sekunde auf die andere richtet sich die geballte Aufmerksamkeit der EcoQuest-Leute auf mich. Ich atme tief ein. Wir haben das besprochen, und ja, der Plan hat Tücken, aber dass sie ihn jetzt noch mal vor allen wiederholt, ist ein schlauer Schachzug. So lädt sie die Verantwortung für Verletzte oder vielleicht sogar Tote bei mir ab. Trotzdem fällt mir keine Alternative ein.

»Das kriege ich hin«, antworte ich deswegen und ignoriere sowohl Leos Stirnrunzeln als auch Espers Blick, der zwischen Leo und mir hin- und herwandert.

»Gut.« Nika betrachtet mich abschätzend. »Kommst du allein klar? Ich kann dir jemanden mitschicken, aber …«

… aber eigentlich hättest du sie doch gern alle auf der Straße.

Ich schüttle den Kopf. »Kein Problem.« EcoQuest-Publikum ist wirklich das Letzte, was ich bei dieser Aktion brauchen kann.

Leos Stirnrunzeln wird tiefer, doch da ich es nur aus dem Augenwinkel sehe, kann ich so tun, als würde ich es nicht bemerken.

Nika reckt mir den erhobenen Daumen entgegen, damit ist die Sache entschieden. »Gut. Haben alle ihre Briefings bekommen? Sobald wir in der Stadt sind, kriegt ihr die präzisierten Angaben. Und jetzt los.«

Im nächsten Moment wuseln alle durcheinander wie Ameisen auf ihrem Hügel. Ich suche Espers Blick, aber er ist sofort von drei, vier Leuten umringt. Troy bahnt sich einen Weg zu mir und klopft mir auf den Rücken, dann schließt er sich seinem Team an. Er ist nicht der Einzige, der mir viel Erfolg wünscht, außer Laura lächeln mir heute auch Leute zu, die bisher nicht mal einen Gruß für mich übrig hatten. Anscheinend bin ich jetzt offiziell Teil von EcoQuest.

Leo lässt sich vom allgemeinen Optimismus nicht anstecken. Er fasst nach meinem Arm und zerrt mich zu dem Transporter, auf den auch Inez zusteuert.

»Du willst das allein durchziehen?«, fragt er leise. »Die letzten beiden Gewitter hätten dich vom Dach geweht, wenn ich dich nicht festgehalten hätte.« Am Transporter dreht er mich so, dass er mir ins Gesicht sehen kann. »Vega, seitdem sind die Stürme nicht schwächer geworden!«

»Was ist denn die Alternative?«, zische ich. »Die kriegen hier doch alle die Krise, wenn sie mitbekommen, wie ich wirklich arbeite.«

»Dann nimm Esper mit!« Er klingt fast verzweifelt, aber das ist ausgeschlossen.

»Und wie lang, denkst du, dauert es dann, bis Nika eins und eins zusammenzählt? Vergiss es.« Leos Ausdruck ist mörderisch, also versuche ich es anders: »Leo, ich bin darauf vorbereitet, was mich erwartet, und ich bin ausgeruht. Es wird gut gehen. Es *muss* gut gehen. Wer auch immer hinter diesen Unwettern steckt, darf so nicht weitermachen. Das können wir nicht zulassen. Sonst sterben noch mehr Menschen.«

Etwas regt sich in Leos Blick. »Ich will doch nur ...«, beginnt er, doch dann streckt er die Hand aus und streicht mit dem Daumen über mein Kinn. »Aber sei vorsichtig, okay? Und nimm dir was zu essen mit.«

Ich verdrehe die Augen, doch natürlich muss ich grinsen. »Mach ich.«

Inez fährt, Leo navigiert und ich mampfe mich durch zwei Scheiben Früchtebrot, die ich beim Frühstück habe mitgehen lassen. Wenn er nicht alle zwanzig Sekunden die Koordinaten des Gewittersturms aktualisiert, konfiguriert Leo mein Tablet.

»Mir wär's zwar lieber, wenn du in Hörweite bleiben würdest, aber falls wir keinen direkten Kontakt haben, kriegst du in Echtzeit unsere Daten übertragen«, erklärt er mir. »Hier rechts, Inez. Es ist eine vereinfachte Darstellung, aber sie gibt dir einen Überblick über die Druckverhältnisse und Temperaturunterschiede. Brauchst du sonst noch was?«

»Nein«, mümmle ich mit vollem Mund. Ich bezweifle, dass ich überhaupt einen Blick auf das Tablet werfen werde. Wahrscheinlich bin ich anderweitig beschäftigt.

Leo schnauft schwer und Inez grinst in sich hinein. Ich kann seine Sorge ja verstehen, so ganz wohl ist mir bei dem Gedanken auch nicht, mich ganz ohne Aufpasser mit dem Sturm anzulegen, doch dann setze ich mich aufrechter hin. Es hat keinen Sinn, über jedes Wenn und Aber nachzudenken. Das System ist ziemlich groß, so viel erkenne ich auf den ersten Blick, also wird der Rest des Teams für andere Dinge gebraucht, als meine Hand zu halten.

Leo nimmt meine Entschlossenheit offenbar wahr, denn er sagt nichts mehr, sondern tippt und wischt nur noch auf den Tablets herum. Ich esse den Kuchen auf und stecke die Schokoladentafel, die ich als Notration eingepackt hab, in meine Hosentasche.

Draußen dämmert es langsam, aber es wirkt viel dunkler, als es der Tageszeit entspricht, denn über der Stadt ballen sich düstere Wolken zusammen und verdecken den Sonnenuntergang. Ich fahre das Fenster der Beifahrertür so weit herunter, dass mir der Fahrtwind die Haare aus dem Gesicht pustet, schließe die Augen und schicke meine Sinne voraus in den Sturm.

Wieder scheint alles auf das Zentrum ausgerichtet zu sein, scheint einem Willen zu gehorchen, der es mir schwer macht, die Entladungen in seinem Inneren zu erspüren. Doch ich habe Zeit. Solange wir unterwegs sind, habe ich Zeit.

Eine Bö erfasst den Transporter, Inez flucht leise, als wir nach rechts gedrückt werden, bringt uns aber gleich wieder auf Kurs. Leo teilt ein paar Beobachtungen auf seinen Schaubildern mit ihr, aber ich höre kaum hin, stelle mich ganz auf meinen Gegner ein. Denn das wird dieser Sturm sein in den nächsten Stunden: ein Feind, den ich in Schach halten und danach zerstören muss.

Wir erreichen einen heruntergekommenen Vorort, sechs-, siebenstöckige Mietskasernen, alle schlecht gedämmt. Im Winter kriegt man die Wohnungen nicht warm, jetzt, bei der Hitze, fühlt es sich darin an wie in einem Brutkasten. Ich weiß das, denn ein Jahr lang habe ich mit meiner Mutter in einer ganz ähnlichen gewohnt. Es sind immer noch viele Leute unterwegs, zu viele, die sich gegen den Sturmwind stemmen oder mit großen Augen in den brodelnden Himmel starren. Irgendwo heult ein Martinshorn auf, Sekunden später kommen uns zwei PAO-Busse entgegen. Unwillkürlich rutsche ich tiefer in meinen Sitz.

»Nicht euer Ernst …«, murmelt Inez, als uns eine Polizistin mit einer Verkehrskelle die Weiterfahrt versperrt und nach links deutet. Doch anscheinend haben PAO und Polizei mal ihren Job gemacht und eine Unwetterwarnung für die gefährdeten Viertel ausgegeben.

Inez muss sich einen Weg durch Nebenstraßen und über Parkplätze suchen, dann, als der Wind schon an den Außenspiegeln rüttelt, sind wir da. Sie stellt den Transporter hinter einem ehemaligen Autoverleih ab, Nika parkt direkt daneben. Außer ihr steigt auch Esper aus. Er nickt mir zu und lächelt vorsichtig, und einen Moment habe ich Bedenken, ob mich meine Knie tragen, wenn ich aus dem Sprinter klettere. Es fühlt sich so unnatürlich an, dass ich mich von ihm fernhalten muss.

Anscheinend hat Leo unseren Blickwechsel gesehen, denn anstatt mir noch einmal wortreiche Ermahnungen mit auf den Weg zu geben, drückt er mir kommentarlos das Tablet in die Hand und greift an mir vorbei nach dem Griff der Beifahrertür. Er hat es so eilig rauszukommen, dass ich Angst habe, er schubst mich aus dem Sitz.

Wir wissen alle, was wir zu tun haben. Während Inez und Leo auf der Ladefläche des Transporters einen mobilen Technikraum einrichten, checken Nika und Esper die Verbindungen zu den anderen Teams. Mithilfe der Simulationen, die ich jetzt auf meinem Tablet abrufen kann, wähle ich einen nahe gelegenen Wohnblock als Standort aus. Von der südwestlichen Ecke des Dachs aus müsste ich sogar Blickkontakt mit dem Team haben.

Ich zeige Nika und Leo das Hochhaus, das ich mir ausgesucht habe, und verabschiede mich mit einem Winken. Inez winkt zurück, Esper nickt wieder, Nika wünscht mir viel Erfolg, nur Leo steht unschlüssig rum. Erst als ich schon ein paar Meter entfernt bin, sagt er: »Vega!«

Ich drehe mich um. Mit drei Schritten ist er bei mir und zieht mich in eine Umarmung. »Sei vorsichtig«, flüstert er. »Bitte.«

Ich nicke, dann lässt er mich los, und als er sich abwendet, muss irgendetwas in seinem Blick liegen, was Esper, der uns nicht aus den Augen lässt, die Röte ins Gesicht treibt. Ich will mir darüber jetzt nicht den Kopf zerbrechen, also sehe ich zu, dass ich wegkomme.

Auf dem Weg zu dem Wohnblock überquere ich eine vierspurige Straße und biege dann rechts ab. Die Polizeiabsperrungen sind ein gutes Stück entfernt, und auch Überwachungskameras entdecke ich keine, trotzdem zupfe ich mir, so gut es geht, die dünne Kapuze meines Hoodies ins Gesicht. Die Böen kommen mal von vorn, mal von der Seite, es ist schwer, eine Windrichtung auszumachen, und ich habe gut zu tun, das Gleichgewicht zu halten. Ich denke lieber nicht darüber nach, wie es oben auf dem Dach stürmen muss.

Noch regnet es nicht, aber dass das nur noch eine Frage der Zeit ist, merken auch die letzten Gestalten, die unterwegs sind, denn sie ziehen die Köpfe ein und laufen mit langen Schritten weiter. Ich hoffe, sie haben einen sicheren Ort, an den sie gehen können, denn wenn das Gewitter losbricht, sollte niemand mehr auf der Straße sein.

Papierfetzen treiben in kleinen Wirbeln über den Asphalt, an einer Ecke zucke ich zurück, weil mir eine Bö Staub in die Augen weht. Blinzelnd fange ich an zu rennen, der Rucksack mit meiner nutzlosen Ausrüstung knallt immer wieder gegen meinen Rücken. Ich steuere auf den Eingang des Wohnturms zu, als mich ein Auto fast über den Haufen fährt. Erst will ich der Fahrerin hinterherfluchen, aber dann kapiere ich, dass sie gut daran tut, ihren Cupra aus der Tiefgarage zu holen. Wenn alles runterkommt, was da über uns in den Wolken hängt, steht die in spätestens zwei Stunden unter Wasser. Ich kann nur hoffen, dass die anderen den Ursprung des Sturms schneller finden.

Und noch etwas merke ich: Sie hat mir die Tür ins Hochhaus geöffnet. Ich nehme Anlauf, springe über die Brüstung und lande halbwegs geschmeidig auf der Zufahrt zur Garage.

Das Gittertor schließt sich bereits, also sprinte ich los und schiebe mich gerade noch rechtzeitig durch den Spalt.

Ächzend rapple ich mich auf. Hoffentlich wird hier die Eingangstür abgeschlossen, sonst habe ich mir völlig umsonst blaue Flecke geholt.

Obwohl die Garage fast leer ist – klar, hier in der Gegend können sich wahrscheinlich die wenigsten ein Auto leisten –, dauert es einen Moment, bis ich die Tür zum Treppenhaus finde. Natürlich ist der Fahrstuhl gerade ganz oben, aber zehn Stockwerke zu Fuß zu gehen, ist heute keine Option, also warte ich ungeduldig, bis endlich die Stahltüren aufgleiten.

Auch wenn ich weiß, dass mich das keine Sekunde früher aufs Dach bringt, hämmere ich wie eine Verrückte auf den Knopf mit der Acht ein, bis sich die Türen wieder schließen. Die Fahrt nach oben dauert noch einmal eine gefühlte Ewigkeit.

Ich springe so schnell aus dem Fahrstuhl, dass eine ältere Dame, die gerade die Schuhe vor ihrer Wohnungstür sortiert, erschrocken zurückweicht.

»Entschuldigung!«, rufe ich über die Schulter, doch ich bin schon um den Treppenabsatz verschwunden, der hinauf zum Dach führt.

Ich rüttle an der Klinke, aber sie ist abgeschlossen. Einen Augenblick lasse ich die Stirn gegen das kühle Metall sinken. Zum Glück habe ich im nächsten Moment eine Eingebung.

»Ähm, Entschuldigung«, sage ich wieder und strecke den Kopf um die Ecke.

Die alte Frau steht immer noch da und blickt mich erwartungsvoll an.

Ich blinzle zu ihrem Klingelschild. »Frau, äh … Frau Kluge, Sie haben nicht zufällig einen Schlüssel fürs Dach?«

Sie verschränkt die Arme und sieht mich von oben bis unten an. »Und was wollen Sie auf dem Dach?«

Puh, das wird eine harte Nuss. Ich räuspere mich und zupfe meinen Hoodie zurecht, als würde das einen Unterschied machen. Sie muss schon ziemlich kurzsichtig sein, um mein Outfit für eine Uniform zu halten.

»Mein Name ist ... Elif Tekin, ich arbeite für die Prüfstelle für atmosphärische Optimierung. Es handelt sich um einen Notfall.« Ich deute zum Fenster, das nach Westen hinausgeht. »Ihr Stadtteil könnte ins Zentrum dieses Sturmtiefs geraten, aber um Genaueres zu sagen, muss ich auf Ihrem Dach Messungen vornehmen.«

Das scheint sie zu beeindrucken. »Denken Sie, es könnte so schlimm werden wie neulich?«

Eine überflutete Unterführung steht mir vor Augen, ich will dem Bild nicht nachgeben, aber anscheinend liest sie genug von meinem Gesicht ab, um blass zu werden.

»Verstehe. Warten Sie ...« Sie tastet ihre Hose ab, dann greift sie sich in die wattigen Haare, aus deren Tiefe sie tatsächlich eine Brille ans Tageslicht befördert. »Wo hab ich denn ... Oh, ja, natürlich ...«

Sie verschwindet in ihrer Wohnung und kommt Sekunden später mit einem einzelnen Schlüssel zurück.

»Kommen Sie klar da oben? Gibt es etwas, was ich tun kann?«

Na ja, pusten wird nicht helfen.

Aber ich will nicht garstig sein. Lächelnd nehme ich den Schlüssel entgegen und deute auf ihre Wohnungstür. »Schließen Sie die Tür und alle Fenster und achten Sie auf die Meldungen des Wetterdienstes.« Ihrem Blick nach scheint ihr das nicht zu genügen, deswegen schiebe ich hinterher: »Im Moment haben wir die Lage unter Kontrolle, machen Sie sich keine Sorgen.«

Dankbar nickt sie mir zu, dann hat sie es sehr eilig, in ihrer Wohnung zu verschwinden.

Wieder haste ich die letzten Stufen hinauf, stecke den Schlüssel ins Schloss und drücke die Tür auf. Ich muss mich mit meinem ganzen Gewicht dagegenstemmen.

Alles unter Kontrolle, von wegen. Der Wind pfeift mir um die Ohren und stiehlt mir den Atem, es ist, als wäre ich direkt in die Sturmwolke getreten. Wenn das noch schlimmer wird, muss ich mich festketten.

Während ich um Luft ringe, torkle ich auf die Brüstung zu, ändere aber im nächsten Moment die Richtung. Links von mir steht ein Betonklotz, für die Lüftung oder die Haustechnik, und in seinem Windschatten finde ich ein bisschen Schutz vor den Böen. Ein Blick auf die verrückten Wirbel auf meinem Tablet bestätigt mir, dass ich mir die Heftigkeit des Sturms nicht einbilde.

Ein paar Minuten nehme ich mir Zeit, die Ausmaße des Systems zu erfassen. Ich konzentriere mich auf seine Ausläufer, ordne sie über den Stadtteilen ein. Täuscht es oder sind die heftigsten Turbulenzen über den armen Vierteln zu spüren? Wut wallt in mir auf, aber ich darf mich nicht ablenken lassen. Es passt zu dem Muster, nach dem auch die anderen Gewitterstürme verlaufen sind, zu den Zerstörungen, die ihr unbekannter Urheber zu verantworten hat.

So gern ich das Unwetter sofort auflösen möchte, ich muss zuerst meinen Auftrag ausführen: das System am Laufen halten, gleichzeitig Tote und Verletzte vermeiden und die Schäden minimieren. Nichts leichter als das. Bevor ich überhaupt nur angefangen habe, brennen meine Oberschenkel schon vor Anstrengung, mich im Sturm aufrecht zu halten.

Durch Wolkenwirbel hindurch schicke ich meine Sinne zurück zu den Stellen, wo ich die heftigsten Entladungen gespürt habe. Elektrische Spannung läuft mir wie Gänsehaut über die Arme und der Donner hallt tief in meinem Bauch wider. Ich rieche die Blitze im Wind, dann verliere ich den Kontakt zu meinen Füßen – ich bin nur noch Energie. Ein-, zwei-, vielleicht fünfmal suche ich die Zentren der Kleinsysteme, ebenso oft durchbreche ich die Barriere, die mich von ihnen abhalten will. Jedes Mal habe ich das Gefühl, dass sie stärker wird, meinen Eingriff erwartet und vorwegnimmt.

Bald merke ich, dass ich eine Pause brauche, ich wanke, meine Knie zittern. Trotz der Böen und dem Regen, der irgendwann eingesetzt hat, ohne dass es mir aufgefallen ist, habe ich begonnen zu schwitzen. Im Windschatten der Betonwand lasse ich mich auf den Boden sinken und strecke die Beine aus. Wasser rinnt mir aus den Haaren, doch ich achte nicht darauf. Ich trinke einen Schluck warmen Tee aus der Thermoskanne im Rucksack, beiße in meine Schokolade und warte auf den Zuckerkick.

In der Zwischenzeit checke ich das Tablet. Ungelenk halte ich den Rucksack darüber, weil ich im prasselnden Regen sonst nichts erkennen könnte. Nachrichten von Leo und Nika bringen mich auf Stand, bisher scheint nichts Schlimmes passiert zu sein und die Messungen sehen gut aus. Sie haben ein paar vielversprechende Hinweise, denen sie nachgehen.

Mein erster Impuls ist, sie zu bitten, sich zu beeilen, aber dann schüttle ich den Kopf. Ich bilde es mir ein, das ist alles, der Sturm kann nicht auf mich reagieren, so etwas ist unmöglich.

Und doch …, ätzt eine leise Stimme in meinem Kopf, *und doch brauchst du doppelt so lang wie sonst, um dich zu erholen.*

Ich gebe der Nervensäge eins auf den Deckel und schreibe nur ein »k« an Leo und Nika zurück, dann mache ich mich wieder an die Arbeit. Das wäre ja wohl das erste Mal, dass ich mit ein bisschen Sturm nicht zurechtkäme.

Gut, *ein bisschen Sturm* ist vielleicht etwas untertrieben, vor und hinter und über mir brodelt es wie in einem Suppentopf, und schon ein paar Straßen weiter kann ich nicht mehr unterscheiden, wo der Himmel in Häuser übergeht, so dicht ist der Regenvorhang. Da sollte ich wohl schleunigst für etwas Ruhe sorgen.

Während sich meine Sinne in alle Windrichtungen vortasten, kommt mir ungebeten eine Erinnerung in den Kopf. Es war im Spätsommer, ein paar Monate nachdem ich Esper kennengelernt hatte. Wir waren immer noch dabei herauszufinden, wie wir meine Gabe am besten zu Geld machen könnten. Damals gab es noch ein paar letzte selbstständige Bauern, auch wenn sie nur gegen die Landkonzerne bestehen konnten, wenn sie Unmengen an Grund besaßen.

Zu so einem Riesenacker in der Nähe der Stadt brachte mich Esper an einem Septemberabend. Der Himmel war unfassbar blau und hoch, die letzten Schwalben des Jahres jagten winzig klein über unseren Köpfen dahin. In der Luft war nicht ein Hauch von Feuchtigkeit zu spüren. Vor uns lag kilometerweit braune Erde.

Der Boden brauche dringend Regen, erklärte Esper mir,

denn sonst würde die Wintersaat nicht aufgehen. Ein halbes Jahr wäre verloren und im schlimmsten Fall würden die Winterstürme die Erde davontragen und im nächsten Jahr bliebe nichts übrig als Sand und Steine.

Als ich den Regen gerufen hatte, viel davon, von weit her, ging ich in die Knie, und die Stunden danach sind nur Schemen. Ich erinnere mich erst wieder, dass Esper mich fast ohrfeigte, immer wieder, denn der Regen hörte nicht auf. Er schwemmte an manchen Stellen schon das Erdreich fort und mit ihm die kostbare Saat, und Esper hatte Angst, dass der Bauer uns nicht bezahlen, sondern im Gegenteil auf Schadenersatz verklagen würde, wenn ich nicht sofort etwas unternahm. Also rappelte ich mich auf, doch ich kam nicht gegen mein eigenes Wetter an. Ich schaffte es nicht, die Wolken zu zerstreuen. Ich war zu erschöpft, sie waren zu mächtig. Irgendwann begann ich zu weinen, das einzige Mal, dass Esper mich hat weinen sehen, und er schlang sich meinen Arm um die Schultern und zerrte mich weg von dem Acker, zurück in die Stadt, unter Menschen, wo der Bauer uns hoffentlich nicht finden würde.

Er hat uns nie aufgespürt, aber ein paar Monate später hörten wir, dass auch er sich dem Druck der Agrarkonzerne beugen musste. Ob ich daran schuld war, habe ich nie erfahren.

Ich bin so in den Geschehnissen von damals gefangen, dass ich kaum mitbekomme, was ich in der Gegenwart treibe. Auch jetzt zerrt etwas an mir, labt sich an meiner Schwäche, und mit einem Mal bin ich wieder ganz bei mir, ganz im Moment. Ich keuche, das fällt mir jetzt erst auf, und ich spüre, wie der Sturm seine Kraft auf mich konzentriert.

Schockiert stolpere ich einen Schritt rückwärts.

Das ist nicht möglich! Stürme haben kein Bewusstsein, sie treffen keine Entscheidungen!

Aber die, die sie machen. Der Gedanke formt sich so deutlich in meinem Kopf, dass ich erstarre. Mir wird kalt, noch kälter, als ich in meinem durchnässten, erschöpften Zustand sowieso schon bin.

Doch dann hebe ich das Kinn und blinzle gegen den Wind an. Schwarzblaue Wolken ballen sich über mir, weiße Blitze zucken in den Massen wie gespenstische Adern. Das Donnern und Grollen echot in meinem Bauch. Ich drehe das Gesicht in den Sturm. Noch ist nicht ausgemacht, wem er gehorcht.

Minuten, vielleicht auch Stunden später weiß ich: mir nicht. Ich stütze mich auf der Brüstung ab, weil meine Knie immer wieder unter mir nachgeben, aber es könnte ihnen so passen, dass ich so einfach aufgebe. Sie ... wer immer das ist. Jedenfalls wissen sie, wie man mich wütend macht, denn jetzt bin ich mir sicher: Sie konzentrieren die schlimmsten Wirbel über den ärmeren Bezirken, meinem Viertel, der Unterstadt – sogar der Südstadt, obwohl sie dort nach dem Starkregen sicher noch nicht alles wiederaufgebaut haben.

Mein Tablet blinkt immer wieder mit neuen Nachrichten, doch ich ignoriere sie, ignoriere auch die Satellitenbilder und Messwerte. Ich weiß, wohin ich meine Aufmerksamkeit wenden muss – *sie* sorgen dafür. Eine Turbulenz nach der anderen löse ich auf, doch wenn ich an einer Stelle eingreife, entstehen an einer anderen fast sofort drei neue.

Meine Beine knicken weg, diesmal richtig, und ich reiße gerade noch rechtzeitig meinen Kopf zur Seite, um nicht mit der Stirn auf den Rand der Brüstung zu knallen.

Konzentrier dich. So endet das hier nicht.

Ich bleibe auf den Knien und lege die Arme auf die Mauer, so habe ich mehr Kraft übrig, die ich aussenden kann. Der Sturmwind zerrt an mir, drückt mich mal in diese, mal in die andere Richtung, aber ich merke kaum, dass ich schwanke. Was ich merke, ist, dass es nicht genug ist. Ich bin nicht genug. Meine Sinne werden überschwemmt, von den Sturzfluten, die meine Kopfhaut taub und meine Fingerspitzen blau machen, von der stechenden Schärfe des Ozons, von den sengenden Entladungen über mir und um mich herum.

Das Unwetter tobt über mich hinweg, als wolle es über mich spotten, mich herausfordern, nur noch einen Versuch zu wagen, und ich bin so wütend, dass ich darauf eingehe und einen letzten Wirbel auflöse, irgendwo drüben in der Unterstadt, doch dann hält mich nicht mal mehr die Wut aufrecht. Ich sacke weg, an der kleinen Mauer entlang zu Boden, wo ich auf dem groben Kies liegen bleibe, kalt und leer, während der Regen wie Nadeln in meine nackte Haut sticht. Wasser läuft mir in die Augen, aber wenn ich blinzle, langsam, mühsam, erkenne ich, dass die Nachrichten das Display des Tablets fast im Sekundentakt aufleuchten lassen. Der Messenger blinkt wütend.

Dann erkenne ich nichts mehr.

22

»Sagenhaft!«

Eine Stimme kratzt sich ihren Weg durch meinen Gehörgang in mein Hirn.

»Sagenhaft! Sagenhaft!«

Jemand – etwas? – wimmert, und mit ein paar Sekunden Verzögerung erkenne ich, dass der Laut aus meinem Mund gekommen sein muss. Ich bewege meinen Kopf und meine Wange gleitet über Haut.

»Gott sei Dank«, murmelt jemand nah an meinem Ohr, ich verstehe es fast nicht, weil im selben Moment die Kratzstimme wieder »Sagenhaft!« kräht.

Mühsam klaube ich meine Sinne zusammen. Außer dem Krächzen höre ich noch das Ticken einer Uhr und das sachte Klopfen von Regen an einer Fensterscheibe. Ein Grund, die Augen geschlossen zu halten. Ich will mein Versagen nicht sehen. Es riecht nach feuchter Wolle, wie von einem Schaf, ein wenig nach Schweiß, nach Moos und dunklem Wald.

Etwas regt sich in mir, etwas, was mir sagt, dass ich in Sicherheit bin, und ich strecke mich ein bisschen, aber mein Fuß rutscht ins Kalte und ich rolle mich wieder zu einer Kugel zusammen.

Arme schließen sich fester um mich.

Ah.

Ich habe das Gefühl nicht zuordnen können, so benebelt bin ich noch, doch nun weiß ich es. Ich sitze auf Leos Schoß, eingewickelt in eine kratzige Wolldecke, und mein Kopf lehnt an seiner Brust. Ein paar Sekunden schaffe ich es, mir einzureden, dass außerhalb unserer Blase nichts existiert. Dass ich mich nicht gleich der Wahrheit stellen muss.

Jetzt öffne ich doch die Augen, aber viel hilft es nicht. Erst nach zwei, drei Herzschlägen kapiere ich, dass es dunkel ist, wahrscheinlich mitten in der Nacht. Nur eine kleine orange Flamme flackert auf einem Tischchen rechts neben dem Sofa, auf dem wir sitzen.

Selbst in meinem nicht ganz zurechnungsfähigen Zustand ist mir klar, dass ich in einer Wohnung bin, die ich noch nie betreten habe. An das Zierkissen mit Hirschgeweih würde ich mich garantiert erinnern.

Ich lege den Kopf in den Nacken und sehe Leo ins Gesicht. Sein Griff wird noch fester.

»Du machst Sachen«, flüstert er.

»Sagenhaft!«, krächzt die andere Stimme, und Leo schließt kurz die Augen.

Trotz allem muss ich lachen. Ich beginne mit einem schwachen Schnauben, dann kommt das Kichern, albern und haltlos, und schließlich lache ich so sehr, dass mir der Bauch wehtut. Bebend wende ich den Kopf zu der geheimnisvollen Stimme. Es ist gar nicht so leicht, denn Leo ist ganz schön stark, und er denkt nicht daran, mich aus meinem müffelnden Wollkokon rauszulassen.

Dem Sofa gegenüber steht ein riesiger Vogelkäfig und davor, auf einem hölzernen Klettergerüst, sitzt ein knallgrüner Papagei und beäugt uns misstrauisch.

»Sagenhaft«, gurrt er.

»Ein Wachpapagei«, stelle ich fest, dann drehe ich mich wieder zu Leo um. Ich könnte mich losmachen, aber innen drin ist mir immer noch kalt. Und außerdem habe ich kaum was an. »Bist du eingebrochen oder …«

Leos Mund verzieht sich zu einem kleinen Lächeln. »Oder. Deine Freundin hat uns reingelassen, als sie uns im Treppenhaus gefunden hat.«

»Meine Freundin?« Ich setze mich zurecht, sodass ich ihn besser ansehen kann. »Du meinst Frau Kluge?«

Er nickt. »Sie war ein bisschen überrascht, dass die PAO nur ein Ein-Mann-Rettungsteam für dich schickt, deswegen dachte sie wohl, es ist ihre Bürgerinnenpflicht, dir Tee zu kochen.«

Ich schäme mich ein bisschen dafür, dass ich so schnippisch zu der Frau war. Und sie angelogen habe. Doch das hatte immerhin was Gutes.

»Wo ist sie jetzt?«

Leo zuckt mit den Schultern. »Sie hilft in einem der Schutzräume. Der halbe Stadtteil steht unter Wasser, sie wollte sehen, ob sie was tun kann.«

Und überlässt in der Zwischenzeit zwei Fremden ihre Wohnung? Plötzlich ist mir gar nicht mehr kalt. Scham heizt einem ganz schön ein.

»Ist … ist jemand gestorben?« Ich will es nicht fragen, aber wenn sie hier die Nachbarschaftshilfe alarmiert haben, muss es übel sein.

Leo lässt den Kopf auf die Sofalehne fallen und atmet tief aus, dann sieht er mich an. »Du beinahe.«

Ich blinzle einmal.

Doch eine Antwort erwartet er sowieso nicht, er redet sich in Rage. »Im Ernst, Vega, du musst damit aufhören, dich für alle verantwortlich zu fühlen! Das war nicht dein Sturm! Als ich dich auf dem Dach gefunden habe, hast du einfach nur so dagelegen, eiskalt, mitten im Regen. Du hattest kaum mehr Puls! Ich dachte … Ich dachte …« Er schüttelt den Kopf und starrt mich so vorwurfsvoll an, dass ich ein fast noch schlechteres Gewissen bekomme.

Aber dann regt sich Widerspruch.

»Ich hab meinen Job gemacht, das ist alles«, sage ich, und es klingt trotziger, als ich wollte.

»Deinen Job, ja.« Leo lacht humorlos auf. »Für diese Leute.«

Ich verstehe nicht ganz. »Was meinst du? Wo sind die anderen? Haben sie herausgefunden, von wo der Sturm gesteuert wurde?«

Leo ringt um Fassung. Ich kann fühlen, wie sich seine Brust langsamer hebt.

»Haben sie«, antwortet er. »In einem Chemiewerk. Nika vermutet ein Rechenzentrum in einem der Gebäude dort. Sie haben sich in der Nähe einen Stützpunkt gesucht und warten auf Verstärkung. In der Zwischenzeit überlegen sie, wie sie weiter vorgehen wollen.«

Ohne uns. Ohne mich.

Ein Schauer läuft durch meinen Körper, als ich begreife, was er sagt. Leo spürt es und zieht mich noch näher an sich.

»Sie hätten mich … auf dem Dach liegen lassen?«, presse ich hervor.

Er sieht weg. Selbst jetzt fällt es ihm schwer, ein schlechtes Wort über sie zu verlieren. Über Esper. Weil er weiß, wie sehr es mich verletzt.

Die Kälte, die sich in mir ausbreitet, hat nichts damit zu tun, dass ich – wann? Vor Stunden? – im Sturmregen auf dem Dach gelegen habe. Es ist eine andere, eine endgültige Kälte, eine Gewissheit, dass etwas vorüber ist.

Unser Schweigen dehnt sich aus und wird nur von dem leisen Gurren des Papageis durchbrochen. Wie angespannt Leo ist, merke ich erst, als der Druck seiner Arme langsam nachlässt. Seine Hand streicht über meine Schulter, es beruhigt mich so, dass mein Atem in tiefen Zügen kommt und geht. Immer wieder greift er nach der Tasse, die auf dem Tischchen steht, und lässt mich von dem Tee nippen, aber davon abgesehen sitzen wir nur da und lassen Frieden einkehren. Wir sperren das Unwetter und seine Folgen, EcoQuest und alle Rätsel aus, wenigstens für ein paar Minuten.

Als das Teelicht zu flackern beginnt und Leo eine Lampe hinter dem Sofa anknipst, ist es, als würden wir in die Wirklichkeit zurückkehren. Ich strecke meine Beine aus und Leo dehnt seinen Nacken. Auf seinen Wangen erkenne ich den ersten Bartschatten. Wir sind wohl beide nicht mehr taufrisch.

Während ich den Rest meiner zermatschten Schokolade esse und eine Tüte Trockenobst knabbere, die Leo in den Tiefen meines Rucksacks gefunden hat, wandert mein Blick durch Frau Kluges Wohnung. Gerahmte Fotos, manche noch schwarz-weiß, hängen an den Wänden, in einem Regal stehen Kochbücher, eine richtige Sammlung, bestimmt vierzig, fünfzig Stück mit vergilbten Rücken und zerfransten Kanten. Rechts neben der Tür ist eine riesige Pinnwand für bunte Kinderbilder reserviert, gekritzelte Strichmännchen genauso wie großformatige Landschaften mit kleinen Häuschen und Apfelbäumen, Blumen und Ponys in riesigen Gärten. Zeichnungen einer Welt, die nicht mehr existiert. Nicht außerhalb von Märchenbüchern.

Es war einmal ... Ich muss lächeln. Das gilt auch für mein Leben. Es war einmal ein Mädchen, das lebte in einem kleinen Häuschen mit einem großen Garten und es spielte mit dem Wind. Aber dann starb sein Vater, und seine Mutter zog mit ihm in die Stadt, und niemand durfte wissen, welche Gabe es hütete.

Diese ersten Monate damals, als Papa gestorben war und ich mich daran gewöhnen musste, kaum noch den Himmel zu sehen – ich erinnere mich nur dunkel an sie. Nicht an einzelne Tage oder Erlebnisse, nur an die immer gleichen grauen Wände und Mama, die nachts in der Küche weinte. Ich konnte nicht weinen. Ich hatte nicht nur meinen Papa verloren, sondern auch mich selbst. Denn wer war ich schon, wenn nicht Vega, die den Wind rufen konnte?

Meine Mutter predigte mir, wie gefährlich meine Gabe wäre, bis ich schließlich selbst Angst vor ihr bekam. Die Erinnerung daran jagt mir eine Gänsehaut über die Arme. Wieder lächle ich, diesmal, weil Leo meine Schultern und Oberarme reibt, um die Kälte zu vertreiben. Aber diese Kälte kommt von innen. Von einem Leben, das ich nie wieder führen will – nur halb ich selbst und in Furcht vor dem, was in mir schlummert.

Und das ist der Grund, warum ich jetzt aufstehen und mich anziehen muss.

»Hast du geschlafen?« Leo mustert mich, als ich nach langen Minuten meinen Kopf von seiner Brust hebe.

»Nein, aber wir müssen los.«

»Denkst du, du schaffst es in die Zentrale?« Er streckt die Hand aus, wie um mir über die Haare zu streichen, doch dann überlegt er es sich anders und fängt an, sich umständlich aus der Decke zu schälen. Er sieht weg, während ich mich darin einwickle.

Ich habe die Nacht halb nackt auf seinem Schoß verbracht, da sollten meine Ohren nicht mehr heiß werden, aber ich überspiele meine Verlegenheit, rutsche vom Sofa und sage: »Wir gehen nicht in die Zentrale. Ich zumindest nicht. Wenn EcoQuest diese Verrückten hochnimmt, will ich dabei sein.«

Leos Gesicht sagt mir deutlich, was er davon hält. »Vega, du hast es vor drei Stunden mit einem ausgewachsenen Sturmsystem aufgenommen. Denkst du nicht, das reicht für eine Nacht?«

Natürlich versteht er es nicht. Wie sollte er? Ich habe es mir selbst gerade erst eingestanden. Seit ich mich zum ersten Mal gegen diese grauenvollen Gewitterstürme gestellt habe, ist mir das Wetter fremd geworden. Mein Vertrauen in den Wind wurde erschüttert, genau wie damals. Er ist nicht mehr mein Freund, er wurde zu etwas Unberechenbarem, so sehr, dass ich angefangen habe zu glauben, ich hätte die Kontrolle über meine Gabe verloren. Das kann ich nicht noch einmal zulassen. Ich will die Leichtigkeit zurück, dieses Privileg, mit dem Wind sprechen und ihn um seine Hilfe bitten zu können. Der Sturm hat sich gegen mich gewandt und das will ich nicht länger hinnehmen.

Doch das alles kann ich Leo nicht erklären. Nicht jetzt. Deswegen antworte ich: »Ich brauche endlich Beweise, Leo. Beweise, dass nicht ich die Kinder in der Gartensiedlung verletzt habe. Oder Menschenleben auf dem Gewissen habe. EcoQuest interessiert das nicht. Ich kann mich nicht darauf verlassen, dass sie mir diese Beweise beschaffen.«

Leo seufzt und fährt sich mit den Fingern durch die Haare. Ein paar Sekunden birgt er sein Gesicht in den Händen, dann sieht er auf und nickt. »In Ordnung. Dann holen wir sie uns.«

Ich lächle ihn an und nach kurzem Zögern lächelt er zurück. Etwas widerstrebend, aber immerhin.

Ich bin schon fast an der Tür, als ich mich noch mal umdrehe und frage: »Dass du mir die nassen Klamotten ausziehen musstest, verstehe ich ja, aber warum hast du nichts an?«

Er blickt an seinem nackten Oberkörper hinunter. »Ähm, also ... mein Shirt war auch nicht mehr trocken, als ich dich reingeholt hatte ...« Röte breitet sich von seinem Hals über seine Wangen bis zu seinem Haaransatz aus, als er aufsieht und auf mich deutet. »... und außerdem dachte ich, es ist ausgleichende Gerechtigkeit.«

Das ist so ehrenhaft, so leohaft, dass ich auflache. Oder vielleicht nicht. Vielleicht verliert sich das Lachen auf dem Weg aus meinem Mund, weil sich unsere Blicke begegnen. Und in seinem liegt all das, was er in den vergangenen Tagen vor mir verborgen hat, das, was ich nicht erkennen wollte. Aber jetzt ist es da, glasklar im goldenen Licht, und es tut nicht mehr weh, es zu sehen.

»Sagenhaft«, krächzt das Papageienvieh, und wir zucken beide zusammen.

Ich bringe ein wackliges Grinsen zustande, dann verschwinde ich im Bad.

Leo lässt sich von Laura den Standort der anderen schicken und wir machen uns auf den Weg. Auf den Straßen herrscht Chaos, die Feuerwehr und der Katastrophenschutz verschaffen sich noch immer einen Überblick über die Schäden. Ich traue mich kaum, mich umzusehen, aber nach und nach bekomme ich den Eindruck, dass verwehte Bauplanen und umgekippte Mülltonnen die schlimmsten Auswirkungen des Gewittersturms sind. Wir lassen uns durch Nebenstraßen und Hinterhöfe navigieren und überall tauchen Menschen aus den Schutzräumen auf und fallen sich gegenseitig in die Arme. Obwohl es noch stockdunkel ist, breitet sich Erleichterung im Viertel aus wie Tinte in klarem Wasser und lässt die Gesichter, an denen wir vorbeikommen, leuchten. Meine Schritte werden leichter. Als ich einmal tief einatme, streckt Leo die Hand aus und drückt meine Schulter.

Nach einer Weile erreichen wir eine ruhigere Gegend, hier ist kaum jemand unterwegs. Es tut gut, durch die sternklare Nacht zu laufen, nach dem Regen ist die Luft rein, und die Geschäftigkeit bleibt hinter uns zurück. Ich fühle mich wie in einer Zwischenwelt, erschöpft und gleichzeitig hellwach, bereit für die Verheißungen einer besseren Welt. Wenn die nächsten Stunden bringen, was wir wollen, wenn ich endlich die Beweise finde, die mich entlasten, dann ist das vielleicht die letzte Nacht, in der ich mit Leo durch die Stadt streife.

Jetzt sehe ich ihn an, präge mir sein Profil ein, seine Haltung, seinen Gang, dann drücke ich seine Hand.

»Danke«, sage ich.

Er lächelt. »Immer.«

Ein einziges Wort, aber mir kommt es vor wie die Antwort auf alle Fragen, die mich seit Wochen begleiten. Einen Moment schließe ich die Augen, lasse meinen Atem durch mich strömen, suche aus Gewohnheit den Wind und das Wasser, bis mich der würzige Duft von Harz und Moos in der Nase kitzelt. Er streicht über mein Gesicht und ich mache die Augen wieder auf.

Leo ist unter einer Laterne stehen geblieben. Er schaut mich an, als würde auch er auf eine Antwort von mir warten. Und endlich kann ich sie ihm geben.

Fünf Schritte sind es bis zu ihm, ich gehe zu ihm, lege die Arme um ihn. Ich stelle mich auf die Zehenspitzen, dann treffen meine Lippen auf seine, kurz nur, bis er das winzigste bisschen Abstand zwischen uns bringt. Ich denke nicht daran, ihn loszulassen, während er mein Gesicht betrachtet, forschend, als könnte er meine Antwort nicht ganz glauben. Irgendetwas in mir sprudelt über, etwas Warmes, Zartes, ich bin ganz voll davon, so voll, dass es garantiert in meinen Augen zu lesen ist.

Leos Hände legen sich an meine Wangen, seine Daumen streichen über meine Schläfen und dann küsst er mich. Gut, dass ich mich an ihm festhalte, denn wie er mich küsst ... so süß und voller Sehnsucht, so ehrlich. Es ist ein Kuss, der ewig dauern kann.

Gerade als aus diesem Kuss etwas anderes wird, etwas Dringlicheres, Drängenderes, als Leos Finger in meine Haare gleiten und mich näher an ihn ziehen, rattert etwas um die Hausecke. Wir fahren auseinander.

»Nichts für ungut«, raspelt der alte Mann, als er seinen Einkaufswagen an uns vorbeischiebt.

Bebend vor Lachen lehne ich die Stirn an Leos Brust. Erst als das Rumpeln verklungen ist, hebe ich den Kopf. Leos Gesichtsausdruck macht es mir schwer zu atmen.

»Wirklich?«, flüstert er und sieht mir in die Augen, als hätte in meinem Kuss eine Lüge liegen können, die ihm entgangen sein könnte.

»Wirklich«, antworte ich, dann schiebe ich ihn sanft von mir weg. »Aber los jetzt. Sonst marschieren sie noch ohne uns rein.«

Leo brummt etwas, was ich gar nicht verstehen will. Ich gehe an ihm vorbei, aber weit komme ich nicht, da hält er mich am Arm zurück.

»Nur damit das klar ist«, sagt er, als ich den Kopf zu ihm wende. Er schließt zu mir auf, nimmt meine Hand und ein schelmisches Lächeln breitet sich auf seinem Gesicht aus. »Ich war hier noch nicht fertig.«

23

Ein Paketzusteller nimmt uns die letzten Kilometer mit, und das ist ein Glück, denn der Fußmarsch strengt mich mehr an, als ich gedacht hätte. Und wir können schlecht mit dem Taxi zu einem Einbruch fahren. Denn das bleibt es ja, auch wenn EcoQuest dafür bestimmt einen klingenderen Namen findet. Lauras Wegbeschreibung führt uns über Brachland auf einen kleinen Bach und ein paar Bäume zu. Dahinter erhebt sich hell erleuchtet das riesige Chemiewerk, das Nika und die anderen als Ursprung des Sturms ausgemacht haben. Lauras Daten zeigen, dass es im Südwesten der Anlage, dem ältesten, anscheinend nicht mehr genutzten Teil, ein Gebäude mit ungewöhnlich starker Wärmeentwicklung gibt. So viel Wärme, wie man bei einem Rechenzentrum in der Größenordnung erwarten würde, wie man sie für großflächige Wettermodifikationen braucht.

»Laura hat immer noch nicht herausgefunden, zu welchem Konzern die Fabrik gehört.« Leo wirkt nachdenklich, als er Lauras Nachricht auf seinem Unice betrachtet. Er spricht leise, denn um uns herum ist es still, kein Blatt bewegt sich, keine Maus raschelt durchs Gras. Nur aus der Richtung der Fabrik rollen dumpfe Maschinengeräusche herüber.

Wir laufen geduckt über den staubigen Boden auf ein verlassenes vierstöckiges Gebäude am Bachufer zu, und ich muss zugeben, dass mich der Anblick von EcoQuests Lagezentrum mehr verstört als Lauras mangelnde Rechercheerfolge. Unter dem bröckelnden Putz kommen an vielen Stellen die Ziegelwände zum Vorschein, die Fenster sind blind und schwarz und im grünlichen Schein des Chemiewerks hat das Haus etwas Anderweltliches. Die zweite Eingangstür im ersten Stock, zu der weder Treppe noch Leiter führt, verstärkt den gespenstischen Eindruck. Doch je näher wir kommen, desto klarer wird, dass hier sehr lebendige Gestalten ihr Unwesen treiben. Hinter den Fenstern im Erdgeschoss blitzen immer wieder Taschenlampen auf, ich erkenne sogar Cem und Sasha, die auf einem Tisch oder einer Werkbank ihre Ausrüstung prüfen.

Aus den Bäumen am Bach ruft ein Käuzchen und bei dem Geräusch stellen sich mir die Nackenhaare auf. Instinktiv greife ich nach Leos Arm und ziehe ihn hinter einen niedrigen Busch in Deckung.

»Was ist? Siehst du jemanden?«, flüstert er.

Ich deute auf die linke Seite des Gebäudes, die im Schatten liegt. Leo atmet aus, als er die Silhouette des Mannes ausmacht, der an der Hausmauer lehnt.

Sein Unice vibriert. Während ich die Gestalt nicht aus den Augen lasse, liest er die Nachricht und prustet leise. Er dreht das Display zu mir.

»Ihr seid so unauffällig wie zwei Eisbären in der Wüste. Schwingt euren Hintern ins Haus«, steht da unter Troys Kontakt. Während ich noch hinschaue, folgt eine zweite Nachricht: »Gute Arbeit, Wettermädchen.«

Ich sehe auf und tatsächlich winkt der Mann aus dem Schatten heraus zu uns herüber. Langsam hebe ich die Hand und stehe auf. Leo folgt mir über das trockene Gras bis zum Haus.

Mit einem letzten Blick über die Schulter drücke ich die Eingangstür auf.

»... komplette Equipment und die Server im Keller. Wenn wir im System sind, haben wir vielleicht zwei Minuten, sagt Laura, dann ...«

Ich bin auf der Schwelle stehen geblieben und starre den Rücken des Mannes an, der mit einer überraschend kleinen Gruppe – Esper, Nika, Inez, Maurice, dazu Sasha und Cem – um einen Tisch steht und im Schein einer Laterne auf einen Lageplan zeigt. Ein großer, eher schmaler Mann mit dunklen Haaren, dessen Stimme ich auch erkenne, wenn sie nicht herablassend klingt, sondern sicher und vertrauenerweckend wie jetzt. Leo schaut mich fragend an. Ich weiß nicht, was ich jetzt tun soll, verschwinden, mich verstecken? Doch da dreht der Mann sich schon um, erkennt mich und bricht mitten im Satz ab.

Ein paar Sekunden, die sich anfühlen wie Stunden, stehen wir uns gegenüber und starren uns an. Dann steigt die Zornesröte in Willems blasses Gesicht.

»Wer war so dämlich und hat *sie* hier reingelassen?«

Mehrere Herzschläge lang herrscht Schweigen. Ich kann ihr Echo beinahe zwischen den Stahlstreben in der Decke widerhallen hören.

Dann meldet sich Nika zu Wort. Sie wirkt eher verwirrt als eingeschüchtert, auch wenn Willem zum ersten Mal, seit ich ihn kenne, wirklich bedrohlich aussieht. Nur Leos Wärme an meiner Seite verhindert, dass ich zurückweiche.

»Das da ist Leo«, beginnt sie. »Er kann ...«

»Nicht der Kerl!«, blafft Willem. »Das Mädchen! Sie ist eine Wettermacherin, wisst ihr das denn nicht?«

»Doch, schon, aber ...«

»Nichts aber!«, donnert er. Der kann mich echt nicht leiden. »Sie ist keine einfache Wettermacherin. Sie kann Sachen, die sind nicht normal. Sie *muss* mit irgendeinem Konzern gemeinsame Sache machen!«

»Was?« Ich schnappe nach Luft. Meine Gedanken rasen. Deswegen ist er überall aufgetaucht, wo ich einen Auftrag hatte. Deswegen war er fast vom ersten Moment an misstrauisch! Aber wie ... wie kommt jemand auf einen solchen Verdacht? Es sei denn ...

»Ich hab dich nie mit Drohnen und Chems hantieren sehen«, stellt er etwas ruhiger fest. »Also raus mit der Sprache. Welche Technologie nutzt du? Wer unterstützt dich? Arbeitest du mit denen zusammen?« Er deutet mit dem Daumen über seine Schulter, in die Richtung der Chemiefabrik.

Leo will etwas sagen, doch ich lege die Hand auf seinen Arm. »Du liegst komplett falsch. Ich weiß, wir sind nicht besonders gut ausgekommen, aber wir haben hier ein gemeinsames Ziel, oder? Ich war mittendrin in diesen Stürmen, ich will wissen, wer dahintersteckt. Wer Menschenleben riskiert.«

»Du warst mittendrin, genau.« Ich hätte mir denken können, dass die Gemeinsame-Interessen-Masche nicht zieht. Willem wirkt grimmiger als zuvor. »Ohne Ausrüstung, ohne Verstärkung. Und du denkst, ich nehme dir ab, dass du mit offenen Karten spielst?«

Ich will alles abstreiten – er war nicht dabei, er hat keine Beweise –, doch bevor ich etwas sagen kann, greift Nika ein. »Willem, wir müssen los. Wenn wir dahinterkommen wollen, was die in diesem Rechenzentrum treiben, dann haben wir nur diese eine Chance. Was mit Vega ist, können wir immer noch klären.«

Das ist zwar nicht ganz das Plädoyer, das ich mir gewünscht hätte, aber zumindest der Zeitdruck scheint auf Willem Eindruck zu machen.

»Also gut«, sagt er nach einem Moment, doch sein Blick bleibt mörderisch. »Aber sie bleibt hier. Der Junge auch. Inez, du passt auf die beiden auf.«

Aus dem Augenwinkel sehe ich, wie sich Espers Schultern senken, auch Leo atmet auf.

Doch von Nika kommt erneut Einspruch. »Leo kann uns nützlich sein. Wir wären nicht auf Lauras Auswertung angewiesen, ein Analyst vor Ort würde uns helfen.«

Leo und ich wechseln einen Blick. Würde er das tun? Es ist verdammt gefährlich, aber wenn Leo das System knackt, kann ich sicher sein, dass er Material suchen wird, das mich entlastet. Das steht bei EcoQuest ja nicht unbedingt weit oben auf der Agenda. Als könnte er meine Gedanken lesen, nickt er leicht.

Willem presst die Lippen aufeinander, dann atmet er hörbar aus. »Meinetwegen. Aber dann gehen wir nur mit eingespielten Teams rein. Cem und Maurice sind die Ersten, dann Nika und Sasha, ich habe ein Auge auf Leo und Inez und Troy sichern. Finn, du bleibst statt Inez hier.«

Esper blickt von seinem Unice auf, steckt es hastig ein und nickt. Willems Ton ist so endgültig, dass selbst ich nicht widersprechen würde. Während ich in der Gegend rumstehe, Willems Blick meide und Esper seine Ausrüstung an Leo übergibt, holt mich der Schock ein, Willem bei EcoQuest zu sehen – als Boss! Erinnerungen an ihn wirbeln durch meinen Kopf, sein Misstrauen ergibt plötzlich einen völlig neuen Sinn. Und das Foto in der Kanzlei! Cora Feretti ist also nicht einfach nur mit einem Informanten zusammen, sondern mit dem Chef einer Ökoaktivistengruppe.

Meine Gedanken jagen mal in diese, mal in jene Richtung, bis ich einen festen Händedruck spüre. Leos warme Haut liegt an meiner, und als sich unsere Blicke treffen, legt sich das Chaos in mir.

»Ruh dich aus, ja?«, flüstert er.

»Das wird super klappen, während du in ein hochgesichertes Chemiewerk einbrichst.«

Er berührt sanft meine Wange und lächelt, dann schultert er Espers Rucksack und geht zu den anderen an der Tür.

Als ich mich zu ihnen umdrehe, fange ich Willems Blick auf. Ich bin ein Rätsel für ihn, das steht ihm so klar ins Gesicht geschrieben, dass er es auch einfach aussprechen könnte, stattdessen dreht er sich abrupt um.

»Masken auf«, weist er sie an, und alle ziehen sich dunkle Skimasken übers Gesicht. »Kameras an, sobald wir am Gelände sind. Und jetzt los.«

Einer nach der anderen schlüpft schweigend durch die Tür, Leo als Letzter. Er hebt grüßend die Hand, dann verschluckt auch ihn die Nacht.

Als alle Geräusche verklungen sind, lehne ich mich an die Wand neben dem Eingang und schließe einen Moment die Augen. Der Schlafmangel und die Anstrengung der Nacht holen mich ein, mir zittern die Knie. Esper kommt auf mich zu, schließt die Arme um mich und führt mich zu einem klapprigen Stuhl in der Ecke. Ich lasse es zu.

»Ihr habt nicht zufällig was zu essen eingepackt, oder?«, murmle ich.

Esper kramt in einer Tasche und bringt mir einen Energieriegel. Ich reiße ihn auf, beiße hinein und lehne mich stöhnend zurück. Datteln und Haferflocken. Himmlisch.

Während ich esse, betrachtet Esper mich. Ich begegne seinem Blick nicht, weil ich noch keine Worte habe für das, was ich sagen muss.

Doch kaum habe ich den letzten Bissen geschluckt, geht Esper vor mir in die Hocke, legt mir eine Hand aufs Knie und sagt: »Das war komplett irre, Vega. Irre und fantastisch.«

Ich blinzle, weil ich erst gar nicht kapiere, was er meint, aber dann dämmert mir, dass er von dem Gewittersturm spricht.

»Ohne dich hätten wir das Rechenzentrum nie gefunden. Niemals«, bestätigt er meine Vermutung. »Aber im Ernst, das war gefährlich, wie du die Wirbel aufgelöst hast. Ich hab mir Sorgen um dich gemacht.«

»So sehr, dass du mich einfach im Regen hast liegen lassen, ja?« Die Erinnerung an die Kälte ist zurück, sie durchdringt jedes Wort.

Er steht auf. »Was?«

»Keinen von euch hat es gekümmert, was mit mir ist. Ich bin da oben auf dem Dach fast gestorben! Nur weil Leo sich um mich gekümmert hat, bin ich jetzt hier.«

Espers Gesicht wird hart. »Leo, hm?«

»Ja, Leo!«

»Und hat er auch gesagt, dass das die Anweisung war? Dass er nach dir sieht und wir anderen hierherkommen und auf Will warten?«

Will? Nennt sich Willem so bei EcoQuest? Aber das ist jetzt egal.

»Und du hast Leo einfach so vertraut? So wie Luc? Leo, den du kaum kennst? Mit dem du noch keine zwei Sätze gewechselt hast?« Meine Wut wächst mit jedem Wort.

Espers Mund zuckt, doch er klingt ruhiger, als er weiterredet. »Das war eine völlig andere Situation.« Er knetet sich die Nasenwurzel. »Vielleicht vertraue ich ihm nicht, aber dir. Dir vertraue ich, Vega. Ich wusste, dass du klarkommst. Du kommst immer klar.«

Auf seine Art hat er recht. Dutzende Bilder ploppen in meinem Kopf auf, Gelegenheiten, bei denen ich mich verausgabt und doch immer wieder einen Weg nach Hause gefunden habe. Das hat er gelernt: dass er sich auf mich verlassen kann, unverwüstlich, wie ich bin.

Aber nicht mehr. Nicht, seit ich einen Gegner getroffen habe, der mir alles abverlangt. Vielleicht kann ich Esper nicht vorwerfen, davon nichts zu wissen. Doch dass er mich allein-lässt, um zu tun, was andere von ihm erwarten, das werfe ich ihm vor.

Er steht mir gegenüber, mit hängenden Schultern, fast so erledigt wie ich, und mein Blick gleitet über seine kurzen Haare, das schwarze Shirt und die dunkle Hose. Alles an ihm ist so viel härter als noch vor ein paar Wochen. Wir sehen uns an und suchen nach Worten.

»Ich will das nicht mehr«, sage ich irgendwann, denn das ist es, worauf jeder Gedanke hinausläuft. »Ich habe so lange daran festgehalten, an uns, an dir. Es geht nicht mehr.«

Ich habe losgelassen, das weiß ich jetzt.

Esper steht ganz starr da. Ein Gefühl nach dem anderen gleitet über sein Gesicht, ich kenne es so gut, ich könnte jedes benennen. So viele Dinge, die er sagen will, doch er kann es nicht.

Ich beiße mir auf die Lippe, denn nun wollen die Tränen doch kommen. Tausend Bilder strömen auf mich ein, ein Kaleidoskop von vier Jahren, Mittagsvorstellungen mit Eis und Cola im klimatisierten Kino, faule Sonntagnachmittage im hohen Gras des Küchengartens an der Hainbuchschule, unser erster Kuss im strömenden Regen, Lichterketten und ein Bett aus Decken auf dem Dach des letzten Luxushotels der Stadt. Esper blickt zu Boden, er blinzelt. Ich will die Hand nach ihm ausstrecken, aber ich lasse es bleiben.

In unser Schweigen hinein vibriert Espers Unice und wir zucken zusammen. Nach einem Moment räuspert er sich und nimmt den Anruf an.

»Laura?«

Ich höre ihre Stimme, kann aber nicht verstehen, was sie sagt. Ihr Tonfall allein sorgt dafür, dass ich aufstehe. Esper stellt sie auf Lautsprecher.

»... erreiche die anderen nicht. Ich hab endlich die Konzernstruktur geknackt. Die haben das echt clever angestellt. Warte mal ... Mist ... Gleich ... Okay, bin wieder da. Jedenfalls gehört die Fabrik über eine Menge Tochterfirmen zu Bioverse!«

Esper und ich ächzen gleichzeitig auf.

»Wer ist da bei dir?«, fragt Laura. »Vega, bist das du? Krasse Aktion vorhin, das war ...«

»Laura, ich muss Schluss machen«, fällt Esper ihr ins Wort. »Versuch, die anderen zu erreichen. Und halte uns auf dem Laufenden, ja?«

Er beendet das Gespräch und wir sehen uns an.

»Eine Falle?« Meine Stimme klingt belegt.

Von Espers Schock eben ist nichts übrig, er ist wieder voller Entschlossenheit und Energie. »Möglich. Wir sind ihnen in den letzten Wochen mächtig auf die Nerven gegangen ... Das Video hast du ja gesehen, und danach gab es noch drei andere Aktionen, die ihnen bestimmt ziemlich wehgetan haben. Und dass sie sich solche Mühe geben, die Muttergesellschaft des Chemiewerks zu verschleiern ... Es passt alles zusammen.« Er sucht meinen Blick, und in der Sekunde beschließen wir, alles andere auf später zu verschieben. Wir sind wieder ein Team.

Ich hole tief Luft und nicke. »Dann müssen wir sie warnen. Wenn Laura sie nicht auf den Unices erreicht, müssen wir hinterher.«

Esper dreht sich um und greift nach seiner Jacke, doch im nächsten Augenblick erstarren wir beide. Durch das zerbrochene Fenster auf der Ostseite weht ein Rascheln herein, gefolgt von einem Schaben.

Instinktiv wende ich mich nach Westen, aber Esper nimmt meinen Arm und zieht mich zu einer Treppe im angrenzenden Zimmer. Er deutet nach oben, zischt: »Versteck dich!«, und verschwindet in der Dunkelheit, bevor ich protestieren kann.

Verdammt.

Mein erster Impuls ist, ihm hinterherzulaufen, doch das hat keinen Sinn, deswegen taste ich mich auf Zehenspitzen die Stufen hinauf. Es ist stockdunkel, der Schein der Laterne im Vorraum dringt nicht bis hierher. Erst nach ein paar Sekunden haben sich meine Augen an das spärliche Licht gewöhnt, das durch ein Fenster auf den ersten Treppenabsatz fällt. Vorsichtig steige ich über lose Ziegel und leere Flaschen.

Wo ist Esper? Was hat er vor? Hat er eine Ahnung, wer uns da aufgespürt hat?

Darüber kann ich jetzt nicht nachdenken. Vor mir öffnet sich ein großer Raum, von ihm gehen drei Türen ab. Gegenüber ist die Eingangstür ohne Treppenaufgang. Meine Kehle ist trocken, ich schlucke. Vorsichtig stelle ich meinen Fuß auf die erste Bodendiele. Nichts gibt nach, nichts knarrt. Aus einer Laune heraus wende ich mich nach links, laufe auf die Tür zu. Auch hier oben liegen einzelne Steine herum, undefinierbarer Unrat häuft sich in den Ecken, aber nichts davon eignet sich als Versteck.

Von unten höre ich schnelle Schritte. Ich erreiche den angrenzenden Raum, doch ich werde unvorsichtig, beim nächsten Schritt knarrt die Holzdiele unter meinem Fuß. Ich erstarre, aber nur bis die Schritte aus dem Erdgeschoss lauter werden und rasch näher kommen. Es klingt, als wäre schon jemand auf der Treppe.

Hektisch sehe ich mich um. Der Raum ist leer, nirgends gibt es ein Versteck. Ein Fenster geht nach vorn raus und in der Nordwand ... Moment, was ist das? In die hintere Wand ist eine Luke eingelassen, verschlossen mit einer groben Brettertür. Ich stürze darauf zu und zerre an dem Riegel. Jetzt geht Schnelligkeit vor Vorsicht.

Doch zu spät. Eine Gestalt taucht in der Tür auf und leuchtet mir mit ihrer Taschenlampe ins Gesicht. Ich halte mir den Arm vor die Augen.

»Vega«, sagt eine tiefe Frauenstimme. »Bleiben Sie, wo Sie sind. Es hat keinen Zweck, das Gebäude ist umstellt. Machen Sie es nicht noch schlimmer.«

Langsam senkt sich der Lichtstrahl. Als er auf den Boden trifft, beleuchtet er das Gesicht der Frau von unten. Sie trägt eine Schutzweste, aber keinen Helm. Ihre rechte Hand liegt auf einer Pistole in einem Holster. Natürlich habe ich sie längst an ihrer Stimme erkannt.

Ich atme tief ein und stehe auf. »Ihr habt die Falsche, Elif. Es war nicht meine Schuld, dass die Kinder verletzt wurden.«

»Die Kinder?« Sie klingt überrascht, nicht ärgerlich, also scheint sie es mir nicht übel zu nehmen, dass ich sie ebenfalls mit dem Vornamen anspreche. »Sie sind wieder gesund. Nach der anonymen Zahlung einer Entschädigung wurde das Verfahren eingestellt. Darum geht es längst nicht mehr.«

Sie tritt zwei Schritte vor und ich weiche an die Wand zurück. Vorsichtig taste ich nach dem Riegel an der Luke.

Beschwichtigend hebt Elif die Hand. »Vega, wir haben Beweise. Diese schlimmen Stürme, die die halbe Stadt betroffen haben ... Du musst mir sagen, was du damit bezweckst.«

Obwohl es die ganze Zeit offensichtlich war, dreht sich mir der Magen um. Ich bin die Hauptverdächtige, sie halten mich für eine Verrückte, die Menschen tötet und aus ihrem Zuhause vertreibt. Ich merke, dass ich den Kopf schüttle.

Elif versteht das natürlich auf ihre Weise. »Wir haben Überwachungsvideos von dir. Einmal waren wir sogar vor Ort. Vega, wir haben gesehen, was du getan hast. Auf dem Schmetterlingshaus wieder. Und heute ...«

Deswegen haben sie mich aufgespürt. Ich dachte, ich wäre vorsichtig genug gewesen. Ich dachte, die PAO hätte genug mit den Evakuierungen zu tun gehabt. Stattdessen habe ich ihnen nur einen weiteren Beleg geliefert für etwas, wofür sie sonst keine Erklärung haben. Und jetzt sind sie hier. Sie sind Leo und mir aus der Stadt gefolgt.

Leo. Mein Herz zieht sich zusammen.

Sie können mich jetzt nicht verhaften. Nicht bevor ich Leo und die anderen gewarnt habe, dass wir Bioverse auf den Leim gegangen sind. Mein Kopf dreht sich. Aber kann das wirklich sein? All diese fürchterlichen Stürme, nur um EcoQuest für die Protestaktionen gegen Bioverse zu bestrafen? So viel Zerstörung, um EcoQuests Aufmerksamkeit zu erregen? Wer tut so etwas? Was haben diese Leute zu verlieren?

Konzentrier dich! Sonst kannst du über diese Fragen bald im Gefängnis nachgrübeln.

»Ich war das nicht«, beharre ich.

Elif und ich stehen uns gegenüber, und nach allem, was in den vergangenen Wochen passiert ist, flackert in mir der absurde Wunsch auf, ihr einfach zu folgen. Mich verhaften und befragen zu lassen, ein Protokoll zu unterschreiben und darauf zu vertrauen, dass alles seine Richtigkeit haben wird. Elif ist hartnäckig, ja, und extrem nervig, aber zumindest wusste ich bei ihr von Anfang an, woran ich bin.

Doch ich weiß, dass es nicht möglich ist. Zu viel spricht gegen mich und zu viel steht auf dem Spiel. Vielleicht könnte ich Elif vertrauen, aber dieses Risiko würde ich nur für mich allein eingehen. Nicht für Esper und ganz sicher nicht für Leo.

Aus dem Vorraum höre ich weitere Schritte, Elif hält die Hand hoch, so als würde sie jemanden davon abhalten, näher zu kommen.

»Ich war das nicht«, wiederhole ich. »Ich suche die Leute, die hinter diesen Stürmen stecken.«

Vor dem Haus bricht Unruhe aus, laute Befehle sind zu hören, jemand rennt. In der einen Sekunde, in der Elif abgelenkt ist, gibt der Riegel unter meinen Fingern nach, ich ziehe die Brettertür auf und gehe fast in die Knie vor Erleichterung. Ich hatte recht, die Luke wurde mal zum Verladen genutzt und draußen an der Wand ist ein Flaschenzug befestigt.

Bevor Elif »Vega, tu das nicht!« rufen kann, bin ich schon

gesprungen. Eine grauenhafte Sekunde lang befürchte ich, dass ich das Seil verfehle, aber dann schließen sich meine Hände um den morschen Strick, er strafft sich unter meinem Gewicht und gleitet knarzend durch die Rollen.

Ich lande unsanft auf dem Boden, doch ich will den Schwung nutzen und bin schon halb im Laufen, als sich eine Hand über meinen Mund legt und eine zweite mich in eine Türnische zieht. Die eine Hälfte meines Hirns sucht nach Anzeichen, dass ich geradewegs Esper in die Arme gesprungen bin, die andere tobt und kreischt und beschwört mich, um mich zu schlagen, aber da knarrt über uns die Tür der Luke im Scharnier, und Elif flucht aus vollem Herzen: »Scheiße!«

Die Brettertür knallt in den Rahmen, im selben Moment lockern sich die Hände, und eine Stimme raunt: »Lauf!«

Und ich laufe. Direkt neben dem Mann her, der mir einen Stoß Richtung Bach gibt. Wir brechen durch Unterholz, Zweige peitschen mir ins Gesicht, links neben mir taucht wie aus dem Nichts Esper auf und schließt sich uns an, und zu dritt schlittern wir das steile Ufer hinunter, platschen wir durch seichtes Wasser, rennen auf der anderen Seite die Böschung hinauf und auf einen sicher fünf Meter hohen Drahtzaun zu.

Ich werfe einen Blick nach rechts und falle fast über meine eigenen Füße, als ich Luc erkenne. Er grinst mich an.

Hinter uns und von beiden Seiten werden Sirenen und gebrüllte Befehle laut, Wasser spritzt.

Wo wollen die beiden hin? Es gibt keinen Ausweg! Wir müssen zurück, uns verstecken …

Oh. Es gibt einen Ausweg, direkt vor uns. Jemand hat eine Öffnung in den Zaun geschnitten, gerade groß genug, dass ein Erwachsener hindurchpasst. Esper biegt den Draht zur Seite und lässt mich hindurchklettern. Luc folgt mir und rennt schon wieder, bevor ich Esper durch die Lücke helfen kann. Wir hängen uns an ihn dran.

Das Gelände – hell erleuchtet in der Nacht – muss riesig sein, denn Luc führt uns an unzähligen Gebäuden, Leitungen, Rohren, Tanks und Turbinen vorbei, wir queren Wege und Kreuzungen, alle sehen gleich aus, nirgends gibt es einen Anhaltspunkt, um sich zu orientieren. Doch anscheinend weiß Luc genau, wohin er will, denn als ich längst keuche und das Gefühl habe, mich keine Sekunde länger auf den Beinen halten zu können, gelangen wir an eine Treppe, die im Zickzack mehrere Stockwerke hinauf auf ein Flachdach führt. Dort lehnt Mathea an einem Gerüst und betrachtet ihre Fingernägel.

»Thierry und die Jungs sind mit dem Stoff schon voraus«, informiert sie Luc, während sie mich mit hochgezogener Augenbraue mustert. »Hi, Esper«, schiebt sie hinterher.

Obwohl ich mich mit den Händen auf den Knien abstützen muss und nach Luft schnappe, würde ich ihr am liebsten eine reinhauen.

Stattdessen presse ich hervor: »Welchem Stoff?«

Luc grinst wieder. Er ist kaum außer Atem. »Sagen wir, EcoQuest hatte noch Schulden bei mir. Chem-Schulden. Esper hat sie heute Abend in ihrem Namen beglichen.«

Er legt Esper eine Hand auf die Schulter und langsam ergeben manche Dinge Sinn. Ein gesprayter grüner Frosch in einer von Lucs Lagerhallen zum Beispiel.

»Du wolltest, dass sich Esper bei EcoQuest einschleicht, weil sie dir eine Ladung Chems ruiniert haben?«, frage ich pfeifend.

»Vega …«, sagt Esper warnend, aber Luc lacht nur.

»Das, und außerdem war es notwendig, dass er eine Weile von der Bildfläche verschwindet. Anders als du hat er das verstanden.«

Ich bin wie vor den Kopf geschlagen. Das Dröhnen der Maschinen in den Anlagen um uns herum – es nimmt mein ganzes Hirn ein und bremst meine Gedanken. All meine Fragen drehen sich im Kreis, doch die Antworten klingen so abenteuerlich, dass ich sie laut aussprechen muss.

»Wartet, ich muss das verstehen«, unterbreche ich Luc, der Mathea irgendwelche Anweisungen gibt. »Kam daher das Geld, Esper? Aus dem Chem-Handel? Warst du die ganze Zeit Teil davon? Und dann wurde EcoQuest zu aufdringlich?«

Ich erinnere mich an die undefinierbare Masse in Lucs Lagerhalle und den stechenden Geruch, als uns Mathea den Wettermachern in die Arme trieb.

Esper schüttelt den Kopf. »Vega, das ist jetzt nicht ...«

»Doch, das ist genau der richtige Moment!« Ich stelle mich aufrecht hin. »Ich hab dich wochenlang gesucht! Ich hatte Angst um dich! Und für was? Ein paar Kilo Chems?«

Luc blickt amüsiert zwischen Esper und mir hin und her, aber ihm wird das Lachen noch vergehen. Nur weil er heute während seiner Diebestour zufällig Zeit hatte, die PAO abzulenken, heißt das nicht, dass ich seine Rolle beim Hinterhalt der Wettermacher vergessen habe.

Ich drehe mich um, stelle mich an den Rand des Dachs und stemme die Arme in die Seiten. Trotz des bitteren Geruchs, der in der Luft liegt, atme ich tief durch, denn jetzt holt mich die Nacht ein. Der Gewittersturm, Leos Kuss, Willems wahre Rolle, Tekins nicht endende Verdächtigungen und Espers Verbindung zu Luc. Das Werksgelände breitet sich wie eine Stadt vor mir aus, strahlend hell, sodass sie beinahe die Sterne auslöscht, aber nichts von der kalten Schönheit erreicht mich. Es bleibt ein Ungetüm, nur dem eigenen Zweck verpflichtet und voller Gefahren.

Ein Stück entfernt klonkt etwas gegen Metall und erinnert mich daran, welche Gefahr am unmittelbarsten droht. Esper und ich fahren zu dem Geräusch herum, Luc und Mathea dagegen wenden sich in die andere Richtung.

»Kommt ihr?«, fragt Luc, doch ich schüttle den Kopf.

»Nein. Ich muss die anderen warnen. So wie es aussieht, sind wir heute einem Wetterkonzern in die Falle gegangen.«

Ich suche Espers Blick, und er zögert keine Sekunde, bevor er nickt. Ob er mit mir kommt, weil er sich EcoQuest trotz allem verpflichtet fühlt oder weil er mich nicht wieder alleinlassen will, weiß ich nicht.

Luc seufzt. »Ach herrje. So viel falsch verstandene Loyalität.« Er hebt die Hand, als ich mich wutschnaubend zu ihm umdrehe. »Reg dich ab. Wir beschäftigen die PAO, dann könnt ihr tun, was ihr tun müsst.«

Verblüfft starre ich ihn an, als er eine Eisenstange aufhebt und in hohem Bogen gegen ein Hochsilo wirft, dass das Krachen über das Gelände hallt. Ich nicke ihm zu und bin schon in die entgegengesetzte Richtung unterwegs, als ich mich noch mal umdrehe, weil ich merke, dass Esper mir nicht folgt.

Luc hat ihn an sich gezogen und klopft ihm auf den Rücken. »Pass auf dich auf, Kleiner.«

Er fängt meinen Blick auf und noch einmal nicke ich ihm zu, diesmal mit dem Versprechen, auf Esper achtzugeben. Solange er mich lässt.

24

Esper und ich sind noch keine Minute unterwegs, als wir vor einer Betonwand landen. Links endet sie im Winkel an einer anderen Mauer, rechts erhebt sich ein Zaun. Keuchend stützen wir uns an der Wand ab und schauen uns um. Die PAO scheint Lucs Ablenkung auf den Leim gegangen zu sein, von ihnen ist niemand zu sehen. Von sehr weit entfernt höre ich die Schritte schwerer Schuhe, aber das könnte auch das Hämmern meines Herzens in meinen Ohren sein. Esper stupst mich an und deutet auf Metallstreben ein kleines Stück links von uns. Erst auf den zweiten Blick erkenne ich, dass dort eine Leiter über die Mauer führt.

Oder vielmehr auf ein Flachdach. Die Mauer entpuppt sich als Außenwand eines würfelförmigen Gebäudes. Hier auf dem Dach sind größere Flächen mit Waschbetonplatten ausgelegt, die durch schmale Pfade verbunden sind. Die Rechtecke dazwischen wurden mit Kies aufgefüllt, darauf stehen Antennen, Messgeräte und anderer Technikkram herum, den Leo bestimmt extrem faszinierend gefunden hätte.

Leo. Ich zwinge mich vorwärts.

Esper ist mir ein Stück voraus. Auf der anderen Seite des Dachs bleibt er stehen, dreht sich um und winkt mich heran. Wir sind also in der richtigen Richtung unterwegs. Das Rechenzentrum kann nicht mehr weit entfernt sein.

Rechts von mir ducken sich vier gleichförmige Haufen unter ihrer Folienabdeckung. Zuerst achte ich nicht auf sie, doch dann fängt sich das Mondlicht in einem glänzenden Metallteil am unteren Rand der Folie. Mir kommt ein Verdacht.

»Pst«, mache ich und winke, als Esper sich zu mir umdreht.

Ich warte nicht auf ihn, sondern bin schon unterwegs, quer übers Dach, und ziehe die Abdeckung von dem ersten Haufen.

Nur dass es kein Haufen ist. Unter der Folie verbirgt sich eine Drohne, genau wie unter den anderen drei. Und es sind keine einfachen Wetterdrohnen, mit kaum mehr ausgestattet als ein paar Sensoren und Halterungen für die Chem-Patronen, sondern Forschungsdrohnen, hoch technisiert, zehnmal so groß, mit starken Motoren und genug Ladekapazitäten, um das Wetter eines ganzen Landstrichs zu beeinflussen.

Esper pfeift durch die Zähne und macht sich nach dem ersten Schockmoment daran, Fotos von Modell und Ausstattung zu machen.

Ich gehe in die Hocke. »Was ist das?«

Meine Finger gleiten über eine kleine Plakette in der Nähe des Hecks. Esper tritt neben mich und beleuchtet mit seinem Unice zwei Blätter, die sich wie eine Blume öffnen und zwischen denen ein stilisierter Globus ruht.

Esper schnaubt und stellt sich wieder aufrecht hin. »Bioverse. Jetzt haben wir sie.«

Ein gewaltiges Krachen reißt uns aus unseren Überlegungen. Wir drehen uns um, aber was genau da gerade zusammengestürzt ist, kann ich trotz der taghellen Beleuchtung im vorderen Teil des Geländes nicht erkennen. Immerhin hat mich der Lärm wieder daran erinnert, dass wir uns beeilen sollten.

»Wir müssen weiter, los.«

Esper zieht an meinem Ärmel, aber ich hebe die Hand und konzentriere mich auf die Umgebung. Unser Fund hat ein paar Minuten lang meine ganze Aufmerksamkeit gefesselt, doch da ist etwas, was mich nervös macht. Über der ganzen Anlage liegt eine gespannte Stille. Sie hat nichts mit dem Wetter zu tun, da ist alles, wie es sein soll, trotzdem fühlt es sich an, als würde etwas in den Schatten lauern.

Mit einem Mal ist meine Müdigkeit verflogen und ich renne los.

Von außen deutet nichts darauf hin, dass in dem unscheinbaren Ziegelbau ein Rechenzentrum untergebracht sein könnte – oder dass sich gerade jemand darin aufhält. Sind Leo und die anderen längst fort?

Darauf können wir uns nicht verlassen, also schleichen Esper und ich uns im Schutz einiger Büsche an der Wand entlang zum Eingang. Die Tür ist angelehnt, mit einem Kopfnicken beantworte ich seine stumme Frage, ob wir hineingehen. Zimmer für Zimmer schleichen wir uns voran, checken verlassene, staubige Büros, einen Steuerungsraum, eine Teeküche, zwei Toiletten und eine Kammer für die Haustechnik. Es kommt mir komisch vor, dass nichts davon benutzt wirkt, aber vielleicht hat Bioverse im Keller die Infrastruktur gleich miterneuert, als sie den Serverraum eingerichtet haben.

Irgendetwas an dem Gedanken stört mich, aber noch mehr wundert mich, dass wir niemanden von den anderen antreffen. Haben die denn keine Wache aufgestellt? Endlich erreichen wir die Treppe, die in den Keller führt. Ich will gerade den Fuß auf die erste Stufe setzen, als im Untergeschoss Schritte zu hören sind, begleitet von hektischem Flüstern. Sashas bleiches Gesicht taucht am Fuß der Treppe auf, ihre Augen sind groß und rund, und sie zuckt zurück, als sie mich entdeckt. Dann hebt sie die Hand, deutet Richtung Ausgang und wispert: »Raus hier, schnell! Raus!«

»Wo ist Leo?«, frage ich sie, doch sie ist schon an mir vorbei, gefolgt von Nika.

Esper packt meinen Arm, aber ich bleibe stehen, bis Leo um die Ecke biegt und neben Willem die Treppe heraufstürmt.

»Veg …«, beginnt er, als er mich sieht, und streckt die Hand nach mir aus, und in dem Moment, als sich seine Finger um meine schließen, ist alles gut. Willem drängt an uns vorbei, Esper zerrt an meinem Arm und dann laufen wir durch den Gang zurück zum Eingang.

Aber es ist zu spät. Sasha und Nika sind schon halb durch den Flur, als grelles Licht ihre Silhouetten an die Decke wirft. Es kracht, dann knallt die Eingangstür gegen die Wand. Im Licht starker Taschenlampen sehe ich maskierte Gestalten ins Gebäude strömen, sieben, acht mindestens, und alle halten Waffen im Anschlag.

Stimmen brüllen: »Keiner rührt sich!«, übertönen Willems Befehle und beinahe auch Leos »Vega!«, dann ruft eine Frau: »Sie!«, und was das bedeutet, kapiere ich erst, als sich Arme um meinen Oberkörper schlingen und mich hochheben. Ich schreie los, aber ich bin nicht die Einzige, der Lärm dröhnt mir in den Ohren, ich trete um mich, versuche, meine Arme freizubekommen, versuche, in den wild springenden Lichtkegeln zu erkennen, wer zu den Angreifern gehört und wer zu EcoQuest. Vor allem suche ich Leo und Esper, doch in dem Getümmel entdecke ich keinen von ihnen.

Bald habe ich sowieso Besseres zu tun, denn der Griff um meine Brust wird härter, dann wird mir vollkommen schwarz vor Augen. Mit einer Sekunde Verzögerung begreife ich, dass mir jemand eine Kapuze über den Kopf gezogen hat. Bisher war ich empört und wütend, dass wir wie blind in diese Falle gestolpert sind, aber jetzt jagt die Panik wie ein elektrischer Impuls durch meinen Körper. Ich frage mich gar nicht, wer diese Leute sind, ich winde mich nur mit aller Kraft, hole mit dem Fuß aus, erwische ein Schienbein und ernte einen Fluch und ein bösartiges Rütteln, sodass mir die Zähne klappern. Doch ich trete weiter um mich, senke den Kopf und beiße in den Arm, der mich hält, aber durch den Stoff der Kapuze und das Oberteil des Mannes richte ich wenig aus. Ich fange mir eine Ohrfeige, das ist alles.

Immer noch wird gekämpft, ich höre Rufe und angestrengtes Grunzen, und das einzig Gute, was ich wahrnehme, ist, dass mein Biss und die Ohrfeige den Mann etwas aus dem Gleichgewicht gebracht haben. Wieder hole ich mit den Füßen aus, diesmal treffen meine Zehen auf etwas Hartes, und ich ändere im selben Moment meine Taktik. Ich ziehe die Knie an, dann lasse ich meine Beine gegen die Wand schnellen und stoße mich ab. Wir sind zu weit entfernt, als dass ich meine volle Kraft einsetzen könnte, doch der Schwung reicht aus, damit wir quer durch den Raum stolpern und der Mann ins Straucheln gerät.

Das genügt mir. Ich werfe mich herum, erst nach rechts, dann nach links, und die zweite Gewichtsverlagerung gibt ihm den Rest. Noch im Fallen lässt er mich los, ich rolle nach vorn, pralle mit dem Kopf gegen eine Kante und sehe Sternchen, aber ich muss weg, muss hier raus, auch wenn sich alles in mir dagegen sträubt, Leo und Esper zurückzulassen. Doch sie sind hinter *mir* her – wenn ich wegrenne, locke ich sie vielleicht von den anderen fort.

Ich springe auf, reiße mir die Kapuze vom Gesicht und erkenne erleichtert, dass ich in die richtige Richtung unterwegs bin. Eine Hand greift nach meinem Knöchel, doch ich schüttle sie ab, stürze zur Tür des Büros und vom Flur zum Eingang. Im letzten Moment kommt mir der Gedanke, ob mich draußen wohl mehr Bewaffnete erwarten, aber ich habe Glück, der Innenhof ist leer.

Nicht mehr lang. Schreie, Schritte und gebrüllte Befehle werden hinter mir laut, einmal meine ich, meinen Namen zu hören, doch ich darf nicht abwarten und erst recht nicht nachsehen. Ich lasse meinen Instinkt entscheiden, wohin ich mich wende, und er führt mich nach links, auf drei riesige Tanks zu. Auch in dieser Ecke des Geländes wachsen Büsche, gerade als sich die Zweige eines Haselstrauchs hinter mir schließen, trampeln schwere Schuhe über den Sand des Vorplatzes.

»Da lang!«, gibt eine weibliche Stimme vor, und schon kommen die Schritte näher.

Also renne ich. Ich renne, renne, renne, um Ecken, zwischen Containern hindurch, an Wänden entlang, schlage Haken und zwänge mich durch Lücken. Und immer, immer, immer höre ich Schritte hinter mir, das Keuchen aus fünf, vielleicht mehr Kehlen, bis mein eigener Atem und das Poltern meines Herzschlags alle anderen Geräusche übertönen.

Es hat keinen Sinn, solange sie so viele sind, werde ich sie nicht abhängen, nicht hier unten, wo ich keine Orientierung habe und mich jede neue Ecke überrascht. Wieder biege ich ab, und mein Blick wandert nach oben, hinauf zum Dach, wo ich im Vorteil wäre, weil ich mir einen Überblick verschaffen könnte und sie mir mit ihrer schweren Ausrüstung nicht so leicht folgen könnten.

Also ergreife ich die erste Chance, die sich mir bietet. Eine schmale Leiter führt an der Seite eines Tanks hinauf. Ich klettere los. Sie ist mit Haken in der Betonhülle verankert, doch unter meinem Gewicht knarzt und ächzt sie, und schneller, als mir lieb ist, kapieren meine Verfolger, wohin ich verschwunden bin. Die Leiter erbebt, als sich der erste der Männer auf die Sprossen schwingt.

Von fern höre ich: »Stehen bleiben!«, aber egal, ob es mir gilt oder nicht, ich ignoriere es und ziehe mich auf die Oberseite des Tanks. Auf der Wölbung des Zylinders rutschen mir die Füße weg, doch nach zwei, drei Versuchen finde ich mein Gleichgewicht, ich stehe auf und ducke mich gleich wieder, als etwas an mir vorbeizischt.

Schießen die auf mich?

Die schießen auf mich! Vor Schreck falle ich fast auf der anderen Seite hinunter, aber irgendwie halte ich mich auf den Beinen und laufe weiter. Ich dränge alle Fragen, die durch meinen Kopf wirbeln, in den Hintergrund und konzentriere mich darauf, am Leben zu bleiben.

Es ist nicht einfach. Anders als im modernen, hell erleuchteten Teil der Anlage sind die Rohre und Leitungen hier rostig und matt, sodass ich im ersten Grau der Dämmerung kaum sehe, wohin ich meine Füße setze. Hinter mir ist es noch immer laut, irgendjemand kämpft, und ich kann nur hoffen, dass Leo und Esper heil aus dem Chaos entkommen. Der Rest von Eco-Quest auch.

Vor mir taucht ein Gerüst auf, dahinter eine Wand. Ich lege

an Tempo zu und springe, fasse nach einem Geländer und hieve mich auf die andere Seite. Sekunden später erbebt es unter meinen Händen, jemand ist hinter mir gelandet. Sie sind näher, als ich dachte.

Ich werfe mich vorwärts, zur Ecke des Blocks, zucke aber fast im selben Moment zurück, weil dort zwei Vermummte auftauchen. Irgendwie haben sie es geschafft, mich zu überholen.

Zurück kann ich nicht, also muss ich nach oben – da! Eine Leiter bringt mich auf die nächste Ebene, eine weitere auf das Flachdach, meine Verfolger sind mir auf den Fersen, es sind mindestens vier. Sie brüllen nicht mehr, wahrscheinlich sparen sie sich ihren Atem, doch sie haben aufgehört zu schießen. Alles in allem eine Verbesserung.

Zwei Sekunden keine Entscheidung treffen zu müssen, ist schon zu viel Leerlauf für mein Hirn. Panik steigt in mir auf, aber ich drücke sie weg, erinnere mich daran, dass ich vor einer Stunde erst den Lageplan dieses verflixten Chemiewerks auf dem Tisch in EcoQuests Lagezentrum gesehen habe. Vielleicht habe ich nicht mehr jedes Detail vor Augen, doch ein paar Dinge sind hängen geblieben. Mit zwei Blicken nach rechts und links vergewissere ich mich, wo ich bin.

Und dann nutze ich dieses Wissen.

Ja, mein Atem geht keuchend, meine Schultern und Beine brennen vor Anstrengung, aber noch bin ich nicht am Ende. Schuhe knirschen auf dem Kies, eine Hand greift nach meiner Jacke, doch ich schüttle sie ab, verlängere meine Schritte, dann hebe ich ab. Ich lande an einem der Schornsteine, mit einer Hand klammere ich mich an der Wartungsleiter fest. Einen Moment hänge ich in der Luft, dann findet mein Fuß eine

Sprosse, ich klettere hoch bis zu den nächsten Querstreben, dann an ihnen entlang bis zu der Stelle, wo ich dem zweiten Turm am nächsten bin.

Jemand flucht laut, dann fällt etwas Schweres gegen Metall, und nach einem unendlichen Schrei prallt ein Körper auf die Steinplatten. Ich höre nicht hin. Ich habe nur noch Hände und Füße.

Die Streben knirschen in den Verankerungen, als sich jemand anders dranhängt, doch ich bin schon in der Luft. Diesmal ist der Aufprall härter, ich höre mich stöhnen. Etwas Warmes rinnt mir an der Schläfe entlang, meine Augenbraue ist aufgeplatzt, ich lasse das Blut laufen, habe auch keine Hand frei. Stur schaue ich zu dem Geländer, das rings um den nächsten Gebäudeblock läuft. Ich schmecke sauren Tee und Galle im Mund, aber mein Magen wird sich jetzt nicht umdrehen.

Ich stoße mich ab. Meine Knie wackeln, als das Metall des Geländers unter mir erzittert, einmal hole ich Luft, dann schwinge ich mich über die oberste Stange und muss mich kurz an der Wand abfangen, um nicht zu straucheln.

Jetzt erst wische ich mir das Blut aus dem Auge, ein paar zittrige Schritte weiter finde ich die Leiter zum Dach – verdammt, reiß dich zusammen! Es geht noch weiter, solange sie dich nicht geschnappt haben, geht es immer weiter.

Die Silhouetten der Bioverse-Drohnen schälen sich aus der Dunkelheit, ich halte darauf zu, ein Versteck für ein paar Sekunden reicht vielleicht schon, damit ich Kraft sammeln kann, aber dann taucht eine dunkle Gestalt zwischen den Drohnen auf, gleich danach eine zweite. Ich wende mich um, doch da schiebt sich meine erste Verfolgerin über die Kante des Dachs.

Sekunden später bin ich von fünf Leuten umzingelt. Mein Atem geht pfeifend, aber ob das von der Anstrengung kommt oder von der Panik, weiß ich nicht.

»Es reicht jetzt«, sagt die Frauenstimme.

Sie hat recht. Es reicht. Seit Wochen werde ich gejagt, beschuldigt, hingehalten und belogen, und die fünf um mich herum sind nicht die Einzigen, die Masken tragen. Ich bin es leid, ein Spiel zu spielen, dessen Regel ich nicht kenne.

Jetzt spielen wir nach meinen Regeln.

Meine Knie zittern, meine Hände sind taub vor Anstrengung, aber tief in mir finde ich den Rest Kraft, den ich brauche. Die Frau tritt auf mich zu, die beiden Männer neben ihr auch, doch sie sind nicht schnell genug.

Der Windstoß stoppt sie, als wären sie gegen eine Wand gerannt. Er ist nicht mal besonders stark, aber er reicht aus, um sie ein paar Sekunden aufzuhalten, bis sie sich von ihrer Überraschung erholt haben. Ich strecke die Hand in die andere Richtung, richte den Impuls auf den Boden vor mir und wieder strömt der Wind herbei. Er wirbelt Kies und Staub auf, sodass die beiden Übrigen, eine Frau und ein Mann, das Gesicht abwenden und husten müssen.

Das genügt mir. Mit drei Schritten habe ich sie erreicht, zwänge mich zwischen ihnen durch. Mein Blick fällt auf ein kleines Logo, nicht das der PAO, sondern ein in Blättern ruhender Erdball, und für den Bruchteil einer Sekunde schrecke ich zurück. Doch dann streckt die Frau blind tastend die Hände nach mir aus und ich winde mich aus ihrem Griff.

Die andere Frau brüllt wieder einen Befehl, ich achte nicht darauf. Ich springe auf die erste Drohne, laufe auf ihr entlang und lande in der Dunkelheit hinter ihr, die mich für einen Moment vor den Blicken der Maskierten verbirgt. Geduckt renne ich weiter, aber diesmal nicht wehrlos.

Immer wieder schicke ich Böen hinter mich. Immer wieder treffen sie. Doch es kümmert mich nicht mehr.

Ich erreiche eine Leiter, schräg gegenüber von der, auf der wir vorhin auf das Dach geklettert sind, und schwinge mich auf die oberste Sprosse. Der Wind zerrt an meinen Haaren, aber ich weiß, wenn ich mich jetzt fallen ließe, würde er mich auffangen. Halb klettere ich, halb rutsche ich hinunter.

Als ich Schritte höre, drücke ich mich an die Wand, doch die Gestalt, die an der Ecke des Gebäudes auftaucht, erkenne ich auch in beinahe vollständiger Dunkelheit.

Leo flüstert: »Vega!«, und wendet immer wieder den Kopf, als würde er sich suchend umsehen.

Ich laufe auf ihn zu, er erschrickt und will mich abwehren, aber dann erkennt er mich und breitet seine Arme aus, und für einen Moment atme und fühle und sehe ich ihn und sonst nichts. Doch länger als diesen Moment dürfen wir nicht so stehen bleiben, noch bevor er mich loslässt, lehnt er sich schon in die Richtung des Zauns. Er nimmt meine Hand und zieht mich mit sich, und nur Sekunden später erkenne ich, dass uns jemand winkt, jemand mit hellen Haaren.

»Leise«, zischt Esper, als wir neben ihn unter einen Busch schlüpfen, und ich kann nicht anders, ich muss über seine Schulter streichen.

»Danke«, sage ich.

Er lächelt. »Wir haben's noch nicht geschafft.«

Doch sie sind da, er und Leo, und darauf kann ich meine Welt bauen.

Als hätte er sie gerufen, tauchen die Vermummten wieder

auf, drei diesmal. Durch den Blättervorhang erkenne ich, dass sie sich nach uns umblicken. Wir warten nicht, bis sie uns finden.

Esper legt seinen Finger auf die Lippen, dann zieht er den Maschendrahtzahn auseinander und lässt mich durch die Lücke kriechen. Leo ist schon auf der Straße und sieht sich in alle Richtungen um. Esper folgt mir, dann laufen wir geduckt auf die Häuserreihe gegenüber zu und verschwinden in den Schatten.

25

Der Morgen dämmert pink und golden herauf. Wir laufen zur Zentrale. Esper versucht ein paarmal, mit Laura Kontakt aufzunehmen, aber entweder sie ignoriert ihn oder es herrscht bei EcoQuest so großes Chaos, dass sie alle Hände voll zu tun hat.

Ich verliere jedes Zeitgefühl. Immer wieder verstecken wir uns und warten, ob uns jemand folgt, doch nichts Verdächtiges zeigt sich. Die schlaflose Nacht rächt sich, meine Konzentration lässt nach, und ich bin froh, dass mich die Jungs durch die Vororte navigieren. Wir reden nicht viel, nicht über den Hinterhalt, nicht über sein Ziel, auch nicht über die Rolle von Bioverse, all das hat Zeit bis später. Ich denke noch nicht einmal darüber nach, dass ich eine Grenze überschritten und mit meiner Gabe Menschen angegriffen habe. Jetzt zählt nur, dass wir uns zur Zentrale durchschlagen.

Dass ich das einmal denken würde, hätte ich auch nicht geglaubt.

Je länger wir unterwegs sind, desto nervöser wird Esper. Noch immer hat er niemanden bei EcoQuest erreicht. Ich finde, er steigert sich da ein bisschen rein, aber vielleicht bin ich auch einfach nur zu müde, um mir Sorgen zu machen.

Hin und wieder suchen wir uns eine kleine Nische, um ein wenig auszuruhen. Von irgendwoher organisiert Esper ein paar

Brötchen und etwas zu trinken, weil wir nichts an Proviant bei uns haben, und Leo nutzt den letzten Rest Wasser, um die Platzwunde an meiner Braue auszuspülen. Zischend sauge ich die Luft ein.

»Das muss Riku nachher nähen«, murmelt er, als er den Schnitt begutachtet.

»Da reicht bestimmt ein Klammerpflaster«, wispere ich und schaue mit Nachdruck auf seine Augenbraue, wo der Hagelsturm eine feine Spur hinterlassen hat. Leo lächelt und streicht mir mit dem Daumen über die Wange.

Esper dreht sich weg, aber auch wenn ich nichts lieber tun würde, jetzt ist nicht die Zeit, Leo zu küssen.

Als wir die Zentrale endlich erreichen, ist es schon später Nachmittag. Ich fühle mich zerschlagen und kann mich kaum noch auf den Beinen halten, doch ich weiß, dass es den Jungs nicht besser geht, also beschwere ich mich nicht.

»Da seid ihr«, begrüßt uns einer der Männer, die das Tor bewachen. Salomon heißt er, glaube ich.

Der Satz reicht aus, um Esper aufatmen zu lassen. Salomon will nichts dazu sagen, wann der Rest zurückgekommen ist, sondern schickt uns schnurstracks in den Besprechungsraum. Die wollen jetzt wirklich einen Bericht haben? Ich hoffe bloß, es geht schnell vorbei, ich weiß noch nicht mal, ob ich mich für ein Abendessen wach halten kann.

Wir schlurfen über das Gelände. Ein paar Leute sind unterwegs, kümmern sich um die Ausrüstung oder was weiß ich, der Rest ruht sich wahrscheinlich vom Einsatz aus. Die Glücklichen. Immerhin stehen im Flur ein paar Flaschen Wasser rum, die wir gierig leeren, bevor wir an die Tür des Besprechungsraums klopfen.

»Kommt rein«, höre ich Willems Stimme.

Das habe ich ja fast vergessen, dass mir da noch was bevorsteht. Nach der vergangenen Nacht wird es bestimmt nicht leichter, ihn davon zu überzeugen, dass ich EcoQuest nicht schaden will. Und ich dachte, den schlimmsten Teil des Tages hätte ich hinter mir.

Esper drückt die Tür auf, Leo und ich folgen ihm. Es ist ganz still im Raum, aber nachdem die Aktion letzte Nacht so eine Vollkatastrophe war, wundert mich das nicht. Mir fällt ein, dass ich nicht die geringste Ahnung habe, was ich sagen soll, wenn sie mich fragen, warum es die Leute auf mich abgesehen hatten.

Ich fange Troys Blick auf. Er grinst oder zwinkert nicht, sondern wirkt wieder so misstrauisch wie am Anfang und stellt sich an die Tür.

Ich unterdrücke ein Stöhnen. Kommt schon, Leute, ich lasse mir nicht freiwillig von einem Entführungskommando auflauern. Wenn es überhaupt so was war.

Die Gänsehaut, die meinen Rücken hinaufkriecht, ignoriere ich, stattdessen setze ich mich in einen Sessel auf der Fensterseite und greife nach einem der Sandwiches, die sich in der Mitte des Tisches auf Tellern stapeln. Ich habe schon abgebissen, als mir auffällt, dass die Stille andauert. Seit wann halten alle die Klappe, wenn sie sich hier treffen?

Mein Blick wandert von einer zum anderen. Willem und Nika sind da, klar, dazu Laura, Inez, Sasha, Cem und Maurice. Und Troy an der Tür. Zusammen mit uns dreien ist es ganz schön eng hier drin. Oder vielleicht liegt das auch an der Stimmung? Auf Esper scheint niemand zu achten, im nächsten Moment kapiere ich auch, dass diesmal niemand mich ins

Visier nimmt. Unsicher sehe ich Leo an. Er hält den Kopf aufrecht und hat die Schultern gestrafft, so als würde er auf das, was jetzt kommt, längst warten.

Nika gibt Laura ein Zeichen und auf dem Monitor zu meiner Rechten erscheint ein Logo. Eine Erdkugel, wie gehalten von zwei frischgrünen Blättern. Bioverse.

»Das sagt dir was, ja?«, fragt Nika eisig. Sie lässt Leo nicht aus den Augen.

Willem sitzt neben ihr und hat die Arme verschränkt. Sein Blick ruht auf mir. Ich versuche es, aber ich kann meine Anspannung nicht verbergen. Er muss sehen, wie verwirrt ich bin.

Als Leo nickt, tippt Laura auf das Tablet vor ihr. Meine Aufmerksamkeit geht wieder zu dem Monitor, der jetzt ein Foto zeigt. Es ist ein Schnappschuss, aufgenommen aus einiger Entfernung, und zuerst stellt mein Hirn die Verbindung nicht her, aber dann erkenne ich die Frau auf dem Bild. Es ist die Chefin von Bioverse, Nathalie Cyprian. Doch nicht der Anblick ihres Gesichts presst mir die Luft aus der Lunge, sondern der des Jungen neben ihr. Ein großer, dunkelhaariger, schlaksiger Junge. Die Frau hat eine Hand auf seine Schulter gelegt.

Ich fühle Leos Blick auf mir, aber ich starre wie hypnotisiert auf den Bildschirm. Ein neues Foto wird eingeblendet. Es ist zwei oder drei Jahre später entstanden, abgelichtet sind ein älterer Mann, Nathalie Cyprian und wieder der Junge, und wenn mir das erste Bild noch Zweifel erlaubt hat, jetzt ist es klar: Der Junge zwischen den beiden Erwachsenen ist Leo.

»Laura hat ganze Arbeit geleistet«, höre ich Willem sagen. Wie lange er schon redet, weiß ich nicht, vielleicht habe ich es nicht mitbekommen, so laut, wie das Blut in meinen Ohren rauscht. »Sie hat sich heute Nacht ein bisschen eingehender mit Bioverse beschäftigt. Nicht nur mit ihren Produkten und Fabrikstandorten, sondern auch mit der Familie, die hinter dem Konzern steht. Das hätte sie schon viel früher tun sollen, dann wäre uns vielleicht nicht entgangen, dass sich ein Maulwurf eingeschlichen hat.«

Inez und Cem stellen sich hinter Leo. Sein Blick hängt an meinem Gesicht, und endlich schaffe ich es, ihn zu erwidern. Seine Augen sind riesig.

»Das ändert nichts, Vega«, sagt er leise. »Das hat nichts mit uns ...«

Bevor er den Satz beenden kann, packen ihn Inez und Cem und ziehen ihn auf die Füße. Ich will protestieren, sie anblaffen, ihn gefälligst anständig zu behandeln, aber meine Lippen reagieren nicht. Der Tumult im Raum kommt nicht in meinem Hirn an, ich verstehe Leos Worte nicht, Willems und Nikas Befehle. Ich sehe nur, wie sie ihn wie in Zeitlupe aus dem Zimmer zerren, vorbei an dem Monitor, wo ein weiteres Foto flimmert mit einem jüngeren Leo mit weicheren Zügen, und ich kann nicht begreifen, dass dieser Junge ... dieser Mann mich belogen hat.

Der Lärm hält an, auch als Troy die Tür hinter den drei ins Schloss drückt. Ich höre Rufe, ohne die Worte zu verstehen, etwas kracht, dann wird es ruhiger, bis alle Geräusche verstummen und die Stille im Raum in meinen Ohren widerhallt.

Kalt liegt Willems Blick auf mir. Und die Fragen beginnen.

Zwei Stunden später lehne ich an der sonnenwarmen Wand auf der Rückseite des Speisesaals im Abendlicht und habe das Gesicht in den Händen verborgen. Ich bilde mir ein, dass ich nach außen ganz ruhig wirke, aber im Inneren zittere ich.

Ein paar Minuten lang war ich zu geschockt, um irgendeine Antwort auf Willems und Nikas Fragen formulieren können, geschweige denn etwas Sinnvolles. Doch dann habe ich mich gefangen und ihnen erzählt, was ich über Leo weiß.

Was nicht viel ist, wie sich herausgestellt hat.

Die Erinnerungen an die letzten Wochen wirbeln wie Stürme durch meinen Kopf, aber es ist mein Herz, das schmerzt, als würde jede von ihnen ein Stück aus ihm herausreißen.

Nein, alles habe ich ihnen nicht erzählt. Die Dinge, die nur Leo und mir gehören – meinem Leo, nicht diesem Mann, der wer weiß welche Ziele verfolgt –, die habe ich für mich behalten. Niemand muss wissen, wie wir schwimmen waren. Dass sich nichts mehr nach Leben anfühlt, als mit ihm in den Sternenhimmel zu gucken. Dass niemand eine gute Tasse Kaffee so genießen kann wie er. Dass Hausdächer nicht mehr so hoch und Kellerlöcher nicht mehr so dunkel sind, wenn er dabei ist.

All das muss niemand erfahren. Vor allem deswegen nicht, weil ich nicht mehr weiß, ob diese Dinge wahr sind.

Aber das, was ich Willem erzählt habe, hat anscheinend ausgereicht, damit sie mich nicht gleich hochkant rausgeworfen haben. Vielleicht denken sie, ich bringe ihnen noch einen Nutzen oder richte mehr Schaden an, wenn ich mich Leo wieder anschließe, vielleicht glauben sie mir auch, ich kann es nicht sagen.

Und hier, mit dem Staub unter meinem Hintern und der Wand an meinem Rücken, kümmert es mich auch nicht. Ich sollte auf mein Zimmer gehen, wo mich nicht einmal die wenigen neugierigen Blicke erreichen, die hin und wieder den Weg zu mir finden, aber dafür reicht meine Energie nicht. Am liebsten würde ich mich ausstrecken und schlafen, dann ist das alles vielleicht nie passiert.

»Hey.«

Ich muss nicht aufsehen, um zu wissen, wer sich da neben mich setzt. Esper hat sich mir zugewandt und streicht über meine Schulter, doch ich reagiere nicht. Was soll ich auch sagen?

Wir bleiben eine Weile sitzen. Ich bin so müde, mein Kopf ist leer, aber meine Gefühle graben sich mit messerscharfen Klauen durch mein Inneres. Ich kann dem Schmerz nichts entgegensetzen.

»Es ist nicht deine Schuld«, flüstert Esper irgendwann. »Wir haben es alle nicht kapiert.«

Ich erstarre unter seiner Hand, die noch immer auf meiner Schulter liegt. Wut wallt in mir auf, so heftig, dass ich mich fast daran verschlucke, als ich Luft hole. Ich springe auf und balle die Fäuste.

»Da hast du verdammt recht«, stoße ich hervor, und mit jedem Wort wird meine Stimme lauter. »Es ist nicht meine Schuld. Es ist nicht meine Schuld, dass zum zweiten Mal ein Kerl mein Vertrauen ausnutzt und mich für seine Zwecke einsetzt!«

Esper steigt die Röte ins Gesicht, er stemmt sich ebenfalls auf die Füße. »Dein Vertrauen ausnutzt? Was …?«

»Tu nicht so!«, falle ich ihm ins Wort. Ich könnte um mich schlagen, so wütend bin ich. »Wochenlang habe ich keine Ahnung, wo du bist, du bist einfach verschwunden, und ich bleibe zurück wie ein Spielzeug, das keiner mehr will. Und in der Zwischenzeit hilfst du deinem Kumpel Luc bei seinem lächerlichen Kreuzzug und kümmerst dich einen Dreck drum, wie es mir geht!« Ich schnaube. »Lasst mich in Ruhe. Ihr alle! Ich hab's satt!«

Esper hat versucht, hier und da ein Wort einzuwerfen, aber es interessiert mich nicht, was er zu sagen hat. Dafür ist es zu spät, er hatte genug Gelegenheiten. Ich drehe mich um und stapfe davon, ziellos erst, quer über das Gelände, dann halte ich auf das kleine Dickicht in der Nähe des Schlaftrakts zu. Irgendwo, wo man nicht beobachtet wird, irgendwo, wo es ein bisschen Schatten und Frieden gibt. Zu spät merke ich, dass mich die Erinnerungen, die ich mit diesem Ort verbinde, nicht gerade besänftigen.

»Vega!«, drängt Esper mich, stehen zu bleiben, doch ich denke nicht daran. Ich schiebe mich durch das Gebüsch, wische die Zweige zur Seite, voller Wut, und er kommt kaum hinterher. Irgendwann gibt er es auf, mir zu folgen. Wahrscheinlich glaubt er, ich müsse mich erst beruhigen, aber diesmal wird das nichts helfen, denn ich bin fertig mit ihm, mit allem hier. Haseltriebe schlagen mir ins Gesicht, ich zwänge mich hindurch, bücke mich unter Ästen, steige über Wurzeln. Je weiter ich mich von den Gebäuden entferne, desto klarer sehe ich. Es war ein Fehler, mich EcoQuest anzuschließen, ich werde allein herausfinden, was hinter den zerstörerischen Stürmen steckt. Ich brauche …

Hinter mir höre ich einen gedämpften Schlag, dann ein Stöhnen, eine Sekunde später sackt etwas Schweres auf den Boden. Ich will mich umdrehen, doch da packen mich Hände. Jemand schiebt mir ein Stück Stoff zwischen die Zähne, stülpt mir eine Kapuze über den Kopf, stößt mich in den Rücken, sodass ich vorwärts stolpere. Schon wieder.

Schon wieder!, brüllt es in meinem Hirn. Bioverse! Sie haben mich gefunden! Und dann wirbeln die Gedanken durcheinander, viel zu schnell, als dass die Angst und die Panik Schritt halten könnten, und schließlich, gerade als mein Fuß ins Leere tritt, sich Arme um mich schließen und mich hochheben, schnurrt alles auf einen einzigen glasklaren Punkt zusammen: Leo hat mich verraten.

Erste Auflage 2022

Dieses Werk wurde vermittelt durch die
Michael Meller Literary Agency GmbH, München.

Umschlaggestaltung und Illustration: Isabelle Hirtz, Hamburg
Satz: Satz-Offizin Hümmer GmbH, Waldbüttelbrunn
Druck: GGP Media GmbH, Pößneck
Dieses Buch wurde klimaneutral produziert.
climatepartner.com/14438-2110-1001.
Printed in Germany
ISBN 978-3-458-64328-9

www.insel-verlag.de